MORTEL
MOTEL

DU MÊME AUTEUR

Le Portrait de la Traviata, Matin Calme, 2020

MORTEL MOTEL

LES ENQUÊTES DE L'AVOCAT GOJIN

WHODUNIT

Traduit du coréen
par Lim Yeong-hee et Mathilde Colo

DO JINKI

Matin Calme

Ouvrage publié avec le soutien
de l'Institut coréen de la traduction littéraire (LTI Korea, Séoul)

Titre original : 정신자살

Couverture et maquette : Barbario
Photo : © The Mariner 4291/Shutterstock

ISBN 978-2-493-38603-8

www.matincalme-editions.com

1

Le chemin du retour à la maison est aussi désespérant qu'une marche funèbre.

Aucun signe de présence humaine ni le moindre chant d'insecte. Les plantes semblent les seuls êtres vivants. J'habite dans une maison isolée de tout comme un cerf-volant qui s'est envolé, coupé de son fil. Si je voulais expliquer à quelqu'un comment venir chez moi, je dirais de prendre la nationale 6 pour Yangpyeong, puis la route départementale 341, et au bout d'un moment de bifurquer sur un chemin non goudronné au milieu de la forêt... Jusqu'à présent, l'occasion ne s'est jamais présentée. J'ai découvert cette maison grâce aux goûts originaux de ma femme qui est artiste peintre. Malgré son atmosphère morne, j'ai trouvé idéal qu'elle soit loin de tout. Enfin, c'est ce que je croyais pendant un temps.

Hélas, aujourd'hui, seul le bruissement des feuilles des arbres m'accueille dans l'obscurité. Je gare ma voiture sur le terrain derrière la maison, contourne le jardin envahi par les mauvaises herbes et me dirige vers l'entrée. Dès que j'introduis ma clé dans la serrure, l'éclairage automatique s'allume et diffuse sa lumière tamisée. C'est la seule chose qui me souhaite la bienvenue. J'ai installé ce système parce que je me sentais terriblement seul après le départ de ma femme. Prendre un chien ? J'ai déjà la flemme de m'occuper de mon propre corps, alors devoir nourrir et laver un autre être vivant... c'est hors de question.

Quelques instants plus tard, l'éclairage s'éteint et l'obscurité envahit de nouveau le salon. Je me rends tout à coup compte que je porte encore mes lunettes de soleil. À chaque sortie, je mets mes Ray-Ban, c'est une habitude depuis je ne sais combien de temps. Un manteau noir et des lunettes noires, ça peut donner un style chic et impressionnant. Mais, en réalité, je suis en état de fuite permanente. J'évite de plus en plus les gens, car je n'ai envie ni de prendre part au monde tel que je le vois, ni de savoir quelle image ce monde a de moi.

Je dépose mon manteau et mes Ray-Ban sur la table et allume tour à tour le salon, la cuisine et la chambre. L'obscurité se dissipe mais je ne me sens pas mieux pour autant. Je m'assois à la table, les yeux dans le vague. Le froid du début de l'hiver qui règne dans la maison continue de m'envelopper. Qu'est-ce que je vais manger ce soir ?

Ça m'est sorti de l'esprit et je suis rentré sans faire de courses. J'ai quelques réserves mais je déteste cuisiner. Rien que d'y penser, ça m'horrifie. J'aurais au moins dû m'acheter un hamburger. Ah, je n'ai pas envie de me prendre la tête, je vais encore sauter le dîner ce soir.

Il y a un an, ma femme a quitté subitement la maison. Pour toute explication, elle ne m'a laissé qu'un message court. Je ne comprends toujours pas le sens des mots tracés de sa belle et originale écriture : « Je suis désolée, ne me cherche pas. Dami. »

Ma femme s'appelle Han Dami*, elle a un physique assez ordinaire mais son caractère sympathique la rend avenante. Sa sensibilité d'artiste lui donne une personnalité bien à elle. Pourquoi m'a-t-elle aimé quand nous nous sommes rencontrés ? J'ai su plus tard que, contrairement à ce qu'elle laissait paraître, la vie l'avait beaucoup fait souffrir. Chaque femme a son type d'homme ; c'était toujours les hommes brutaux qui attiraient Dami. Ils la blessaient

* Le glossaire des personnages est à retrouver en fin d'ouvrage.

et personne ne voyait rien, car elle se montrait invariablement joyeuse. Cette gaieté forçait mon admiration. Quant à moi, elle m'avait dit que j'étais timide et respectueux avec elle, et que c'était ça qui lui plaisait. Je ne la couvrais pas de cadeaux ni n'exprimais mes sentiments mais, après avoir connu ces hommes sans délicatesse, elle avait vu mon comportement réservé comme de la considération, ce qui m'avait permis de l'épouser sans trop de peine. Il arrive parfois que ne rien faire soit un moyen efficace pour gagner le cœur d'une femme. J'appellerais ça de la « séduction paresseuse ».

Ma profession ? J'en avais une pendant un temps mais je n'en ai plus...

Je suis petit et mince. Au collège, j'étais une étoile montante du sprint. J'avais encore confiance en moi à cette époque. Après avoir étudié la gestion à la fac, j'ai essayé de tenir un e-commerce de matériel sportif proposant des marques étrangères. Je m'y suis donné corps et âme mais mes seuls efforts n'ont pas suffi à rattraper les géants qui régnaient déjà sur cette jungle. Le parcours était semé d'embûches, et bientôt j'ai dû fermer boutique.

Ma femme était à la fois mon amoureuse, mon amie la plus proche et une oreille attentive, à moi qui suis si peu sociable. Un jour, tout comme moi, lassée du monde et des gens, elle m'a dit qu'elle avait trouvé une jolie maison de campagne près de Yangpyeong et m'a proposé d'y déménager. Elle voulait y mener une vie calme et se consacrer à sa peinture. J'ai approuvé son choix et nous nous sommes installés ici il y a deux ans environ.

Dami et moi avions un peu d'argent hérité de nos parents réciproques, suffisamment pour vivre quelque temps à l'écart du monde sans travailler. Nous allions bien être à sec un jour ou l'autre mais nous y penserions le moment venu. Nous avions à peine dépassé la trentaine.

Une fois ici, nous étions contents de cette vie champêtre loin de la civilisation féroce. Nous ne menions certes pas une vie débordante de joie mais nous avions le calme et la sérénité.

Et puis un jour, l'an dernier, ma femme a disparu. Nous ne nous étions pas disputés et elle ne m'avait donné aucun signe avant-coureur. Elle a juste laissé un petit message sur un bout de papier.

Seulement alors, j'ai compris que si j'étais satisfait de cette vie de campagne, c'était uniquement parce qu'elle était là, près de moi.

En fait, peu de temps avant le départ de Dami, je songeais déjà à regagner Séoul, car une fois habitué à cette vie oisive je commençais à trouver le temps long et ce train-train quotidien me paraissait insignifiant. Me battre avec acharnement pour me faire une place au sein de la société n'était pas mon truc mais vivre ainsi, comme une plante verte, me semblait tout aussi dépourvu de sens. En fin de compte, c'était capricieux de ma part, puisque je ne savais pas qu'il pouvait exister une vie bien plus vide encore : celle sans ma femme.

Depuis qu'elle est partie, je ne me sens plus vraiment vivant. La réalité s'éloigne et j'ai l'impression de me séparer petit à petit des objets familiers qui m'entourent. Je déteste regarder le mobilier sur lequel se posaient les mains de Dami. Je crois voir partout dans la maison des marques qu'elle a laissées.

Je n'ai pas envie de rencontrer une nouvelle femme non plus. Je connais bien mes limites. C'est un miracle qu'une femme comme Dami soit tombée amoureuse de moi, et ce miracle ne se reproduira pas. On ne gagne au loto qu'une fois dans sa vie.

Je m'installe sur le canapé et reste hagard, sans même allumer la télé. La pulsion irrésistible qui m'assaille par moments depuis quelques jours s'empare à nouveau de moi. J'ouvre un tiroir du buffet sur lequel trône la télé et en sors le rasoir que j'ai acheté récemment. Je l'applique contre mon poignet gauche. Vais-je appuyer ? Fort ? Vais-je mettre fin à mes jours ?

Certains me le reprocheraient, car des gens dans une situation bien plus difficile que la mienne vivent courageusement : les personnes âgées isolées, les SDF, les enfants livrés à eux-mêmes... Mais croire qu'une telle comparaison peut me consoler, c'est une vision simpliste. Les humains ne fonctionnent pas comme ça. Il arrive aussi aux politiciens, aux hommes d'affaires riches ou aux acteurs célèbres de se suicider : leur niveau de vie les a-t-il dissuadés de choisir de mourir ? Inutile de discuter avec ceux qui disent : « Pourquoi décide-t-il d'en finir alors qu'il a de l'argent ? », ils ne comprennent vraiment rien à rien. On est tout de même plus complexe qu'une anémone de mer qui se contente d'avoir de quoi se nourrir.

Sans ma femme, je n'ai plus d'espoir. J'ai vécu à peine trente et quelques années et, sans accident, je pourrais tenir encore deux fois ça, mais ma vie sera réduite à celle d'une vermine. Elle ne sera plus qu'une descente, comme si, monté sur un vélo sans freins, je ne faisais que dégringoler la pente menant à la mort.

S'il m'arrive d'être sur un endroit élevé, je vois les pavés de ciment en contrebas qui vacillent devant mes yeux comme s'ils m'incitaient à sauter. Parfois, j'ai l'impression que je m'élance dans le vide, puis je reviens à moi et ouf ! j'ai mes deux pieds encore posés au sol. Lorsque je suis au bord d'une route où filent des véhicules, j'ai là aussi une forte envie de m'y jeter. Vais-je choisir de me projeter sous les roues d'un conducteur saoul ? Je souris avec amertume et finis par secouer la tête. Certains tentent de se noyer ou avalent du poison, mais ces morts qui arrivent lentement me font peur. Je veux éviter toute souffrance inutile. Je redoute ce que je pourrais ressentir lorsque je serai entre la vie et la mort. Et si le désir de vivre me reprenait tout à coup, alors que le poison se répand déjà dans mon corps ? Et si, ne supportant pas le froid de la mer dans laquelle je me serais jeté en plein hiver, je venais à regretter ma chambre bien chauffée ? Ce ne serait même pas un mauvais scénario mais carrément une comédie burlesque ! En fin de compte, se pendre me paraît la meilleure solution...

En réalité, je sais très bien que je suis incapable de me suicider. Il faut une dose énorme d'énergie noire pour briser le mur épais de l'instinct de survie. Mais, moi, je n'ai pas cette énergie. C'est pour cela que je suis encore en vie. Pour autant, je n'ai pas envie de prolonger davantage mon séjour sur terre. Voilà mon dilemme !

Je balance le rasoir.

Comment font-ils, les autres ? Les suicidés ne manquent pas. J'ai entendu aux infos que le nombre de cas en Corée est en constante augmentation. La courbe du graphique continue de monter sans aucune variation. Tout comme en randonnée il y a autant de gens qui parviennent au sommet de la montagne que de personnes qui rebroussent chemin à la première crête, si le nombre de suicidés est en augmentation, alors ceux qui rôdent aux alentours sans arriver à se donner la mort doivent être de plus en plus nombreux eux aussi, non ? Je veux parler des indécis comme moi qui n'ont aucun désir de vivre et se tourmentent, coincés dans une sorte de zone franche entre la vie et la mort, qui sont à moitié morts, hésitant à franchir le fleuve Styx...

Nous envions sûrement ceux qui ont réussi à passer la porte des Enfers, mais avons du mal à faire ce choix. Nous songeons tour à tour à la noyade, au rasoir, au poison, à la pendaison... mais, pris de peur, finissons par secouer la tête. C'est notre instinct de survie qui se défend contre la mort. Voilà ce que je comprends, si je fais mon introspection.

Dans le miroir, un homme avec l'air ailleurs m'observe. Mes cheveux, que j'ai laissés pousser malgré la désapprobation de ma femme, sont affreux à voir tant ils sont ébouriffés. Pendant un temps, avec ma longue chevelure tombant sur mon manteau noir, mes joues creusées et mes yeux enfoncés, je devais ressembler un peu à John Lennon. Mais l'homme que je vois maintenant ressemble plutôt à un voyou. J'arrête de me regarder.

Je prends mon ordinateur portable et l'allume. Ça fait un moment que je n'y ai pas touché et je me connecte à internet avant de taper « suicide ».

Une multitude d'articles apparaît, ce qui prouve le grand intérêt porté au sujet. Sans arrière-pensée, je fais défiler les pages qui se succèdent à l'infini. Tout à coup, un titre arrête mon regard :

Bienvenue au Centre de recherches sur le suicide mental

Le suicide mental ? Ce n'est pas courant, c'est même la première fois que je lis ça. Curieusement, mon cœur s'emballe. Je sens qu'une lumière s'allume dans mon esprit confus.

Je clique sur le site. Sa page d'accueil est très simple, dépourvue de tout ornement, elle ne contient qu'un texte de présentation sans photo ni dessin.

Avis à tous ceux pour qui la vie est une souffrance.
Si vous visitez ce site, il y a des chances que vous ayez déjà sérieusement pensé au suicide. La vie vous pèse tellement que vos tourments ont dû vous faire songer à y renoncer. Il existe des centaines de raisons de ne plus vous forcer à vivre : l'amour, la haine, l'argent, un sentiment de vide... Toutes ces raisons de mourir sont aussi des raisons de vivre. Vous n'avez plus la moindre lueur d'espoir ? Le monde ne vous convient plus ? La vie vous a été donnée par hasard, indépendamment de votre volonté, c'est une injustice que vous voudriez rétablir en mettant fin à vos jours ? Il vous est plus difficile de vivre que de mourir ? Vous enviez ceux qui savourent enfin le repos éternel ? Vous n'en pouvez plus des gens qui lancent à tort et à travers qu'il faut vivre malgré tout ? Vous vous demandez jusqu'où va vous mener cette vie interminable ? Vous désirez plus que tout en finir au plus vite ?...
Nous respectons à cent pour cent votre choix impérieux. Nous rejetons toute tentative vaine de donner un sens à cette vie que vous trouvez insignifiante. En nous mettant à votre hauteur, nous portons sur vous un regard compréhensif et bienveillant. Nous ne chercherons pas à redonner à votre vie le sens qu'elle a perdu. Nous voulons plutôt vous offrir une vie différente de celle qui vous est insupportable.
Se suicider est difficile. C'est le choix à faire en dernier lieu, quand on est dos au mur. Mais passer à l'acte vous terrifie, votre pauvre instinct de survie est plus fort que vous. Aussi êtes-vous réduit à mener cette vie de marionnette impuissante qui vous afflige.
Ceux qui ont déjà décidé et sont prêts à mettre fin à leurs jours n'ont pas besoin de nous. En revanche, il existe bien des gens qui veulent en finir mais sont torturés par la peur de mourir. C'est à eux que notre Centre propose un nouveau concept.
Quelle est la source de la souffrance ? À part pour ceux qui souffrent physiquement à cause d'une maladie, elle vient de l'esprit. Le cerveau nous permet de vivre en tant qu'humains mais c'est aussi lui qui souffre et vous incite à vouloir écourter votre séjour sur terre. Il est pris dans une contradiction dont il ne trouve pas la solution, car il est lui-même le problème. Malheureusement, nous n'avons

pas encore de traitement assez efficace pour aider vos esprits malades.
Comme pour toute chose en ce monde, la guérison et la réparation sont plus longues et plus difficiles que la destruction. Alors nous, ce que nous voulons, c'est détruire ce cerveau souffrant pour rétablir l'envie de vivre. Ce mental encombrant qui, tel un coton imbibé d'eau, alourdit de plus en plus votre vie, ce mental en panne ne parvenant plus à sortir de sa contradiction et à réconcilier les deux voix qui s'affrontent en lui, eh bien, au Centre de recherches sur le suicide mental, nous possédons une technique pour l'anéantir ! La mort physique vous terrifie, alors si on arrive à supprimer seulement la partie de vous qui est à la fois le commandant général de votre vie et la source de votre souffrance, autrement dit si nous tuons votre esprit, votre peine prendrait fin. C'est cela que nous appelons le « suicide mental ».
Si votre mental ne vous cause que souffrance, vous devez avoir envie de le tuer, non ? Si vous avez cette pensée, nous sommes prêts à vous aider. À quoi bon prolonger votre peine sans fin, tiraillé entre la vie et la mort, alors que vous pourrez découvrir un monde nouveau après la destruction de votre esprit ? La balle est maintenant dans votre camp.

En bas du texte, il y a l'adresse d'un bureau, sans numéro de téléphone. Le Centre se trouve dans le quartier de Jongno. Je ne vois rien d'autre sur la page d'accueil.

Centre de recherches sur le suicide mental...

Est-ce une farce ? Vu la simplicité exagérée de la page d'accueil, ça se pourrait bien. Mais le texte de présentation me touche, il a quelque chose de sincère. Et il y a quand même une adresse.

Cette page de site web me plonge dans une perplexité totale. Éliminer l'esprit pour faire durer la vie... C'est une idée un peu farfelue mais très séduisante pour quelqu'un comme moi qui erre à la frontière entre la vie et la mort.

Il y a des gens que leur trop grande souffrance mentale finit par rendre fous. Ils pleurnichent, braillent comme des enfants ou éclatent de rire n'importe où sans aucune gêne. Les gens normaux secouent la tête en les prenant en pitié, mais ces fous sont-ils aussi malheureux qu'on le croit ? Ne vaut-il pas mieux perdre la tête que vivre avec une trop grande souffrance ? Quand on est dément, on oublie tout, on appréhende les jours d'une autre manière et on vit selon l'ordre des fous. Est-ce que dans leur tête résonne une sonate plutôt que le vacarme des vicissitudes de l'existence ? Est-ce une forme de délivrance dénaturée ? Et même si ça ne va pas jusque-là, ils préservent au moins la survie de leur corps, et c'est toujours mieux que le choix extrême qu'est le suicide, non ? L'idée de ce Centre, de tuer le mental, est certes loufoque et serait difficilement acceptée par la société, en revanche, elle est très séduisante pour tous ceux qui manquent de courage pour se donner la mort.

Suicider seulement son mental...

Je me mets à y réfléchir sérieusement. Ont-ils vraiment un moyen d'anéantir rapidement l'esprit ? Sont-ils médecins ? Dans ce cas, pourquoi ne sont-ils pas installés dans un hôpital ? Est-ce que ce sont des escrocs ? Le site me paraît trop sobre pour ça. S'ils étaient des charlatans, leur page d'accueil serait bien plus alléchante.

Leur bureau est à Séoul... Je décide de m'y rendre. Je me dis qu'il n'y a aucun mal à aller les voir, d'autant que je suis déjà un peu convaincu par ce qu'ils disent. De toute façon, l'enfer n'existe probablement pas pour les fous.

2

Yeom Sang-u serre les poings, regrettant amèrement ses agissements de la veille. Ce n'est pas un regret d'ordre moral. Il se dit plutôt : « Putain, j'aurais dû me sauver directement sans passer par ma chambre d'étudiant. »

C'est vrai que c'est dommage de se faire arrêter à deux doigts de toucher le jackpot ! Mais à quoi bon se lamenter, il est trop tard de toute façon, puisqu'il est maintenant à l'interrogatoire en tant qu'inculpé. En plus, l'inspecteur ne lui donne pas le temps de ruminer. Les doigts sur le clavier, il l'engueule sans ménagement, comme s'il avait lu dans les pensées du garçon qui se mord les lèvres :

– Tu es en terminale, tu devrais travailler sérieusement au lieu de faire des conneries !

– ...

– Voyons voir... Tu as déjà un casier judiciaire... plusieurs vols... des délits sexuels et des violences... Dis donc, tu ne manques pas d'imagination à ce que je vois ! Avant, tu as bénéficié de traitements de faveur puisque tu étais mineur, mais là, tu vas avoir dix-neuf ans et avec tes antécédents judiciaires, ça va te coûter cher ! D'autant plus que cette fois la somme est colossale. Tu as volé l'équivalent de trois cents millions de wons*.

* Un euro équivaut environ à mille quatre cents wons.

— J'ai été arrêté hier, c'est une tentative ratée, non ? vocifère Yeom Sang-u en levant la tête vers le policier.

S'il n'était pas menotté, il pourrait dominer l'inspecteur face à lui par sa corpulence et sa force physique. Le garçon le fusille de son regard féroce. Malheureusement, il n'a pas assez d'esprit pour se défendre avec des arguments logiques. Hausser la voix devant le flic, c'est tout ce qu'il sait faire.

— Espèce d'imbécile ! Tu as volé ces bijoux et tu les as ramenés dans ta piaule, c'est là qu'on t'a arrêté. Alors il s'agit bien d'un vol, pas d'une tentative. Comme vous étiez deux et que c'était la nuit, ça aggrave encore votre cas. Et toi, vu que tu as déjà commis de nombreux délits, tu vas être traité comme un récidiviste. La peine sera lourde, je te le dis.

Le regard furieux et virulent de Yeom Sang-u fixe l'inspecteur.

— Baisse les yeux ! On dirait que tu n'as pas l'intention de te repentir, gronde le policier en claquant la langue. Dis-moi comment tu es entré dans la maison !

Le garçon enrage, il a l'impression d'avoir laissé tomber un billet de loto gagnant dans une bouche d'égout sur le chemin de la banque. Son excitation de plusieurs jours à l'idée de toucher le gros lot et sa joie momentanée d'avoir réussi son larcin, tout a volé en fumée.

— C'est Ryu Dong-hui qui m'a parlé de la maison, répond-il un peu abattu. Cet avorton est doué pour récolter des infos. Il m'a dit que la famille qui habite là tient une bijouterie et entrepose une grande quantité de pierres précieuses dans sa villa. Comme ils étaient partis en voyage à l'étranger, c'était l'occasion inespérée, il n'y avait qu'à faire le mur. C'est ce que m'a dit Dong-hui, c'est lui qui a eu l'idée, moi je n'ai fait que lui donner un coup de main.

— Arrête de mentir, espèce d'enfoiré ! hurle l'inspecteur, les yeux exorbités. Tu me prends pour un con ou quoi ? Tes camarades de classe et Ryu Dong-hui m'ont déjà tout dit. Il paraît que tu tabassais et rackettais Ryu Dong-hui, il n'est pas du genre à fomenter un vol ou quoi que ce soit d'autre avec toi. C'est toi qui l'as entraîné, et lui n'était que le couillon de service qui faisait le guet.

— Ah merde ! C'est tout de même lui qui m'a donné les infos ! rétorque le jeune homme en haussant lui aussi le ton.

L'inspecteur fait une mine ahurie. En général, un garçon de dix-huit ans qui se fait arrêter se contente de baisser la tête sans broncher. Mais celui-là a un sacré culot, peut-être parce qu'il ne connaît pas encore la vie en prison. À cette pensée, il laisse échapper un petit rire narquois.

— Mais tu l'as tabassé pour obtenir ces infos...

— ...

Yeom Sang-u n'avait jamais considéré Ryu Dong-hui comme un ami. Avec son visage au teint clair et son corps longiligne, il n'était qu'un manche à balai à ses yeux, et même pas bon élève, plutôt un genre de cancre qui passe son temps à traîner dans les clubs du lycée. Pourtant, il avait la cote avec les filles, et ça, ça avait attiré l'attention de Yeom Sang-u. Comment un minus pareil pouvait-il être populaire auprès des filles ? Franchement, il avait du mal à l'accepter ! Pour lui, un homme doit être costaud et avoir du caractère. Même s'il essayait de se convaincre que ces filles étaient des idiotes de s'intéresser à ce Dong-hui au physique fluet et pas à lui, il trouvait ça injuste. Incapable de comprendre quel charme elles trouvaient à un tel abruti, il était convaincu que ce n'était pas lui qu'il fallait remettre en cause mais que c'était le monde qui avait tort. À ses yeux, Ryu Dong-hui était un parasite, un tricheur. Un jour, une des filles qu'il fréquentait a lancé en ricanant :

— Toi, t'as pas le *level* de Dong-hui.

À partir de ce jour, son animosité contre Dong-hui s'est enflammée. N'étant pas du genre à tenter d'analyser l'origine de cette haine pour la maîtriser, il a chopé chaque occasion de s'en prendre à Dong-hui en laissant libre cours à son antipathie. Puis il s'est aperçu que le gringalet était la proie idéale : un orphelin vivant avec sa grande sœur, ça signifiait que Yeom Sang-u pouvait lui casser la gueule et lui piquer son fric sans risquer qu'un père furax accoure, une batte de base-ball à la main. Plus il le tabassait, plus il empochait de l'argent, et plus il y prenait plaisir, surtout quand il voyait Dong-hui réprimer sa colère de toutes ses forces. À quoi bon être populaire auprès des filles si c'était pour trembler de peur devant ses coups de poing et lui offrir docilement son argent de poche ?! Dong-hui a progressivement été réduit à n'être plus que le sac de boxe et le distributeur de billets de Sang-u.

Dans l'affaire en question aussi, Dong-hui lui a servi de pigeon. Un gars de la bande de Sang-u lui a lâché :

– Il paraît que ce minable de Dong-hui a des infos pour un coup hyper juteux.

Il se pouvait qu'une telle opportunité soit arrivée jusqu'à Dong-hui, puisque lui aussi avait lâché les études et traînait avec des racailles, même s'il était beaucoup moins dévergondé que Sang-u... Sur quel bon plan était-il tombé ? Impatient de le savoir, Sang-u l'a convoqué derrière le lycée.

– Vas-y, crache le morceau, tringle à chiottes ! a-t-il crié en lui flanquant déjà des coups de poing dans le ventre, persuadé qu'avec ce gars la violence était plus efficace que les mots.

Dong-hui est tombé par terre le souffle coupé mais, à la surprise de Sang-u, il a essayé de résister un peu. Hélas, ce n'était qu'une question de minutes avant qu'il capitule face aux directs du droit de son agresseur. Sang-u a fourré une cigarette allumée entre les lèvres de Dong-hui, assis par terre, désormais dénué de toute volonté de protester.

– Euh... c'est une famille que je connais par l'ami d'un ami, a fini par lâcher Dong-hui, les mots et la fumée de cigarette sortant simultanément de sa bouche. Ils tiennent une bijouterie et ils gardent beaucoup de pierres précieuses dans leur maison, et je sais où ils les cachent. Dans cinq jours ils partent en voyage...

– Comment tu sais tout ça ?

– Je l'ai appris par hasard en buvant un verre avec leur fils...

Des étincelles de convoitise ont jailli des yeux de Sang-u. Voilà un gros coup en comparaison des petits vols de quelques centaines de milliers de wons qu'il commettait dans les bains publics ou les hôtels bas de gamme. S'il se débrouillait bien, il pourrait toucher un gros pactole. Dès ce jour, il a commencé à élaborer son plan en impliquant Dong-hui, élément indispensable.

— Minus, si on réussit, tu auras ta part, alors sois coopératif !

Bien sûr, il n'avait aucune intention de partager le butin. Dong-hui avait beau se montrer sceptique, l'attitude violente de Sang-u ne lui laissait pas vraiment le choix. Le plan n'était pas bien compliqué. Il s'inquiétait du système de sécurité ou de la caméra de surveillance mais, après ses repérages autour de la maison, il a constaté à sa grande surprise que la villa n'était équipée d'aucune mesure de protection particulière. Il suffisait que les infos de Dong-hui soient exactes pour qu'il mette la main sur les pierres précieuses, c'était aussi facile que ça.

Le jour J, toute la famille est partie à l'aube prendre l'avion pour Phuket. Le soir même, Sang-u et Dong-hui sont arrivés devant la plaque au nom de Kim Chan-guk, apposée sur le portail de la maison sans lumière, rue Yeoksam. Portant tous les deux des gants, ils ont escaladé le mur. Puis Sang-u, déjà expert en matière de vol, a découpé la vitre de la porte d'entrée à l'aide d'un coupe-verre, sans bruit, puis a glissé la main pour la déverrouiller. Il est entré seul dans la villa, laissant Dong-hui faire le guet dehors. Lorsqu'il a découvert les pierres étincelantes dans l'armoire désignée par Dong-hui, il en bavait de joie. Rapidement, il les a enveloppées dans un tissu avant de quitter la maison. Une fois dehors, il a dit à Dong-hui sur un ton menaçant :

— Maintenant, rentre chez toi, je vais cacher les pierres dans ma chambre, tu auras ta part plus tard.

Mais cette fois Dong-hui ne s'est pas laissé faire.

— Non, je ne suis pas d'accord, allons ensemble chez toi pour vérifier le butin.

Il avait beau traiter Dong-hui comme un moins-que-rien, il ne pouvait tout de même pas s'engueuler ou se battre en pleine rue alors qu'ils venaient de commettre un vol d'une telle ampleur. Il a grincé des dents en l'injuriant intérieurement : « Je vais te tuer une fois dans ma chambre ! », puis ils ont pris un taxi.

Une fois les deux compères arrivés dans sa chambre à Sillim, Sang-u a ouvert le ballot pour vérifier son butin. Il n'était pas connaisseur mais il était ému à l'idée de leur valeur. Un diamant de la taille d'un petit pois, une opale, un saphir et un rubis brillaient de mille feux sous la lumière du néon. Ces pierres précieuses allaient éclairer sa vie ! Il a dégluti un coup et s'apprêtait à chasser de force Dong-hui, qui ne lui servait désormais plus à rien, quand on a frappé fort à la porte. Il a regardé par la fente dans l'encadrement et aperçu un policier en uniforme. Aussitôt il a sauté par la fenêtre de sa chambre en rez-de-chaussée, hélas, un autre l'attendait dehors. Les deux jeunes hommes ont été arrêtés quasi en flagrant délit.

Ce soir-là, Yeom Sang-u connaît une brusque dégringolade, passant du paradis aux flammes de l'enfer. C'est comme une comédie absurde dans laquelle le héros fait rire tout le monde pendant un bon moment avant de mourir soudain. Son petit cerveau ne fait que regretter les pierres précieuses qui lui sont passées sous le nez, sans se poser la question de savoir comment les policiers ont été aussi rapidement au courant de leur crime. Il voit ça seulement comme de la malchance.

Le bureau du commissariat de Gangnam est bruyant. Des policiers, des inculpés, des témoins y défilent sans cesse. D'après l'inspecteur chargé de l'affaire, Kim Chan-guk, le propriétaire de la maison, est rentré dès qu'il a été prévenu par la police, annulant son voyage en Thaïlande.

Le bruit des touches du clavier résonne de manière monotone. L'inspecteur se donne du mal pour rédiger de façon cohérente les propos mensongers de Sang-u. Ce dernier, la tête baissée, observe autour de lui du coin de l'œil, et il n'en revient pas de ce qu'il voit soudain :

– Oh, mais c'est ce minus de Ryu Dong-hui ! hurle-t-il malgré lui.

Dong-hui marche entre les rangées de bureaux et se dirige vers la sortie. Il n'est ni menotté ni encadré de policiers. Il arbore même un léger sourire. Il quitte le commissariat, libre, Sang-u en est sûr, ce qui le met si hors de lui que ses cheveux se hérissent. Certes, c'est lui qui l'a entraîné dans ce coup, mais Dong-hui est bel et bien son complice. Ces pierres qui valent presque trois cents millions de wons, ils les ont volées tous les deux, comment se fait-il que l'un des deux puisse quitter nonchalamment le poste de police ? Va-t-on lui faire porter l'entière responsabilité du délit ? Qu'est-ce que cet enfoiré de Dong-hui a bien pu mijoter pour sortir libre ?

Un instant plus tôt, Sang-u se consolait maigrement à l'idée que son complice allait être accusé lui aussi. Mais là, son dernier bastion vient de tomber. Il est choqué. Certains voyous vont jusqu'à fabriquer des complices qui n'existent pas pour ne pas aller en prison tout seuls, un peu comme ces dépressifs qui se tuent dans un suicide collectif. Même dans la mort, se sentir accompagné est réconfortant, c'est dans la nature humaine. Sang-u tient absolument à entraîner Dong-hui dans sa chute. Aussi fait-il tout pour persuader la police qu'ils ont commis le vol ensemble et doivent partager la responsabilité. Or ce salopard vient d'en réchapper ! Est-ce que c'est ça, la justice à deux vitesses ? Ça lui paraît quand même peu probable puisque le gars n'a pas de parents, ni personne qui le soutient. Ça serait étonnant qu'il ait des relations ou quelqu'un qui paie un pot-de-vin pour lui. Il s'agit quand même d'un vol de grande valeur... Quoi qu'il en soit, c'est tout à fait injuste et insupportable.

— Monsieur l'inspecteur, pourquoi Dong-hui quitte le commissariat comme ça ?

— Hein ? Ah ça..., élude le policier avant de se replonger dans son écran, très occupé à taper son texte.

— Monsieur l'inspecteur, il a fait le coup avec moi, nous avons volé des trucs à trois cents millions de wons, vous entendez ? Trois cents millions de wons ! Pourquoi, lui, vous le laissez partir, et moi, vous me gardez, c'est quoi ça ? C'est pas juste !

— Ah ! mais tu en fais du raffut, tu es vraiment un ignare à ce que je vois.

— Quoi ? Moi, ignare ? Là, ce n'est pas une question d'être instruit ou pas ! Je suis sûr que Dong-hui m'a tout mis sur le dos, c'est ça ? Comment la police de Corée du Sud, pays démocratique, peut agir...

— Tais-toi, petit con, le coupe l'inspecteur qui ne veut pas en entendre davantage. La victime, M. Kim Chan-guk, ne veut pas porter plainte contre son neveu. C'est pour ça.

— Son neveu ? répète le garçon, très surpris.

— C'est l'oncle maternel de Ryu Dong-hui. Ils ne se fréquentent presque pas mais c'est quand même son neveu, il ne peut pas attaquer sa propre famille. Dong-hui n'a pas osé te l'avouer car il avait honte de cambrioler ses proches.

Sang-u se creuse les méninges. Les mots de Dong-hui lui reviennent à l'esprit comme un flash : « C'est une famille que je connais par l'ami d'un ami... je l'ai appris par hasard en buvant un verre avec leur fils... » Ce fils était-il donc son cousin ? Pourquoi ne le lui a-t-il pas dit ? Parce qu'ils n'étaient pas proches ? Bref, c'est tout de même injuste.

— Ils ont beau être oncle et neveu, la loi est la loi. Il a commis un vol, il doit être puni. Comment peut-il être libéré juste selon le bon vouloir de son oncle ? En me laissant tout seul dans ce pétrin ! Et de quel droit la police le laisse partir avant même qu'on aille au tribunal ?

À l'aune de ses seules expériences et fréquentations en détention provisoire ou au tribunal des mineurs, il ne peut pas comprendre cette situation.

— Ah, tu me saoules, vraiment. Il s'agit là d'une clause particulière sur les délits entre membres d'une même famille, tu ne connais pas ça ?

— Les délits entre membres... Quoi ?

— Ça concerne les délits au sein d'une famille selon le degré de parenté. Pour ce qui est d'un oncle et de son neveu, sans plainte, on ne peut pas sanctionner. M. Kim Chan-guk a présenté le registre de famille prouvant son lien de parenté avec Dong-hui et une lettre disant qu'il ne souhaitait pas son inculpation. Alors Dong-hui est libre. Que le butin vaille trois millions ou trois milliards, aucune importance, ça n'est plus une affaire judiciaire.

— Et moi, alors ? rétorque Sang-u, soufflant de colère.

— Je t'ai dit que ça ne s'applique qu'aux membres d'une même famille. Est-ce que toi, tu es son neveu ?

Le visage de Sang-u se déforme en une affreuse grimace. Aucun mot ne sort de sa bouche entrouverte.

Lorsque Dong-hui sort du commissariat, une belle jeune femme l'attend.

— Bonjour, grande sœur, merci d'être venue.

— Bravo, petit frère, ça a dû être éprouvant pour toi.

Tous deux s'embrassent en souriant.

— Il est encore en retard, ronchonne Gojin en faisant tourner les glaçons dans son verre. Je voulais lui payer un coup pour fêter sa promotion au grade de capitaine.

En réalité, aucun signe d'irritation n'est visible sur son visage. Vêtu d'une chemise blanche sans cravate sous une veste bleu marine, il est assis de biais sur un tabouret de bar. On dirait qu'il se met en scène comme un homme approchant la quarantaine, prêt à en finir avec sa jeunesse. Ses yeux sont très bridés, il a les joues creuses et le teint très mat ; ses lèvres tordues en un léger sourire lui donnent un air cynique. Le comptoir sur lequel est posé son verre brille comme du marbre noir sous un halo de lumière bleuâtre. Une jeune femme se tient debout de l'autre côté.

— Tu as rendez-vous avec le lieutenant Lee ?

— Oui, vu son retard, il doit être très occupé. Au fait, il vient d'être promu, ce n'est désormais plus lieutenant Lee mais capitaine Lee. Je n'arriverais jamais à mener une vie comme la sienne, surtout à être retenu loin d'une Vénus comme toi.

La femme lui décoche un regard coquet accompagné d'un petit sourire. Ses cheveux sont relevés en chignon, elle a un joli teint clair. Un délicat collier en argent orne son cou laiteux. Se faire appeler Vénus doit être pour elle aussi banal qu'un simple bonjour.

La porte du bar L'Absinthe s'ouvre avec fracas.

— Pas besoin de tourner la tête, c'est forcément le capitaine Lee. Un peu plus et il va carrément casser la porte.

Lee Yuhyeon, chef de la brigade criminelle du commissariat de Seocho, avance à grandes enjambées et se laisse tomber bruyamment sur le tabouret à côté de Gojin. Un souffle d'air se soulève au passage de son grand corps robuste habillé d'un blouson en cuir noir. L'atmosphère jusque-là paisible s'agite tout à coup, et Gojin, tout fluet, vacille un peu.

— Excuse-moi, grand-frère, j'avais une affaire urgente à régler, crie presque Lee Yuhyeon en faisant frémir ses épais sourcils au-dessus de son visage taillé au couteau.

— Ce n'est pas grave, je connais la pénibilité du métier de policier. Grâce à ton retard, j'ai pu passer plus de temps avec cette beauté.

Lee Yuhyeon commande « un whisky *on the rocks*, s'il vous plaît... », jetant un coup d'œil à la jeune femme derrière le comptoir avant de se figer d'un coup. Ce n'est pas seulement à cause de sa beauté.

— Oh, mais vous êtes... la patronne du bar à hôtesses L'Élagabal ?!

La femme lui adresse un sourire complice. C'est bel et bien Ryu Gyeonga, ex-patronne de L'Élagabal. Ils s'étaient rencontrés lors du meurtre de Jeong Yumi*, et les voilà ici... Lee Yuhyeon, étonné et content de la revoir, regarde tour à tour Gojin et la jeune femme.

— Bonjour, lieutenant Lee, ça fait un bail. Ah ! c'est vrai, maintenant il faut vous appeler capitaine Lee.

— Je suis surpris de vous voir ici, vous avez monté une nouvelle affaire ?

— Comme vous le voyez. J'ai beaucoup réfléchi après ce qui est arrivé à Yumi et j'ai décidé d'ouvrir mon propre bar même s'il est simple, voire modeste. Je compte sur vous pour devenir un de mes habitués, capitaine.

---

* Do Jinki, *Le Portrait de la Traviata*, Matin Calme, 2020.

Ryu Gyeonga s'incline et lui tend sa carte des deux mains. Il la prend en baissant la tête lui aussi comme le veut la coutume.

Il y a encore un an, Ryu Gyeonga était la grande dame de L'Élagabal. Elle avait fait connaissance avec Gojin et Lee Yuhyeon lorsque Jeong Yumi, l'une des filles qu'elle supervisait, avait été assassinée. Profondément choquée et attristée par cette affaire étrange, elle avait démissionné et ouvert ce petit bar dans une ruelle calme près de la station Mairie-de-Gangnam à Cheongdam. Elle a retrouvé une certaine sérénité et s'occupe avec attention de ses clients fidèles, dont Gojin qui s'y installe matin et soir comme si c'était une annexe de son bureau. Le jour de l'inauguration, il est même arrivé en trimbalant péniblement un lourd tableau et, en lui tendant cette copie de *Madame X* de John Singer Sargent, lui a déclaré : « Je suis allé jusqu'en Chine pour l'acheter, chez l'un des spécialistes en copies de peinture à l'huile de Shenzhen ! Tu es bien la Madame Gautreau coréenne, n'est-ce pas ? »

Elle a accepté son cadeau avec un petit sourire mais elle a dû beaucoup l'apprécier. Aujourd'hui, Madame Gautreau, la superstar de la bonne société mondaine française au XIXe siècle, elle qui incarne la beauté éternelle, les regarde paisiblement depuis le mur en face d'eux.

— Comment ça se passe avec la femme que tu as rencontrée la dernière fois ? demande Gojin à l'inspecteur. Il me semble que tu l'as vue plusieurs fois déjà.

— Je n'arrive plus à la joindre depuis quelque temps.

— Ah bon ? Il s'est passé quelque chose ?

— J'ai déjeuné avec elle rapidement, il y a deux semaines. Comme elle avait le visage un peu bouffi, je lui ai dit qu'elle ressemblait au cadavre d'une noyée, et depuis elle ne me répond plus.

Sur ce, Lee Yuhyeon vide son whisky, impassible. Gojin hausse les épaules en affichant un air déçu tandis que Gyeonga, ahurie, s'apprête à réagir mais se ravise finalement.

— Est-ce que Dong-hui va mieux aujourd'hui ? demande Gojin à cette dernière pour changer de sujet.

— Il a l'air requinqué et décidé à prendre sa vie en main, maintenant. Tout ça grâce à toi. Lorsqu'il s'est coupé les veines, poussé à bout par le harcèlement de Yeom Sang-u, mon cœur de grande sœur était déchiré.

Son ton affectueux laisse deviner la sincérité de son inquiétude vis-à-vis de son petit frère.

— Maintenant ça ira, dit Gojin. À mon avis, Yeom Sang-u ne sera pas dehors avant un bon moment. Et puis, Dong-hui va terminer le lycée l'an prochain, il faudra qu'il trouve un bon boulot.

— Ce n'était vraiment pas facile d'aller demander ce service à la famille de mon oncle que nous fréquentons rarement. Libérer leur maison pendant une journée, laisser des gens y pénétrer et fouiller dans leurs affaires, ce n'était pas une mince affaire pour eux. Mais quand Dong-hui leur a montré son poignet tailladé, ils ont accepté.

— En fin de compte, Gyeonga, toi non plus tu n'es pas une apôtre de la justice.

— Allons, maître Gojin, c'est toi qui as monté tout ce plan et tu me dis ça ? Porter plainte contre Yeom Sang-u pour sa violence à l'école n'aurait mené à rien, il s'en serait sorti au pire avec un avertissement ou une mise en garde... Voilà la limite de la loi. Ta façon de traiter les affaires me plaît, monsieur l'avocat.

Sur ce, Gyeonga gratifie Gojin d'un sourire radieux.

— Juste pour revoir ce joli sourire, ça vaut la peine, répond-il en laissant à son tour voir toutes ses dents.

— Tu as encore manigancé quelque chose à ce que je vois, grand-frère, intervient Lee Yuhyeon, les yeux plongés dans son whisky. Il est temps maintenant d'ouvrir officiellement ton cabinet et de mener une vie d'avocat digne de ce nom, tu ne crois pas ?

Quatre ans plus tôt, Gojin a abandonné sa fonction de juge et disparu du monde des magistrats. Depuis, il n'a ni ouvert un cabinet d'avocat ni plaidé devant une cour. Il traite ses affaires à l'abri des regards et tente de les résoudre à sa façon, en utilisant les failles obscures de la loi plutôt que les procédures officielles. Cette manière de faire lui vaut le surnom d'« avocat de l'ombre » auprès de ses clients.

Lee Yuhyeon l'a connu lors d'une affaire menée juste avant qu'il quitte ses fonctions de juge. Leurs tempéraments sont aussi éloignés qu'un air de heavy metal l'est d'une ballade mélancolique, mais ils sont parvenus à créer une étrange harmonie. Leur lien s'est interrompu après le retrait de Gojin du tribunal, puis ils se sont retrouvés par hasard il y a un an.

Lee Yuhyeon sait parfaitement à quel point l'affaire qui les a réunis quatre ans auparavant a secoué Gojin. Il lui reproche certes d'agir dans l'ombre, mais il reconnaît et apprécie la clairvoyance qu'il déploie dans des cas inextricables, et lui confie de temps en temps des cas difficiles à éclaircir. En somme, il entretient avec l'avocat une relation étrange, partageant avec lui plus de choses qu'avec ses collègues.

— Je lui ai demandé de l'aide parce que mon petit frère souffrait trop, dit Gyeonga comme pour défendre Gojin. Il était maltraité par un mauvais garçon. C'est vrai que mon frère est un cancre mais c'est un garçon plus fragile qu'il ne le laisse paraître. Il est allé jusqu'à tenter de se suicider.

— Ah, mince..., fait Lee Yuhyeon, un peu surpris. Il semble en effet bien fragile pour le frère d'une dame aussi aguerrie que vous.

— Oui, il a un peu grandi sous serre.

— Vous voulez dire qu'il n'est pas habitué à la dure réalité de la vie ?

— Ma famille s'est retrouvée soudainement ruinée et mes deux parents sont morts peu après. J'avais déjà fini la fac mais Dong-hui, lui, était encore jeune et il a beaucoup souffert.

Elle raconte ça aussi impassible que s'il s'agissait de l'histoire de quelqu'un d'autre, ne forçant pas l'inspecteur Lee à afficher un air navré.

— Aujourd'hui, il parle de sa tentative de suicide comme d'une histoire ancienne et ressent même de la honte quand il y repense. Vous savez, quand on a envie de mourir, on est aveuglé, on ne voit rien d'autre mais, une fois le moment passé, on se trouve un peu ridicule. Il est encore jeune.

— Heureusement que ça s'est arrêté là, lance Lee Yuhyeon pour la consoler, il a failli commettre une énorme bêtise.

— Mais à l'époque il a dû se sentir vraiment mal, insiste Gyeonga. Il se rendait même sur des blogs consacrés au suicide.

— Ah bon ?

— Quel idiot ! Une réaction extrême due à ses émotions du moment, tout le monde ne va pas aussi loin. D'après lui, il a tenté plein de choses pour alléger ses souffrances. Une fois, en fouillant sur internet, il a même trouvé un endroit bizarre appelé le Centre du suicide mental, un truc comme ça, et s'y est rendu.

— Le suicide mental ? répètent simultanément Gojin et Lee Yuhyeon.

— Il s'agirait d'un lieu qui aide les gens à commettre leur suicide juste mentalement et non pas physiquement. Dong-hui est un garçon gentil mais il lui manque le sens des réalités, j'ai vraiment pitié de lui. Il devait être vraiment désespéré pour se rendre dans un endroit pareil...

— Et alors ? demande Gojin en se penchant vers elle, plein de curiosité.

— D'après lui, le Centre se trouve dans une ruelle à Jongno. Rien que le quartier a de quoi faire peur à un lycéen, non ? Il y est entré timidement mais n'est pas resté.

— Qu'est-ce qu'il est farouche !

— La porte du bureau du directeur s'est ouverte brusquement et un homme d'âge moyen aux cheveux tout blancs est sorti. Il s'est présenté comme docteur en médecine mais c'était sûrement un mensonge, non ? Mon frère, intimidé et effrayé par l'homme, s'est dit que ce n'était pas un endroit pour lui et a pris la fuite. C'était quand même une bonne expérience pour lui, car après cette visite il n'a plus pensé à se suicider pendant un bon moment.

— Tiens, tiens ! s'exclame Gojin qui semble très intéressé.

Lee Yuhyeon souffle, l'air agacé.

Tout en remplaçant les verres des deux hommes, Gyeonga s'aperçoit de leur changement d'humeur. Le silence règne un court moment.

— Tu crois que c'est lui ? En personne ? interroge Lee Yuhyeon qui ouvre la bouche en premier.

— Oui, je pense.

— Mais il n'y a pas un seul quinquagénaire qui a les cheveux blancs...

— Les médecins d'âge moyen aux cheveux déjà tout blancs ne sont peut-être pas si nombreux. Ah, ah ! je suis sûr que c'est le docteur Yi Tak-o. Il fait une réapparition digne de lui. À ton avis, combien de personnes sur cette planète sont capables d'inventer un concept aussi farfelu que le suicide mental ? C'est bien son style.

— Qu'est-ce qu'il manigance, cette fois ?

— Après notre affaire, il n'avait certainement pas envie d'ouvrir un autre cabinet médical. Peut-être en partie à cause de nous. En tout cas, ce drôle d'oiseau imagine toujours des trucs qui m'amusent. Ce Centre ne serait-il pas un moyen tordu de gagner de l'argent ?

— Gagner de l'argent ? Voilà une interprétation bien inattendue..., s'interroge Lee Yuhyeon. Peut-être est-il en train de mener des recherches sur je ne sais quoi ?

— De vraies recherches sur un sujet sérieux ? J'ai du mal à y croire. Ça, c'était il y a un siècle. Il n'est pas le docteur Frankenstein du XXIe siècle ! De nos jours, derrière toutes les manœuvres louches, c'est l'argent qui est en jeu. Même la moitié des psychopathes tuent pour l'argent, l'autre moitié, c'est pour le sexe.

— Mais qui est ce docteur Yi Tak-o qui vous rend si enthousiastes ? demande Gyeonga, assise derrière le comptoir.

— C'est quelqu'un de très amusant, ah ah ah ! répond Gojin en se tournant vers elle avec un rire cynique.

— Son nom est déjà assez singulier.

— Je ne connais pas le vrai, il l'a changé. Il y avait un philosophe nommé Yi Tak-o, Li Wushu en chinois, sous la dynastie

Ming. C'était un hérétique qui reniait l'autorité de la tradition. Il avait traité Confucius de meneur de charlatans et prenait les confucianistes pour des chiens stupides qui aboient pour imiter leurs prédécesseurs. Ce personnage chinois a dû beaucoup plaire au docteur Yi.

— Ce doit être quelqu'un de charmant, dis-lui de passer dans mon bar, un soir.

— Si tu veux, ah ah ah ! Attention, c'est un homme redoutable ! Nous l'avons vu repartir nonchalamment du commissariat sans que nous puissions l'arrêter, alors qu'on était sûrs qu'il était impliqué dans un meurtre. C'était il y a quatre ans déjà...

— Un meurtre ? Ça me donne la chair de poule, minaude Gyeonga en fronçant le nez. Dans ce cas, qu'il ne vienne pas ici.

Devant cette réaction capricieuse, Gojin s'esclaffe bruyamment. Tel est l'art de Ryu Gyeonga pour alléger la conversation sans pour autant changer de sujet.

— Et tu le connaissais comment, cet effrayant docteur ?

— C'est une longue histoire..., murmure Gojin, un léger sourire sur les lèvres, plongeant dans ses souvenirs.

C'était un jour où il se rendait tardivement à son bureau au tribunal de Séoul. À la fin de l'hiver, ça ferait cinq ans qu'il exerçait comme juge. Comme il s'était senti grippé, il avait pris sa matinée pour aller chez le médecin. Après cette visite, il était monté dans un métro de la ligne 2. Les secousses de la rame ajoutant à l'effet des médicaments, il commençait à voir flou. L'esprit vaporeux, il a entendu une musique triste, d'abord lointaine puis de plus en plus forte. Un aveugle portant des lunettes noires avançait dans sa direction depuis la rame voisine.

Le dos courbé, il était vêtu d'un blouson en lambeaux. L'intérieur du métro était bien chauffé mais l'aveugle avait l'air d'être frigorifié. Il avait attaché un lecteur de cassettes sur sa hanche et marchait lentement en tâtonnant devant lui à l'aide d'un long bâton blanc enroulé d'un ruban rouge. Son autre main tenait un petit panier bleu contenant quelques pièces offertes par les passagers. Une femme d'âge moyen assise à la diagonale de Gojin y a déposé un billet de mille wons. Le malvoyant a incliné la tête et palpé le billet avant de le fourrer dans sa poche. Il y a toujours des salauds capables de piquer les sous d'un pauvre mendiant. Or, ce jour-là, Gojin a vu un type encore plus ignoble : l'homme aux cheveux blancs assis face à lui. Au moment où l'aveugle passait entre eux, il a tendu brusquement son pied et, à l'instant où Gojin s'est dit « Oh merde ! », le malvoyant s'est écroulé par terre dans un grand fracas. Les pièces ont giclé partout. Le juge et les autres passagers en sont tous restés bouche bée.

Des exclamations de pitié ont fusé ici et là. Comme le non-voyant avait attiré toute l'attention en circulant entre les sièges et en répandant sa musique triste, les gens ont bien vu ce qui s'était passé sous le nez de Gojin. Ce n'était pas un geste malencontreux. L'homme aux cheveux blancs avait attendu l'arrivée de l'aveugle pour tendre volontairement son pied. Même sans problème de vue, personne n'aurait pu éviter de tomber. Alors que les passagers s'apprêtaient à lancer des regards réprobateurs à l'infâme agresseur, l'aveugle s'est relevé d'un bond et a hurlé :

— Tu l'as fait exprès, enfoiré !

Sous le coup de la colère, il a retiré brutalement ses lunettes et fusillé l'homme qui venait de le faire tomber. Il avait des prunelles noires bien plus saines et limpides que la plupart des personnes alentour.

Les passagers se sont agités : « Tiens, il n'est pas aveugle, c'est un faux ? » Le non-voyant, ou plutôt l'homme qui se faisait passer pour tel, s'est rendu compte des regards sévères braqués sur lui une fois son accès de colère retombé. Aussitôt, il s'est précipité dans la rame voisine puis a disparu complètement. Seuls son panier bleu et la monnaie éparpillée traînaient encore au sol. Les gens ont lancé des paroles acerbes dans sa direction. Le visage de la femme qui venait de lui donner un billet de mille wons a changé de couleur. Le vrai crime de cet imposteur n'était pas d'avoir mendié quelques sous mais d'avoir trahi la bonne volonté des autres, comme cette dame, et de mettre peut-être fin à leur générosité.

Gojin a observé attentivement l'homme qui avait fait le croche-pied. Contrairement à ses cheveux tout blancs, il ne semblait pas être si vieux que ça, peut-être tout juste la cinquantaine. Il respirait la santé avec son visage au teint de rose et son corps robuste. Quant à sa veste couleur argent, sa cravate en batik bleu et ses chaussures marron parfaitement lustrées, elles étaient tendance il y a un siècle mais lui allaient très bien. Seul son sourire jurait. On aurait dit un enfant espiègle satisfait de son mauvais coup.

Gojin, emporté par sa curiosité presque maladive, a fixé l'homme un long moment et laissé passer sa station. Quel genre de personne était-il ?

L'homme est descendu à la station Banpo, Gojin lui a emboîté le pas et l'a abordé poliment une fois de l'autre côté du tourniquet.

— S'il vous plaît !

— Vous m'avez suivi ? J'ai bien vu que vous m'observiez depuis un moment, qu'est-ce que vous me voulez ?

Gojin lui a fait part de son envie de discuter un moment avec lui. À sa surprise, l'homme a accepté sans hésitation. Ils se sont alors installés sur un banc de la station.

— Comment avez-vous su que l'homme de tout à l'heure n'était pas vraiment aveugle ?

— Ah ah ah ! Je l'ai remarquée quand il passait dans la rame.

— Remarqué quoi ?

— Eh bien, sa montre ! Elle se découvrait de temps à autre de sous sa manche. Elle n'était ni à vibrations ni en braille. C'était une Bulova flambant neuve ! Et ses lunettes de soleil étaient très noires. Pour mendier, il faut montrer son handicap aux gens, alors en général les malvoyants portent des lunettes teintées qui laissent voir leurs yeux.

— Waouh ! Vous avez un terrible sens de l'observation !

— Ce genre d'arnaqueurs fait du tort aux personnes vraiment dans le besoin.

— Vous avez raison, les types comme lui sèment la méfiance dans notre société.

Cet homme aux cheveux blancs n'était autre que le docteur Yi Tak-o. À l'époque, il avait son cabinet de psychiatrie à Banpo. Gojin, très touché par son intervention dans le métro, a été profondément attiré par sa personnalité mais, sur le moment, il a cru que le docteur avait agi ainsi, poussé par de hautes valeurs morales.

3

Le Centre de recherches sur le suicide mental se trouve au deuxième étage d'un vieil immeuble au fond d'une ruelle derrière le cinéma Piccadilly à Jongno-3. Même s'il est en plein cœur de Séoul, le bâtiment est complètement délabré. Son entrée est sombre. Une fois les deux étages grimpés par l'escalier, je tombe sur un couloir désert et sale. Quelques vieux journaux traînent dans un coin. Y aurait-il un cadavre de rat en dessous ? La porte 304 au bout du couloir est celle du Centre. J'ai beau penser sérieusement au suicide, j'hésite à entrer. Mais je suis venu de Yangpyeong, alors ça serait dommage de rebrousser chemin sans même essayer.

Je finis par frapper à la porte et j'entends une voix de femme frêle qui répond : « Oui ? » J'ouvre timidement la porte. La pièce est presque vide. La femme qui m'a répondu est assise derrière un bureau, à droite de l'entrée. Elle m'adresse un sourire doux. C'est une petite femme mince avec un joli visage ovale derrière ses lunettes à monture en plastique marron. Face à la porte, une table basse cernée de quelques fauteuils disposés le long du mur et, dans un coin, un petit frigo bleu clair constituent tout le mobilier de la pièce. Un minimalisme extrême. Une porte fermée donne sur une autre pièce qui doit être le bureau du directeur. Vu le lieu et l'équipement pauvre, le terme « Centre de recherches » me paraît exagéré. Au moins, ça ne ressemble pas à ces locaux de vente pyramidale, ça me rassure.

Tout à coup, la porte du bureau du directeur s'ouvre avec un fort grincement et un homme en sort. Malgré ses cheveux blancs comme neige, avec son teint rose et sa peau ferme, il n'a pas l'air si vieux. Il m'adresse un large sourire. Sa veste grise et ses chaussures marron brillent comme des sous neufs. Il ne porte pas l'habituelle blouse blanche des médecins. Intimidé, j'ôte spontanément mes lunettes de soleil et me présente :

— Bonjour, je... je m'appelle Kil Yeong-in...

À mon balbutiement, l'homme et la femme s'adressent des sourires énigmatiques. Est-ce le signe qu'ils viennent d'attraper une bonne proie ? Cette pensée m'offense et le doute m'envahit. Ce bureau est-il une toile d'araignée, et suis-je l'insecte qui vient de se jeter dedans de son plein gré ? Tant que l'argent ne sort pas de ma poche, il n'y a rien de grave. Et je ne débourserai pas un centime si je ne suis pas convaincu. Je vais d'abord écouter ce qu'ils ont à dire et, si je sens que c'est une escroquerie, je m'en vais immédiatement. De toute façon je veux mourir, alors je n'ai peur de rien. Mais, à mon grand étonnement, ils se contentent de sourire sans dire un mot pendant un bon moment. Ce n'est pas très poli d'exposer leur patient à ce silence gênant. N'y tenant plus, j'ouvre la bouche :

— Je suis bien au Centre de recherches sur le suicide mental ? Je suis tombé sur votre site internet...

— Oui, vous êtes au bon endroit. Soyez le bienvenu ! répond enfin l'homme avec un enthousiasme exagéré avant de se présenter comme le docteur Yi Tak-o.

Il m'invite à entrer dans son cabinet à l'aménagement aussi sobre que celui de l'autre pièce : un bureau, une table, quelques chaises, un portemanteau et un divan près de la table. Je m'installe sur une chaise face au bureau. Bientôt, la femme entre pour nous apporter deux tasses de thé et ressort aussitôt. Le docteur boit une gorgée et me dévisage avant d'entamer la conversation.

— Je suppose que vous avez lu la description de notre Centre sur notre site, je peux donc faire l'impasse sur l'introduction. J'imagine que vous êtes là parce que vous avez la ferme intention de vous suicider.

— Je ne dirais pas exactement ça... Je suis venu parce que je n'ai pas le courage de mettre fin à mes jours.

— Je vous comprends. Notre Centre est là pour les gens comme vous qui se trouvent coincés dans ce genre d'angle mort...

— En fait... ma femme a quitté notre domicile il y a un an. Elle s'appelle Han Dami. Elle est peintre. C'est une femme charmante, trop bien pour moi. J'ai honte de le dire mais, sans elle, je n'ai aucun désir de vivre, je ne pense qu'à mourir...

— Vous n'avez pas à avoir honte, dit le docteur d'une voix tonitruante avant que j'aie fini ma phrase. La perte du conjoint est un important motif du suicide. Est-ce que Cléopâtre devrait avoir honte d'avoir mis fin à ses jours après la mort de Marc Antoine ? Il existe d'autres femmes qui se sont suicidées pour leurs hommes : Eva Braun, la femme de Hitler, par exemple.

Ses paroles ont un côté théâtral et me donnent l'impression d'être un peu éloignées de la réalité.

— Oui mais... ce n'est pas facile de mourir. Je n'en ai pas le courage. J'ai pensé à toutes sortes de moyens d'en finir mais ils m'effrayent tous. C'est risible, je sais, d'avoir peur d'une corde quand on est résolu à mourir.

— Non, c'est tout à fait normal et humain. Ce sont ceux qui n'ont jamais tenté de se suicider qui ne comprennent pas cette peur.

Cette phrase dite d'un ton ferme me console. Le cœur un peu allégé, je lui demande :

— Ces deux pièces constituent l'ensemble de votre Centre ? N'y a-t-il pas d'autres chercheurs que vous ?

— Je suis à la fois le directeur et le chercheur, disons que c'est le Centre de recherches d'un seul chercheur. Mais ne doutez pas de l'authenticité de mon travail, je suis docteur en médecine. Le « suicide mental » est un concept que j'ai créé et, comme vous l'avez peut-être déjà deviné, il n'est pas très pertinent de le proposer au grand public. C'est pourquoi je suis dans l'obligation de mener ce projet de façon discrète et indépendante, sans dépendre d'aucun hôpital. Je peux vous dire que j'ai obtenu un certain nombre de résultats cliniques positifs et j'arrive à soigner, ou plutôt devrais-je dire à intervenir sur tous ceux qui souffrent du désir de suicide.

— Est-ce qu'il s'agit d'une intervention pour détruire... ou plutôt pour « tuer le mental », comme le dit le nom de votre concept ?

Face à ma question prudente, le docteur Yi répond par un sourire bienveillant. Je remarque qu'il sourit souvent sans raison, ce qui me donne la chair de poule.

— Tout à fait, vous avez parfaitement compris. La source de la souffrance vient du mental. Troubles du comportement, schizophrénie... ceux qui n'ont pas connu ça n'imaginent même pas ce qu'endurent les gens qui en souffrent. À part ces états malades, la perte de l'être aimé, l'humiliation, le déshonneur, le sacrifice, la résistance, la perte d'un combat et la superstition sont aussi des causes de suicide. Des raisons si diverses qu'il est difficile de les catégoriser. Il existe même des gens qui se donnent la mort par idéologie et non pour une motivation personnelle, bien que ça ne soit que des cas exceptionnels. Par exemple, Empédocle s'est jeté dans la fournaise de l'Etna, en proie au désespoir de ne pouvoir expliquer l'activité des volcans. Ou bien Fujimura, jeune philosophe japonais du siècle dernier, a sauté dans les chutes de Kegon en laissant comme message : « La vraie nature de toute création est impénétrable. » Cette multitude de raisons de se suicider ne disparaîtra pas tant que les humains existeront.

« Les gens lancent des paroles sans réfléchir. Ils disent : “Si tu as le courage de mourir, aie celui de vivre !”, ou encore : “Pense à ta famille !”... Ce sont des jugements superficiels. Les suicidaires sont des personnes qui ne cherchent plus que l'ultime salut du “silence éternel”. Existe-t-il une solitude aussi intense que la leur dans ce monde ? Les autres sont incapables de mesurer la volonté qu'il faut pour accomplir ce geste fatidique. En tant que personne extérieure, je ne peux rien dire au sujet de leur décision mais ça me fait mal au cœur de les voir écourter leur existence. Être né sur cette terre est un miracle, n'est-ce pas ? Biologiquement parlant, nous devons nos vies au pur hasard de la rencontre entre un spermatozoïde parmi des milliers et un ovule. Par exemple, je ne serais pas né si mon père était rentré tard ce soir-là à cause d'une réunion professionnelle. Ainsi, si je remonte à mes grands-parents, arrière-grands-parents et bien au-delà, et que je prends en compte les chances infimes que se réalisent les histoires d'amour qui ont donné naissance à tous ces aïeuls, une vie est aussi miraculeuse que la création de la Terre. Bien sûr, tous les êtres qui voient le jour sont le résultat d'un pareil miracle, mais si on se focalise sur "moi", la chance d'aboutir précisément à "ma" naissance et non à celle d'un autre est plus mince que celle de faire rédiger une encyclopédie à un singe planté devant une machine à écrire. C'est une veine inouïe, même pas comparable aux numéros gagnants du loto, alors ne serait-il pas absurde de faire s'éteindre un miracle aussi précieux ?!

« Je me suis intéressé à ces disparitions volontaires, car j'en étais triste. On a beau analyser les causes, qu'elles soient personnelles ou sociales, les comprendre ne fait pas baisser le nombre de suicides. Notre société a fait d'incroyables progrès sur les plans économique, culturel et politique depuis la vie dans les cavernes, mais le taux de suicide ne fait qu'augmenter ! Ce n'est pas parce que les gens ont une vie plus facile, un frigo, la clim, le chauffage en plein hiver, une télé qui diffuse toutes sortes de divertissements, qu'ils ne se donnent pas la mort pour autant. Est-ce que les humains sont vraiment capables de mener des recherches pour restreindre le nombre de suicides ? Et, pour être franc, ce genre de recherches psychopathologiques et sociologiques n'ont aucune utilité face à la souffrance existentielle propre à chaque individu.

« Bien sûr, beaucoup d'efforts ont été faits pour empêcher les suicides. Il y a un siècle encore, les psychiatres et les médecins croyaient qu'il suffisait de prélever régulièrement des petites quantités de sang pour empêcher un patient d'attenter à ses jours. Certains conseillaient de prendre un bain, d'autres avaient la conviction que ça pouvait se résoudre par le mariage. Alexandre Dumas pensait qu'il fallait de la modération et de la patience pour éviter le suicide, Bacon proposait de se concentrer sur les mathématiques, Diderot préconisait de jouer à des jeux dangereux. Ils avaient l'illusion que trouver une raison de vivre était une solution contre l'envie de mourir. Mais comme vous vous en doutez, monsieur Kil Yeong-in, ça n'a donné aucun résultat. Pire encore, aujourd'hui, les gens stimulent mutuellement leurs désirs de se supprimer via des blogs. Alors les belles paroles du genre "Le suicide est mauvais, ayez une pensée positive !" reviennent au même que de dire à un ado rebelle qu'il doit obéir à ses parents. "Prenez un long bain" ou "Mariez-vous" ? On risque plutôt de s'ouvrir les veines dans la baignoire et de se détruire, trop déçu par le mariage. Je veux dire par là qu'aucune de ces paroles apparemment raisonnables n'est efficace pour combattre le suicide.

« Moi, j'ai tourné la page de ces clichés et je propose un changement radical dans la manière de penser. Il m'a fallu briser le serment d'Hippocrate que j'ai prêté en tant que médecin. Car mon point de vue novateur est que, si on n'arrive pas à guérir le mental qui est la source de toutes ces souffrances, alors il faudra le détruire. Les plus grands sages de l'humanité comme le Bouddha et les guides spirituels du Tibet ont consacré leur vie à maîtriser le mental, cette part de nous abstraite et invisible. Vous, monsieur Kil Yeong-in, vous souffrez tellement que votre mental a fini par vous faire renier votre propre existence. Enfermé dans cette vision trompeuse qui vous rend aveugle au monde extérieur, vous ne pouvez vous libérer tout seul. Mais votre salut peut venir en éradiquant la faculté de penser et les sens que vous ne contrôlez plus. Il est difficile de garder les objets, la nature et même les humains en bon état, par contre, en peu de temps, on peut les démolir. On a beau prendre des fortifiants pendant des décennies, une seule goutte de poison suffit à mettre notre corps K-O. Ce même principe s'applique à notre mental. Il n'est pas facile à soigner mais on peut aisément l'anéantir. Il est plus fragile encore que du cristal. Tuer le mental, c'est la fin de la souffrance ! Personne n'avait pensé à cette idée simple et efficace. Pourquoi ? Parce que tous ceux qui portent le titre de médecin ont prêté serment de soigner, de guérir et de rétablir ; il ne leur est pas permis de détruire ou de supprimer ce qui n'est pas cliniquement infecté ou cancéreux. C'est dans ces circonstances que je...

Son discours pourrait continuer interminablement, je n'en peux plus. Je déteste les débats télévisés, et là j'ai l'impression d'être le seul public d'un séminaire à l'écouter exposer les résultats de ses recherches. Ça me gêne mais je suis obligé de le couper.

— D'accord, j'ai compris l'objet de vos recherches, docteur. La raison pour laquelle je suis ici...

— Ah ah ah ! s'esclaffe-t-il tout à coup en secouant ses cheveux blancs. Je vois. Alors j'arrête là mes théories abstraites. Maintenant je vais vous parler de mes interventions concrètes. On parvient au suicide mental bien plus facilement qu'à la mort corporelle, et c'est sans douleur ! Le suicide mental est un moyen de se libérer de la souffrance mais ce n'est pas une opération chirurgicale. Les causes de la peine sont diverses. On ne peut pas y mettre fin en enlevant une partie du cerveau ou en le réparant. D'ailleurs, il ne faut pas y toucher à tort et à travers car, au moindre faux mouvement, on endommage les fonctions cérébrales et on vous laisse à l'état de légume. Notre objectif est de détruire le mental, pas de fabriquer un handicapé mental. Et puis, vous voyez que mon bureau n'est pas du tout équipé pour les opérations chirurgicales. Ici, nous recourons principalement à l'hypnose.

— Ah, je vois ! dis-je, un peu soulagé.

Lorsque j'ai découvert le suicide mental sur internet, j'ai été séduit par le concept mais, si l'intervention consistait à charcuter mon cerveau, ça ne m'aurait pas vraiment tenté. Je pourrais supporter d'être un fou à l'esprit dérangé mais pas de devenir un monstre privé de ses capacités cérébrales. Ainsi, il ne s'agit que d'une thérapie hypnotique ! Je ne connais pas grand-chose à ce sujet, je sais néanmoins que cela ne fait aucun mal. Un peu comme un état de sommeil. Et quand je me réveillerai, je découvrirai un monde tout neuf, non ?

— Vous allez suivre la thérapie par l'hypnose pendant un mois ici. Vous viendrez une fois par semaine. Ainsi, vous allez être délivré pour toujours de votre souffrance.

La peur m'envahit, non pas à propos de la mort, mais parce que je ne sais pas ce que je vais devenir après la thérapie, c'est surtout cela qui m'effraie. Un avenir même tragique est moins angoissant du moment qu'on le connaît.

Il y a un point qui me rassure tout de même, c'est que la thérapie dure un mois. Cela veut dire que le suicide mental ne consiste pas à faire disparaître d'un seul coup l'ancien mental et à le remplacer par un nouveau. Ça va s'effectuer de façon progressive, sur une durée relativement longue. Dans ce cas, si jamais je m'aperçois d'un symptôme bizarre, non souhaité, je pourrai toujours interrompre le processus. Bien sûr, il se peut que même ce point soit un subterfuge du docteur pour ne pas m'inquiéter. Mais bon, si je me mets à douter avant même d'avoir commencé, c'est sans fin, et ça ne mène qu'à un brouillard insoluble. Il faut que je tranche à un moment ou à un autre.

— D'accord, je vais essayer. Est-ce que je peux savoir combien ça va me coûter ?

J'ose aborder la question de l'argent pour m'aider à percevoir une éventuelle escroquerie dans son affaire. Mais, au lieu de me donner tout de suite des chiffres, il m'invite à sortir de son bureau :

— Allez donc discuter de ça avec mon assistante, madame Sin Jae-in.

La procédure semble bien rodée, car la femme se met immédiatement en quête de mes coordonnées, mon adresse et quelques infos personnelles. Jusque-là ça va, mais quand elle m'interroge sur ma situation financière, mes biens immobiliers, mon argent courant et mes actions en Bourse, je me sens gêné. Pour connaître le prix de la thérapie, je dois tout de même lui répondre. Elle note tout cela dans un cahier qu'elle tend au directeur lorsqu'elle me reconduit dans son bureau. Elle ressort en m'adressant un sourire doux.

Après avoir consulté le détail de ce que je possède, le docteur m'annonce une somme surprenante :

— Ça va vous coûter trente millions de wons.

— Pardon ?

J'observe ses yeux, je me dis que c'est un plaisanterie, mais son regard ne se trouble pas du tout.

— Vous êtes étonné par cette somme élevée ? Il y a deux raisons à cela.

— Je vous écoute.

— La première concerne la situation financière de notre Centre. Comme je vous l'ai expliqué, nous ne pouvons pas faire ouvertement de publicité, nous sommes contraints de recevoir nos patients dans ces locaux à l'abri des regards et de n'avoir qu'un petit site web discret. Ainsi, seules les personnes vraiment déterminées à mourir mais prolongeant vainement leur vie par manque de courage pour passer à l'acte viennent me voir. Le moyen d'établir le contact entre notre Centre et ces gens étant donc très limité, nous recevons peu de patients, aussi sommes-nous contraints de faire payer des sommes élevées. Il faut bien prendre en compte les frais de recherches et de fonctionnement du Centre, n'est-ce pas ?

— Et l'autre raison ?

— En fait, la deuxième raison est plus importante. S'il n'y avait que la première, je ne vous demanderais pas autant. La vraie raison qui me fait exiger cette grosse somme, c'est pour votre bien.

— Mon bien ?

Là, je sens l'escroquerie et crois entendre les mots employés dans les ventes pyramidales : « C'est dans votre intérêt. » Bon sang ! Mais voyons quand même ce qu'il va me dire...

— C'est pour déceler les patients qui ont véritablement besoin du suicide mental, poursuit-il avec la même éloquence. Et aussi pour leur offrir l'envie et la chance de retourner à une vie normale avant de faire ce choix extrême qu'est le suicide mental. Si vous tenez vraiment à mourir, vous êtes au terme de votre vie, alors quelle importance a l'argent ? Je ne demande pas la même somme à tout le monde, je consulte d'abord la situation financière de chaque patient et lui propose un montant me permettant de déterminer sa sincérité et son besoin réel. Voilà ce que je viens de faire pour vous. Si vous renoncez à mon intervention à cause de cette somme, j'en déduirai que vous n'aviez dès le départ pas vraiment l'intention de vous suicider. Il faut bien dire que, parmi les patients, certains mesurent mal leur propre sincérité à vouloir mourir. Je dois donc déceler ceux qui sont venus là seulement animés d'une pulsion passagère, ou encore ceux qui utilisent la menace de suicide pour faire pression sur les autres. Ces gens-là capitulent en général devant un tel investissement financier et s'aperçoivent que leur souhait n'est pas aussi fort. Je leur donne justement une dernière chance avant qu'ils ne fassent un choix irrévocable.

Ça sent les paroles enjôleuses, mais ça tient debout. Étrangement, je pense de plus en plus qu'il a raison. J'ai beau ne jamais avoir manqué d'argent, trente millions de wons, ce n'est pas négligeable. Mais si j'ai vraiment envie de mourir et que le suicide mental est ma seule issue, cette grosse somme n'a aucune importance. Si je peux me débarrasser de ce mental qui me pèse tant, tout en conservant mon existence à laquelle j'ai du mal à renoncer, ça vaudrait le coup d'avoir dépensé cet argent. Et si la thérapie hypnotique se révèle fausse et que je ne ressens aucun changement, je pourrai toujours exiger le remboursement. Comme il tient à garder la discrétion autour de son Centre, je n'aurai qu'à menacer de faire du bruit et il ne pourra pas refuser. En revanche, si jamais mon mental est supprimé comme je le souhaite, je ne me souviendrai même plus de cet argent. Alors je ne regretterai absolument pas ces trente millions de wons. C'est le prix à payer pour être vivant sans souffrance.

Après ces réflexions et calculs rapides, j'accepte.

4

Ryu Gyeonga est accaparée par l'affluence soudaine de clients. Gojin et Lee Yuhyeon se sont installés sous les néons bleus et l'avocat lève la main quand son regard croise enfin celui de Gyeonga. Celle-ci affiche un air réjoui en découvrant leur présence et s'approche.

— Bonjour, maître Gojin et capitaine Lee, vous êtes là depuis longtemps ?

— Depuis hier, plaisante Gojin.

— Et vous n'avez bu que ça, blague-t-elle en retour tandis qu'elle se pose face à eux.

Sa robe vert émeraude au décolleté profond scintille sous l'éclairage du comptoir et sa longue crinière brillante tombe sur ses épaules.

— Est-ce que tu as demandé à Dong-hui où se situe le Centre ? questionne l'avocat avec ses petits yeux luisants.

Cela fait trois jours que Gyeonga lui a raconté que son petit frère s'était rendu dans cet endroit louche.

— Eh bien... il ne se le rappelle pas précisément. Il s'est rendu à l'adresse trouvée sur internet. Il s'agissait d'une petite ruelle à Jongno, c'est tout ce dont il se souvient. En fait, Dong-hui ne connaît pas bien ce quartier, répond-elle, l'air désolé.

— Bon, il me faut plus d'infos. Je vais me mettre moi-même à la recherche de ce Centre, murmure Gojin en sortant une cigarette.

Lee Yuhyeon, moins intéressé que Gojin, ne bronche pas.

— On dirait que tu as un lien fort avec ce docteur Yi, dit Gyeonga. Je ne t'ai jamais vu si enthousiaste au sujet de quelqu'un.

— Ils ont une vieille histoire à résoudre tous les deux, intervient Lee Yuhyeon avec un ton qui trahit son antipathie.

— D'après ce que vous avez dit la dernière fois, ça a l'air d'être quelqu'un de bien, il a puni l'imposteur dans le métro, non ? Quelqu'un avec un sens de l'observation extraordinaire, et qui agit avec un sens moral rare de nos jours ! Les gens font plutôt semblant de ne rien voir.

— Hi hi hi..., s'esclaffe Gojin d'un ton cynique en actionnant bruyamment son Zippo. Le sens moral de Yi Tak-o n'est pas ce qu'on croit.

Gojin a le regard chargé de nostalgie.

— Je l'ai compris plus tard, poursuit-il. S'il a fait tomber ce faux aveugle, ce n'était pas pour rendre justice, il voulait juste s'amuser.

— S'amuser ?

— Oui, une sorte de jeu pour lui.

— Ah bon ? Ce doit être un drôle d'énergumène pour faire ça...

— Pas le genre que tout le monde apprécie, c'est sûr. Par exemple, les gens cartésiens qui aiment les choses logiques éprouvent de la répulsion pour ce genre d'homme. Moi, je lui avais trouvé un charme étrange ; il m'évoquait tantôt un homme du siècle dernier, tantôt une sorte de surhomme bien plus évolué que la normale.

— Mais tu as dit qu'il avait commis un meurtre, non ? De quoi s'agit-il ? questionne Gyeonga, le menton posé sur sa paume et les yeux brillants.

Elle vient de prononcer le mot effroyable de « meurtre », mais sa posture si élégante suffirait à troubler un homme au cœur de pierre. En proie au même genre de regret que celui qu'on éprouve devant une œuvre d'art qu'on ne peut pas toucher, Gojin laisse couler une gorgée de whisky dans son gosier.

— Pour parler de cette histoire, je dois te dire d'abord que j'ai été intrigué et attiré par lui dès le début et aussi rapidement que si j'avais pris un train express.

— D'où est venue cette attirance subite, à ton avis ?

— Quand j'y repense, c'est peut-être parce qu'à l'époque j'en avais marre de la structure rigide du tribunal qui ne correspondait pas à ma nature. Les agissements de cet homme éloigné du carcan des normes et ses pensées profondes, mystérieuses et libres, m'ont séduit. Après la rencontre dans le métro, je suis passé le voir plusieurs fois à son cabinet, le soir après mon travail.

Thétis – Cabinet de neuropsychiatrie

Ce nom accentuait la curiosité de Gojin. Thétis est une nymphe de la mythologie grecque, elle a plongé son fils Achille dans le Styx, le fleuve des Enfers, pour lui donner l'immortalité en le tenant par le talon. Quel rapport y avait-il entre cette histoire et la neuropsychiatrie ? Décidément, ce docteur avait de drôles de références ! C'était un homme bien énigmatique.

Son cabinet était situé devant la station Banpo. Les consultations prenaient fin à 19 heures. Ce jour-là, quand Gojin y est arrivé par le métro après avoir quitté son bureau à Seocho, le docteur Yi venait de finir avec ses derniers patients.

L'immeuble de trois étages abritant son cabinet au premier était un bâtiment de forme allongée, à la façade couverte d'enseignes publicitaires. Le cabinet était discret et sobre, et sa petite enseigne à peine visible au milieu des panneaux multicolores des instituts privés. Le décor intérieur était simple lui aussi, comme pour se faire modeste par rapport à d'autres établissements médicaux rivalisant de luxe. Voulait-il n'accueillir que ceux qui viennent spontanément ? Cela signifiait-il qu'il ne faisait aucune publicité pour attirer les patients ?

Gojin feuilletait des magazines dans la salle d'attente. Les lectures ne manquaient pas et étaient très diverses : un magazine photos récent, un autre de chasse japonais, un *Chanson populaire mensuelle* datant des années 1980, un journal sur les nanotechnologies, la brochure touristique d'un parc d'orangs-outans à Bornéo. Il n'y avait aucune cohérence entre eux, au point que Gojin doutait qu'ils soient vraiment appropriés pour un cabinet de neuropsychiatrie. Le docteur les avait-il choisis dans une librairie d'occasion ? Yi Tak-o parlant peu de lui-même, Gojin n'avait pas de réponse à toutes ses interrogations, mais en réalité il ignorait que le docteur, lui aussi, se préoccupait beaucoup d'en savoir plus sur l'étrange magistrat qui lui rendait régulièrement visite.

Quelques instants plus tard, la porte de la salle de consultation s'est ouverte et deux patients en sont sortis. C'était un jeune couple. Gojin les avait déjà vus plusieurs fois car il venait en général le mardi soir, le jour de leur consultation. Gojin finissait son travail plus tôt le mardi, et eux avaient le dernier rendez-vous de la journée, qui se terminait tard car le docteur Yi semblait ne pas compter son temps.

La jeune femme rondelette, toujours habillée de manière assez indécente, avait le teint pâle et un air mélancolique, tandis que l'homme en costume impeccable de salarié d'entreprise arborait un menton carré et des épaules solides, dégageant une beauté sauvage.

Gojin les a salués avant de pénétrer à son tour dans la salle de consultation. Le dos tourné, le docteur Yi était en train de décrocher un tableau. Il a posé le cadre au sol, face contre le mur de manière à cacher l'image, et seulement après il s'est retourné, lui a souri de toutes ses dents et l'a accueilli en s'exclamant chaleureusement :

– Bonjour, monsieur le juge, soyez le bienvenu ! Justement je commençais à avoir faim, sortons dîner !

Gojin a senti quelque chose de pas très naturel dans son attitude. Dès la sortie du jeune couple, le docteur Yi s'est précipité pour décrocher le tableau alors qu'il aurait pu le faire tranquillement après avoir salué Gojin. Il n'y avait pas le feu ! Et il l'a tourné face contre le mur. Tout montrait qu'il ne voulait pas que le magistrat le voie. Pourquoi ?

— Qu'est-ce que c'est, ce tableau ? Il a un rapport avec la consultation qui vient de se terminer ?

— Votre curiosité est bien maladive ! Ce ne sont pas vos oignons...

Gojin a fait mine de s'approcher du bureau et s'est penché rapidement pour attraper le tableau.

— Si vous cachez une photo de Jane Birkin nue, j'aimerais l'admirer moi aussi !

Sur ce, il a adressé un immense sourire au docteur qui a haussé les épaules d'un air résigné. Gojin venait de voir l'image et était déçu. Ce n'était pas une belle peinture ni un cliché original, juste un lever de soleil, mais, même aux yeux de Gojin qui était profane en la matière, la photo se révélait magnifique. L'artiste avait su capter le moment où le soleil sortait de l'eau depuis une falaise de bord de mer. Le soleil levant, les teintes du ciel et le paysage marin tout autour étaient harmonieux. Au bas, on apercevait la forme curieuse de la falaise sur laquelle se tenait sans doute le photographe. La solennité de l'instant où jaillit la grandeur de la nature juste avant que se déversent les puissants rayons du soleil avait été immortalisée, et devant les couleurs changeantes ainsi fixées sur l'image on ne pouvait être qu'émerveillé.

— Même moi qui n'y connais rien, j'éprouve un sentiment presque pieux. C'est splendide, bien que ça ne vaille pas Jane Birkin nue !

— Là, je suis tout à fait d'accord !

— Les deux qui sont sortis à l'instant viennent chaque semaine, quels problèmes ont-ils ? a demandé Gojin sur un ton léger, l'air de rien.

— Des problèmes conjugaux, sinon ils n'auraient pas besoin de me consulter en couple, mais je ne peux pas en dire davantage, je suis bien évidemment tenu au secret professionnel, a-t-il répondu pour mettre un terme à la curiosité du magistrat.

Gojin n'a pas insisté. Il n'avait pas de raison de le faire. Sauf que le destin allait les forcer à se lier au travers de l'histoire de ce couple dont la fin serait peu banale.

Par la suite, à cause d'une surcharge de travail, Gojin n'a pas pu passer voir le docteur pendant presque deux semaines. Alors qu'il était à la tâche, entouré d'une montagne de dossiers, il a reçu le coup de fil d'un inconnu vers midi :

– Vous êtes bien le juge Gojin ? a demandé une voix d'homme grave et franche.

– Qui est à l'appareil ?

– Je m'appelle Lee Yuhyeon, lieutenant de la brigade criminelle du commissariat de Seocho.

– Que me veut le commissariat de Seocho ? Il y a un rapport avec les dossiers que je traite en ce moment ?

Gojin s'est étonné de cet appel. Il n'arrivait jamais qu'un policier téléphone directement au juge à propos du cas sur lequel il enquêtait. Comme il s'en était douté, ce n'était pas le motif de l'appel.

– Non, je voudrais entendre votre témoignage au sujet d'une autre affaire.

– Mon témoignage ? Hum... je n'ai pas souvenir d'avoir assisté à un incident particulier...

– Non, vous n'y avez pas assisté. En ce moment, je mène une enquête sur l'entourage d'une victime et j'aimerais vous rencontrer à ce sujet.

Le commissariat était proche du tribunal, il suffisait de traverser le bâtiment du parquet général de l'autre côté de la rue. Trente minutes à peine après avoir raccroché, Lee Yuhyeon se trouvait dans le bureau de Gojin.

À l'époque, le lieutenant venait de sortir de l'école de police et, inspecteur débutant, il était affecté à la brigade criminelle. De quelques années plus jeune que Gojin, il était bel homme avec un corps musclé à l'allure guerrière. Il avait une voix gaie pleine de la vigueur de la jeunesse. Gojin n'aimant pas les tempéraments extrêmes, trop introvertis ou trop agressifs, il a tout de suite apprécié le caractère tempéré de Lee Yuhyeon. Courageux et possédant en même temps une forte propension à l'empathie, il était proche de ces héros de série télé dotés à la fois d'intelligence, de beauté et de sensibilité.

Quand le jeune inspecteur a commencé à lui raconter l'objet de sa visite, Gojin a pensé qu'il s'était trompé de personne.

— Un dénommé Park Jae-seong est mort en tombant d'une falaise. Au premier abord, ça ressemble à un suicide ou à un accident mais, en tant que policier, je ne peux laisser aucune place au doute avant de tirer des conclusions. Je suis venu vous voir pour vérifier plusieurs choses.

— Je ne connais personne de ce nom.

— Vous connaissez le docteur Yi Tak-o, n'est-ce pas ?

— Oui.

— Park Jae-seong et sa femme consultaient le docteur tous les mardis soir, vous les y avez croisés.

— Ah, oui, c'est possible.

— La femme s'appelle Woo Ho-seon. Ils suivaient une thérapie de couple. Même si la mort du mari semble être accidentelle, je me suis dit qu'il fallait enquêter sur les conflits psychologiques du couple. L'homme n'a pas laissé de testament... J'ai interrogé son entourage sans grand résultat. Le docteur Yi s'est contenté de dire qu'ils avaient un problème d'ordre sexuel, rien de plus.

— D'ordre sexuel ?

— C'est ce qu'il a dit mais il ne collabore pas du tout avec nous et répète qu'il doit respecter le secret médical. Je n'ai pas d'autre choix que de chercher des gens qui ont fréquenté ce couple. D'après la secrétaire de Yi Tak-o, vous connaissez bien le docteur et le couple aussi. C'est pour ça que je suis là.

L'assistante avait dû se méprendre à propos de la relation entre Gojin et le jeune couple, alors qu'il voyait à peine leurs visages. Il n'avait donc aucune raison d'être triste de la mort de l'homme. En revanche, sa curiosité légendaire était piquée au vif par le fait que le point le reliant à l'homme tombé d'une falaise n'était autre que le cabinet du docteur Yi Tak-o.

— Je vois... Pourriez-vous me raconter plus en détail ce qui s'est passé ? Une fois que j'en saurai davantage, je pourrai peut-être vous être utile. Je vais faire des efforts pour me souvenir de choses en rapport avec ce couple.

— L'histoire est simple. Park Jae-seong est décédé après être tombé de la crête de Gongryong, au mont Seorak, il y a cinq jours. Lui et sa femme sont allés faire une randonnée en montagne. La veille, ils ont passé la nuit dans un chalet à proximité du lieu de l'accident et sont partis tous les deux à l'aube. C'est ce qu'ont rapporté les gens qui étaient logés dans le même chalet. Peu après, sa femme est revenue seule. D'après elle, son époux a escaladé un rocher dangereux pour faire une belle photo, alors qu'il faisait encore sombre, et une seconde d'inattention a suffi à le faire tomber. Selon les autres randonneurs du chalet, le couple était de bonne humeur la veille, ça ne ressemble pas à un suicide. Vu l'état du cadavre et les circonstances du drame, tout montre qu'il s'agit d'un accident. À moins que...

— Que ?

— Accident ou meurtre. L'un des deux. Si c'est un meurtre, sa femme étant seule à côté de lui au moment de la chute, il est évident qu'elle est coupable. Mais je vois mal cette petite femme tuer son mari si costaud et déguiser le meurtre en accident. Je suis un peu dans le brouillard, je ne peux pas boucler cette affaire tout de suite, alors j'enquête sur un éventuel motif qui aurait poussé Woo Ho-seon à tuer son mari. J'ai déjà écouté les collègues et les membres de la famille de Park Jae-seong. Eux ne savent pas grand-chose de leurs problèmes de couple, c'est intime. Puisqu'ils en sont venus à consulter un psychiatre, c'est qu'il devait y avoir un conflit sérieux entre eux mais, comme le docteur se tait, je suis bien obligé de chercher d'autres personnes capables de m'en dire davantage.

— Je vois... En fait, je ne sais rien d'eux, a annoncé le juge après un silence.

Lee Yuhyeon, qui attendait dans l'espoir d'apprendre quelque chose d'utile, a été bien déçu !

— Vraiment ?

— Ce couple et moi, nous ne nous disions que bonjour. Quant au docteur Yi, j'ai passé plus de temps avec lui mais je ne le connais pas depuis longtemps. Alors comment voulez-vous que je sois au courant des problèmes de ses patients ? Évidemment, non !

Le jeune inspecteur a fixé le juge d'un regard ahuri et chargé de reproches : s'il ne savait rien, il fallait le dire dès le début ! Pourquoi lui avait-il fait raconter les détails de cette histoire ?

Faisant fi de l'humeur noire de Lee Yuhyeon, Gojin lui a adressé tout à coup un sourire radieux. Désappointé, le lieutenant a pris congé en lui laissant sa carte de visite. Le sourire du juge retombé, la porte de son bureau à peine refermée, il s'est aussitôt mis à pianoter sur le clavier de son ordinateur.

— Tu ne m'as pas fait très bonne impression lors de notre première rencontre, grand-frère, grommelle Lee Yuhyeon. Tu ne connaissais rien de ces gens mais tu m'as fait tout raconter. J'ai pensé que tu n'allais pas m'être utile en quoi que ce soit.

— Mais aujourd'hui tu as changé d'avis ?

— Seulement quand tu m'offres un verre !

Gyeonga éclate de rire, amusée par les enfantillages des deux hommes.

— Tu as cherché quoi sur ton ordinateur à ce moment-là ?

— J'ai tapé sur internet « lever du soleil sur la crête de Gongryong », ce genre de chose.

— En fait, tu as eu une inspiration après avoir entendu l'histoire de ce couple ?

— Je n'irais pas jusqu'à dire ça, mais le récit de l'inspecteur m'a évoqué la photo encadrée que j'avais vue dans le bureau du docteur.

Sur ce, Gojin allume une cigarette.

Le jour suivant, Lee Yuhyeon a reçu un coup de fil de Gojin. Comme il n'avait pas eu une très bonne image de ce juge, il a presque regretté de lui avoir laissé sa carte de visite. Mais il n'avait rien à perdre et a quand même répondu poliment au téléphone.

— Comment était habillé Park Jae-seong ? a questionné d'emblée Gojin.

— Il portait une tenue de randonnée ordinaire.

— Avez-vous fouillé attentivement le lieu où il a chuté ? Avez-vous trouvé des objets ou autre chose le concernant ?

L'inspecteur a réagi sans grand intérêt aux questions de Gojin qui lui semblaient sorties de nulle part.

— Pourquoi demandez-vous cela ? Avez-vous des pistes à me suggérer ?

— Non, pas du tout. Je trouve juste que c'est étrange qu'il soit tombé sans raison.

— On a eu beaucoup de mal à récupérer le corps. Savez-vous à quel point la falaise de Gongryong est escarpée et dangereuse ? On dit que c'est une crête mais en réalité c'est une succession d'innombrables parois rocheuses si abruptes qu'on a du mal à y tenir debout. L'adresse du défunt étant dans notre arrondissement, c'est le commissariat de Seocho qui est chargé de l'affaire mais c'est la police et les pompiers locaux qui ont fait le plus dur du boulot, et sur le moment ils n'avaient pas suffisamment d'effectifs pour fouiller les alentours. Ils ont juste récupéré le corps.

— Que pensez-vous de ratisser davantage en élargissant la zone ? Il se pourrait qu'il ait laissé tomber un objet en chutant.

— De toute façon nous prévoyons de retourner sur les lieux. Vous savez, la police ne fait jamais les choses à moitié.

— J'espère... Enfin, si vous trouvez des choses intéressantes, pourriez-vous m'en informer ? a demandé Gojin sans se soucier du ton irrité de Lee Yuhyeon.

Deux jours plus tard, l'inspecteur Lee a reçu un rapport de la police locale. Un peu à l'écart du lieu où était tombé le corps, ils avaient trouvé une paire de lunettes de soleil, un chapeau et un appareil photo. Brisé en mille morceaux, ce dernier était un modèle professionnel très cher. Woo Ho-seon l'avait identifié comme étant celui de son mari.

Le lieutenant s'est dit : « Tiens, ce drôle de juge a quand même de la clairvoyance. » Certes, c'était le genre d'objets courant chez les randonneurs, mais ils avaient bien été retrouvés non loin du corps, comme l'avait supposé Gojin. Ce dernier savait-il donc quelque chose sur cette affaire ?

Lee Yuhyeon a tenu Gojin informé au sujet des effets personnels de la victime enfin dénichés. Aussitôt, le juge lui a proposé franchement :

— Allons boire un verre ensemble ce soir !

Le jeune inspecteur a d'abord été réticent, car il ne s'était pas complètement débarrassé de sa première mauvaise impression et n'aimait pas ce genre de personne qui s'approche en vous tournant autour comme une anguille. Cependant, il avait le sentiment que Gojin pouvait l'aider et ça l'a poussé à accepter sa proposition.

Le soir même, ils se sont retrouvés autour de grillades de tripes dans une ruelle près de la station Gyodae.

— Il y a quelque chose que je ne vous ai pas dit, inspecteur, a commencé Gojin après avoir trinqué au *soju*. Et cela me reste en travers de la gorge.

— Qu'est-ce que c'est ? Mieux vaut tard que jamais !

— J'ai croisé ce couple dans le cabinet du docteur Yi lors de ma dernière visite, il y a quelques semaines. Je suis entré dans la salle de consultation juste après eux, alors que le docteur Yi était en train de décrocher un grand tableau. C'était la photo d'un magnifique lever de soleil.

— Et alors ?

— Alors c'est tout.

Lee Yuhyeon s'est dit qu'il s'était encore fait avoir. Ce drôle d'homme voulait-il s'amuser avec un jeune policier déjà débordé ? Le juge était-il si désœuvré que ça ? L'inspecteur avait envie de se lever quand Gojin a lancé, un petit sourire aux lèvres :

— Et si ce lever de soleil avait été pris depuis la crête de Gongryong, au mont Seorak ?

— Hein ? Pardon ?

— J'ai cherché sur internet des photos prises là-bas. Elles ressemblent à celle du bureau du docteur Yi Tak-o. Surtout les parois rocheuses si particulières, comme vous me les avez décrites.

— Et alors ?

— Vous allez peut-être me trouver ridicule mais j'ai essayé d'imaginer un scénario, voulez-vous l'écouter ?

— Un scénario ? Allez-y toujours...

— Si Park Jae-seong avait atteint un endroit dangereux avec un appareil aussi cher, c'est qu'à défaut d'être professionnel il était un amateur sérieux et passionné. Vous savez, ce genre de passionnés, une fois plongés dans leur hobby, ils ne voient rien d'autre. À l'image des collectionneurs qui n'hésitent pas à prendre l'avion pour rejoindre l'autre bout du monde afin d'acquérir un article rare, et à vendre tous leurs biens pour compléter leur collection ; les amateurs peuvent se montrer plus enthousiastes que les professionnels. Si Park Jae-seong était un fou de photos, celle du lever du soleil dans le bureau du docteur Yi avait dû attirer son attention, peut-être jusqu'à l'inciter à aller au mont Seorak. Même moi qui ne m'intéresse pas du tout à la photo, je l'avais trouvée extraordinaire, alors c'est très probable que l'envie d'en prendre une aussi belle ait effleuré l'esprit de Park Jae-seong. Donc, si vous vous demandez comment ce petit bout de femme aurait pu réaliser ce crime, il se pourrait que ce soit avec le docteur comme complice ! Il aurait très bien pu dire à Park Jae-seong en lui montrant le tableau : « Vous pouvez obtenir cet angle de vue si vous prenez la photo depuis l'un des rochers en haut de la crête de Gongryong. En tant que médecin, je vous donne un devoir à faire pour la prochaine fois. Partez en randonnée tous les deux et rapportez-moi un cliché aussi splendide que celui-ci. En participant à la passion de votre mari, madame, vous pourrez mieux le comprendre, et vous, monsieur, votre amour pour votre femme pourrait renaître en partageant ce moment avec elle. Ainsi vos conflits pourraient-ils se résoudre... », quelque chose comme ça. Puisqu'ils étaient venus faire une thérapie de couple, il devait y avoir encore de l'attachement entre eux, alors ils auraient accepté volontiers la proposition du médecin. Le mari était certainement encore plus séduit par l'idée que ça se jouerait sur le terrain de sa passion.

– C'est un raisonnement amusant, et après ? a fait Lee Yuhyeon, les yeux brillant dans la lueur du feu des grillades.

– Si on applique mon scénario, ce crime devient parfait ! La crête de Gongryong, au mont Seorak, à l'aube quand il n'y a personne, le mari détestable absorbé dans l'objectif de son appareil photo, debout sur un rocher dangereux sous la faible lumière du soleil pointant tout juste... Il a suffi que la femme tende son bras et voilà un meurtre sans faille. Woo Ho-seon est petite mais, vu sa corpulence, elle a bien assez de force pour le faire tomber.

Lee Yuhyeon a trouvé le raisonnement plausible et conclu que Gojin n'était pas si inintéressant que ça, finalement. Ce soir-là, la relation du juge et du lieutenant est devenue amicale, s'appelant grand-frère et petit-frère.

Dès le lendemain, l'inspecteur Lee a convoqué Woo Ho-seon. Il n'avait ni preuve ni mobile pour affirmer qu'elle avait tué son mari. Ce dernier n'avait ni assurance-vie ni aucune fortune qu'elle aurait pu toucher après sa mort. S'il devait lui trouver un motif, ce serait le problème de couple pour lequel ils avaient consulté le docteur Yi mais, comme elle s'est contentée de dire que c'était d'ordre sexuel et qu'il n'avait rien d'autre pour l'accuser, il ne pouvait l'interroger davantage. Il soupçonnait fort qu'elle avait prétexté des problèmes sexuels pour le mettre dans l'embarras. Hélas, que pouvait-il faire si elle et le docteur avaient élaboré ensemble ce prétexte ? Qui plus est, Park Jae-seong n'était plus là pour les contredire. Le seul point à lui reprocher était qu'elle n'avait pas mentionné que son mari avait apporté son appareil photo. Mais ce n'était qu'une preuve par présomption, bien insuffisante pour l'accuser de meurtre.

Sans aveux de Woo Ho-seon, l'enquête s'enlisait. Il lui a alors proposé de passer au détecteur de mensonges mais elle s'y est catégoriquement opposée :

– C'est déjà assez pénible d'être soupçonnée d'avoir tué mon mari !

Acculé, Lee Yuhyeon a convoqué le docteur Yi Tak-o qui, selon la version de Gojin, aurait tiré les ficelles. Il n'y est pas allé par quatre chemins : il lui a directement parlé du tableau dans son bureau et rapporté l'hypothèse de Gojin.

— C'est vous qui avez élaboré le plan de ce crime parfait et poussé Mme Woo Ho-seon à l'exécuter, n'est-ce pas ?

Yi Tak-o a éclaté de rire avant de répondre :

— Le juge Gojin a une imagination bien farfelue pour inventer tout ça à partir d'une photo de lever de soleil ! Ce genre d'histoire à dormir debout est tout à fait digne de lui, vraiment !

— Ce n'est pour vous qu'une histoire à dormir debout ? Alors comment se fait-il que vous ayez dans votre bureau un lever de soleil justement pris sur cette crête ?

— Il ne s'agit là que de la logique de l'ami Gojin ! En voyant ma photo, Park Jae-seong a sans doute eu envie d'aller à la crête de Gongryong et il a eu un accident là-bas, c'est aussi simple que ça. Alors pourquoi compliquez-vous les choses ?

— Vous avez fait en sorte qu'on pense ça mais, si c'était le fruit du hasard, pourquoi Woo Ho-seon n'a-t-elle pas dit dès le début que son mari voulait prendre une photo ? A-t-elle caché ce détail parce que, s'il n'avait pas été concentré à le faire, elle n'aurait pas pu commettre son crime ? C'est la seule raison possible...

— Dans ce cas, ayez recours au détecteur de mensonges pour savoir si j'ai fomenté ce prétendu meurtre. Vous en aurez le cœur net !

Lee Yuhyeon a été surpris par la confiance débordante de cet homme qui a proposé de lui-même de se soumettre au détecteur de mensonges.

L'appareil est délicat à utiliser dans une enquête. Il apporte une grande aide du point de vue psychologique mais a une faible valeur juridique. Sa fiabilité est élevée mais pas totale. Aussi, tant que le concerné n'est pas d'accord, son résultat ne peut être utilisé devant un tribunal. Par exemple, quand on propose à un prévenu qui ment de passer au détecteur, il sursaute mais dit oui sur le moment pour feindre son innocence. Ensuite, si le résultat est positif, c'est-à-dire qu'il détecte le mensonge, il proteste en disant que c'est une erreur de la machine et refuse son utilisation comme preuve.

Quoi qu'il en soit, Lee Yuhyeon n'avait jamais vu un suspect proposer de lui-même d'y passer. Sûrement pour faire croire qu'il était innocent, mais prenait-il les enquêteurs pour des imbéciles ? Les intellectuels ont toujours tendance à surestimer leurs propres compétences. Lui, ce spécialiste en psychiatrie, se berçait certainement d'illusions sur sa capacité à tromper le détecteur de mensonges. Croyait-il vraiment pouvoir falsifier la réaction de son système nerveux autonome par sa simple volonté ? Il avait beau avoir une grande maîtrise théorique, il ne pourrait contrôler ce que détecterait la machine. Il est connu que l'exactitude de l'appareil est de plus de 95 %. Bien que ça ne soit pas valide comme preuve, le détecteur de mensonges est très utile pour la police car il peut fragiliser psychologiquement un suspect ; de plus, le juge et les jurés prennent souvent en compte son résultat. Et si celui-ci va dans leur sens, il contribue à raffermir leurs convictions sur la culpabilité du prévenu. Mais... le docteur Yi avait dû penser qu'en cas de résultat positif il n'aurait qu'à le nier. Cela ne faisait aucun doute qu'il connaissait ce point faible de la justice.

En plein dilemme, Lee Yuhyeon en a parlé à Gojin qui, étonné lui aussi de l'initiative du docteur, a réfléchi un moment avant d'annoncer avec un sourire plein de sous-entendus :

— Alors vas-y, fais-le passer au détecteur, on ne sait jamais !

— Même si le résultat est positif, ça ne sert à rien, il va le contester et on ne pourra rien présenter devant le tribunal.

— Ça, c'est uniquement ce que dit le Code de procédure pénale.

— On peut faire comment ?

— Tu peux l'utiliser comme présomption judiciaire ou preuve de fait.

— Explique-moi davantage.

— Au tribunal, le procureur fait semblant de commettre une gaffe et lâche une phrase du genre : « Le résultat du détecteur de mensonges était pourtant positif. »

— Mais à quoi bon ? Ça ne sera pas une preuve pour la procédure pénale. Et puis ça dépend des juges, il y en a sûrement qui n'apprécieraient pas ce genre de stratagème.

— Ça n'a aucune importance, du moment que la phrase est lancée, elle va influencer le jugement. Une fois inscrite dans les esprits, elle ne s'effacera pas. L'effet sera le même qu'avec une preuve officielle.

Étaient-ce là des choses qu'on est censé entendre dans la bouche d'un juge ? Décidément, ces drôles de docteur et de juge ne manquaient pas de l'étonner.

C'était une démarche clandestine mais l'inspecteur s'est dit : « Pourquoi pas, si ça sert à punir le mal ? » Il suffisait de s'entendre avec le procureur chargé de l'affaire et l'utilisation du résultat du détecteur devenait possible. À condition bien sûr que le résultat soit positif.

Le passage au détecteur consistait à répondre « oui » ou « non » à une série de questions que Lee Yuhyeon avait préparée. Les deux premières étaient les suivantes : « Avez-vous tué Park Jae-seong ? » et « Avez-vous fomenté le meurtre de Park Jae-seong ? ». Aller droit au but est le plus efficace. Mais il pouvait obtenir des réponses sûres à ces questions uniquement si le docteur avait commis ce crime ou en avait pris l'initiative. Si Woo Ho-seon avait mené seule son crime et que le docteur n'avait donné qu'un coup de main, sa réponse négative serait la vérité. C'est pourquoi Lee Yuhyeon avait ajouté une troisième question : « Avez-vous aidé Woo Ho-seon à tuer son mari ? »

Si le docteur Yi était impliqué de quelque manière que ce soit, il ne pourrait passer au travers de ces trois questions. Qu'il en soit le meurtrier, l'instigateur ou le complice, il allait forcément finir par se faire attraper dans les mailles de son filet.

Le docteur Yi, installé sous les fils reliant son cœur et ses doigts à la machine, a répondu d'un air nonchalant « non » aux trois questions. Aussitôt, l'aiguille du polygraphe a dessiné des courbes pareilles à celles des actions en Bourse.

— Est-ce vraiment « non » ? a répliqué Lee Yuhyeon avec un sourire qui en disait long pendant que l'analyste ôtait la feuille de la machine.

L'inspecteur était sûr de gagner, aussi attendait-il le résultat avec de grands espoirs. Ça a pris plus de temps que d'habitude et ce qu'a annoncé enfin l'analyste lui a fait l'effet d'un coup de marteau sur la nuque : « Vérité ».

Le docteur Yi n'avait ni commis, ni instigué, ni participé au meurtre de Park Jae-seong, voilà le diagnostic du détecteur de mensonges. L'inspecteur Lee est resté bouche bée tandis que Yi Tak-o est sorti du commissariat d'un pas tranquille, ses cheveux blancs secoués par un grand éclat de rire.

La mine de Lee Yuhyeon s'est assombrie. Il ne pouvait en rester là. Curieusement, l'absence de preuves lui a donné encore davantage la conviction que la mort de Park Jae-seong était l'œuvre commune de Yi Tak-o et Woo Ho-seon.

Lorsque Lee Yuhyeon a fait le résumé de tout ça à Gojin, ce dernier a tout de suite lâché, sûr de lui :

— C'est un meurtre... sinon pourquoi le docteur Yi aurait-il voulu cacher précipitamment le tableau quand je suis entré dans son bureau ce jour-là ? Et pourquoi Woo Ho-seon n'a-t-elle pas parlé de l'appareil photo ?

Malgré ces paroles catégoriques, le juge semblait particulièrement troublé par cette affaire dont le nœud était inextricable.

— Tu sais, les machines peuvent toujours commettre des erreurs, dit Lee Yuhyeon, l'air de vouloir le consoler. C'est le cas pour le détecteur de mensonges dont le résultat n'est fiable qu'à 90 ou 95 %. Le docteur Yi a tout simplement eu de la chance.

— Je ne pense pas. Il ne s'agit pas d'une erreur de l'instrument. Le docteur n'est pas un imbécile qui jouerait son va-tout sur la probabilité, ni un débutant téméraire se croyant capable de duper le détecteur de mensonges. Je le connais assez bien. Il était sûr du résultat du test, c'est pour cela qu'il a proposé de s'y soumettre, pour se libérer rapidement des soupçons de la police...

— Que s'est-il passé alors ? Il n'est pas non plus un ex-agent des services secrets qui aurait reçu un entraînement spécial pour déjouer les détecteurs de mensonges !

Sans répondre, Gojin s'est plongé dans ses réflexions, le front barré de rides profondes : la randonnée du couple à l'aube...

l'homme absorbé par sa photo à l'extrémité d'une falaise... il suffit de tendre le bras pour commettre le crime parfait...

Il avait beau se torturer les méninges, il n'y avait pas la moindre preuve contre le docteur ou Mme Woo.

L'unique petit résultat obtenu par la police était que le cabinet de neuropsychiatrie avait eu si mauvaise réputation à la suite de cette affaire que Yi Tak-o avait dû mettre la clé sous la porte. Les nouvelles de la mort d'un de ses patients, de l'épouse soupçonnée du meurtre et du docteur lui-même interrogé par la police se sont répandues comme une traînée de poudre dans le milieu de la psychiatrie. Une fois son cabinet fermé, le docteur Yi a subitement disparu du monde médical.

Cette affaire a également changé la vie de Gojin. Le fait que ce drôle de personnage se soit soustrait à la loi en se jouant d'eux de manière flagrante l'a profondément perturbé, ce d'autant plus qu'il se sentait déjà marcher sur un fil au sein de la structure du tribunal. Ni son raisonnement ni la loi n'avaient été utiles face à la mise en scène énigmatique du docteur. Ce dernier avait montré combien un criminel devient redoutable quand il sait jouer avec les limites de la loi. Et à quel point la loi peut être impuissante devant un être comme lui qui pense et agit différemment des gens ordinaires ! Cette affaire a provoqué chez Gojin une étrange réaction psychique : il ne s'agissait pas simplement d'un état de prostration mais d'un mélange de sentiments complexes. Finalement, il a donné sa démission sans préavis et s'est éclipsé du monde de la justice.

Voici le commentaire de Lee Yuhyeon à propos de l'état d'esprit de Gojin à l'époque : « Professionnellement, tu étais déjà lassé et fatigué comme si tu grimpais une montagne chargé d'un sac trop lourd, grand-frère. L'apparition du docteur Yi Tak-o a juste accéléré ta décision de redescendre, c'est tout ! »

Depuis, Gojin agit dans l'ombre de la loi, un peu comme un loup ayant quitté sa meute. Mais l'existence du docteur Yi Tak-o lui reste plantée comme un barbillon de flèche en plein cœur.

5

Le docteur Yi m'a réclamé les trente millions de wons en liquide. Pour être précis, c'est sa secrétaire Sin Jae-in qui s'en est chargée. De toute façon, elle est sa marionnette et ils travaillent clandestinement. Espèces ou virement, ça ne change rien pour moi, car sur le compte que j'ai en commun avec ma femme il y a bien plus que ça. J'ai retiré la somme demandée en billets de cinquante mille et l'ai remise au docteur.

Bien sûr, mes doutes à son sujet ne sont pas complètement dissipés. Je me trouve même ridicule d'avoir donné une si grosse somme d'argent à quelqu'un dont je ne connais pas la véritable identité, m'accrochant juste à un espoir infime. Peut-être m'a-t-il mis en état d'hypnose lors de ma première visite. Suis-je en train de jeter mon argent par les fenêtres, fasciné par ses paroles enjôleuses ?

Depuis que j'ai décidé de détruire la partie mentale responsable de mon malheur, je me méfie de tout et remets sans cesse en question mes pensées et mes actes. Là tout de suite, il est clair que mon esprit est dans un état normal. Je relis ce que je viens d'écrire, et j'y trouve cohérence et rationalité.

Quatre séances pendant un mois. Le premier jour, mon cœur battait fort, mais l'intervention ne m'a rien fait de particulier et je n'ai pas remarqué de changement en moi. Dans le bureau du docteur, j'étais confortablement installé sur un divan et, à force d'écouter, les yeux fermés, sa voix basse résonnant comme un écho, je me suis endormi malgré moi. Une fois réveillé, tous mes sens étaient engourdis, si bien que je ne savais pas combien de temps s'était écoulé.

Suis-je vraiment différent ? Si oui, en quoi ?

Juste après chaque séance, j'ai essayé de repérer un quelconque changement, mais cela ne servait à rien, car si mon mental d'avant avait disparu lors de l'intervention, j'étais déjà quelqu'un d'autre et je ne pouvais avoir connaissance des modifications opérées. On ne peut savoir ce qu'est la mort que juste au moment de mourir mais, simultanément, la prise de conscience disparaît.

Je n'ai jamais croisé personne d'autre au Centre. Il doit y avoir vraiment peu de patients. Le docteur Yi m'a dit franchement que si le montant de sa prestation était aussi élevé, c'était pour faire fonctionner son établissement, maintenant je comprends. Comme j'étais l'un des rares patients, lui et sa secrétaire se montraient affables. À chaque visite, ils m'offraient un thé au parfum original et des gâteaux ; avant et après la thérapie, je passais beaucoup de temps à discuter avec eux.

— Quel homme est-ce que je vais devenir quand j'aurai fait tout le traitement ?

— Ça, je ne le sais pas, mais une chose est sûre, c'est que votre souffrance actuelle ne vous préoccupera plus. Je ne peux pas vous dire quel autre mental va remplacer celui que nous sommes en train de détruire. Vous savez, je ne peux pas fabriquer un mental humain comme on façonne un pot dans une chaudronnerie. Je suis incapable de prévoir ce qui va ressortir de mon travail. Un peu comme lorsque vous plongez la main dans une boîte de chocolats, vous ne savez pas sur lequel vous allez tomber. Mais ne vous inquiétez pas, ça ne peut pas faire de vous un fou. N'ayez aucune crainte, j'ai créé cette thérapie, je la connais, ah ah ah !

Chaque fois qu'une inquiétude s'emparait de moi, sa fanfaronnade accompagnée de son rire homérique m'apaisait étrangement et me redonnait le sentiment qu'il pouvait faire quelque chose pour moi. En tout cas, je n'ai pas ressenti immédiatement les effets de l'hypnose ; en revanche, les conversations avec eux me rassérénaient. Peut-être que ces échanges faisaient partie de la thérapie.

Le docteur et Sin Jae-in avaient l'air d'avoir plus qu'une simple relation professionnelle, mais ne semblaient pas pour autant être amants. Sin Jae-in vouait au docteur une admiration plus grande que celle accordée à un supérieur ; quant à lui, il semblait la chérir comme sa propre fille. Quelque chose me gênait : chaque fois que l'assistante me regardait, ses joues rougissaient. Quand je portais par hasard mes yeux sur elle, elle détournait précipitamment la tête, l'air décontenancée. Ces instants étaient brefs mais je remarquais son regard intense et chargé d'émotion. Réagissait-elle ainsi par timidité ? Elle semblait effectivement taciturne et introvertie. Pourtant, je n'étais qu'un patient, pourquoi était-elle aussi gênée ?

Je ne suis pas aveugle. Sin Jae-in est une belle femme pleine de charme. De son corps frêle se dégage une aura particulière. Mais cela n'a aucune importance pour moi, car ma femme occupe encore une grande place dans mon cœur... Elle me manque terriblement. Tiens, est-ce que cela veut dire que mon mental n'est pas encore complètement détruit, puisque je n'arrive pas à l'oublier ?

Il est vrai que mes pensées suicidaires se sont un peu apaisées, mais le fait que je pense toujours à ma femme avec une profonde sensation de manque montre que la thérapie n'a pas eu l'effet escompté. Ai-je dilapidé trente millions de wons pour rien ? Était-ce le prix à payer pour quelques conversations ? S'ils se sont montrés aussi gentils, ont discuté avec moi et abordé mes problèmes jusqu'aux plus profonds et aux plus intimes, n'était-ce pas un travail préparatoire pour créer une relation d'amitié entre eux et moi et que je ne puisse plus réclamer le remboursement ?

Tout à coup, un souvenir foudroyant surgit dans ma tête. Pour les trente millions de wons, j'ai utilisé un distributeur automatique. Je voulais éviter d'aller à la banque, car il y a toujours du monde, et je déteste le monde. Je viens de me rappeler que dans le tiroir où j'ai pris ma carte de crédit, il y avait aussi celle de ma femme. À l'époque où mon unique pensée était de mettre fin à mes jours, je n'y avais pas fait attention. Maintenant je me rends compte que c'est très bizarre, c'est son unique carte bancaire et elle est partie sans la prendre.

En espérant trouver d'autres traces d'elle, j'ouvre le tiroir de sa coiffeuse. Un appareil rectangulaire blanc me saute aux yeux. Il semble ne pas avoir été utilisé depuis un moment.

C'est son téléphone portable.

6

La ruelle située derrière le cinéma Piccadilly à Jongno-3 garde encore des traces des années 1980. Les passants choisissent-ils les rues qu'ils fréquentent ? Il n'y a qu'un bloc entre cette ruelle et la grande avenue de Jongno envahie d'ados et de jeunes, alors qu'ici ne circulent que des gens plus âgés. Le désordre qui y règne et son aspect vieillot mettent Gojin à l'aise.

Un pardessus jeté sur son costume gris foncé, Gojin marche dans la ruelle en tenant un bout de papier à la main. Regardant alternativement l'adresse notée sur le billet et les immeubles, il ne cesse de tourner la tête à droite et à gauche. Enfin il trouve ce qu'il cherche : Centre de recherches sur le suicide mental.

Après avoir entendu parler de ce lieu par Ryu Gyeonga, il n'a pu se le sortir de la tête. Dong-hui, le petit frère de Gyeonga, ne pouvait l'informer davantage, car il y était passé brièvement et, la tête baissée, il n'avait pas bien vu le docteur. Mais Gojin avait eu l'intuition que ce pouvait être le docteur Yi, et rapidement elle s'était transformée en certitude. Cet étrange personnage lui avait offert l'occasion de prendre un tournant important dans sa carrière quatre ans auparavant. Pour être franc, Gojin avait essuyé une défaite dans l'affaire du décès de Park Jae-seong, dont il ne connaît toujours pas la vérité. Le docteur Yi est comme un membre de jury d'examen qui lui aurait lancé un problème à résoudre pouvant l'occuper toute sa vie, et en même temps un rival spirituel à dépasser. Peut-être que le docteur ne regrette pas de ne plus le voir, mais Gojin, lui, n'arrive pas à l'oublier.

Il a cherché sur internet et, non sans mal, a trouvé le site du Centre. Il a tapé le mot « suicide » et a fait défiler plusieurs dizaines de pages avant de tomber dessus. S'il avait cherché dès le début « suicide mental », ça aurait été plus facile. Après avoir lu la présentation de la page d'accueil, sa curiosité s'est enflammée davantage. Il a noté l'adresse et le voilà dans cette ruelle de Jongno.

— Enfin j'y suis, murmure-t-il en levant les yeux vers le vieux bâtiment.

Il grimpe quatre à quatre l'escalier lugubre. Il longe un couloir sombre au deuxième étage en vérifiant un à un les numéros des portes de bureaux. Tout au fond, il trouve enfin la 304. Sur la porte, seul le numéro est noté, aucune plaque ne désigne le Centre de recherches.

Il frappe et s'apprête à tourner la poignée sans attendre de réponse quand la porte s'ouvre brusquement de l'intérieur. Aussitôt, il entend la voix frêle d'une jeune femme : « Au revoir, monsieur Kil Yeong-in. »

Au même moment, une personne de taille moyenne en sort, les cheveux ébouriffés et le visage sombre derrière des lunettes noires. Gojin remarque surtout ses lèvres serrées. Il croise brièvement son regard qui lui fait étrangement forte impression. De son trench-coat noir froissé se dégage une profonde tristesse. Peut-être Gojin ressent-il ça parce qu'il est dans un lieu en rapport avec le suicide ? C'est sur cette interrogation qu'il entre.

La jeune femme, qui doit être la secrétaire, semble un peu surprise de cette nouvelle visite qui s'enchaîne avec la précédente. Qui plus est, la mine rayonnante de Gojin doit lui paraître loin de tout ce qui touche à son domaine. Sans doute à cause de cette première impression de lui, la jeune femme hésite à l'accueillir tandis que l'avocat la fixe malgré lui. Le visage pâle de la secrétaire laisse penser qu'elle erre dans un autre monde.

— Je m'appelle Gojin, je suis venu voir quelqu'un qui travaille dans ce Centre.

— Ah bon ?... répond-elle, méfiante.

Elle toise Gojin de haut en bas.

— Est-ce que je peux voir le directeur ? demande-t-il en jetant un bref coup d'œil à la porte située à côté d'elle.

— Le directeur ?

Elle a bien entendu la demande, aucun besoin de répéter, à moins qu'elle veuille gagner du temps pour réfléchir à son motif de refus. En effet, il ne s'est pas trompé.

— Le directeur n'est pas là en ce moment.

— Pourtant le dénommé Kil Yeong-in vient d'en sortir, non ?

— Euh, lui non plus n'a pas pu le voir, répond-elle, l'air désarçonnée. Il est reparti bredouille.

Sa réponse n'est pas sincère, Gojin en est certain. Il pourrait forcer l'entrée du bureau, mais c'est impoli. Il n'est pas de la police et il n'y a aucun flagrant délit. Si l'autre refuse de le voir, il doit s'incliner, ce n'est pas en lui forçant la main qu'il obtiendra ce qu'il veut.

— Entendu, répond l'avocat, n'insistant pas davantage malgré son envie. Vous êtes sa secrétaire ?

— Oui.

— Comment vous appelez-vous ?

— Moi ? Je suis Sin Jae-in, mais...

— Le directeur du Centre n'est-il pas le docteur Yi Tak-o ?

— Pas du tout, répond-elle, la mine figée.

— Bon, je repasserai, lance Gojin en se dirigeant vers la sortie.

Il adresse un clin d'œil à la jeune femme au moment de refermer la porte.

Le soir même, Gojin se trouve assis, comme à son habitude, au comptoir de L'Absinthe, face à Gyeonga.

— Je suis sûr que c'est le docteur Yi Tak-o.

— Comment ça « sûr » ? Tu ne l'as pas rencontré ?

— Non, sa secrétaire, une dénommée Sin Jae-in, m'en a empêché, affirmant catégoriquement que le directeur n'était pas dans son bureau.

— Il se peut que ce soit réellement le cas, non ?

– À mon arrivée, un homme sortait du Centre. La secrétaire lui a dit « Au revoir, monsieur Kil Yeong-in », je l'ai bien entendue.

– Et alors ?

– Cet homme n'était pas un patient là pour sa première visite, sinon elle ne l'aurait pas salué en l'appelant par son nom comme s'ils se connaissaient bien, j'en suis certain. Dans un centre aussi peu fréquenté, on ne vient pas à l'improviste, il avait forcément rendez-vous. Alors, le docteur qu'il venait consulter n'était pas dans son bureau ? Ça n'a pas de sens, non ? Éventuellement, une circonstance inattendue a pu se produire, mais je n'ai pas l'impression qu'il s'agissait de ça. En plus, la secrétaire m'a juste dit qu'il n'était pas dans son bureau, sans aucune explication. Je crois qu'elle a menti et qu'il était bien là.

– Est-ce qu'elle a refusé parce que c'était toi ?

– Je pense que oui. Dès qu'elle a entendu mon nom, elle a dressé une barricade entre nous, sans même demander le motif de ma visite. De plus, quand j'ai prononcé le nom du docteur Yi Tak-o, elle a répondu un non trop catégorique. Cela prouve que ma visite dérangeait, n'est-ce pas ?

– Dans ce cas, il s'agit bel et bien de ce docteur Yi. Il a dû recommander à sa secrétaire de ne pas laisser entrer une personne nommée Gojin. Remarque, je le comprends, puisqu'il a été soupçonné de meurtre et a dû fermer son cabinet à cause de toi.

– C'est possible... mais plus j'y pense et plus ça m'intrigue, murmure Gojin, l'air perdu dans le brouillard.

– Pourquoi ?

– Parce que le docteur Yi Tak-o que je connais n'est pas le genre d'homme à m'éviter juste à cause d'une affaire du passé.

7

Je décide de fouiller ma maison. Ma femme et moi y avons vécu ensemble à peu près un an avant qu'elle disparaisse. Si elle est partie de son plein gré, il doit bien y avoir des indices qui pourraient m'aider à comprendre ses motivations. Je commence par sa coiffeuse, puis je me rends dans la petite chambre ensoleillée qu'elle utilisait comme atelier, et ensuite je fouille la cuisine dans ses moindres recoins. Tout est comme avant, rien de bizarre n'attire mon attention. Finalement, il n'y a que son téléphone et son ordinateur portable comme indices utiles.

Après avoir rechargé le téléphone, je l'allume, mais il est verrouillé par des mots de passe et je ne peux accéder ni à ses communications, ni à ses contacts, ni à sa messagerie. Elle tenait à garder sa vie bien secrète ! Avait-elle besoin de mettre tous ces mots de passe ? Je n'avais pourtant aucune intention de fouiller son téléphone quand elle était là.

Je prends son ordinateur. Ça fait longtemps que mes doigts n'ont pas touché un clavier. En fait, c'est la première fois depuis que j'ai fait des recherches sur le suicide. Comme je ne m'intéresse pas au monde extérieur, je me tiens naturellement éloigné d'internet.

Je rencontre le même problème avec l'ordinateur : je connais l'identifiant de sa boîte mail mais pas son mot de passe. Je tente de me connecter au portail web qui l'héberge. Dans la rubrique

« Mot de passe », je tape par hasard 4444. Évidemment, c'est un échec. Je clique sur « Mot de passe oublié » et plusieurs questions s'affichent. Il faut en choisir une et donner la bonne réponse. J'essaie au hasard, mais rien ne marche. Je peux en créer un nouveau mais ne peux le recevoir que sur la messagerie de ma femme, à laquelle je ne peux hélas pas accéder. Il y a aussi la possibilité de l'envoyer à son téléphone portable, mais ça ne m'avancerait à rien non plus.

Il doit bien y avoir un moyen... Finalement, je choisis la seule méthode possible, ça va prendre du temps, mais le temps ne vaut plus grand-chose pour moi. Il y a encore peu, j'hésitais entre me pendre et me jeter du haut d'un immeuble pour écourter ma vie. Je vais passer les questions en revue une à une. Je connais ma femme mieux que quiconque, après elle-même évidemment, c'est du moins ce que j'ai envie de croire. Peut-être arriverai-je à donner la bonne réponse à l'une des questions au sujet de ses infos personnelles ou de ses goûts.

« Le moment dont vous êtes le/la plus nostalgique ? »

« Le rêve de votre enfance ? »

« Votre plus grand trésor ?... »

J'avoue qu'elles ne m'inspirent pas. Il n'y en a pas une à laquelle je suis capable de répondre avec certitude. Finalement, je m'aperçois que je ne la connais pas si bien que ça.

Je passe à la série de questions suivante et y réponds au hasard, puis je tombe sur une question facile : « Votre peintre préféré ? »

Ma femme, qui a étudié aux Beaux-Arts, avait des goûts bien particuliers en matière de peinture. Elle a même fait son master sur un peintre italien du Moyen Âge. Mais son préféré était le peintre américain Edward Hopper. Je l'ai entendue dire un jour que la solitude qui se dégage des œuvres de cet artiste lui plaisait plus que tout au monde. Pour être franc, il m'est resté en mémoire parce que ce nom me rappelait celui de Stephan Maierhofer, le footballeur aux longues jambes. Ma femme a sûrement pensé que moi, néophyte en art, je n'allais pas me souvenir du nom de ce peintre.

Bingo ! La porte secrète s'ouvre. Le mot de passe s'affiche à l'écran et j'accède à son compte. Puisque je ne sais pas si elle a quitté volontairement la maison ou si elle a été enlevée, consulter ses mails pourrait m'aider à comprendre. Comme elle a laissé son unique carte de crédit et son téléphone, il est difficile de croire qu'elle est partie de son plein gré. Mais avec le message qu'elle m'a laissé sur ce bout de papier, je ne peux pas non plus penser qu'elle a eu un accident. Ses mails datant d'il y a un an, du moment où elle a quitté la maison, pourront-ils me donner des indices sur son état psychologique d'alors ?

À l'instant où j'ouvre sa boîte de réception, je reste sans voix. Il y a beaucoup de messages. À l'exception des spams, des pubs et des confirmations d'achats, elle a surtout communiqué avec trois personnes : Kim Do-yeol, Tae Jeong-u et une autre personne qui porte le pseudo de Freebird. La plupart des messages sont échangés avec Tae Jeong-u, chirurgien esthétique, à ce que je lis. Il s'agit de lettres d'amour. Au fur et à mesure de ma lecture, je ne peux m'empêcher d'être sidéré : je découvre que Tae Jeong-u est le mari de Cheon Na-yeong, la meilleure amie de ma femme. Elles étaient ensemble au lycée. Je la connaissais mais je ne savais pas qui était son mari.

Les mails que Tae Jeong-u a envoyés à ma femme sentent le séducteur professionnel à plein nez. Ils sont remplis de phrases mielleuses comme « Tu es mon Eldorado », « Je t'aimerai pendant dix mille ans ». Il a dû trouver ça dans des films, des *manhwas** ou des chansons populaires. Son petit jeu est si puéril que même des ados grimaceraient de dégoût, on y voit aussi clair que dans un aquarium. Remarque, aux yeux de celle qui les reçoit, ça peut paraître différent. Il se peut qu'elle y devienne même accro, un peu comme à l'appétissante *junk food* si on oublie qu'elle est néfaste pour la santé.

Au fil du temps, les échanges de mails sont plus nombreux et les contenus évoluent. D'après ce que je lis, le stade des

* Bandes dessinées coréennes.

relations physiques a déjà été franchi. Ce qui m'indigne dans tout ça, c'est de réaliser que c'est Tae Jeong-u qui a commencé à draguer l'amie de son épouse et a tout fait pour arriver à ses fins. Il a envoyé avec ténacité des messages d'amour pendant deux ans jusqu'à ce qu'elle cède. Quant à ma femme, elle semblait être tourmentée et culpabiliser de ses rencontres avec lui. Ce dernier, ne voulant pas la perdre, n'hésitait pas à lui promettre qu'il allait divorcer de Cheon Na-yeong. Est-ce que Dami a cru à ses paroles aussi inconsistantes que du vent ?

Un homme essaie dans ses messages de refroidir la flamme de ma femme : Kim Do-yeol. Il tient une petite galerie appelée Ian dans le quartier de Bukchon à Séoul. Cela fait aussi deux ans qu'ils ont commencé à s'écrire, au sujet d'une exposition des toiles de ma femme. Dami faisait à l'époque partie d'un collectif d'artistes nommé « Bastianini ». Il paraît que Giovanni Bastianini, célèbre spécialiste de contrefaçons, avait réussi à vendre un faux tableau au musée du Louvre afin de donner une bonne leçon aux critiques prétentieux. C'est un groupe virtuel créé par de jeunes peintres avec pour objectif de ressusciter la peinture européenne du Moyen Âge dans un style contemporain. Il y a deux ans, une exposition spéciale s'est tenue autour des œuvres de ce collectif dans la galerie Ian. Ma femme y a participé avec quelques-uns de ses tableaux, ses échanges avec Kim Do-yeol ont commencé à ce moment-là. D'après ses messages, cet homme semble être quelqu'un de confiance. Dami comptait beaucoup sur lui. Elle est même allée jusqu'à lui parler de sa relation avec Tae Jeong-u et de sa culpabilité. Kim Do-yeol tentait de la tempérer : « Tes sentiments pour lui ne sont que passagers. Tu risques de t'en vouloir pour le restant de tes jours à cause d'une passade. Essaie d'être fidèle à ton mari. »

Voilà la conclusion de ses longs mails. Malgré ses conseils, Dami n'arrivait pas à se ressaisir, alors il s'énervait presque. Il insistait sur des valeurs qui perdent aujourd'hui peu à peu de leur sens comme la morale, la confiance, la patience, etc. Je ne connais même pas son visage mais je lui suis très reconnaissant. Dami semblait trouver en lui un fort soutien psychologique même si, au final, c'était son désir ardent pour Tae Jeong-u qui l'emportait. Malgré tout, je n'ai pas envie de lui en vouloir, car elle a fait de gros efforts pour ne pas abandonner notre couple. Si elle a fini par céder à ses pulsions, c'est parce qu'elle est un être humain, après tout. Je n'ai jamais rencontré personne freinant une passion pour une question de moralité. Les flammes du désir surpassent toujours la raison. Même si elle s'est laissée aller à la passion, le simple fait qu'elle ait essayé de se convaincre de se ranger du côté de la morale me suffit, c'était déjà ça. Et je sais qui est à blâmer : le voleur, non pas l'objet volé. La dernière personne avec qui elle a échangé des mails est Freebird ; il s'agit d'une femme qu'elle a dû connaître grâce au groupe virtuel Bastianini. Elles étaient amies et s'écrivaient de temps en temps sans s'être jamais rencontrées. Dans un mail datant d'environ un an, elles se sont donné rendez-vous. Rester anonymes les a sans doute aidées à se parler de choses très intimes. Dami lui a aussi raconté son histoire avec Tae Jeong-u. Comme toujours, les femmes défendent le camp des femmes. Elle disait à Dami des banalités et des clichés comme : « Sois fidèle à tes sentiments » ou « Y a-t-il une raison pour renoncer à ta flamme ? Pour qui et au nom de quoi faudrait-il réprimer ton désir ? ».

Ces phrases stimulaient ma femme, ça sautait aux yeux. Évidemment, Dami n'a dû écouter que ce qu'elle avait envie d'entendre. Freebird lui disait aussi : « À ta place, je ne me contenterais pas de Tae Jeong-u, je rencontrerais le plus d'hommes possible ! » Bon sang ! Quelle amie irresponsable ! Qu'une femme célibataire fantasme sur des rencontres libres, c'est compréhensible, mais pourquoi vouloir à tout prix pousser ma femme à faire pareil ? Celui qui fait semblant d'être un ami est pire que celui qui montre sa méchanceté, dit un dicton. C'est bien le cas de cette Freebird qui jette de l'huile sur le feu... Elle lui a envoyé un fichier MP3 de Lynyrd Skynyrd en disant que « Free Bird » était son morceau préféré. Croyait-elle que l'esprit libre va forcément avec le sexe libre ? Elle déshonorait ce chef-d'œuvre du rock !

Quoi qu'il en soit, le pire salaud reste Tae Jeong-u. Les échanges entre lui et Dami s'arrêtent il y a un an, quand elle a disparu. Ceux avec Freebird et Kim Do-yeol aussi. Couper les ponts avec des amis est encore compréhensible, mais pour quelle raison deux amoureux aussi passionnés auraient-ils interrompu leur correspondance si brutalement ? Pourquoi ne se contacteraient-ils plus ? Les sentiments de l'un ou de l'autre ont-ils été refroidis ? Ça arrive souvent dans un couple adultère. Comme il s'agissait d'un homme et d'une femme mariés chacun de leur côté, ils auraient pu rompre en raison de ces circonstances, mais je ne suis pas convaincu par cette explication, car leur rupture coïncide avec la disparition de Dami. Ne serait-ce pas plus logique de penser qu'elle a eu un accident ? Quoi qu'il en soit, je ne peux pas m'empêcher de conclure que le départ de ma femme a un rapport avec Tae Jeong-u.

Aller directement voir cet homme serait maladroit de ma part. Peut-être devrais-je rencontrer d'abord la petite sœur de Dami, Han Chorok – elle est la seule famille de ma femme, car elles ont perdu leurs parents tôt. Si Dami s'est rongé les sangs à cause de sa relation avec Tae Jeong-u, peut-être en a-t-elle parlé un peu à sa sœur. Han Chorok est une jeune femme intelligente et sensible. Même si Dami ne lui a pas tout dit, elle a bien dû deviner les préoccupations de sa sœur.

Chorok travaille comme pigiste pour des magazines. Je n'ai même pas son numéro de téléphone. Je me sens tout à coup désolé de m'être montré si indifférent envers la sœur de ma femme. Je ne voulais pas laisser quiconque intervenir dans notre couple. Dami non plus, mais Chorok était tout de même sa sœur. Le fait que je sois si sauvage a-t-il empêché ma femme de garder des liens chaleureux avec elle ? Remarque, Chorok ne semblait pas très famille, elle non plus. Elle est plutôt froide et distante. Même une fois marié avec Dami, je ne l'ai vue que rarement. Après l'installation dans notre maison champêtre à Yangpyeong, nous ne l'avons plus invitée et elle n'a pas manifesté l'envie de venir non plus.

Heureusement, je sais où elle habite : un appartement dans un immeuble de standing moyen dans Gueui à Séoul. Je l'avais aidée pour son installation. Au moins là avait-elle reconnu l'utilité d'avoir un beau-frère ?

Comme toujours, elle doit être très occupée par son boulot, mais elle travaille la plupart du temps à la maison. Je sonne à la porte et elle m'ouvre, très surprise de me voir. Jamais elle n'a dû imaginer que je pouvais venir la voir à l'improviste.

Han Chorok ressemble beaucoup à ma femme. Elle a certes les cheveux longs alors que Dami est toujours coiffée au carré, son menton est plus pointu et ses formes plus sensuelles que sa grande sœur mais, à part ces détails, on pourrait les prendre pour des jumelles. Comparé à leurs ressemblances physiques, leurs caractères, eux, sont très différents. Ma femme a de fortes sautes d'humeur alors que Chorok est froide comme du marbre.

— Oh, mais... qu'est-ce qui t'amène ?

Pour un bloc de marbre, elle se montre étonnamment émotive.

— Bonjour, Chorok, tu es surprise de me voir si soudainement, hein ? Tu vas bien ? Ça fait déjà un an que Dami a disparu.

J'entre à pas décidés et ôte mes lunettes de soleil avant de me laisser tomber dans le canapé. Chorok va chercher une chaise à la cuisine alors qu'il y a des fauteuils dans le salon et s'y assoit de biais. Elle a l'air de s'inquiéter pour moi et de me trouver lamentable à la fois.

— Je suis venu te demander quelque chose, attaqué-je. Il y a un an, quand Dami a quitté la maison, est-ce qu'elle t'a raconté quelque chose ? Ou même après, est-ce qu'elle t'a contactée ?

Chorok se contente de me fixer sans répondre. J'ai l'impression qu'elle me passe au crible comme elle expertiserait une porcelaine. Son regard commence à m'exaspérer. On dirait celui qu'un prof jette à un élève indiscipliné. C'est un peu gonflé de sa part de se comporter comme ça avec son beau-frère ! Je sais qu'elle ne m'aimait déjà pas beaucoup avant mon mariage avec sa sœur, mais tout de même...

— Tu ne peux pas débarquer comme ça chez moi...

— C'est vrai, je suis venu sans prévenir, mais tu pourrais m'accueillir poliment malgré tout. Je veux juste te parler un peu de la disparition de Dami, rien de plus.

C'était peut-être un peu trop direct, alors j'essaie de me calmer et j'attends patiemment sa réponse. Un bon moment après, elle répond brièvement, l'air résignée :

— Non, elle ne m'a pas contactée, pas du tout.

— Tu ne l'as pas vue depuis son départ ?

— Non, affirme-t-elle.

Elle semble agacée.

— Connais-tu un certain Tae Jeong-u ? demandé-je tout de go.

Le visage de ma belle-sœur change soudain de couleur.

— Je vois que tu es au courant, continué-je. En fait...

Je me mets à lui raconter tout ce que je viens de découvrir : il ne s'agit pas d'une simple fuite car Dami est partie en laissant son téléphone, sa carte de crédit et son ordinateur ; j'ai découvert l'existence de Tae Jeong-u dans ses mails et qu'ils étaient amants ; mon intention n'est pas d'enquêter sur l'adultère de ma femme, mais je pense que sa disparition soudaine a un rapport avec cet homme qui l'a draguée ; sa relation avec lui la tourmentait, alors c'est lui le responsable de sa disparition...

Au fur et à mesure qu'elle m'écoute, le visage de Chorok se crispe et ses yeux se remplissent finalement de larmes. Cela ne fait aucun doute qu'elle est au courant de l'adultère de ma femme. Plus qu'à de la surprise, sa réaction ressemble à de la tristesse. Sans doute éprouve-t-elle de la compassion envers sa sœur, plutôt que de lui reprocher d'avoir été infidèle. Je n'espérais pas que ma belle-sœur se range de mon côté de toute façon puisqu'elle ne m'apprécie pas. Tout de même, ce qu'elle me dit par la suite me laisse pantois :

— Dami en avait assez de vivre avec toi, voilà pourquoi elle est partie. Il ne s'est rien passé avec Tae Jeong-u. Oublie ma sœur, je t'en prie, et vis ta vie sans elle.

Ce n'est pas une des réponses que j'avais envisagées. Je garde le silence et la dévisage lentement. Ce qu'elle a dit est absurde, mais je perçois de la sincérité dans sa voix.

— Alors, tu sais quelque chose.

— Non, pas du tout. Je veux seulement te dire que ça ne rime à rien de t'acharner à vouloir retrouver ma sœur, elle est partie parce qu'elle ne t'aimait plus. C'est son choix et moi aussi je mène ma vie sans penser à elle. Vous étiez bien des inconnus avant de vous rencontrer, alors essaie de vivre comme si tu ne l'avais jamais connue.

Sa voix n'est pas forte, mais ferme. Comme beaucoup de gens vivant de leur écriture, elle a une personnalité très obstinée. Puisqu'elle a décidé de ne pas parler, impossible de lui faire changer d'avis.

— Elle est partie... à cause de Tae Jeong-u, n'est-ce pas ? insisté-je encore une fois avant de sortir.

Chorok, la mine figée tel un masque mortuaire, secoue la tête en silence. Tout à coup, j'ai pitié d'elle. Elle que j'ai toujours comparée à un animal à sang froid, au moins aujourd'hui, elle se comporte comme une personne capable de ressentir des émotions.

Le cabinet médical de Tae Jeong-u est situé au grand carrefour près de la station de métro Sinsa. Cela fait longtemps que je ne suis pas venu dans un quartier aussi animé. L'hiver bat son plein, le vent est froid et les gaz d'échappement me piquent le nez. Je déteste ce lieu, je serais reparti illico d'habitude, mais là, poussé par la volonté de faire la lumière sur la liaison de ma femme, j'endure sans broncher.

Le cabinet se trouve au quatrième étage d'un immeuble. Dès qu'on sort de l'ascenseur, on tombe sur ses portes en verre. Le décor du hall est chic et original. Les murs en briquettes blanches et bois naturel me donnent le vertige. Trois grands lustres fixés au plafond diffusent une lumière éclatante. Le magnifique décor offre un message d'espoir aux femmes. J'ai l'impression d'entrer dans les loges de grandes comédiennes d'un théâtre prestigieux. Les femmes qui se trouvent là sont très belles. On dirait qu'elles ont déjà eu recours à la chirurgie esthétique. Dès le premier coup d'œil, on devine le succès du cabinet. Des infirmières en blouse rose accueillent gentiment les patientes. L'une d'elles, qui porte sur la poitrine un badge de « Coordinatrice », arbore un air hautain. Je remarque plusieurs salles de consultation le long du couloir ; il doit y avoir d'autres chirurgiens que Tae Jeong-u.

— Je m'appelle Kil Yeong-in, je désire voir le docteur Tae pour des raisons personnelles.

Je dois être tendu car j'entends ma voix très enrouée. L'infirmière se dirige à pas rapides vers le fond du couloir. Elle entre dans une pièce d'où une femme sort aussitôt, puis l'infirmière m'appelle. Mon nom a dû avoir un impact important sur Tae Jeong-u pour qu'il renvoie précipitamment sa patiente afin de me recevoir. Mais ne t'inquiète pas, Tae Jeong-u, moi, je sais me contrôler, à la différence de toi qui t'es laissé aller au gré de ta libido.

J'entre dans la salle de consultation. Un homme au visage figé est assis derrière le bureau. Au premier regard, son teint paraît presque noir par contraste avec sa blouse blanche. Mais dès qu'il bouge, la lumière éclaire sa bonne mine de sportif. Le menton carré, les cheveux bouclés et le corps robuste, il dégage une impression de mâle. Ma femme Dami m'a-t-elle quitté pour les bras de cet homme viril, véritable incarnation du fantasme de toutes les femmes ?

Tae Jeong-u semble très tendu. On a beau être un homme fort, on peut aussi être ébranlé par une situation. Là, c'est son prestige social qui est en jeu : le mari de sa maîtresse qui lui rend visite à son cabinet, le voilà dans de beaux draps ! Selon ce que je vais dire ou faire, le charmant séducteur peut en un rien de temps devenir une ordure impardonnable. D'un autre côté, je ne peux pas agir à ma guise, car il y a des choses que lui seul connaît à propos de la disparition de ma femme, et il ne va pas me livrer si facilement ses secrets. Il est plus important de me renseigner sur Dami que de lui faire payer leur liaison adultère. Il faut que je réprime mes émotions et obtienne le maximum d'informations en utilisant ma position de force.

— Je suis le mari de Han Dami, lancé-je froidement en observant sa réaction.

Son visage pâlit et il garde le silence.

— Je n'aborderai pas le sujet que vous et moi connaissons et j'irai droit au but : où est ma femme ?

Tae Jeong-u se lève de sa chaise d'un bond, sûrement sous le coup de la surprise. Il pousse un profond soupir avant de se rasseoir. Comme son apparence physique le laisse penser, il a un tempérament chaud et impulsif. Je remarque le frémissement de ses lèvres. Plus il paraît ébranlé et plus je fais preuve de sang-froid.

— Je suis au courant de votre relation avec ma femme, dis-je en le fusillant du regard. Je ne passe pas l'éponge mais aujourd'hui, rassurez-vous, je suis venu pour autre chose. Comme vous le savez, ma femme a disparu il y a un an et je suis certain que vous en êtes la cause. Dites-moi où elle est allée, juste ça, et je me retire.

— Je ne suis au courant de rien et je ne peux rien vous dire.

Sa voix basse et grave tremble légèrement. Son attitude est plutôt courtoise, enfin, il n'a pas le choix.

— J'ai vu que vos échanges de mails se sont arrêtés à peu près au moment de la disparition de Dami. Qu'est-ce que cela peut bien vouloir dire, hein ?

— Je vous ai dit que je n'en sais rien, répond Tae Jeong-u, catégorique. Partez d'ici sans faire d'esclandre, je vous en prie.

Sur ce, il détourne carrément son regard de moi. Je parie qu'il ne se soucie pas du motif de ma visite ni du sort de Dami ; il ne pense qu'à préserver son image et sa position au sein de son cabinet. Il est sur des charbons ardents, en proie à la crainte que je me mette à crier et révèle ses actes immoraux. S'il garde son attitude docile et son ton courtois, c'est juste pour ne pas me provoquer. Toujours est-il que je ne peux pas m'empêcher de m'offusquer de son refus de me parler. Le problème, c'est que je n'ai pas de preuve pour faire davantage pression sur lui. D'un autre côté, vu qu'il a réagi comme s'il trouvait mes propos complètement infondés, je me mets à douter moi aussi de ce que je crois. Si elle était partie pour Tae Jeong-u, elle aurait sûrement pris sa carte de crédit et son téléphone portable. C'est tout de même bizarre qu'elle ait quitté la maison en les laissant. Je suis de plus en plus sceptique quant à mon hypothèse. Mais refusant d'accepter mon erreur, je m'emporte et donne un coup de pied dans son bureau. Tae Jeong-u sursaute.

– Espèce d'ordure, tu voles la femme d'un autre, tu n'as pas honte ?

Je parle sans hausser le ton. Si je me mets à crier ici et à faire du tapage, on m'entendra jusque dans le hall d'accueil et il va perdre la face. Nul ne sait ce dont cet homme, ainsi acculé, serait capable ! Je dois donc lui laisser une issue de secours. C'est seulement comme ça que je peux garder le dessus. Face à mon comportement violent, il se fige comme un mannequin de cire et ne dit plus un mot, la mine pâle.

– J'en reste là pour aujourd'hui. Mais la prochaine fois, tu ne t'en sortiras pas si facilement.

Je crache ces mots pour qu'il se ronge les sangs, tout en cachant mes propres doutes. Je lui jette un rapide coup d'œil avant de sortir. Il a l'air d'un morceau de bois, dépourvu d'âme, les yeux dans le vague.

La disparition de ma femme serait-elle un accident ? A-t-elle été... victime d'un crime ?

8

— Waouh ! Pas mal du tout, s'exclame Gojin en entrant dans la chambre de l'appart-hôtel. L'employée de la réception n'a pas menti.

Ryu Gyeonga le suit et hoche la tête en signe d'approbation. Le logement est tout confort, comme l'a claironné la réceptionniste. Il est soigneusement décoré, jusque dans les petits détails pour que les clients se sentent « comme à la maison », ainsi que le promet le slogan de l'établissement. Le couloir recouvert de tapis donne déjà une sensation plaisante. Les portes des appartements sont toutes entrouvertes, sans doute pour aérer et chasser les odeurs de cuisine sans avoir à ouvrir les fenêtres en plein hiver.

En entrant dans l'appartement, on trouve une salle d'eau à droite, une petite chambre à gauche, puis, au fond, un séjour avec un coin cuisine et une grande chambre à coucher. C'est un agencement simple et chaque pièce est assez spacieuse pour qu'on n'ait pas l'impression d'étouffer. Ce qui plaît le plus à Gojin, c'est la grande baie vitrée du salon donnant sur un jardin soigné, agrémenté de spots aux lumières tamisées, créant une image de rêve agréable. La pelouse bien entretenue s'étend jusqu'au bois qui se déploie comme un décor à l'arrière-plan. Elle n'est plus tout à fait verte mais ne donne pas pour autant cet effet désolant des herbes mortes en hiver. Tous les logements, agencés le long du couloir, disposent de cette même vue. Le jardin et le bâtiment étant entourés par le bois formant ainsi une sorte de paravent, il règne une atmosphère paisible et chaleureuse. Les rideaux blancs sont déjà tirés sur le côté, il suffit de faire coulisser la baie vitrée pour sortir directement dans le jardin.

Dans le frigo attendent deux bouteilles d'eau minérale. La cuisine possède tout l'équipement nécessaire : couverts, ustensiles variés, essuie-tout, baguettes en bois, film étirable, même des gants jetables, des cure-dents, un tablier, etc. Il ne manque rien, on a l'impression d'être dans une vraie cuisine familiale. Qu'importe s'ils risquent d'être cassés ou volés, ces objets qui ne coûtent pas cher donnent assurément un sentiment de bien-être aux clients qui n'ont qu'à apporter leurs ingrédients pour cuisiner « comme à la maison ». En somme, cet appart-hôtel est à la hauteur de son slogan.

— Je me sens gêné, dit Gojin sur le ton de la plaisanterie en faisant un tour dans le logement. L'appart me plaît, mais est-ce correct de le partager avec une jolie jeune femme ?

— Ça ne fait rien, on ne va pas gaspiller de l'argent en prenant deux apparts, non ? Voyager en première ou en troisième classe, les deux ont leur charme.

— Tu veux dire que loger avec moi, c'est la troisième classe ?

— Parce qu'on n'est pas là pour un week-end romantique !

Gojin et Gyeonga vont passer une nuit dans le même appartement, mais ce n'est pas parce qu'ils sont amoureux. Une fois son petit frère Dong-hui libéré de son harceleur, Gyeonga a décidé de l'emmener chez un parent pour les vacances d'hiver. Elle a cherché un homme pour les emmener en voiture à Sokcho et, parmi les bourdons qui gravitent autour leur reine, elle a opté pour Gojin. Dans un cas comme celui-ci, la plupart des hommes auraient tendance à interpréter cette requête à leur avantage et à en profiter pour faire des avances à la belle Gyeonga. Mais Gojin, lui, n'a pas l'air de se méprendre à ce sujet. Elle l'a choisi parce que c'est lui qui a résolu le problème de harcèlement de Dong-hui et qu'il est libre de son emploi du temps. Sans cela, il est possible que lui aussi aurait pris cette demande pour autre chose. Quoi qu'il en soit, il semblait prendre plaisir à rendre service à une femme aussi charmante, et il les a accompagnés bien volontiers.

La nuit à l'hôtel n'était pas prévue. Déposer Dong-hui dans la famille à Sokcho leur a pris moins de temps qu'ils n'avaient pensé, aussi, pour le retour, Gojin a-t-il proposé d'emprunter la nationale et non l'autoroute :

— Se promener sur les petites routes est plus agréable.

Mais aux environs de Gapyeong, le voyant du niveau d'huile s'est mis à clignoter avant de tomber tout à coup à zéro. Gojin a garé son véhicule sur le bas-côté et le moteur a rugi avant de s'éteindre complètement.

— Mince, le moteur est à plat..., a grommelé Gojin sans s'alarmer, en étirant ses bras.

Ils étaient sur une départementale et il faisait déjà nuit noire.

— Les voitures étrangères ne sont donc pas si performantes, a commenté Gyeonga en réprimant son énervement.

— C'est une marque étrangère, mais je ne l'ai pas payée cher... Cette vieille Buick a plus de vingt ans, alors elle a fait son temps.

Gojin est descendu de voiture et a distingué de part et d'autre de la route la forêt tapie dans le noir. Un vent piquant annonçant le froid de la nuit soufflait impitoyablement, et on entendait des animaux crier. Dans cette obscurité inquiétante et par ce froid de canard, il ne tenait ni à tenter de réparer son moteur, ni à appeler l'assurance et attendre des heures l'arrivée d'une dépanneuse. Il avait rendu ce service qui lui avait pris la journée et n'avait pas envie de tout gâcher à cause d'une panne de voiture. Il a jeté un coup d'œil à Gyeonga par la vitre côté passager ; les bras croisés, elle le fixait avec défi, l'air de demander ce qu'il comptait faire.

Gojin a alors aperçu une enseigne délabrée dans le faisceau de ses phares. Elle indiquait un chemin de forêt à cinquante mètres menant à l'« Appart-hôtel Hogar ». Le nom Hogar, qui signifie « foyer » ou « maison » en espagnol, a suffi à lui procurer une sensation de chaleur alors qu'il était transi de froid au milieu de la route.

— J'en ai marre de cette bagnole. Jamais je n'aurais imaginé qu'elle allait nous lâcher en pleine cambrousse. Et si nous passions la nuit dans cet hôtel, ici ? On réparera cette antiquité demain matin, a proposé Gojin en regardant Gyeonga du coin de l'œil.

Sa voix était monotone et indifférente, dépourvue de la moindre tentative de séduction. La jeune femme, elle aussi épuisée, a hoché la tête. Ils se sont mis à marcher en direction de l'appart-hôtel, tels des animaux de l'époque glaciaire cherchant une grotte. Cette excursion improvisée en pleine nuit a encore accentué leur fatigue. Aussi, quand ils ont enfin découvert le bâtiment de plain-pied, ils se sont sentis soulagés, comme sauvés. Puis une fois dedans, l'appartement, bien plus confortable qu'ils ne l'avaient imaginé, a fait s'envoler leur fatigue.

— Justement, puisque nous ne sommes pas des amoureux, je pensais que tu allais proposer de prendre deux logements, dit Gojin.

— Tu ne penses quand même pas dormir dans la grande chambre, n'est-ce pas ? Tant que j'ai un lit confortable, même un hôtel bas de gamme me convient.

— Tu me surprends, fait Gojin en haussant les épaules et en ouvrant exagérément les bras, je pensais que tu n'appréciais que le foie gras et les vins de Bourgogne.

— Tu te trompes, moi je préfère le *soju* accompagné de couenne de porc grillée, sauf qu'aucun homme ne me propose ça à cause de leurs préjugés.

Après avoir pris sa douche, Gyeonga enfile un jogging rose Juicy Couture emporté pour le voyage et part s'allonger sur le lit dans la chambre. Gojin se douche lui aussi, puis remet sa chemise et son costume avant de sortir par la baie vitrée.

– Où vas-tu ?

Pour toute réponse, il lève son paquet de cigarettes. La jeune femme ricane et se recouche. Déambulant dans le joli jardin à la pelouse jaunie, les bras serrés autour de lui pour se protéger du vent froid qui le fait frissonner, il fume en observant l'établissement depuis l'extérieur : en dehors de l'appartement 105 que Gyeonga et lui occupent, seul le 103 est allumé. C'est la basse saison.

Lui est là à cause d'une panne de voiture. Pour quel motif les clients du 103 passent-ils la nuit dans cet appart-hôtel qui n'est ni en bord de mer ni dans une station de montagne ? Lorsqu'il allume sa deuxième cigarette, absorbé par cette curiosité futile alors qu'il grelotte, il aperçoit une employée sortir du bureau du concierge et se diriger vers lui. C'est la jeune femme qui les a accueillis. Il la salue en inclinant légèrement la tête et aspire une bouffée de cigarette.

La réceptionniste tient un balai et un grand sac-poubelle. Elle s'arrête devant le 103 et scrute de toutes parts. Elle se penche ensuite pour ramasser quelque chose qu'elle met dans le sac-poubelle en secouant ostensiblement la tête. Surprise tout à coup par il ne sait quoi, elle fixe la fenêtre de l'appartement devant elle, l'air hébétée. Gojin, qui l'observe distraitement, suit la direction de son regard. Les rideaux blancs et légers voilant la vitre créent une ambiance intime. Les ombres de deux personnes s'y découpent. L'une laisse deviner un homme de profil, l'autre, une femme frêle. Cette dernière s'énerve en agitant les bras face à l'homme immobile, assis devant elle. Elle semble si enragée qu'elle donne des coups de poing dans la fenêtre. L'employée qui suit la scène, sentant probablement les yeux de Gojin sur elle, tourne la tête et croise son regard. Il a l'impression d'être découvert en plein espionnage. Gêné, il la salue d'un hochement de tête, éteint précipitamment sa cigarette à moitié fumée et rentre dans le 105 par la baie vitrée.

Plan du motel

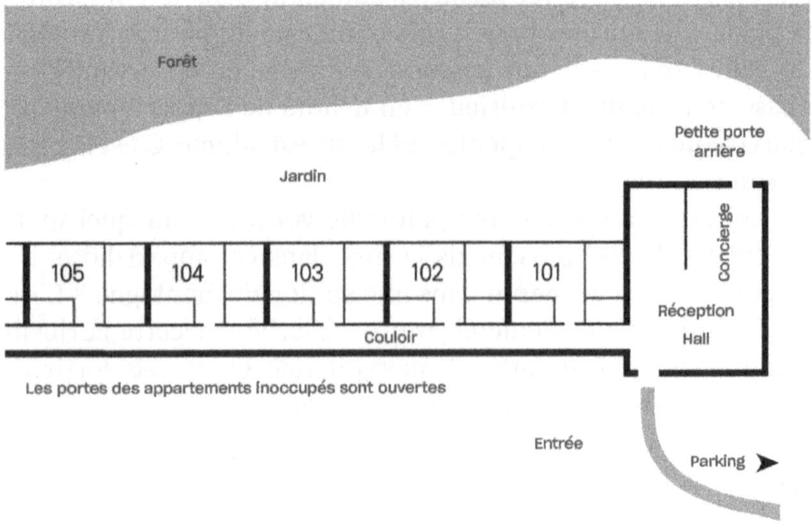

Plan d'un appartement

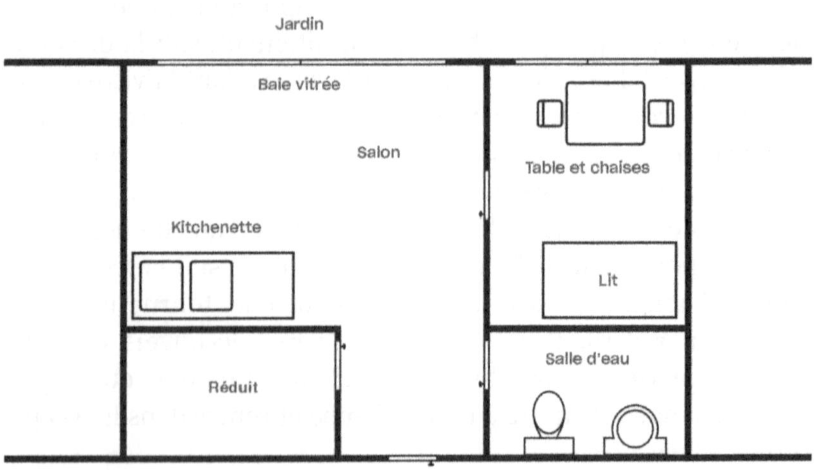

— En fumant, j'ai assisté à une dispute conjugale, dit-il en plaisantant.

Gyeonga laisse échapper un petit rire. L'avocat étale une couverture sur le sol du salon, se couche tout habillé et se couvre d'une seconde couverture.

— Tu dors en costume ? s'étonne Gyeonga.

— Je ne vais pas me mettre en sous-vêtements devant toi, ni m'enfermer dans le réduit sans fenêtre.

— Il n'y a que toi qui te considères comme un homme ici !

— Tu veux dire que je ne suis qu'une fourmi ouvrière ? réplique-t-il en faisant mine de pleurer.

— J'espère que le sol du salon n'est pas trop dur pour toi.

— Ça, ça ira, inquiète-toi plutôt que ta grande beauté ne me fasse pas perdre le contrôle en pleine nuit. Verrouille bien la porte !

Gyeonga part dans un grand rire espiègle et lance à travers la porte de sa chambre encore ouverte :

— Ah ah ah ! Je suis sûre qu'il y a une chose à laquelle tu n'as pas pensé...

— Laquelle ?

— Si je déchire mes vêtements et sors en criant que tu m'agresses, tu n'auras aucun argument pour ta défense ! Même cent millions de wons ne suffiront pas !

— Une telle chose n'arrivera pas.

— Comment en es-tu si sûr ? Tu as confiance en moi à ce point ?

— Tout à l'heure, j'ai passé un moment à bavarder et à plaisanter avec la réceptionniste. Je lui ai bien expliqué notre situation et notre relation. Et puis, elle a bien vu que je ne te forçais en rien, car tu étais toute souriante. Cette employée sera mon témoin et ma garante. De toute façon, je ne te crois pas capable de faire une chose pareille. Alors, n'en parlons plus.

— Ah, je commençais à te trouver mignon, maître Gojin, mais là, tu m'as complètement refroidie.

Sur ce, Gyeonga affiche une moue boudeuse. Elle ferme la porte et éteint la lumière. À peine cinq minutes plus tard, faisant fi de sa crainte de perdre le contrôle, Gojin sombre dans un sommeil profond. Est-elle vexée de l'entendre respirer régulièrement ? Gyeonga se tourne et se retourne sans parvenir à s'endormir et lance un pfuit ! vers le salon plongé dans l'obscurité avant de remonter la couverture sur son visage.

Vers 21 heures, peu de temps avant l'arrivée de Gojin et Gyeonga, l'employée Yi Yeong-a, de garde à la réception, se rongeait les ongles quand une cliente avançant à grands pas vers elle l'a enfin tirée de son désœuvrement. Âgée d'une trentaine d'années, elle avait une silhouette svelte, un style remarquable au premier coup d'œil et une démarche assurée qui lui donnaient une allure hautaine.

— Il y a une chambre de libre ? Je n'ai pas réservé.

Sa voix débordait de confiance en elle. Ses cheveux étaient coupés au carré, et sa frange tombait sur des lunettes de soleil très chics, assorties à son manteau d'hiver aux reflets satinés. À son épaule gauche, elle portait un sac à main raffiné qui contrastait avec les sacs plastiques remplis de paquets de riz, de plats préparés, de légumes et de fruits qu'elle tenait à la main. La réceptionniste a pensé qu'elle devait être une riche femme au foyer. En semaine, pendant la basse saison, il n'était pas utile de réserver, la plupart des logements étaient inoccupés. Yi Yeong-a lui a donné la clé de l'appartement 103. Situé au milieu du couloir, il possédait la meilleure vue sur le jardin : bordé par la forêt et couvert d'un magnifique gazon qui prend une teinte dorée en hiver, ce jardin fait la fierté de l'établissement.

— Vous êtes seule ? a demandé l'employée en jetant un coup d'œil par-dessus l'épaule de la femme, après avoir noté son nom : Cheon Na-yeong.

Il est très rare qu'une femme soit seule dans ce genre d'appart-hôtel, la réponse ne la surprend pas.

— Non, nous sommes deux, mais je suis descendue la première, votre parking est si loin.

Les clients se plaignent souvent de devoir déposer leurs bagages avant d'aller garer leur voiture. Surtout un jour d'hiver comme celui-ci où il n'est pas très agréable de marcher dans le vent glacial pour rejoindre le bâtiment. Mais la politique de l'établissement est telle que le charme environnant et la vue sur le jardin passent avant certaines questions pratiques.

Après avoir récupéré la clé du 103, Cheon Na-yeong est allée s'asseoir sur une chaise dans un coin du hall d'entrée. Elle voulait sans doute attendre le conducteur de la voiture. Sa tête était baissée, la réceptionniste ne pouvait pas voir son regard, mais elle ne percevait chez la cliente aucune joie d'être là, alors que c'est un lieu où l'on vient en général passer du bon temps. Elle était trop bien habillée pour une mère de famille. D'ordinaire, une femme qui vient avec son mari n'a pas une apparence aussi chic et soignée. De plus, elle est arrivée à une heure tardive et sans réservation. Sans doute s'agissait-il d'un couple adultère. Yi Yeong-a était plongée dans ces considérations propres aux jeunes filles de son âge. En tout cas, ce n'était pas une cliente banale, alors elle était curieuse de découvrir qui l'accompagnait. Hélas, elle l'a raté. Le temps qu'elle aille chercher quelque chose dans le local d'entretien, Cheon Na-yeong avait disparu.

Plus aucun client n'est venu pendant un bon moment. Le journal télévisé de 21 heures s'est terminé et le feuilleton du soir a commencé. C'est alors qu'un homme et une femme aux joues rouges et aux lèvres bleuies par le froid sont entrés brusquement. On aurait dit qu'ils venaient de traverser une immense plaine de l'Antarctique. Il était presque 22 h 30. « Est-ce à cause du temps qui s'est dégradé d'un coup qu'il n'y a que des clients sans réservation ce soir ? » s'est dit Yeong-a. La femme était beaucoup mieux que l'homme. Il devait être fortuné. La jeune réceptionniste a supposé qu'ils étaient eux aussi un couple adultère. L'homme, qui ne cessait de sourire bêtement, était très bavard. Elle a donné la clé de l'appartement 105 à cet homme qui s'est enregistré sous le nom de Gojin.

Vers 23 h 20, Yi Yeong-a a reçu un appel à la réception. Ça venait du 103.

— Il y a quelque chose qui ressemble à un cadavre d'animal dans le jardin, a dit la voix claire de la femme. C'est dégoûtant, venez nous en débarrasser, vite.

— Un cadavre d'animal ? a répliqué Yeong-a, tout étonnée. Ce n'est pas possible.

Le jardin fait l'objet d'un soin particulier. Il y a une femme de ménage, mais Yeong-a y fait en plus un tour chaque soir à son arrivée et il était propre tout à l'heure.

— Vous n'avez qu'à venir voir ! a dit la femme sur un ton hystérique avant de raccrocher brutalement.

Était-ce la dépouille d'un rat ? La femme de ménage n'étant plus là, elle a attrapé un balai, une pelle et un sac-poubelle avant de sortir dans le jardin par la petite porte du local d'entretien. Elle avait enfilé son gilet mais, quand elle est soudain passée de l'intérieur chaud à l'extérieur glacé, le froid l'a pénétrée jusqu'aux os.

Elle a aperçu dehors, en train de fumer, l'homme loquace du 105. Elle a croisé rapidement son regard avant d'aller examiner la pelouse devant le 103. Elle n'a pas trouvé le moindre cadavre de rat, en revanche, elle a ramassé un sac-poubelle noir contenant des déchets. La femme du 103 a dû prendre ça pour une forme animale dans le noir. « Elle aurait pu sortir vérifier elle-même, elle m'a fait sortir dans le froid pour rien. Je me doutais bien que cette cliente serait une casse-pieds. » Tout en ronchonnant, Yeong-a a fourré le sac-poubelle noir dans celui qu'elle avait apporté.

À ce moment-là, le bruit de quelque chose cognant à la fenêtre du 103 a retenti. Surprise, elle a levé la tête. Le séjour était éteint et calme. Le vacarme venait de la chambre. À cause des voilages blancs, elle ne voyait pas bien l'intérieur de la pièce, mais l'ombre de deux personnes se détachait comme dans un vieux film en noir et blanc.

L'homme était assis près de la fenêtre, la tête penchée vers la table, tandis que la femme faisait les cent pas devant lui. Visiblement très énervée, elle agitait les bras avec violence. Le visage de l'homme avait des traits marqués un peu grotesques : les cheveux ébouriffés et les pommettes proéminentes. Il semblait écouter patiemment sans broncher. Enfin, c'était ce que Yeong-a devinait. En réalité, en ne voyant que leur ombre, elle ne pouvait pas savoir s'il attendait calmement que la colère de la femme passe ou s'il bouillonnait en réfrénant son indignation. Le bruit de tout à l'heure avait dû être produit par un poing de la femme frappant la vitre. Cette dernière hurlait, mais le double vitrage empêchait ses paroles de parvenir jusqu'à Yeong-a qui n'entendait que des fragments aux intonations aiguës comme « Comment oses-tu me faire ça ? »... Était-ce une dispute entre amants ? En tout cas, la femme qu'elle avait vue à la réception semblait avoir un tempérament électrique.

En tournant la tête, Yeong-a a remarqué que l'homme du 105 regardait vers elle, la cigarette aux lèvres. Elle aurait voulu observer encore la scène de ménage du 103 mais, embarrassée par la présence de l'homme et transie de froid, elle est retournée à la réception.

1 h 30 du matin.

Yi Yeong-a passe le temps en pianotant sur l'ordinateur. Soudain des pas résonnent dans le couloir, elle lève la tête. Un homme avance rapidement, traverse le hall et sort par l'entrée principale sans s'arrêter à la réception. Craignant peut-être que Yeong-a l'interpelle, il ne lui accorde pas un regard. Avec ses cheveux bouclés et volumineux, ses pommettes saillantes et son menton carré, il lui aurait laissé une forte impression si elle l'avait déjà vu. Il n'a donc pas fait l'enregistrement à la réception. Mais c'est la silhouette de l'homme aperçue à la fenêtre du 103, elle en est quasiment certaine.

Yeong-a s'en désintéresse rapidement et retourne surfer sur internet.

Le lendemain matin, un cri d'horreur retentit en provenance du jardin. La femme de ménage qui entretient l'extérieur des appartements vient d'apercevoir par la baie vitrée du 103, dont les rideaux sont ouverts, le corps ensanglanté d'une femme effondrée près de l'évier, un couteau de cuisine planté dans le ventre. Le sol est inondé de sang. Les employés qui ont entendu son cri hystérique accourent dehors et essaient d'ouvrir la baie vitrée, mais elle est fermée de l'intérieur. Ils se ruent alors dans le couloir ; la porte du 103 est verrouillée par le système de fermeture automatique des portes. Ils reviennent avec un passe-partout et y pénètrent enfin.

La victime est allongée sur le dos et baigne dans son sang. Ses yeux ouverts fixent le plafond. Face à ce spectacle atroce, ils restent tous tétanisés. La baie vitrée et la fenêtre ne se verrouillent que de l'intérieur. Ainsi, le criminel n'a pu sortir que par la porte. Dans l'appartement, il ne reste aucune affaire personnelle, ni de l'homme ni de la victime.

La police arrive bientôt. Yi Yeong-a, partie dormir après sa nuit de garde, est convoquée. Encore ensommeillée, elle arrive au 103 et s'épouvante devant la scène. Sur ordre des policiers, elle se penche sur le corps pour identifier le visage, tremblant de peur.

— Oui, c'est la dame dont j'ai fait l'enregistrement hier soir, réussit-elle à prononcer, la gorge nouée.

La réceptionniste ne l'a vue qu'un court instant, mais cette femme semblait n'avoir peur de rien. Alors, la voir réduite à l'état de cadavre, Yeong-a en reste abasourdie. Certes, elle l'a trouvée désagréable, mais elle ne méritait tout de même pas une mort si tragique. Yeong-a éprouve à la fois pitié et malaise, au point de détourner la tête.

Les deux amis du 105 sont réveillés par le vacarme. Ils entendent frapper fort à leur porte. Le sommeil à peine chassé, Gojin et Gyeonga sont surpris par des visiteurs inattendus et indésirables : la police.

— Avez-vous entendu quelque chose hier soir ? demande l'un des agents.

— De quoi s'agit-il ?

— L'occupante de l'appartement 103 a été assassinée à coups de couteau, explique le policier en jetant un regard suspicieux aux deux personnes qui ne ressemblent pas à un couple marié.

Gyeonga affiche un air embarrassé, tandis que Gojin répond sur un ton catégorique :

— Nous sommes navrés mais nous n'allons pas vous être d'une grande aide. Nous avons passé la nuit ici car notre voiture est tombée en panne sur la route en pleine nuit. Nous sommes arrivés vers 22 h 30 pour nous coucher juste après, épuisés.

— Vous n'avez vraiment rien entendu ? Même pas un bruit de dispute ?

— Je n'ai rien entendu, mais j'ai vu quelque chose.

Sur ce, Gojin raconte la dispute à laquelle il a assisté à travers la fenêtre du 103. Le policier ne semble pas très intéressé, il a déjà recueilli le même témoignage de la part de Yi Yeong-a, et en plus précis.

Gyeonga se sent mal à l'aise. Avec l'affaire de Jeong Yumi, elle a déjà vécu un meurtre, même indirectement. Là, il s'est produit tout près d'elle. Elle n'a aucune relation avec cette victime, elle en est néanmoins troublée. Un regret l'envahit : ils auraient dû appeler le dépanneur et rentrer à Séoul même en pleine nuit. Elle lance un regard réprobateur à Gojin qui le ressent et tressaille.

L'avocat a envie d'aller voir au 103, mais il se retient. De toute façon, l'agencement des appartements est le même pour tous. Il devine la disposition du corps et les circonstances générales du meurtre en interceptant les discussions de la police et du personnel. Les agents vont vérifier qu'une Buick en panne a bien passé la nuit sur la route non loin de là et notent l'identité des deux occupants du 105, puis ils se désintéressent rapidement d'eux.

Quand on les informe que la dépanneuse et leur taxi sont arrivés, Gojin et Gyeonga sortent de l'appartement et croisent Yi Yeong-a dans le hall.

— Il paraît que la cliente du 103 a été assassinée ? demande Gojin.

— Oui... désolée pour la gêne occasionnée, s'excuse la réceptionniste sans se départir de son habituel sens du service.

— Vous n'avez pas à vous excuser, ce n'est pas votre faute, c'est celle du criminel. Mais pour vous, voir le cadavre d'une femme qui était vivante la veille, ça a dû être très choquant, mademoiselle Yi Yeong-a, dit-il en lisant le nom inscrit sur le badge qu'elle porte à la poitrine.

Touchée par ces mots réconfortants, elle se laisse aller aux confidences :

— Oui, je suis vraiment effondrée. En fait, hier, je ne l'ai pas trouvée sympathique, ça me fait culpabiliser.

— Quel genre de femme était-ce ?

— Une jeune citadine raffinée. Enfin, les clients d'ici viennent presque tous de la ville, mais elle, elle sortait du lot. J'ai tout de suite repéré que c'était une femme qui ne travaille pas, j'ai l'œil, vous savez.

— Vous avez deviné ça d'un coup ? Comment ?

— Au contraste entre sa tenue chic et les sacs plastiques débordant de nourriture qu'elle portait à la main. Vous savez, ces femmes ont la manie d'apporter toujours plein de courses où qu'elles aillent. Les femmes actives, elles, ne trimbalent pas tout ça.

— Vous êtes très observatrice. Elle n'est pas arrivée seule, n'est-ce pas ?

— Non, bien sûr, elle était avec un homme.

— Un homme... Son mari ?

— Euh... est-ce qu'une femme va dans ce genre d'hôtel avec son mari ? Sans réservation ? Hier, j'ai plutôt pensé qu'ils étaient amants. Enfin, je n'en sais trop rien.

— Comment était l'homme ?

— C'est dur à dire. Un homme assez chic avec un visage carré, viril. Je l'ai vu sortir tout seul, l'air pressé, à 1 h 30 du matin.

— L'homme aurait-il poignardé la femme après une querelle amoureuse ?

— Moi aussi, je suis sûre que c'est cela, approuve Yi Yeong-a, manifestement contente d'avoir la même idée. Hier soir, en ramassant un rat... non, c'était un sac-poubelle noir, au moment où vous fumiez dans le jardin, vous les avez vus vous aussi, non ? Le couple se disputait violemment. L'homme restait impassible face à la femme très en colère... Je n'ai pas vu la scène jusqu'au bout, mais cet homme, avec son physique de brute, j'imagine qu'il a fini par la poignarder.

Yi Yeong-a joue à la fois la témoin et l'enquêtrice. La curiosité de Gojin au sujet du meurtre retombe. Il est surpris que ça se soit produit dans un appartement si proche du leur, mais au final ce n'est qu'un banal drame passionnel comme on en lit chaque jour dans les journaux. Rien d'extraordinaire. C'est une affaire claire comme de l'eau de roche. L'homme s'est enfui juste après avoir commis son crime, il ne fait donc aucun doute que c'est bien lui le suspect. Alors, puisque le meurtre ne présente aucun intérêt, c'est le désagrément d'avoir été dérangé pour rien qui prend le dessus.

Pourtant, le lien entre Gojin et le meurtre de Cheon Nayeong ne s'arrête pas là. Cette affaire s'agrippe à lui et touche à nouveau Lee Yuhyeon, car le domicile de la victime se trouve dans le quartier de Seocho, son secteur. Le capitaine Lee découvre avec surprise que Gojin et Ryu Gyeonga sont sur la liste des témoins. De plus, tous deux ont passé la nuit dans le même appartement ! « Gojin est-il encore capable de séduire une femme ? » se dit-il avec un étrange petit sourire.

Quatre jours après l'événement, Lee Yuhyeon propose à Gojin et Ryu Gyeonga de se retrouver le soir au bar L'Absinthe. Les deux hommes sont assis au comptoir, Gyeonga se tient debout face à eux. Comme toujours, une bouteille de scotch et des verres sont posés devant eux, mais l'ambiance n'est pas à la détente, car Gojin et Gyeonga sont là comme témoins d'un meurtre. Le capitaine Lee a choisi ce bar comme lieu d'interrogatoire en considération de son amitié avec Gojin, et aussi à cause du tempérament de ce dernier. Lee doit aiguiser sa curiosité et tourner autour du pot sans l'interroger directement sur l'affaire, sinon il n'obtiendra de lui aucune collaboration spontanée. Mais malgré tous ses efforts, Gojin ne se montre guère intéressé par cette histoire.

— Dire que vous étiez sur les lieux du crime ! Quelle drôle de coïncidence, n'est-ce pas ? lance l'inspecteur.

— Ça n'a rien de drôle...

— Ah bon ? Toi qui es curieux de tout, cette affaire-là ne t'intéresse pas ?

— Je sais à peu près ce qui s'est passé. L'homme a été identifié comme son mari, c'est bien vrai ? S'il a tué sa femme à la suite d'une dispute conjugale, tu n'as qu'à lancer un avis de recherche et le coffrer, non ? Quant à moi, je n'ai fait que dormir de l'autre côté du mur. Le fait d'avoir passé la nuit à côté d'un cadavre ne fait pas forcément de moi un témoin.

— Tu vas continuer à te défiler longtemps comme ça ? bougonne Lee Yuhyeon, visiblement déçu de ne pas recevoir l'aide clairvoyante qu'il attendait.

— Est-ce que tu me soupçonnerais, par hasard ? Dans ce cas, on va bien s'amuser !

– Cette affaire ne t'intéresse pas car elle ne te rapportera pas d'argent, c'est ça ?

– Et elle n'est pas passionnante non plus...

– Trop banale pour le grand Gojin ? Très bien, je vois que tu n'as pas envie de t'en mêler, mais dis-moi au moins ce que tu as vu. Plus tu me dis rapidement ce que tu sais et plus vite j'arrête de t'embêter.

– Est-ce que nous avons vu quelque chose, Gyeonga ? demande Gojin en tournant la tête vers la jeune femme avec l'intention de lui passer le relais.

– Moi, je suis restée à l'arrière-plan, répond-elle en brisant net tout espoir. Ce que j'ai vu, Gojin l'a vu aussi. Mais lui, par contre, il a vu des choses que je n'ai pas vues.

Gojin, tenant son verre rempli de liquide ambré, jette un regard trouble à l'inspecteur Lee.

– Pfft ! Puisque je n'ai pas le choix, je vais être obligé de témoigner pour nous deux. Finissons-en vite avant que mes glaçons n'aient fondu !

– Tu es bien ironique, comme toujours !

– Je vais te le dire franchement, parce que c'est toi : ce soir-là, j'ai découvert un secret énorme. Pendant que je fumais dans le jardin, j'ai vu les ombres de deux personnes bouger derrière la fenêtre de l'appartement 103. Ils se disputaient vertement. C'est choquant, n'est-ce pas ?

– Yi Yeong-a, la jeune employée, a déjà raconté ça, dit Lee Yuhyeon, déçu. Et elle a vu la scène de plus près que toi.

– C'est bien pour cela que je te dis que je ne peux t'être d'aucune aide.

L'inspecteur Lee sort une photo de la poche intérieure de sa veste et demande :

– Est-ce que ce soir-là tu as vu cet homme ?

L'homme sur le cliché est une armoire à glace vêtue d'un complet-veston, avec des pommettes saillantes, des sourcils fournis, un regard pénétrant, des cheveux comme au sortir d'une permanente et des favoris pareils à des grosses chenilles. En un mot, il a la gueule du macho.

— On dirait Rambo ! Quelle carrure ! Face à lui, j'aurais l'air d'une ombre frêle vacillant à la lueur d'une bougie. Ses sourcils sont trois fois plus épais que les miens. C'est lui le suspect ?

— C'est l'homme qui était au 103 ce soir-là. Il s'appelle Tae Jeong-u, c'est le mari de la victime. Il est chirurgien esthétique et n'a rien à voir avec une brute à gros muscles.

— Chirurgien esthétique ? Ça casse tous mes préjugés ! Un médecin avec un physique pareil doit avoir beaucoup de succès auprès des femmes. Un chirurgien esthétique à l'allure sauvage et imposante... un Tarzan fortuné... quel charme irrésistible !

— Tu as raison. D'après mon enquête, c'est un séducteur qui sait se servir de ses atouts naturels.

— Désolé de dire ça alors qu'il y a eu meurtre, mais c'est une affaire on ne peut plus banale. Le mari infidèle, la femme furieuse et le coup de couteau qui part dans une explosion de colère. En tout cas, d'après la photo, je crois bien que l'ombre que j'ai vue ce soir-là derrière la fenêtre du 103 est celle de cet homme.

— Essaie de te souvenir de plus de détails, il y a peut-être des choses qui pourraient aider l'enquête.

— Je n'ai ni vu ni entendu grand-chose, mais ta question est trop vague, comme si tu me demandais d'emboîter les pièces d'un puzzle sans me donner le dessin du modèle.

— Je vais te raconter le déroulement des faits, ça va peut-être t'aider à te rappeler des détails.

Après avoir bu une gorgée de scotch, l'inspecteur Lee se met à raconter :

— Vers 21 heures, quand Cheon Na-yeong s'est présenté à la réception de l'hôtel, il faisait déjà complètement nuit. Comme il s'agit d'un petit établissement, il y avait une seule réceptionniste, Yi Yeong-a, celle qui vous a accueillis vous aussi. Cheon Na-yeong n'avait pas fait de réservation, mais c'est courant en basse saison. Elle a demandé un appartement pour une nuit, en précisant pour deux personnes. L'homme étant en train de garer la voiture, Yi Yeong-a ne l'a pas vu.

— Nous ne les avons pas croisés car nous sommes arrivés vers 22 h 30. Ma voiture est tombée en panne en pleine nuit, nous avons eu de la chance de trouver cet appart-hôtel.

— À t'entendre prononcer ce « nous », on dirait que votre relation est devenue plus intime...

À cette plaisanterie de Lee Yuhyeon, Gojin hoche la tête tandis que Gyeonga affiche un sourire gêné comme pour dire : « C'est n'importe quoi. »

— Ensuite, vers 23 h 20, la réceptionniste a reçu un coup de fil de la cliente du 103 lui demandant de dégager un cadavre d'animal devant sa baie vitrée. Comme la femme de ménage n'était pas là, elle y est allée en personne. C'est là qu'elle a assisté à la dispute.

— C'est classique : un meurtre après une dispute conjugale.

— C'est ce que je pense aussi. D'après le résultat de l'autopsie, la victime est morte entre 21 heures et minuit. Ça concorde. Vers 1 h 30 du matin, Yi Yeong-a a vu le mari, le dénommé Tae Jeong-u, sortir précipitamment.

— Il pleut des preuves, tu n'as qu'à les récolter ! Dépêche-toi d'interroger ce Tae Jeong-u !

— Il a pris la fuite. On cherche sa trace. L'arrêter n'est qu'une question de temps, mais il faut au moins une preuve concrète pour l'accusation. Nous n'avons que des suppositions. Il n'y a presque aucune preuve matérielle et les témoignages ne sont pas très solides. C'est pour ça que je fais appel à toi. Est-ce que tu te souviens d'avoir vu du sang ou entendu des cris ? Le moindre détail peut m'intéresser.

— Eh bien... je suis désolé, mais... non, rien. Ce soir-là j'étais épuisé d'avoir conduit toute la journée. Tu vas être déçu autant que moi, je suis tombé comme une masse en laissant la belle Gyeonga dormir dans la chambre à côté. Le seul point commun que nous avons avec ce couple, c'est d'avoir admiré le même jardin, chacun depuis sa baie vitrée.

— Madame Ryu, vous vous êtes endormie tôt également ? Vous n'avez rien vu ni entendu ?

— J'étais fatiguée moi aussi. Je m'excuse de ne pas pouvoir vous aider, monsieur le capitaine.

— Il y a tout de même quelques points intrigants, dit Lee Yuhyeon, qui ne renonçait toujours pas à susciter l'intérêt de Gojin. Dans un meurtre, l'arme est la seconde chose la plus importante après le cadavre, n'est-ce pas ? Cheon Na-yeong a été poignardée avec un couteau provenant de la cuisine de l'appartement. L'arme est restée plantée dans son corps, mais elle ne porte aucune empreinte. L'avocat de Tae Jeong-u ne manquera pas d'en faire une preuve de son innocence.

— On est en hiver, il portait peut-être des gants, suggère Gyeonga.

— Ce raisonnement n'est pas digne d'une femme intelligente comme vous ! Pourquoi aurait-il porté des gants à l'intérieur alors que l'établissement est chauffé ? En fait, on a trouvé des traces laissant penser que les empreintes ont été effacées.

— Ça, c'est étrange, le mari doit bien savoir qu'étant le seul qui accompagnait la victime, il va forcément être identifié comme le meurtrier, en déduit Gojin, tout de même un brin intrigué. Il devait bien être conscient qu'effacer ses empreintes était complètement vain !

— J'ai découvert un autre point intéressant en menant mon enquête sur l'entourage de Tae Jeong-u. L'homme a entretenu il y a un moment une relation extraconjugale avec une amie de sa femme. Mais cette nuit-là, vers un peu plus de 23 heures, le mari de cette maîtresse, un certain Kil Yeong-in, lui a téléphoné. Il voulait certainement demander des comptes à Tae Jeong-u sur sa liaison avec sa femme. Cet appel est arrivé juste avant le meurtre...

— Tu as bien dit Kil Yeong-in ? dit Gojin, dont la curiosité était enfin piquée. J'ai déjà entendu ce nom quelque part...

Il se creuse les méninges et s'exclame en claquant des doigts :

— Ah ah ! Je me souviens, c'est là-bas que j'ai entendu ce nom...

— Où ça, là-bas ?

— Au Centre de recherches sur le suicide mental.

— Oh ! Tu t'y es déjà rendu ? Et tu as rencontré le docteur Yi Tak-o ?

— Je n'ai pas pu voir le docteur, mais j'ai croisé ce Kil Yeong-in. C'était juste un instant, mais il m'a fait forte impression. S'agirait-il d'un homonyme ? Non, ce n'est pas un nom courant, c'est peu probable de l'entendre deux fois en si peu de temps !

— Tu l'as dit, ça, c'est curieux, approuve Lee Yuhyeon.

En tout cas, il est satisfait, car le regard de l'avocat brille enfin d'intérêt et que sa bouche fait une moue étrange.

— Dis-m'en plus sur ces couples..., réclame Gojin en se penchant vers l'inspecteur. J'étais sur les lieux du crime, alors, en entendant des détails, des choses peuvent me revenir en mémoire...

— Tae Jeong-u est un play-boy réputé, il a beaucoup de femmes autour de lui, et il a commencé à fréquenter Han Dami, la femme de Kil Yeong-in, il y a deux ans. Apparemment ils ont rompu il y a un an. Quant au déroulement de l'assassinat, tu le connais déjà. D'après le témoignage de Yi Yeong-a et le tien, lors de la dispute le soir du meurtre, c'était Cheon Na-yeong qui était très énervée. Sa colère était sûrement liée aux multiples liaisons de son mari. Vous avez bien vu que l'homme se contentait de subir la crise de sa femme, mais on ne sait pas ce qui s'est passé ensuite. Peut-être que peu après que vous avez quitté le jardin, Tae Jeong-u, saisi par une crise impulsive, a pris un couteau dans la cuisine pour poignarder sa femme. Ensuite, il s'est éclipsé dans la nuit.

— Alors il faut te mettre à la recherche de sa voiture, réplique Gojin.

— Il devait être terriblement troublé en partant, car il n'a pas pris sa voiture...

— Comment ?

— Tu le sais, le parking est éloigné de l'établissement, son Infiniti blanche y était encore garée le lendemain. Il a dû se sauver à pied par la route tellement il a eu peur.

— Ah bon ? C'est quand même bizarre... Quelqu'un de craintif au point de s'enfuir sans sa voiture aurait-il eu assez de sang-froid pour essuyer ses empreintes sur l'arme ? Bon, laissons Tae Jeong-u de côté pour le moment. Tu t'es renseigné sur ce Kil Yeong-in qui l'a appelé la nuit du meurtre ?

— Je vois que tu t'intéresses davantage à Kil Yeong-in... Cet appel était le premier et l'unique qu'il lui a passé. Remarque, ça aussi, c'est un peu louche.

— Les deux hommes rivaux en amour se sont parlé pour la première fois précisément ce soir-là ? Il y a de fortes chances pour que ce ne soit pas un hasard, alors comment doit-on l'interpréter ?

— Une fois qu'on aura arrêté Tae Jeong-u, on aura cet éclaircissement. Les deux couples sont liés par un enchaînement bien malheureux. Cheon Na-yeong et Han Dami étaient amies ; cette dernière a trompé son mari avec Tae Jeong-u, et lui, il a tué son épouse. Kil Yeong-in a appelé son rival juste avant l'acte tragique ; les deux femmes se disputaient Tae Jeong-u, et les deux hommes, Han Dami. En ce moment, mon enquête porte sur eux quatre. Kil Yeong-in et Han Dami habitaient à Daechi, à Séoul. J'y suis allé, mais ils ont déménagé il y a plus d'un an. Comme ils n'ont pas déclaré leur changement d'adresse, leur domicile actuel n'est pas connu des services publics. Les parents de Kil Yeong-in étant décédés il y a plusieurs années, il est seul. Han Dami a elle aussi perdu ses deux parents et n'a plus pour toute famille qu'une petite sœur. Je suis allée la voir mais, à ma grande surprise, Han Chorok ne connaissait pas non plus l'adresse de sa sœur. Je ne sais pas si elle a essayé de me dissimuler quelque chose, en tout cas, ces gens me font l'effet d'être assez spéciaux.

— Tu veux dire que tu ne sais pas où habite actuellement Kil Yeong-in ?

— Malheureusement, non. Et comme il n'est pas un témoin de première ligne, je n'ai pas encore cherché davantage.

— S'ils n'ont pas donné leur adresse à leurs proches, c'est qu'ils cherchent à rester cachés. Je pense que ce Kil Yeong-in que j'ai vu, le patient du docteur Yi Tak-o, est bien celui qui a appelé le suspect du meurtre.

— Est-ce que tu ne serais pas en train d'essayer de trouver un lien entre cette affaire et le docteur Yi ?

— Si, j'ai l'impression que notre route va bientôt recroiser celle du docteur Yi. Un fil fin mais tenace semble nous lier à lui. Si tu n'as pas encore mis la main sur Kil Yeong-in, que dirais-tu de nous tourner d'abord vers le docteur Yi ?

Sur ce, Gojin éclate de rire comme un enfant espiègle qui vient de découvrir un jeu interdit.

Alors que l'inspecteur Lee prend congé le premier pour retourner au commissariat, Gojin regarde son dos s'éloigner en regrettant de n'avoir pas pu lui donner plus d'informations utiles, puis commande une bouteille de Macallan de dix-huit ans d'âge. Gyeonga, satisfaite de cette vente, remplit le verre de Gojin à ras bord. Tout en contemplant le liquide jaune clair qui clapote dans son verre, il lâche :

— Il manque une chose à ma vie.

— Une seule ?

— Non, bien sûr, il y en a plusieurs, mais je parle là de la plus importante de toutes.

— C'est quoi ?

— Une partenaire...

— Pourquoi cette plainte soudaine ? Ne t'es-tu pas toujours vanté d'être un loup solitaire, monsieur l'avocat ?

— Merci de me voir sous cet angle... mais je ne me sens pas seul, et il faut bien dire la vérité, pas aussi viril et sauvage qu'un loup. Le fait est que j'aimerais bien découvrir ce que le docteur Yi est en train de mijoter, mais je suis sur sa liste noire, alors inutile de faire une nouvelle visite au Centre, il refusera encore de me voir, c'est certain. Ma présence est de mauvais augure pour son affaire...

Il laisse la phrase en suspens avant de lancer à Gyeonga :

— Tu ne voudrais pas me donner un coup de main ? Être ma partenaire sur cette affaire ?

— Si je peux t'aider, je le ferai volontiers, répond spontanément la jeune femme, souriante, en soufflant élégamment sa fumée de cigarette. J'ai une dette envers toi après ce que tu as fait pour mon petit frère.

— Malheureusement les gens te connaissent mal sur un point, fait Gojin avec un sourire satisfait.

— Ah oui, lequel ?

— Tu es la personne la plus loyale que je connaisse. Mis à part le capitaine Lee Yuhyeon - il serait vexé s'il m'entendait parler ainsi. Alors, est-ce que tu voudrais bien aller au Centre de recherches sur le suicide mental à ma place ?

— Moi ?

— Oui, moi je ne passerai pas la barrière de la secrétaire.

— Et qu'est-ce que je fais si je parviens à rencontrer le docteur Yi Tak-o ?

— J'aimerais savoir dans quel but il a ouvert ce Centre, quel genre de patients il reçoit, comment il les soigne, etc. Si tu arrives à te renseigner discrètement sur Kil Yeong-in en le questionnant à propos de ses récents patients, ça serait la cerise sur le gâteau.

— En fait, dès que vous avez parlé du docteur Yi Tak-o, cet homme m'a intriguée, avoue Gyeonga, l'air amusée. Je suis curieuse de le rencontrer et, qui sait, il deviendra peut-être un nouveau client de L'Absinthe.

— Ah ah ah ! Ça, c'est toi qui vois.

— Mais supposons que j'y aille, suis-je vraiment capable d'obtenir les informations que tu veux ?

— Tu te sous-estimes ! Personne n'est meilleur que toi pour faire parler les hommes !

— J'ai quand même un peu d'appréhension, ce docteur me semble redoutable.

— Ne t'inquiète pas, il a un côté enfantin, ce n'est pas quelqu'un qui se prend au sérieux. Il est franc et ne fait pas semblant, ce n'est pas un hypocrite.

— Bon, très bien, de toute façon je n'ouvre le bar que le soir, j'ai du temps en journée ; je vais sacrifier un peu de mon sommeil et j'irai le voir.

Gyeonga semble se réjouir de cette collaboration avec Gojin.

9

Il faut que j'aille voir Kim Do-yeol. Cet homme a essayé de remettre ma femme sur le droit chemin quand elle était tourmentée par sa relation avec Tae Jeong-u. Peut-être était-elle allée le voir pour lui demander un ultime conseil avant de quitter la maison ? Il est peut-être au courant de la destination qu'elle a choisie ? Ou du moins en a-t-il une idée...

Je suis dans le quartier de Bukchon à la recherche de la galerie Ian. Ce n'est pas facile de la trouver en me référant seulement à mon plan imprimé sur internet. Je tourne encore et encore dans des ruelles labyrinthiques. Elles sont envahies de touristes et de jeunes femmes faisant du shopping malgré le temps froid. Tous semblent joyeux, enivrés par l'ambiance animée du quartier. Un délicieux parfum de café flotte dans l'air. C'est un monde à l'opposé du mien, sombre et mélancolique.

Je longe l'enceinte du lycée de filles Deokseong vers le nord, arrive à une intersection et repère enfin la galerie. Sur la porte est collée l'affiche d'une expo photo. J'entre dans un espace d'une trentaine de mètres carrés à peine. Sur les murs aux tons gris foncé, plusieurs clichés sont accrochés, éclairés de biais par des spots fixés au plafond. Je m'adresse à une jeune femme qui se tient à l'entrée :

– Je voudrais voir le directeur, M. Kim Do-yeol.

– C'est à quel sujet ?

— Il y a un moment, ma femme a exposé ici, je voudrais en parler avec lui.

— Le directeur n'est pas là, il est en déplacement en province.

— Quand rentre-t-il ?

— Dans deux semaines environ.

— Il est absent longtemps... Pourriez-vous me donner son numéro de portable ?

— Je ne le connais pas, je suis en intérim.

Elle ment, c'est évident. Elle a forcément un moyen de joindre le directeur. Enfin, je ne peux pas la blâmer, il est normal qu'elle ne donne pas le numéro à un inconnu.

Je rentre chez moi à Yangpyeong et allume mon ordinateur. Hier, j'ai envoyé un mail à Freebird depuis le compte mail de ma femme. C'est la troisième personne susceptible de me donner des informations sur le lieu où elle se trouve.

« Ça fait longtemps ! Comment vas-tu ? J'ai perdu ton numéro de portable, tu me le redonnes ? »

Si j'obtiens ses coordonnées, je l'appellerai pour proposer qu'on se rencontre. Enfin j'ai la réponse de Freebird. Elle dit que c'est une joie d'avoir de mes nouvelles après si longtemps et indique son numéro. Je ne peux pas utiliser le portable de ma femme puisque je n'ai pas son mot de passe, alors j'appelle avec le mien.

— Allô ? répond une voix d'homme tonitruante.

M'attendant à parler à une femme, je suis surpris par cette voix masculine et presse précipitamment le bouton de fin d'appel. Je respire un coup et, cinq minutes après, je rappelle.

— Allô ? fait encore la voix d'homme.

— Bonjour, je suis le mari de Han Dami, dis-je en prenant un ton froid et posé.

Il raccroche aussitôt. Le *tût tût tût* résonne à mon oreille. J'essaie de le rappeler deux fois mais ça ne décroche plus. Freebird est-elle donc un homme ? Il se faisait passer pour une femme ? Mais quel enfoiré !

10

Depuis un café situé au premier étage d'un immeuble, Gojin et Gyeonga embrassent du regard le cinéma Piccadilly et la petite place adjacente. Les vitrines arrondies du luxueux cinéma contrastent avec les immeubles délabrés serrés les uns contre les autres dans les ruelles alentour. Le Centre de recherches se trouve dans un de ces bâtiments médiocres.

Dehors, les gens se crispent sous le froid glacial.

— Ne te stresse pas trop et écoute ce qu'il va te raconter, dit Gojin en sirotant son café.

La tasse de la jeune femme est déjà vide.

— Attends-moi tranquillement ici au chaud, je vais lui faire vider son sac.

Gyeonga lance un clin d'œil à Gojin et se lève. Elle doit se présenter comme une candidate au suicide. Gojin regarde sa silhouette se diriger vers la sortie. Elle connaît par cœur les moyens de faire rire ou pleurer son interlocuteur et, qui plus est, avec sa beauté sublime, elle peut exercer un pouvoir absolu sur un homme. C'est la partenaire idéale.

Une fois dans la ruelle, Gyeonga repère tout de suite l'immeuble miteux indiqué par Gojin. Elle y pénètre et grimpe l'escalier sinistre. Au deuxième étage, elle suit le couloir jusqu'à la porte 304 tout au fond, frappe et ouvre sans attendre de réponse.

— Bonjour... ?

En la voyant entrer, Sin Jae-in a l'air aussi surprise que si elle voyait un moine bouddhiste au milieu d'une boîte de nuit. Cette femme voudrait mourir ? Jae-in a du mal à le croire ; au premier coup d'œil, elle voit bien que la jeune femme qui vient d'entrer n'a pas du tout une tête à se suicider. Avec sa coiffure raffinée, ses cheveux teints en brun avec des reflets violets, son manteau en tweed sensuel et son sac à main bleu *Ava* de chez Celine, elle ressemble à une actrice qui se rend à une cérémonie de remise de prix. Tout comme on ne peut cacher la pauvreté ou réprimer une quinte de toux, l'élégance et la vitalité émanent spontanément de cette femme qui règne en reine de la nuit depuis des années.

— J'ai repéré votre Centre sur internet, pourrais-je voir le directeur ? demande Gyeonga d'une voix douce.

Jae-in ne peut tout de même pas refuser en arguant qu'une femme couverte de produits de luxe n'a pas le profil d'une candidate au suicide. Alors elle la conduit dans le bureau du docteur.

En voyant Gyeonga, Yi Tak-o fait les yeux ronds et se lève d'un bond pour l'accueillir joyeusement.

— Oh ! Soyez la bienvenue !

Sa voix est étonnamment forte. Les patients qui viennent le voir doivent être extrêmement déprimés au point de vouloir en finir, mais lui se montre au contraire très avenant, comme ravi de la visite d'un ami. Sans réagir aux gestes exagérés du docteur, Gyeonga va s'asseoir calmement sur une chaise face à lui. Elle ne doit pas se laisser embobiner par cet homme. Un instant plus tard, Sin Jae-in leur sert un thé et se retire aussitôt.

— Bonjour, je m'appelle Ryu Gyeonga, j'ai lu dans votre présentation que vous aidez les gens à se suicider.

— Ah, je pense qu'il y a un malentendu, dit l'homme en écartant les bras, l'air embêté. Le but de notre Centre n'est pas d'aider à se suicider, ce serait un crime.

Gyeonga, qui est au courant du meurtre dont cet homme est complice, se moque de lui intérieurement.

— Ah bon, je n'ai pas bien compris alors...

— Comment avez-vous connu notre Centre ?

— Par hasard, sur internet. À vrai dire, je n'ai pas lu attentivement... En parcourant la page d'accueil, j'ai cru que vous aidiez au suicide, alors je suis venue directement vous voir.

— Dans notre Centre, nous ne touchons pas à un seul cheveu de nos patients. Je suis médecin psychiatre.

Gyeonga garde le silence un moment puis dit, en le regardant droit dans les yeux :

— Vos cheveux blancs sont absolument magnifiques.

— Merci.

L'homme d'une cinquantaine d'années a d'abord l'air surpris par ce compliment soudain, puis, ravi, il sourit. Les hommes perdent leurs moyens à la moindre flatterie venant d'une belle femme, après ils sont prêts à donner tout ce qu'ils ont sans même s'en rendre compte. Cette stratégie psychologique que Gyeonga a totalement assimilée au fil de ses expériences est sortie toute seule sans qu'elle la calcule. Elle revient aussitôt au vif du sujet :

— Vous pourriez m'expliquer davantage ?

— Bien volontiers. Même si vous avez mal compris l'objectif de notre Centre, si vous êtes là, c'est que vous vous trouvez à la frontière entre la vie et la mort. À ce stade, notre Centre peut vous être très utile. Étant donné votre allure, les autres doivent avoir du mal à croire à votre malheur, mais moi je ne juge pas les gens sur leur apparence physique. Les problèmes personnels sont toujours complexes, on ne peut pas juger à la va-vite. Notre Centre ne mène pas de recherches sur le suicide à proprement parler. Nous ne nous intéressons qu'au suicide du mental. La vie nous mène parfois à des situations pareilles aux fils d'une pelote de laine enchevêtrés que nous ne parvenons pas à défaire. Pourtant, il suffit souvent de couper les nœuds pour les démêler. C'est une image pour vous dire que nous essayons de détruire la partie de votre mental qui n'arrive pas à se libérer de ses entraves, ni par elle-même ni avec l'aide de l'entourage, et ainsi de vous soulager de la souffrance causée par ce sentiment d'être pris au piège. Voilà l'objectif de notre Centre. Un esprit qui pousse son propriétaire vers la mort, peut-on dire qu'il est en bonne santé ? J'ai utilisé le verbe « détruire » pour vous faire comprendre l'idée, mais on devrait dire « transformer l'esprit ». La démarche pourrait être décrite comme, pardonnez-moi l'expression, « transférer l'esprit vers un état de nirvana », dans le sens où l'esprit du patient devient totalement neutre.

Il a terminé son discours fleuve.

— Bon, en fait, c'est à peu près ce que j'avais compris. Mais comme c'est la première fois que j'entends une telle théorie, je n'avais pas les mots adéquats pour l'exprimer.

— Vous vous appelez Ryu Gyeonga, c'est cela ? Mettez-vous à l'aise et racontez-moi tranquillement vos problèmes pour que je voie si vous avez vraiment besoin de notre thérapie. Hum... Mais permettez-moi d'abord... si je me réfère à la forme de votre os frontal et à vos yeux pénétrants, vous êtes une personne joyeuse et vous avez l'air d'aller très bien.

— Oh, mais vous me décevez, docteur ! Vous êtes psychiatre et vous me jugez sur ma physionomie ?

À cette remarque défiante de Gyeonga, le docteur Yi s'esclaffe, l'air guilleret, en faisant de grands mouvements de bras.

— Ah ah ah ! Ne soyez pas déçue, on va passer aux choses sérieuses maintenant. Quel est le problème qui vous a poussée à songer au suicide ?

— C'est à cause d'un homme..., soupire-t-elle en s'efforçant de prendre un air sombre.

— J'ai du mal à le croire. Je pourrais comprendre que ce soit vous la source de souffrance d'un homme, mais l'inverse est étonnant.

Le prétexte qu'elle a inventé est si inconcevable que même un personnage spécial comme lui semble avoir du mal à l'avaler !

— Vous pensez que je ne peux pas souffrir à cause des hommes parce que je suis belle ? proteste-t-elle. Vous continuez de me décevoir. Vous avez des préjugés de macho !

— Pas du tout, ce n'est pas ce que je voulais dire, répond le docteur en agitant les mains. Bien sûr que vous pouvez être tourmentée par vos relations avec les hommes. Pardonnez-moi si ma première réaction a été celle de l'homme et non celle du médecin. Allez-y, je vous écoute.

— Il y a un homme que je veux à tout prix, et je n'y parviens pas. J'ai tenté toutes sortes de stratégies, mais j'ai l'impression que je ne lui fais aucun effet. Mon cœur est brisé. Je me demande si ça vaut la peine de continuer à vivre sans lui à mes côtés.

— Oh oh, quel genre d'homme est-ce ?

— Selon les critères classiques, c'est un homme génial. Il est expert-comptable, il a du talent dans de nombreux domaines. Il est beau, sensuel et a beaucoup de goût. En somme, il est parfait. Par contre, il sait tout ça, donc ça le rend un peu trop ambitieux et hautain.

Gyeonga improvise ainsi un homme imaginaire idéal.

— Hum hum... Cet homme vous semble parfait pour vous, mais c'est tout le contraire, affirme-t-il.

— Pourquoi ?

— Parce que vous lui ressemblez trop !

— Mais c'est génial de se ressembler, on se comprend bien, alors on a plus facilement de la compassion pour l'autre.

— Ce n'est qu'une illusion. Bien sûr, il existe des cas où ça se passe comme vous dites, mais d'une manière générale ces couples échouent. L'homme que vous venez de décrire doit beaucoup s'aimer lui-même. Il est fier de ses talents et de son importance dans la société ; il se nourrit des compliments de son entourage, ce qui le rend un brin arrogant. Ce type d'homme est en général angoissé et très jaloux. L'erreur que vous-même ou ce genre d'homme commettez est de vouloir rencontrer un partenaire aussi parfait que vous. À force de chercher, vous y arrivez parfois, c'est néanmoins la pire union possible. Vous formez un couple idéal en apparence, mais il se brisera facilement. La rencontre entre Rodin et Camille Claudel en est l'exemple. Tous deux étaient beaux, talentueux et les meilleurs sculpteurs de leur époque, mais ce fut la pire alliance amoureuse. Les deux estimes de soi se sont heurtées, et Rodin, plus fort, a exploité le talent, la jeunesse et le corps de son amante. Les femmes comme vous qui se savent belles et talentueuses doivent plutôt chercher un homme qui serait une sorte d'agent artistique. Je veux dire, quelqu'un qui apprécie vos valeurs, écoute vos plaintes et ne rechigne pas à s'occuper de toutes les tâches ingrates derrière vous. Alors seulement vous trouverez la sérénité et l'épanouissement de vos talents.

— Vous voulez dire que je dois rencontrer un homme qui serait mon valet ? Moi, j'aime les dandys ! Ça veut dire que je ne dois pas tomber amoureuse d'un homme qui me plaît ? Quel triste destin !

— Je ne parle pas de la fatalité, c'est vous qui faites vos choix. Je voulais dire qu'il existe des réactions chimiques plus ou moins harmonieuses entre différentes personnalités, c'est tout. En fait, cela m'amène à une question plus importante : en quoi perdre cet homme a-t-il un impact si fort que cela vous pousse au suicide ? Certes, vous pouvez sombrer momentanément dans le désespoir, mais vous avez l'air d'être le genre de personne à se relever pour rebondir sur une autre vie plutôt que de vous enfoncer dans le regret de ce que vous avez perdu.

— Vous avez dit tout à l'heure que vous ne jugiez pas les gens uniquement sur leur apparence.

Même cet homme à la parole facile semble ne plus savoir quoi dire, alors, profitant de cet instant de déstabilisation, Gyeonga ajoute :

— Bref, dites-moi comment vous allez me soigner.

— Comme je l'ai dit tout à l'heure, il ne s'agit pas vraiment de soins médicaux, la thérapie consiste à dissoudre le mental...

Il s'interrompt et lance à la jeune femme un regard perçant.

— Pourquoi me regardez-vous comme ça ?

Sans répondre, il continue à la fixer. Son visage rouge contraste avec ses cheveux blancs et dans ses yeux brille une lueur de doute. Cette femme est-elle vraiment venue pour le suicide mental ? Gyeonga soutient son regard sans laisser trahir la moindre hésitation.

— Vous êtes différente de mes patients habituels, dit le docteur Yi en soupirant exagérément. Il est rare qu'une personne comme vous pense au suicide. Je ne perçois pas votre souffrance psychologique.

— Si ça se voyait à l'œil nu, comme une blessure externe, il suffirait d'aller voir un chirurgien pour la recoudre ! ironise Gyeonga.

— Bien sûr, ce n'est pas visible, mais quand la peine est assez forte pour donner envie de mourir, on peut sentir l'instabilité qu'elle génère au travers du comportement et des paroles de la personne, et à son insu. Grâce à mon expérience en la matière, je perçois ces signaux facilement.

– J'ai l'impression qu'on glisse de plus en plus de la psychiatrie vers le mysticisme. Pourtant, je ne suis pas venue voir un devin. Vous me faites l'effet d'un médium, docteur !

– Là, vous vous méprenez à mon sujet, je suis médecin et je m'appuie sur des données scientifiquement prouvées. Madame Ryu, je vous trouve parfaitement équilibrée. L'expression est paradoxale, mais vous êtes même un peu trop normale. Même si vous avez un souci grave, je pense que vous êtes tout à fait capable de le surmonter par la force de votre raison et de reprendre votre vie. Autrement dit, vous n'avez pas besoin de la thérapie du suicide mental élaborée par notre Centre.

Sa conclusion est catégorique. Il observe la jeune femme en silence de ses yeux vifs et globuleux avant de laisser paraître un léger sourire.

– Connaissez-vous un homme du nom de Gojin ? demande-t-il brusquement.

Face à son regard pénétrant, désireux de lire dans les pensées de Gyeonga, cette dernière s'efforce de rester imperturbable.

– Non, je ne le connais pas, je devrais ?

– Non, je retire ma question, réplique-t-il d'une voix douce en baissant la tête. Pardonnez-moi si je vous ai gênée. Je suis un gentleman et je déteste les hommes malpolis avec les femmes... En tout cas, c'était un plaisir de converser avec vous, mais mon diagnostic est que vous retrouverez votre joie de vivre grâce à vos préoccupations habituelles. Je m'excuse de ne pas pouvoir vous aider.

Face à son attitude si déterminée, Gyeonga n'a d'autre choix que de céder.

– Ne vous excusez pas, docteur, vous m'avez quand même un peu aidée puisque vous m'avez convaincue que je ne suis pas une candidate au suicide. Je suis obligée de vous écouter, vous qui êtes spécialiste dans ce domaine. Je suis heureuse d'apprendre que mon état n'est pas grave. Je vous remercie. Suis-je obligée de payer la consultation ?

— Non, bien sûr. J'ai été rémunéré par le plaisir de converser avec une femme aussi belle qu'intelligente, ah ah ah ! s'esclaffe-t-il pour clore la conversation.

Gyeonga ramasse son sac à main, se lève et s'incline légèrement. Elle regrette de ne pouvoir poursuivre davantage cet entretien. Elle se sent presque chassée du bureau du docteur, ce qui blesse un peu son orgueil. Elle s'est vantée devant Gojin mais ne va finalement ramener aucune information utile, alors elle redoute de perdre la face. Quand elle sort du bureau, Sin Jae-in l'observe, étonnée qu'elle reparaisse si vite.

— Le docteur vous demande de le rejoindre dans son bureau, improvise Gyeonga.

Dès que la secrétaire a disparu, elle subtilise un cahier noir posé sur une étagère et le glisse dans son sac avant de quitter précipitamment le Centre. Elle ne leur a donné aucune information personnelle ni ses coordonnées, juste son nom. Ils ne vont pas la faire rechercher par la police juste pour ce petit vol ; de plus, ils ne découvriront peut-être pas de sitôt la disparition d'un cahier parmi d'autres.

Gojin l'attend en buvant son deuxième café. Quand elle s'assoit devant lui, l'air peu convaincue, il l'accueille joyeusement.

— Te voilà revenue vivante ! Je suis rassuré !

— Alors tu m'as envoyée dans un endroit où je risquais ma vie ? plaisante-t-elle à son tour.

— Allez, raconte-moi comment ça s'est passé.

— Il m'a demandé si je connaissais un dénommé Gojin...

— Quoi ? fait-il, les yeux tout ronds en éclatant de rire. Ah ah ah ! Ce docteur Yi est incroyablement perspicace ! Alors il t'a percée à jour, toi, la redoutable Gyeonga !

Elle résume sa conversation avec le docteur et demande :

— Ce ne sont pas des infos très utiles, n'est-ce pas ? Je n'ai même pas eu le temps de me renseigner sur Kil Yeong-in. J'ai été troublée par sa question à ton sujet.

— Au contraire, tu m'es d'une grande aide ; à t'écouter, je vois qu'il n'a pas changé.

— Je ne suis pas revenue les mains vides.

Sur ce, Gyeonga sort le cahier de son sac et le tend à Gojin.

— Qu'est-ce que c'est ?

— J'étais énervée de ne pas avoir obtenu grand-chose, alors j'ai subtilisé ce cahier dans le bureau de la secrétaire. Ça m'a tout l'air d'être un registre...

Le visage tout à coup radieux, Gojin la félicite :

— Tu es une femme géniale ! Tu donnes toujours plus que ce qu'on attend de toi !

Sur le cahier sont écrites dans l'ordre chronologique les entrées et sorties d'argent, les visites des patients et l'avancée de leurs traitements, le tout scrupuleusement daté. Néanmoins, tout principe de comptabilité semble laissé de côté ; on dirait un livre de comptes domestique et non professionnel. La situation financière de chaque patient y est reportée et le coût de la thérapie aussi. Gojin est surpris de voir que les frais médicaux sont bien plus élevés qu'il ne l'avait imaginé.

Par chance, toutes ces informations datent des trois derniers mois. Il y trouve donc l'adresse, le numéro de portable et même la situation financière détaillée de Kil Yeong-in. Son domicile actuel est à Yangpyeong. Gojin ne cache pas son sourire de satisfaction.

Sous la lumière du soleil pénétrant par les fenêtres, son regard s'arrête sur la ligne notée il y a un mois : « Kil Yeong-in, + 30 millions de wons ». Cela signifie donc que le Centre a reçu cette somme de sa part, il en est sûr. Il doit s'agir du montant pour sa thérapie de suicide mental. Mais à sa grande surprise, il tombe sur une autre note : « Kil Yeong-in, - 30 millions de wons », datée d'il y a quelques jours.

Gojin téléphone aussitôt à Lee Yuhyeon pour lui raconter tout ce qu'il vient de découvrir dans le cahier de comptes.

— Mais, grand-frère, c'est du vol ! lance l'inspecteur d'un ton faussement accusateur.

— Je l'ai juste emprunté ! Je prends quelques infos et je vais le rendre dès que l'occasion se présente. Ça s'appelle un « vol d'usage », ce n'est pas un délit grave.

— Alors, quelle est l'adresse de Kil Yeong-in ? Et son numéro de téléphone ?

Dépassant facilement sa contrariété, le capitaine Lee s'intéresse beaucoup aux infos obtenues par Gojin, qui les lui donne avant de proposer :

— Que dirais-tu d'aller ensemble chez Kil Yeong-in ?

— Là ? Tout de suite ?

— J'ai essayé d'appeler plusieurs fois sur son portable, mais il a l'air éteint.

— Ce n'est pas si urgent que ça !

— Kil Yeong-in a subi l'intervention du docteur Yi en échange d'une importante somme d'argent. J'aimerais savoir ce qu'il est devenu. Grâce au cas de Kil Yeong-in, on peut peut-être découvrir ce que le docteur est en train de mijoter.

— Oui, mais c'est un peu précipité à mes yeux. Ma priorité du moment, c'est d'arrêter Tae Jeong-u. Et par la suite, si besoin, on ira chercher Kil Yeong-in. On n'a rien pour établir un rapport entre le meurtre de Cheon Na-yeong et le Centre de recherches sur le suicide mental. Alors on va d'abord s'occuper de Tae Jeong-u, on verra après pour le Centre. Il se peut qu'il n'y ait aucun lien entre les deux.

— Leur première et dernière communication téléphonique, précisément le jour du meurtre, ça n'a aucun sens à ton avis ?

— Bien sûr, j'y songe, mais il suffira sûrement de demander à Tae Jeong-u quand on l'aura arrêté pour obtenir la réponse.

— Crois-tu que Tae Jeong-u, touché par ton travail acharné jour et nuit, va se rendre de son plein gré et te donner les preuves de sa culpabilité ? N'est-ce pas toi qui as dit que tu n'avais rien de concret pour l'accuser et qu'il fallait chercher les moindres indices susceptibles d'être utiles ?

L'inspecteur Lee voit bien le petit manège de Gojin, mais ses arguments ne sont pas infondés. Il s'y range finalement :

— Bon, alors allons-y, si c'est ce que tu veux, mais Kil Yeong-in n'est encore ni suspect ni témoin. Je finis mon travail et ensuite on ira y faire une tour, qui sait, on glanera peut-être une info intéressante.

Le soir même, Gojin rejoint le capitaine Lee à Seocho et ils prennent ensemble la direction de Yangpyeong. Lee Yuhyeon, que l'insistance pressante de l'avocat a empêché de dîner, est au volant. Après la nationale et une départementale, ils empruntent un chemin non goudronné qui s'assombrit et se rétrécit de plus en plus. Fatigué et un peu contrarié d'être là le ventre vide, Lee se montre peu enthousiaste face aux bavardages incessants de Gojin. Le chemin à peine assez large pour qu'une voiture y passe est au milieu d'une forêt sombre, balayée par un vent sinistre, si lugubre qu'on pourrait y voir surgir des spectres. Au bout d'un bon moment à rouler sur le sol gelé et chaotique, ils aperçoivent enfin une petite maison dans la lumière de leurs phares. La petite résidence de campagne de plain-pied contraste avec sa voie d'accès évoquant le chemin vers le royaume des morts mais s'intègre harmonieusement au bois autour.

– Jolie maison ! commente Gojin en se redressant sur son siège. Ils ont déniché une petite perle !

– C'est un jeune couple, n'est-ce pas un peu tôt pour venir s'enterrer dans un endroit aussi reculé ? murmure l'inspecteur qui n'a aucune affinité avec les mots « ermitage » ou « isolement ».

Il est 21 heures mais les lumières de la maison sont éteintes. Les deux hommes descendent et scrutent l'intérieur à travers les fenêtres. Ils n'y voient rien d'autre que l'obscurité. Ils sonnent à la porte, aucune réponse. Lee Yuhyeon actionne la poignée mais la porte est fermée à clé. Ils observent à nouveau par les fenêtres, la maison leur paraît inhabitée. Une ambiance glaciale y règne.

Alors que c'est lui qui a insisté pour venir là, Gojin renonce le premier :

– Notre bonne étoile du jour s'arrête là ! Où peut-il être à cette heure ?

– Tu vois, on est venus pour rien.

– Maintenant on sait où il habite, c'est déjà ça.

– On reviendra un autre jour, ce n'est pas si urgent.

Les deux hommes repartent bredouilles vers Séoul. Gojin prend le volant et durant tout le trajet il endure les ronflements de Lee Yuhyeon, enfoncé dans son siège.

11

Ma femme est-elle partie seule et sans que cela ait un rapport avec Tae Jeong-u ou un autre homme ? A-t-elle quitté la maison sur un coup de tête et a-t-elle eu un accident ? Et si ce n'était rien de tout cela ?

À force d'y penser, j'ai la tête qui tourne. L'envie impulsive de harceler Tae Jeong-u bouillonne en moi, mais je me dis que ce n'est pas la meilleure solution. Il faut se montrer malin pour réussir à faire tomber quelqu'un qui a une grande confiance en lui. Il n'a rien lâché lors de ma visite l'autre jour, alors si je lui rendais une nouvelle visite à son cabinet et faisais un grand tapage, il n'en dirait sûrement pas davantage. Et je n'ai pas non plus envie de me comporter de cette façon si minable. En plus, je méprise les gens qui perdent la raison lors d'un conflit amoureux. Je dois donc trouver un moyen de résoudre le mystère de la disparition de ma femme sans m'emporter.

Tout à coup, le Centre de recherches sur le suicide mental me revient à l'esprit. Peut-être que le docteur Yi pourrait me donner un coup de main. Ma souffrance vient de la disparition de ma femme à laquelle je suis obstinément attaché. Est-ce finalement cette obsession qui me tient en vie ? L'assurance débordante du docteur et l'accueil chaleureux de Sin Jae-in se détachent avec netteté au milieu de mon esprit dilué comme de la peinture à l'aquarelle. Ils me manquent et je décide d'aller les voir.

La thérapie prescrite par le docteur Yi, d'une durée d'un mois, est terminée. Mais celui-ci ne m'a-t-il pas dit avec son sourire radieux de revenir le voir quand je veux ? Et Sin Jae-in, elle va évidemment se réjouir de me revoir. Dans notre société capitaliste, je sais que les relations font aussi partie des produits à vendre, mais les frais médicaux que j'ai payés sont franchement trop élevés par rapport au traitement que j'ai reçu. J'ai bien droit à ce qu'ils m'accordent encore un peu d'attention.

J'enfile mon manteau, je me rends à Séoul et me gare dans le quartier de Jongno. Les feuilles mortes de l'hiver tourbillonnent dans le vent. Je m'engage dans la ruelle et pénètre dans le vieil immeuble du Centre de recherches. Je grimpe l'escalier et me dirige vers la porte 304. Une fois devant, un étrange sentiment s'empare de moi. Une sensation de froid se dégage du lieu mais elle ne résulte pas du temps hivernal. Je frappe à la porte ; comme je m'en doutais, je n'entends pas la belle voix calme de Sin Jae-in répondre « Entrez ! ». J'ouvre la porte et suis saisi par la scène qui s'offre à mes yeux.

La pièce est déserte et ne contient aucun signe de présence humaine ; seuls quelques papiers et journaux jonchent le sol. Le bureau de la secrétaire est vide aussi, je n'y trouve que des trombones abandonnés et des vieux stylos dans un tiroir. J'entre dans le cabinet du docteur Yi. La situation est la même, il n'y a que le divan usé, le bureau et les chaises qui y traînent encore. Un vent de désolation souffle dans la pièce.

Que s'est-il passé ? Ont-ils fermé le Centre en si peu de temps ? Pourtant, ils ne m'ont rien dit lors de ma dernière visite. Leur est-il arrivé quelque chose de grave ? Mais qu'est-ce que ça peut être pour qu'ils s'en aillent aussi précipitamment sans même emporter les meubles ? Ai-je été victime d'une escroquerie ? Dès le départ, rien que le nom « Centre de recherches sur le suicide mental » m'a paru bizarre. Je n'avais jamais entendu ce nom de toute ma vie. Quel idiot je suis ! J'ai bêtement gaspillé trente millions de wons. Si Kim Seon-dal, le célèbre escroc d'après une légende de la dynastie Joseon, a réussi à vendre les eaux du fleuve Taedong, c'est bien parce qu'il a trouvé des imbéciles aussi crédules que moi ! Le docteur Yi m'a-t-il empêché de me suicider en détruisant mon mental ? A-t-il vraiment fait quelque chose à mon esprit ? D'accord, je suis encore en vie et l'intention de mettre fin à mes jours n'est plus qu'un mauvais rêve. Mais si la volonté d'en finir s'est estompée progressivement, n'est-ce pas parce que je m'acharne à résoudre l'énigme de la disparition de ma femme plutôt que grâce à sa thérapie hypnotique ? Je n'ai pas l'impression qu'un quelconque changement a opéré dans mon esprit. En tout cas, je ne perçois aucun signe de la destruction de mon mental.

Je rentre chez moi à Yangpyeong en me sentant humilié. Je m'assois à mon bureau et sors mon journal intime du premier tiroir. Je l'ai commencé peu de temps avant ma visite au Centre. Je respire un grand coup et me mets à le lire. J'y retrouve les sentiments que j'ai éprouvés à plusieurs moments et ils me font l'effet d'appartenir à un passé déjà lointain. Tout en lisant, je hoche la tête malgré moi. Certes, je souffrais de l'absence de Dami, mais j'avais l'esprit clair. Je ne vois aucun signe d'incohérence dans ce que je lis, seule mon écriture est un peu brouillonne. Et encore maintenant, je suis sûr que j'ai toute ma tête. Cela veut-il dire que le docteur Yi n'a rien fait à mon mental ?

Je vais m'asseoir dans le canapé du séjour et les questions affluent : me suis-je vraiment fait avoir ? Se sont-ils sauvés de peur que je m'en aperçoive ?

L'indignation se répand en moi comme des nuages sombres dans un ciel d'orage. Je me reprends et j'essaie de penser autrement : si je ne tiens compte que du résultat, c'est plutôt positif. Il est vrai que je me suis fait piéger par eux et que j'ai dilapidé une grande somme d'argent en échange d'une fausse thérapie mais, ce faisant, le spectre du suicide m'a quitté sans que mon mental soit touché. À présent, seules les questions sur la disparition de Dami remplissent ma tête.

La sonnette de la porte d'entrée retentit et brise le silence : *ding dong !* Je bondis de surprise. Ce n'est qu'un son électronique mais j'ai eu l'impression d'être touché en plein cœur. Qui cela peut-il être ? À part ma femme et moi, peu de personnes connaissent cette maison. Depuis que j'ai emménagé ici, je n'ai donné mon adresse à personne, même pas à ma belle-sœur. Je n'ai pas signalé mon déménagement à l'administration. Je ne reçois jamais de colis ni ne commande de pizzas. En proie à la fois à la crainte et à la curiosité, je regarde entre les rideaux et je n'en crois pas mes yeux. Sin Jae-in ? Comment m'a-t-elle trouvé ? Ah, c'est vrai ! J'ai laissé mon adresse au Centre. Mais... pourquoi est-elle ici ?

— Bonjour, balbutié-je en ouvrant la porte.

Ma voix est neutre, ni joyeuse ni froide, car je ne sais pas comment interpréter sa visite. Comme je suspecte de m'être fait avoir, je ne peux pas l'accueillir les bras grands ouverts. D'un autre côté, si le docteur Yi était un escroc et elle sa complice, elle ne se rendrait pas chez une de leurs victimes. Il y a donc contradiction entre les faits et mon raisonnement. Une fois entrée dans le vestibule, elle ôte son écharpe. Elle a la mine pâle, peut-être en partie à cause du froid.

— Aujourd'hui je me suis rendu au Centre. Il était vide...

— Ah, vous avez vu, commence-t-elle, l'air d'avoir deviné mes soupçons. C'est justement pour vous donner une explication que je suis venue vous voir, car on n'a pas eu le temps de vous prévenir. Votre portable est toujours éteint, je n'ai pas eu d'autre choix que de débarquer sans prévenir, même si ce n'est pas poli.

— Je vois.

Je sens enfin ma colère s'apaiser. J'ai envie de la croire.

— Nous avons dû fermer momentanément le Centre.

— Et pour quelle raison ?

— À cause d'un homme qui en a après le docteur Yi. Récemment, il tournait autour du Centre pour manigancer quelque chose et un cahier a été subtilisé.

— C'est un détraqué ? J'imagine que vous avez dû être effrayés, le docteur Yi et vous !

— C'est un avocat, il s'appelle Gojin, il n'est pas dangereux mais sa relation avec le docteur est compliquée. Le docteur m'a dit en s'esclaffant : « Cet homme ne va pas tarder à se présenter officiellement au Centre, alors faisons une pause. » On a rapidement vidé les lieux.

— Ah, je vois. En fait, j'ai été très surpris de ne trouver personne là-bas et j'ai eu peur qu'il vous soit arrivé quelque chose de grave. Je m'y suis rendu parce que je m'interroge sur le résultat de ma thérapie.

Je lui fais ainsi part de mes doutes, car si le docteur Yi avait détruit mon mental, comment serais-je en train de dialoguer normalement avec sa secrétaire ? Ça veut dire que mon esprit n'a rien eu, non ?

— Votre thérapie de suicide mental est une réussite totale.

— Réussite totale ?... Je ne vois rien de différent en moi.

— Peut-être que vous ne vous en rendez pas compte, mais des changements se sont bel et bien produits en vous. Anéantir le mental ne veut pas dire rendre fou, ne vous méprenez pas. Le docteur Yi agit toujours sur les problèmes en profondeur. Quel était votre objectif de départ ? Réfléchissez... Vous êtes en vie en ce moment même, n'est-ce pas monsieur Kil ? Et vous n'avez plus envie de vous suicider, non ? Vous savez, notre mental n'est pas quelque chose qui se détruit d'emblée et renaît du jour au lendemain par un simple claquement de doigts. Il se transforme progressivement sans que vous le sentiez. D'après le docteur Yi, en tant qu'objet d'expérimentation, vous ne pouvez pas être un observateur objectif.

Sin Jae-in s'évertue à me convaincre. Vu sa grande éloquence, j'imagine qu'elle suit un protocole établi sur la manière de s'adresser aux patients qui se posent des questions sur le résultat de l'intervention.

— Je comprends votre inquiétude, monsieur Kil, ajoute-t-elle, mais vous savez, le docteur Yi est quelqu'un sur qui on peut compter. Il prévoit toutes les situations possibles. Pour le moment, c'est moi qui vais prendre soin de vous.

Son regard brille de sincérité, alors je décide de la croire. Je sors du fromage et ouvre une bouteille de vin. Nous bavardons longuement après avoir trinqué. Cela fait longtemps que je n'ai pas parlé avec quelqu'un, ni que j'ai été aussi près d'une femme, physiquement et psychologiquement. Pas depuis la disparition de Dami, en fait.

Nous discutons de nos situations personnelles, mais ce n'est pas une ambiance romantique pour autant. Depuis que je fréquente le Centre, je me sens à l'aise avec elle et m'ouvre facilement dans nos discussions. J'ai spontanément envie de m'appuyer sur elle. Au fur et à mesure de la conversation, je me rends compte qu'on a beaucoup de goûts en commun. Elle vit seule, non loin de chez moi, dans le district de Yangpyeong. Rien que de mener une vie solitaire en dehors de Séoul dans un environnement calme et au sein de la forêt, c'est déjà un grand point commun.

Le lendemain, je prends des choses à grignoter, quelques bières et je me rends chez elle en voiture. C'est une chose exceptionnelle pour moi qui évitais jusque-là tout contact avec les gens. Je ne comprends pas moi-même ce qui me pousse vers elle. Elle n'est qu'une amie, du moins pour le moment. Peut-être que je cherche quelqu'un auprès de qui soigner ma solitude. Surtout elle me trouve sympathique et c'est une des rares personnes que j'ai rencontrées qui me met à l'aise.

Lorsque j'ouvre ma troisième canette de bière, je lui confie enfin ma véritable préoccupation et commence à la tutoyer.

— Tu vois, j'ai l'impression que ma femme n'a pas quitté la maison sur un simple coup de tête.

Jae-in garde le silence. J'ai senti dès le début qu'elle n'aime pas trop que j'aborde le sujet de Dami.

— Faut-il parler de disparition ? continué-je. Est-ce un accident ou un crime ?

Je lui raconte mes rencontres avec Tae Jeong-u et ma belle-sœur, et mes tentatives de joindre les deux autres contacts.

— Pour être franc, j'ai la tête complètement embrouillée, je ne comprends plus rien.

— Il vaut mieux ne plus y penser. L'important pour le moment, ce n'est pas ta femme, mais toi, Yeong-in.

— C'est peut-être ton avis, Jae-in, mais pas le mien. Je ne serai pas tranquille tant que je ne saurai pas pourquoi elle est partie, et où. Je ne trouverai pas le repos avant cela.

— C'est à cause de cette obsession que tu t'es retrouvé au bord du suicide. Tu peux l'oublier. Tu n'as pas l'obligation de comprendre tout ce qui se passe dans ce monde. Je vais te paraître froide mais, à l'origine, ce n'était qu'une inconnue pour toi. Puisqu'elle est partie comme ça, c'est qu'elle n'était pas destinée à t'aimer pour le restant de vos jours. En plus, elle avait un amant.

— Tu as raison, une partie de moi la déteste, mais je n'arrive pas à renoncer à elle, c'est plus fort que moi. À présent, ce ne sont plus les sentiments qui me lient à elle. Je veux juste la revoir de mes propres yeux et entendre ses réponses à mes questions : n'étais-je vraiment rien pour toi ? Moi, ton mari, je n'étais qu'une relation passagère, et c'est Tae Jeong-u ton âme sœur ? Ou tout cela n'est-il qu'un malentendu de ma part ? Non... En fait, je me fous de tout ça, je veux juste savoir où elle est.

Pris d'un mal de tête soudain, je pose ma main sur mon front et propose à Jae-in :

— Veux-tu qu'on aille à la campagne nous changer les idées ?

— Campagne ? Mais nous sommes déjà à la campagne !

— J'ai une maison à Jincheon dans la province du Chungcheong du Nord. Dami et moi avions en commun d'adorer les lieux isolés. C'est pourquoi nous avons acheté une ruine, y avons fait quelques travaux et allions y séjourner de temps en temps. C'est surtout le sous-sol de cette vieille maison qui nous a plu. Avec une température fraîche et constante, c'était le lieu idéal pour la conservation de nos vins préférés. Parfois nous nous faisions des soirées dégustation tous les deux dans cette cave.

En m'entendant décrire ce lieu, Jae-in manifeste son envie d'y aller. Cela me fait du bien d'être avec quelqu'un qui a les mêmes goûts que moi.

Le lendemain, je prépare une petite valise et monte dans mon Rexton ; je passe prendre Jae-in chez elle et nous roulons en direction de Jincheon. Comme cela fait un moment que je n'y suis pas allé, je manque de me tromper de route. Le village a pas mal changé : une nouvelle route a été créée et plusieurs magasins ont ouvert. Ma maison se trouve au bout d'un chemin, à distance des autres habitations. Dès que cette demeure de plain-pied au toit noir et aux murs gris sombre entre dans mon champ de vision, la joie monte en moi en repensant aux nombreux souvenirs qui y sont attachés.

Je gare ma voiture devant la maison. La boîte aux lettres est vide, ce qui est normal puisque personne d'autre que Dami et moi n'est au courant de l'existence de notre refuge.

Un beau soleil hivernal rayonne mais, à l'intérieur de la maison inhabitée depuis longtemps, c'est un froid insupportable qui nous assaille. Je monte le chauffage au maximum et nous attendons en tremblant dans le salon. En nous observant mutuellement dans cet état, nous rions. La chaleur se répand petit à petit, et mon corps se réchauffe. C'est alors que l'idée me vient de mettre la bouilloire sur le feu pour préparer un thé.

— Tu dois être fatiguée par le trajet, je vais te faire un thé noir.

Dans un meuble de la cuisine, je retrouve nos différentes sortes de thés. Dans une tasse, je verse l'eau chauffée à la bonne température pour éviter de faire ressortir l'amertume et y trempe un sachet avant de la tendre à Jae-in. Toute détendue, elle dit en soufflant sur la tasse :

— Pour peu que la maison soit bien chauffée, ce n'est pas mal d'être dans un lieu complètement reculé.

— En effet, ah ah ah ! Mais cette maison est quand même équipée d'un frigo et d'un ordinateur. On reste dans la civilisation moderne !

Pour la première fois depuis longtemps, je parle sur un ton léger, un brin humoristique, ça me fait du bien.

— Tu connais des gens ici ?

— Non, pas du tout. Déjà, je me suis installé à Yangpyeong pour éviter les gens, alors ici, c'est pour me protéger encore plus du monde extérieur. Pourquoi est-ce que je fréquenterais les voisins ? Tu as bien vu que la boîte aux lettres est vide, même les distributeurs de pub ne savent pas qu'il y a une maison ici.

— Super ! Ton refuge me plaît de plus en plus !

Jae-in est elle aussi une jeune femme spéciale et comme elle vit seule à Yangpyeong, je ne doutais pas une seconde qu'elle apprécierait cet endroit.

— Tu me fais visiter ta cave à vin ? dit Jae-in, les yeux brillants.

Je la conduis dans le fond du salon où une porte ouvre sur l'escalier menant au sous-sol. Pas besoin de passer par l'extérieur pour y accéder. En Europe, beaucoup de maisons et même des appartements sont équipés de caves ; les gens y conservent du vin, mais en Corée c'est rare, car le vin ne fait pas partie de la vie quotidienne. Alors j'imagine qu'avec une telle maison pourvue d'une cave à vin si importante, nous devons faire partie des gens qu'on qualifie de snobs. D'ailleurs, c'est peut-être en craignant un tel jugement que nous n'avons parlé à personne de notre maison secondaire.

L'odeur d'humidité et de terre caractéristique des sous-sols flotte dans l'air. Sur des étagères en bois sont couchées des bouteilles, les unes à côté des autres. Sans doute grâce à l'humidité et la température constantes, les bouchons ne semblent pas secs.

Il y a des vins très chers achetés pour que notre collection soit complète comme un Château Margaux, un Château Mouton Rothschild, un Opus One, ainsi que des vendanges tardives, mes préférées, que j'ai eu bien du mal à me procurer. La seule idée d'ouvrir une de ces bouteilles suffit à me rendre heureux. C'est un plaisir de les boire bien sûr, mais l'attente me donne presque autant de joie. Quand je les regarde, je me sens riche, et quand je vois une partie de ces étagères vides, je ressens le même bonheur qu'un collectionneur à l'idée de les remplir à nouveau.

Un mur de la cave me fait tout à coup une impression bizarre, on dirait qu'on y a mis une couche de ciment supplémentaire, d'une couleur différente du reste des murs et pleine de fissures. Très intrigué, je m'approche et frappe dessus. Un pan du mur, au coin, se craquelle aussitôt. Je tourne la tête vers Jae-in qui, troublée, reste immobile. Je remonte et reviens avec un sarcloir déniché dans le débarras. Comme ensorcelé, je tape avec mon sarcloir jusqu'à ce qu'une partie du mur s'effondre et une sorte de bâton tombe au sol devant moi. Il me semble voir comme une manche d'où sort... Oh, mon Dieu ! C'est un os, blanc, un bras humain ! Des morceaux de chair sombre y sont collés ici et là.

– Aaaah ! crie Jae-in, affolée.

Pris de folie, je brandis encore le sarcloir. Un pressentiment inconnu s'empare de moi, je ne suis pas dans mon état normal. Est-ce... non... ça ne peut pas être elle.

Je creuse encore, et bientôt le propriétaire du bras apparaît dans le mur. La peau desséchée colle aux os, on dirait une momie paraffinée. Le corps a dû être enterré dans ce mur humide il y a longtemps. Les longs cheveux couvrant le crâne dégagent une énergie lugubre. Le macchabée porte un pull en laine tricoté de couleur rose et une jupe à fleurs qui me sont familiers. Certes, ils partent en lambeaux, mais je reconnais les vêtements de ma femme. Un bras est tombé, mais l'autre est encore attaché au corps, et sa main arbore une bague que je connais bien : notre alliance de mariage.

Encore sous le coup de la stupéfaction, je lève la tête, et le visage de la momie entre dans mon champ de vision : il m'est très familier. De mes mains tremblantes, je caresse ses joues creuses.

– Dami..., dis-je d'une voix de gorge frémissante.

– Oh mon Dieu, gémit Jae-in à côté de moi en serrant les dents.

Au bout d'un an, j'ai enfin retrouvé ma femme ! Mais c'est un squelette. Ses joues si jolies quand elle souriait sont noircies et ratatinées comme une courge desséchée. Ses globes oculaires ne sont plus que des cavités vides et ses cheveux gracieux ont séché comme de la paille. Sa voix vigoureuse ne résonne plus. Ah, comme c'est tragique !

Sur son cou, je repère une marque tranchante, sûrement un coup de couteau. Une colère indescriptible s'empare de moi. Vu qu'on a caché le cadavre là, j'ai compris tout de suite que ce n'était pas un suicide, et cette trace de couteau m'est si insupportable que je serre les dents au point de les sentir s'enfoncer dans mes gencives.

On a assassiné ma femme et on l'a enterrée ici, dans ce mur. C'est évidemment une très bonne cachette, difficile à repérer. J'imagine qu'elle a été tuée ici, dans la maison. Mais par qui ? Un nom fuse dans mon esprit comme un éclair : Tae Jeong-u ! Personne ne connaît cet endroit, alors Dami s'en servait sûrement pour leurs rencontres clandestines. Et pour une raison que j'ignore, il l'aurait tuée avant de l'emmurer. Vu l'état de son corps, je suis à peu près sûr que cela date de sa disparition il y a un an. La personne qu'elle fréquentait le plus à cette époque était Tae Jeong-u. Lorsque j'ai rencontré cet homme et lui ai demandé l'endroit où ma femme avait pu aller, il s'est montré courtois mais son visage crispé a trahi son embarras.

Tae Jeong-u a séduit ma femme puis l'a assassinée. Je dois prouver sa culpabilité pour qu'il paie son crime. Mon envie de me suicider s'est envolée pour de bon. Si j'avais mis fin à mes jours, comme ça aurait été injuste pour Dami ! Je suis vraiment reconnaissant envers le docteur Yi et Jae-in.

Une fois remonté dans le salon, je m'écroule. Jae-in doit être aussi choquée que moi, mais elle se soucie d'abord de mon état. Elle m'observe avec des yeux pleins de compassion. Nous restons sans parler, moi allongé, inerte sur le canapé. Au bout d'un moment, elle s'assoit à côté de moi et pose ma tête sur ses genoux.

— Comment une chose pareille a-t-elle pu se produire ? dis-je en me lamentant. Dire que je l'ai cherchée partout pendant un an et que je la retrouve aujourd'hui... à l'état de macchabée.

— Quelle horreur !

— Tu dois être affreusement choquée. Je suis désolé de te faire vivre une chose aussi terrible.

— Oui, c'est la première fois que je vois un cadavre, ça me fait un coup, mais ce n'est pas comparable à ce que tu dois ressentir, toi.

— Je suis sûr que ce type a assassiné ma femme et l'a enterrée ici. Je parle de Tae Jeong-u.

— Tae Jeong-u... ? Tu ne peux pas l'accuser comme ça !

— Mais qu'est-ce que tu en sais, toi ? lancé-je en haussant le ton. Il n'y a que lui, qui ça pourrait être d'autre ? Il était vraiment mal à l'aise quand je suis allé le voir.

— Ça se comprend, vu la situation, tu es le mari de son ex-maîtresse ! Ce n'est pas une raison suffisante pour l'accuser de meurtre...

— Je suis sûr que c'est lui. Personne ne connaît l'existence de cette maison à part moi et ma femme. Dami a dû l'inviter ici, et c'est comme ça qu'elle a été assassinée.

— Mais il n'y a aucune preuve que c'est lui, elle aurait pu inviter quelqu'un d'autre !

À court d'arguments, je m'énerve encore plus.

— Qu'est-ce que tu as à défendre ce salaud ?

— Je ne le défends pas, je ne le connais même pas, fait Jae-in de sa voix toujours calme. Je m'inquiète pour toi, tu n'es peut-être pas en état de porter un tel jugement.

— Tu as peur que je débarque chez Tae Jeong-u, armé d'un couteau, pour le poignarder sans réfléchir ? C'est mal me connaître. Je ne suis pas si impulsif que ça, je veux juste établir la vérité et que le coupable paie.

— Tu comptes aller trouver la police ? Surtout, n'essaie pas de faire justice toi-même !

De nouveau, je n'ai rien à répondre. Jae-in a l'apparence d'une femme fragile, mais là, elle fait preuve d'un sang-froid redoutable. L'idée de tout raconter à la police ne m'était pas encore venue à l'esprit.

Un bon moment s'écoule sans qu'on se dise un mot de plus. Jae-in me caresse les cheveux mèche après mèche, comme pour consoler un animal blessé. Tout à coup, elle brise le silence :

— Dami est morte, c'est un fait indéniable à présent. Est-ce que cela va t'aider à l'oublier ?

Trouvant ses propos totalement déplacés, je me lève d'un bond.

— Ma femme a été assassinée et tu veux que je l'oublie ? Tu disjonctes là, tu dis n'importe quoi !

Jae-in baisse la tête pour éviter mon regard. Je me rends compte qu'elle agit ainsi par jalousie envers Dami.

— Jae-in, on s'entend bien tous les deux, mais ça n'a rien à voir avec Dami. Si tu ressens de la jalousie, mieux vaut que tu partes.

Jae-in garde le silence puis, un moment après, lève des yeux remplis de larmes vers moi avant de dire :

— Je... Je crois que j'ai peur que la vérité te fasse du mal. Je sais que tu as déjà beaucoup souffert, Yeong-in. Dami est morte maintenant, elle ne sera plus jamais à tes côtés, laisse ce cadavre où il est. La police finira bien par le découvrir et le coupable sera arrêté puis puni. Dégage-toi de cette affaire tout de suite avant qu'un malheur plus grand ne s'abatte sur toi.

Des larmes coulent des yeux de Jae-in. Je me dis qu'elle n'agit peut-être pas seulement par jalousie. Il se peut que pour elle qui a une intuition particulièrement fine, mon obsession de vengeance paraisse dangereuse. Malgré son visage impassible, au fond, elle tremble de peur. À la voir sous cet angle, ma colère retombe.

— Je comprends mieux quel souci te préoccupe, Jae-in, dis-je d'une voix radoucie. Je n'ai pas l'intention de m'éterniser sur cette affaire, je passerai à autre chose dès que le coupable sera démasqué et j'essaierai de commencer une nouvelle vie.

Jae-in me fixe de ses yeux mouillés et tristes.

12

— Tae Jeong-u n'a pas encore été arrêté ? demande Gojin, assis à côté de Lee Yuhyeon au comptoir de L'Absinthe.

La mine de l'inspecteur est particulièrement sombre aujourd'hui, et ce n'est pas seulement à cause du faible éclairage du bar. Au contraire, le teint foncé de Gojin brille dans la blancheur de sa chemise.

— Il suffit de l'arrêter, et l'affaire sera bouclée, mais il n'y a aucune trace de lui nulle part.

— Seulement Tae Jeong-u ? Tu me déçois. Tu oublies le Centre de recherches sur le suicide mental ! Et qu'est-ce que tu fais de Kil Yeong-in ?

— Le Centre de recherches et Kil Yeong-in ne sont pas directement liés à cette affaire, ce n'est qu'une de tes lubies !

— Peut-être, mais moi je soupçonne davantage Kil Yeong-in que Tae Jeong-u.

— Avoue que c'est surtout le docteur Yi Tak-o qui t'intéresse.

— Et toi, tu n'as aucune preuve tangible contre Tae Jeong-u.

Lee Yuhyeon pose bruyamment le verre qu'il tenait à la main et secoue la tête, l'air d'en avoir assez entendu.

— Voilà, tu reprends le même refrain. Tu te fais des idées au sujet du docteur Yi et de son Centre. Cette fois, je ne te suis pas, ton intuition est on ne peut plus saugrenue. Pardon de te le répéter, mais l'assassin ne peut être que Tae Jeong-u.

— Vous n'avez même pas d'empreintes sur l'arme, n'est-ce pas ? réplique Gojin.

— La présence d'empreintes facilite la tâche, mais qu'il n'y en ait pas ne le disculpe pas pour autant, pas plus que les soixante autres millions d'habitants du pays.

— Est-ce que tu parviendrais à traîner Tae Jeong-u devant le juge ? Et si tu y arrivais, comment tu établirais sa culpabilité uniquement avec des déductions ?

— Tae Jeong-u a passé la nuit avec la victime, sa femme Cheon Na-yeong. Ils se sont disputés ce soir-là. Et on l'a vu quitter les lieux en pleine nuit. Je résume : il est arrivé à l'hôtel, s'est disputé avec sa femme et l'a tuée. Le motif de leur dispute était sûrement l'adultère de Tae Jeong-u, ce qui suffit amplement à provoquer un crime.

— Et si Cheon Na-yeong s'était suicidée ? intervient Gyeonga en s'approchant sans que les deux hommes s'en aperçoivent, alors qu'elle se tenait à l'écart pour fumer.

— Vous fréquentez trop Gojin, son influence vous égare ! s'esclaffe Lee. Cheon Na-yeong se serait tuée en se donnant un coup de couteau dans le ventre, et son mari se serait enfui on ne sait où ? Quelle histoire à dormir debout !

Gyeonga, gênée, fait la moue puis tourne le dos.

— Supposons que Tae Jeong-u ait commis ce crime, fait Gojin, l'air pensif. Le fait que Kil Yeong-in lui a passé un coup de fil juste avant le meurtre a un rapport avec l'affaire, non ?

— Le monde est plein de coïncidences encore plus déroutantes que celle-là ! S'il n'arrivait que des choses explicables et logiques, les rubriques de faits divers n'existeraient pas !

— J'imagine que la police ne se contente pas d'afficher des avis de recherche. Tu as sûrement découvert des choses à propos de Tae Jeong-u, allez, dis-moi tout.

Gojin épie l'inspecteur du coin de l'œil pour essayer de deviner ce qu'il cache, ce dernier finit par avouer avec une grimace contrariée :

— En fait, je ne voulais pas que tu te réjouisses trop vite, mais il se pourrait que tu n'aies pas tort sur toute la ligne. Nous avons localisé son portable et surveillons l'utilisation de sa carte de crédit.

— Et ça donne quoi ?

— Rien. Le portable est éteint et aucune transaction n'est réalisée avec sa carte. Même en supposant qu'il a beaucoup de liquide sur lui, ça fait déjà plusieurs jours, il va bien finir par être à court d'argent.

— Et tu en penses quoi ?

— Je me dis que quelqu'un l'aide peut-être.

— Un complice ?

— Je n'irais pas jusque-là. Il a tué sa femme accidentellement au cours de leur dispute et s'est enfui. Je pense qu'il reçoit l'aide de quelqu'un.

— C'est possible. Comme Tae Jeong-u doit être bien secoué, celui qui lui donne un coup de main a dû lui faire éteindre son portable et ranger sa carte de crédit : sûrement une personne très prudente.

— Peut-être une maîtresse ? intervient de nouveau Ryu Gyeonga. Il avait beaucoup de succès auprès des femmes, paraît-il.

Intéressée par ce point particulier de l'affaire, elle s'installe carrément en face des deux hommes.

— Si c'était toi, tu aiderais Tae Jeong-u ? demande Gojin en plantant ses yeux dans les siens.

— Non.

— Pourquoi ?

— Je serais amoureuse d'un riche médecin, pas d'un fugitif.

Cette réponse fait s'esclaffer Gojin d'un rire franc. Lee Yuhyeon l'imite. La réaction des deux hommes lui redonnant confiance, Gyeonga ajoute :

— Vous savez, dans les films ou les feuilletons, on voit souvent le héros s'enfuir pour un crime qu'il n'a pas commis. Et si c'était ce qui est arrivé à Tae Jeong-u ?

— Oui, ça existe en effet, mais uniquement dans les films, ironise l'inspecteur.

Pour le policier, ceux qui voient le monde comme un feuilleton télé sont des êtres naïfs, et il en a aussi ras le bol des théories du complot qui accusent systématiquement celui qui a quelque chose à gagner dans le crime.

— Ni l'employée de l'appart-hôtel ni Gojin n'ont directement assisté à la dispute entre Cheon Na-yeong et l'homme, insiste Gyeonga comme pour manifester qu'elle ne fait pas partie des naïfs. Ils n'ont vu que des ombres à travers les rideaux, alors il pouvait s'agir d'un autre homme que Tae Jeong-u, non ?

— Vu la situation, ça ne peut pas être quelqu'un d'autre, affirme catégoriquement Lee Yuhyeon.

Certes, elle était présente sur le lieu du crime, mais elle n'a rien vu, aussi ses interventions exaspèrent-elles l'inspecteur. Gyeonga, mécontente, continue tout de même :

— Et s'il s'agissait d'un théâtre d'ombres avec des marionnettes en carton ?

Trouvant l'idée complètement absurde, Lee Yuhyeon laisse échapper un rire sarcastique tandis que Gojin, lui, se montre intéressé :

— C'est une hypothèse originale et amusante ! C'est vrai que lorsque j'ai vu les ombres à la fenêtre, j'ai pensé machinalement qu'il y avait vraiment un homme et une femme derrière le rideau. Mais l'homme ne bougeait pas du tout, effectivement, il pourrait s'agir d'une marionnette. Moi qui ai vu la scène de mes propres yeux, maintenant que Gyeonga le dit, je pense que ce n'est pas impossible. On ne peut pas toujours croire ce qu'on voit, le monde est parfois différent de ce que nos yeux perçoivent. Quelqu'un qui n'est jamais allé au marché de Namdaemun peut le connaître mieux que celui qui y travaille, je parle d'un regard pur, comme une page blanche, dépourvu de tout préjugé. Le théâtre d'ombres est un art à part entière en Asie, comme le *wayang* indonésien. Je trouve que l'idée de Gyeonga n'est pas sans intérêt, même s'il manque encore quelque chose pour que ce soit réaliste.

Le visage de Gyeonga s'éclaire alors que celui de l'inspecteur Lee reste fermé :

— Vous pensez vraiment que le coupable a découpé une silhouette en carton pour imiter Tae Jeong-u assis immobile à la table ? Si c'était le cas, il n'a pas été très malin, un buste de mannequin lui aurait simplifié la tâche.

— La scène du crime laisse tout de même penser à un meurtre impulsif, non prémédité. Le meurtrier n'a pas dû fabriquer une marionnette à l'avance, mais il a pu improviser avec un carton et des ciseaux de cuisine. Ça, c'est tout à fait possible.

— Ça serait amusant de creuser dans cette direction, mais pour moi la probabilité de votre hypothèse est trop faible... La réceptionniste a bel et bien vu Tae Jeong-u sortir du hall.

— S'il y a la moindre probabilité, il faut la vérifier. Y avait-il d'autres personnes dans l'hôtel cette nuit-là ? Une caméra de surveillance ?

— J'ai interrogé la réceptionniste, il n'y a pas de vidéosurveillance car la politique de l'établissement est « comme à la maison », et on n'a pas de caméra dans son salon, n'est-ce pas ?

— Et si tu vérifiais encore ce que la réceptionniste a vu cette nuit-là ? Elle est jeune et a une meilleure vue que moi, elle aura peut-être un détail nouveau à te dire si tu la cuisines bien.

— Je pourrais y retourner, mais...

Laissant sa phrase en suspens, Lee Yuhyeon essaie de lire le fond de la pensée de Gojin. S'abstient-il de dire tout ce qu'il a vu afin de créer l'occasion de retourner voir la réceptionniste ? Ce doute soudain lui fait lancer, les yeux furieux :

— Si tu avais mieux observé cette nuit-là, ça m'éviterait la corvée d'y retourner !

— Comment j'aurais pu savoir qu'il allait y avoir un meurtre..., bredouille l'avocat, un peu décontenancé.

Gyeonga, qui prend ouvertement le parti de Gojin, tente de le défendre :

— Vous exagérez, capitaine ! C'est facile à dire une fois que tout est passé !

— Merci, Gyeonga...

Au lieu de poursuivre, il se contente d'afficher un grand sourire. L'inspecteur Lee écarte les bras en levant les paumes de main, s'avouant vaincu :

— OK, je capitule. Je ne savais pas que tu étais à ce point protégé par Mme Ryu.

Alors que Gyeonga sourit, il continue d'un ton léger en tournant la tête vers l'avocat :

— Grand-frère, à voir à quel point Mme Ryu s'intéresse à toi, prends ton courage à deux mains et invite-la à sortir !

— Tu crois que j'ai mes chances ? dit Gojin en tirant les pans de sa veste pour faire le beau.

— Non, merci, décline Gyeonga.

— Pourquoi ? Il vous déplaît tant que ça ? demande Lee Yuhyeon.

— Non ! J'aime bien maître Gojin, répond Gyeonga, mais il y a une chose que vous ignorez à son sujet. Pour le moment, il dit m'aimer, mais si j'étais sa copine, comment se comporterait-il à votre avis ? Nagerait-il dans le bonheur ? Non, il décamperait tel un cerf dans une forêt en feu. Qu'il s'agisse de femmes ou d'autre chose, il les aime tant que ça l'amuse de chercher à les posséder. Mais une fois qu'il a mis la main dessus, il se lasse rapidement et leur tourne le dos sans aucun remords.

— Maintenant que vous le dites, en effet, je le reconnais bien là, approuve Lee Yuhyeon en hochant la tête.

— Vous vous acharnez sur moi, tous les deux ! rétorque Gojin qui vient de perdre son alliée. Vous êtes complètement dérangés de dire ça de moi !

Le lendemain soir, Gojin et Lee Yuhyeon sont sur l'autoroute en direction de l'appart-hôtel de Gapyeong afin d'aller vérifier l'hypothèse un peu farfelue émise par Gyeonga et soutenue par Gojin. L'inspecteur trouve leur idée si abracadabrante qu'il aurait été gêné d'emmener un collègue de sa brigade, ainsi s'y rend-il avec Gojin un soir après son service.

Ils sortent de l'autoroute à Gapyeong puis arrivent peu après à l'appart-hôtel Hogar. Le capitaine gare sa voiture sur le parking situé à l'écart du bâtiment. Alors qu'ils marchent en luttant contre un vent glacé qui traverse les arbres dénudés et leur lacère le corps, Gojin dit en levant la tête vers l'hôtel :

— Inspecteur Lee, est-ce que tu connais le roman *The Nine Mile Walk* ?

— Oui, le roman policier de Harry Kemelman, pourquoi tu me demandes ça ?

— Ça raconte comment deux hommes marchent sous la pluie en pleine nuit, ils parcourent la distance de neuf miles et arrivent à résoudre une affaire de meurtre grâce à une phrase clé de leur conversation. Et si on appliquait cette technique à notre affaire ?

— Vas-y, si tu veux, ça fera un bon roman. Mais est-ce que ça va nous aider à arrêter Tae Jeong-u ?

Lee Yuhyeon en veut à Gojin d'avoir insisté pour revenir par un froid pareil, d'autant qu'il a sa journée de travail dans les pattes.

— Tu es bien ironique, dis donc !

— Moi ? Si ça avait été une autre personne que toi, j'y aurais peut-être prêté attention, mais toi et tes idées farfelues...

— Lorsque Tae Jeong-u a quitté l'établissement vers 1 heure du matin, il devait faire très froid, comme ce soir, alors pourquoi n'a-t-il pas pris sa voiture ? Ça m'intrigue vraiment. Rien que de marcher du parking au bâtiment, on est plié en deux, alors s'enfuir à pied par la route, c'est la Nine Mile Walk ! Tu ne penses pas qu'il y a quelque chose qui cloche là-dedans ?

— Oui, c'est étrange. Mais après avoir tué sa femme, est-ce qu'on agit normalement ? Il était dans un tel état de panique qu'il en a oublié sa voiture, en n'ayant qu'une idée en tête : s'éloigner le plus rapidement possible de l'hôtel, alors il a dû juste courir, courir à en perdre haleine.

— S'il était comme tu viens de le décrire, ça serait un trouillard. Mais d'après son portrait et sa photo, c'est un homme qui semble avoir du cran.

— Il venait de commettre un meurtre quand même !

Une fois dans le hall de l'hôtel, une jeune femme les accueille à la réception et alors qu'elle leur dit bonjour, Lee Yuhyeon sort son badge de policier avec impatience.

— Appelez-moi Mlle Yi Yeong-a, s'il vous plaît, j'ai des questions à lui poser à propos du meurtre de Mme Cheon.

La jeune femme pénètre dans la loge derrière le comptoir et revient avec Yi Yeong-a qui fait de grands yeux en revoyant Gojin et l'inspecteur.

— Vous avez bien dit avoir vu des ombres à la fenêtre du 103 ce soir-là ? interroge Lee Yuhyeon sans autre forme de procès. Ce monsieur qui est avec moi les a vues aussi.

— Oui...

— Pouvez-vous me raconter cela plus en détail ?

— Je vous ai déjà tout dit plusieurs fois, répond-elle en regardant nerveusement les deux hommes tour à tour.

— Je sais, mais il y a quelques points que je dois vérifier.

— Eh bien... Mme Cheon s'énervait fort tandis que l'homme restait assis calmement. Je crois avoir entendu la femme crier quelque chose comme : « Comment peux-tu me faire ça ? »

— Vous en êtes sûre ? La fenêtre est petite, pas facile de voir clairement...

— Pardon ? Oui, la fenêtre de la chambre n'est pas aussi grande que la baie vitrée du salon, mais je distinguais bien leurs bustes... La pièce était allumée alors je voyais à travers le voilage blanc.

— Vous avez dit que l'homme assis était Tae Jeong-u, en êtes-vous certaine ?

En entendant le mot « certaine », Yi Yeong-a contracte ses épaules :

— Je n'ai jamais dit que j'en étais certaine, mais puisqu'ils étaient ensemble dans l'appartement, qui est-ce que ça pouvait être d'autre ?

— En fait, ce que je voudrais vous demander, c'est si l'ombre de l'homme que vous avez cru voir n'aurait pas pu être... disons, un carton découpé selon la forme de sa silhouette ? Comme des ombres chinoises, vous voyez ?

Yi Yeong-a laisse échapper un petit rire de surprise ; entendre cette drôle d'hypothèse dans la bouche d'un inspecteur décrédibilise carrément la police.

— Ne me prenez pas pour une idiote, monsieur l'inspecteur ! Vous vous moquez de moi ? Je crois que je l'aurais remarqué s'il s'agissait d'ombres chinoises, il y avait bel et bien un homme de profil.

— Oui, mais avec la distance vous pouvez vous être trompée.

— Vous pensez vraiment que je ne sais pas distinguer un morceau de carton d'un vrai visage ? réplique-t-elle en fusillant le capitaine du regard. Même si c'est juste une silhouette, une vraie personne a du volume alors qu'un carton est plat.

Lee Yuhyeon se laisse convaincre par Yi Yeong-a et, un peu honteux, il fait une moue amère. Quant à Gojin, au lieu de lui venir en aide, il se contente de regarder par la fenêtre les montagnes au loin, comme s'il s'en fichait complètement.

— Merci de votre collaboration, mademoiselle.

À cette phrase de l'inspecteur Lee, Yi Yeong-a salue en inclinant la tête et tourne les talons. En se dirigeant vers la sortie du hall, Gojin dit, l'air satisfait :

— Alors moi non plus, je ne me suis pas trompé ce soir-là, je ne suis pas encore un vieux qui a des hallucinations. Les bons yeux de cette jeune femme en témoignent.

— Je t'avais bien dit qu'on venait pour rien, grommelle Lee Yuhyeon. Je me fais humilier à cause de votre hypothèse ridicule, à Gyeonga et toi.

— Prends ça comme le fait d'avoir éliminé une hypothèse. Le filet se resserre un peu.

— Mais il n'y a que toi qui penses que l'homme n'est peut-être pas Tae Jeong-u.

Soudain, Gojin s'arrête net, comme s'il venait d'avoir une idée. Il se retourne d'un coup et rappelle Yi Yeong-a en train de disparaître derrière la réception :

— Mademoiselle Yi, attendez !

— Pardon ?

— J'ai juste une dernière question..., dit Gojin en s'approchant du comptoir.

— Je vous écoute.

— Vous avez parlé d'un cadavre d'animal que vous étiez venue ramasser ce soir-là dans le jardin devant le 103.

— Non, la cliente s'était trompée, elle m'a demandé de venir ramasser un cadavre d'animal, j'ai pensé à un rat, mais en fait c'était juste un sac-poubelle.

— Ah... bon ? Et qu'y avait-il dedans ?

— Pas grand-chose... des ordures de cuisine, je ne sais plus quoi exactement. Oh, mais est-ce que c'est important ?

— Non, juste par curiosité. C'est le seul contact que vous avez eu avec les gens du 103 ?

— Oui, à part la dame à leur arrivée.

— Merci, vous êtes bien aimable et avez une très bonne mémoire en plus.

Sur ce, il fait mine de tourner le dos, mais s'arrête à nouveau :

— Ah, encore une chose... Y a-t-il une cabine téléphonique dans la résidence ?

— Une cabine ? Non, répond-elle avant d'ajouter aussitôt comme pour justifier cette absence : Aujourd'hui tout le monde a un portable.

— Oui, c'est vrai. Merci beaucoup.

Yi Yeong-a se retourne en faisant une mimique dubitative après toutes ces questions bizarres.

— Arrête de faire la tête, on ne repart pas aussi bredouille que tu le crois, murmure Gojin en quittant l'hôtel.

— Tu parles de quoi ? D'avoir vérifié qu'il ne s'agissait pas d'un théâtre d'ombres, ou du contenu du sac-poubelle ?

— La somme de ces petites choses peut donner un indice. As-tu trouvé une quelconque trace du criminel la première fois que tu es venu sur le lieu du crime ?

— Non, rien, puisqu'il a eu la présence d'esprit d'effacer ses empreintes digitales sur le couteau, il a dû repartir avec toutes ses affaires...

Laissant sa phrase en suspens, l'inspecteur plisse les yeux et reprend sur un ton chargé de méfiance :

— Attends une minute. Tu m'as encore roulé dans la farine ? En fait, tu es venu ici pour un autre motif...

— Il paraît que Han Dami a une petite sœur, lance Gojin en ignorant la remarque de Lee Yuhyeon. Je voudrais lui rendre visite, tu m'accompagnes ?

— Elle s'appelle Han Chorok, je l'ai déjà rencontrée.

— Bravo ! Alors la police n'est pas restée les bras croisés en attendant que Tae Jeong-u se rende de lui-même. Et qu'est-ce qu'elle a dit ?

— Elle ne connaît pas du tout Tae Jeong-u. Remarque, on ne sait pas forcément qui est l'amant de sa sœur. Je lui ai aussi posé des questions au sujet du couple, de Kil Yeong-in, mais elle ne savait rien de leur vie depuis un moment.

— Ah bon ? C'est une famille bien spéciale. Il s'agit quand même de sa sœur et de son beau-frère. Est-ce Han Dami qui ne lui donnait pas de nouvelle ou Han Chorok qui était en froid avec eux ?

— Les deux, je crois. C'est une femme distante. Si tu vas la voir seul, tu vas te faire chasser dès la porte d'entrée, jamais elle ne laisse rentrer des gens chez elle. Je vais t'accompagner, on dira que tu es mon assistant sur cette enquête.

— Peu importe le titre, merci.

Les choses ne se déroulent pas comme Lee Yuhyeon l'a prédit. Sur le chemin du retour à Séoul, il téléphone plusieurs fois à Han Chorok mais elle ne décroche pas.

— Elle ne répond toujours pas ? fait Gojin au volant, l'air impatient.

— Je ne sais pas ce qu'elle a, cette femme, elle ne décroche jamais son téléphone, dit Lee Yuhyeon d'un ton irrité. La dernière fois aussi, j'ai dû me rendre chez elle sans m'annoncer pour pouvoir lui parler.

— Elle appelle qui elle veut quand elle veut et ne répond qu'aux coups de fil qu'elle choisit, c'est ça ? Une peste !

— Elle travaille comme free-lance, ses horaires doivent être très variables. Tant pis, cette fois encore, on n'a qu'à débarquer directement chez elle.

Lee Yuhyeon cesse les appels et envoie un SMS pour la prévenir de leur visite imminente.

Lors de leur arrivée dans la résidence du quartier de Gueui à Séoul, il fait complètement nuit. Un immeuble gris se dresse froidement dans l'obscurité comme pour les repousser. Dès qu'ils descendent de voiture, le vent s'engouffre dans leurs vêtements et ils se mettent à claquer des dents.

— Elle va nous détester de la faire sortir sur le pas de la porte par un froid pareil, et de nuit en plus.

— Si encore on était des beaux mecs, ça aiderait... dommage !

L'immeuble n'a pas de gardien. Il y a juste un interphone à la porte vitrée de l'entrée. Lee Yuhyeon y compose le numéro de l'appartement de Han Chorok. Pas de réponse. N'est-elle pas chez elle ? L'air embarrassé, il rappelle plusieurs fois.

— Qui est-ce ?... répond enfin une voix fatiguée.

Ouf, elle est là. C'est déjà ça. Après que Lee Yuhyeon s'est annoncé, elle garde le silence un moment sans raccrocher pour autant.

— Mademoiselle Han Chorok ? répète l'inspecteur plusieurs fois, mais seul un grésillement s'échappe de l'appareil.

Lee Yuhyeon et Gojin se regardent mutuellement en pestant contre la jeune femme qui les fait poireauter dans le froid. Un long moment après, elle répond enfin :

— Je sors, attendez-moi dehors.

Encore un bon bout de temps s'écoule. Alors qu'ils sont à deux doigts de se transformer en bâtonnets de poisson surgelés, Han Chorok arrive sans se presser.

— Vu la lenteur, j'ai cru qu'une tortue venait nous accueillir, ironise Gojin à voix basse pour qu'elle n'entende pas.

La jeune femme a un visage banal. Pas maquillée, engoncée dans un anorak en plumes, elle sort pieds nus dans des claquettes. Ses longs cheveux sont sa seule touche féminine. Les deux hommes viennent visiblement de l'arracher à son sommeil et son air renfrogné montre clairement qu'elle n'a pas l'intention de les inviter chez elle.

— Il fait froid, allons parler dans notre voiture.

Han Chorok regarde d'un air à la fois insolent et intrigué les deux hommes, l'un en costume, l'autre en blouson de cuir. Puis reconnaissant Lee Yuhyeon, elle les suit.

Tous trois s'engouffrent dans la voiture. Lee Yuhyeon et Han Chorok prennent place à l'arrière, et Gojin sur le siège passager se tourne vers eux. Sur un signe de tête de Gojin, Lee Yuhyeon commence à interroger la jeune femme selon le scénario qu'ils ont établi. Les questions portent sur Han Dami et Kil Yeong-in, à peu près comme lors de sa première visite. Elle donne donc les mêmes réponses :

— Lorsqu'ils étaient à Séoul, nous nous voyions quand même de temps en temps. Il y a deux ans, ils ont déménagé quelque part du côté de Yangpyeong, et après cela, je n'ai pas eu beaucoup de nouvelles. Je ne connais pas leur adresse exacte. Ça doit faire un an qu'ils ne m'ont pas appelée.

— Pardon de poser cette question, mais êtes-vous en mauvais termes avec votre sœur ?

— Non, on ne se voit pas souvent mais on s'entend bien, répond Han Chorok avec une moue contrariée. Les gens normaux comme vous ont peut-être du mal à comprendre ça, mais être en bons termes ne signifie pas forcément se fréquenter assidûment.

Lee Yuhyeon se sent un peu vexé par cette remarque. Elle se considère comme quelqu'un qui sort du lot ? Une originale ?

— Bien, bien, nous apprécions les attitudes franches, intervient Gojin avec un grand sourire.

Han Chorok accorde alors un regard à l'avocat assis à l'avant. En voyant son sourire, elle radoucit son attitude hostile.

— Et avec votre beau-frère, M. Kil Yeong-in ? poursuit Lee Yuhyeon.

— Mon beau-frère... On ne s'est jamais trop appréciés. Déjà que ma grande sœur me contacte rarement, alors vous pensez bien que lui...

Les deux hommes voient la bouche de la jeune femme se tordre sous la faible lumière du plafonnier de la voiture.

— L'avez-vous vu ou eu au téléphone récemment ?

— Non, pas du tout, répond-elle sur un ton catégorique.

Visiblement, elle n'a aucune envie de parler de lui.

— Vous ne vous êtes donc pas inquiétée de n'avoir aucune nouvelle de votre sœur depuis un an ? questionne Gojin. Bien sûr, vous ne vous voyez pas souvent, mais il ne s'agit pas là d'un mois ou deux, je parle d'une année entière !

— Une fois lancée dans sa peinture, ma sœur oublie tout, même de dormir et de manger ! Elle est comme ça, je la connais.

— Je vois, c'est une vraie passionnée, qui s'adonne entièrement à ce qu'elle fait. Peut-être est-elle aussi ainsi avec les hommes, non ?

— Comment osez-vous dire une chose pareille ?! rétorque-t-elle en lançant un regard furieux à Gojin.

— Ne vous méprenez pas, je ne veux pas dire qu'une femme qui aime passionnément les hommes est une femme facile, je n'ai pas ce genre de préjugé, dit-il en la regardant à nouveau avec un sourire bienveillant.

Han Chorok, se disant sans doute qu'il ne sert à rien de s'énerver, pousse un petit soupir. Peut-être sont-ils au courant de la relation entre sa sœur et Tae Jeong-u ? s'interroge-t-elle. Changeant net de sujet, elle demande :

— Au fait, pourquoi la police en a-t-elle après ma sœur comme ça ?

— Ah... il semble y avoir un petit malentendu, répond Gojin pendant que son camarade hésite. Le capitaine Lee Yuhyeon ici présent est le chef de la brigade criminelle, moi je suis avocat, mon nom est Gojin.

— Alors là, vous piquez encore plus ma curiosité ! Pourquoi un avocat cherche-t-il ma sœur ?

— Pour être francs avec vous, nous recherchons surtout M. Kil Yeong-in.

Lee Yuhyeon lui fait un signe de tête pour ne pas en révéler davantage. Mais Gojin l'ignore et poursuit :

— M. Kil est suspecté dans une affaire de meurtre...

— Un meurtre ? s'exclame Han Chorok, très surprise.

L'inspecteur Lee, lui aussi très étonné, lance un regard réprobateur à Gojin. Kil Yeong-in n'est pour le moment que témoin indirect et pas suspect. Qui plus est, il est inutile d'en parler à Han Chorok.

— Ça, j'ai du mal à le croire, murmure-t-elle en secouant la tête, la mine pâle. C'est vrai qu'il est lugubre et mélancolique, mais...

— Dites-nous tout ce que vous savez à son sujet. Certes, vous l'avez peu fréquenté, mais puisqu'il est le mari de votre sœur, vous devez bien savoir des choses sur lui.

Lee Yuhyeon comprend enfin où Gojin veut en venir. Il est en train de réussir à faire ouvrir la bouche à cette femme si égocentrique que les autres ne l'intéressent pas. En apprenant que son beau-frère est suspecté de meurtre, elle révélera peut-être des choses sur lui.

— Il aurait commis une chose pareille ? Alors ma sœur, que va-t-elle devenir ?... Je vais être franche, ma sœur a disparu à l'heure actuelle, elle ne donne plus de nouvelles, il paraît qu'elle a quitté la maison il y a un an. Mais moi, je ne sais rien sur les circonstances de son départ. Il me semble que mon beau-frère est à sa recherche, mais il ne m'a pas contactée, il sait bien que je n'aurais aucune information à lui donner. À mon avis, ma sœur ne réapparaîtra pas d'elle-même. Il est clair qu'elle n'a plus envie de vivre avec son mari. Elle l'a épousé presque par hasard, parce qu'ils avaient l'âge de se marier, mais dès le départ ils n'étaient pas faits l'un pour l'autre. C'était évident que leur mariage ne durerait pas bien longtemps.

— Je suis désolé pour la disparition de votre sœur, mais j'ai l'impression que vous n'aimez pas beaucoup votre beau-frère.

— Que je l'aime ou pas, ça n'a aucune importance, je veux juste dire qu'il n'est pas fait pour ma sœur. Mais j'ai vraiment du mal à croire qu'il ait pu tuer quelqu'un... D'ailleurs, je n'ai pas envie d'y croire...

— Attendez, il a tué quelqu'un ? surjoue Gojin avec une mine surprise.

— C'est vous qui avez dit qu'il est suspecté de meurtre, non ?

— Non, pardon, j'ai la mauvaise habitude de faire des raccourcis, il n'est pas directement mis en cause dans un meurtre, mais il connaît l'homme qui est suspecté.

— Ah, vous m'avez fait peur. Il a beau être glauque, je ne l'imagine pas capable de faire une chose pareille.

Han Chorok pousse un soupir de soulagement, ignorant qu'elle vient de se laisser prendre dans le piège tendu par Gojin.

— Pourriez-vous nous en dire davantage sur votre beau-frère ? Sa carrière professionnelle, son caractère, etc.

— Je ne le connais pas bien, je n'ai pas grand-chose à vous dire. Son caractère est à l'image de son apparence physique : timide et sombre.

— Vous n'avez pas une belle image de lui.

— Ce n'est pas moi, il est comme ça. Il paraît qu'il était très fort au sprint quand il était collégien, mais moi je l'ai toujours connu apathique.

— Moi aussi j'ai cette image de lui qui pensait à se suicider...

Lee Yuhyeon jette un coup d'œil à l'avocat. Il a sûrement lancé cette phrase pour voir la réaction de Han Chorok.

— Se suicider ? répète-t-elle en faisant des yeux ronds.

En la voyant réagir ainsi, Gojin revient à ce qu'elle a dit avant :

— Je suis surpris...

— De quoi ?

— D'apprendre qu'il courait le 100 mètres...

— C'est vrai qu'on a du mal à l'imaginer, mais les maigres sont plus forts à la course, non ? Il paraît qu'il était doué.

— Je vois, fait Gojin en hochant la tête avant de poser sa question : est-ce que M. Kil Yeong-in avait des problèmes psychologiques ? Même s'il n'allait pas forcément voir un psy, son entourage peut ressentir ce genre de troubles.

— Des problèmes psychologiques ? Non, je ne pense pas. Ce n'est pas parce qu'on est mélancolique qu'on fait une dépression...

Sur ce, elle reste pensive et secoue la tête pour revenir sur ce qu'elle vient de dire :

— En fait, je ne sais pas trop, c'est dur à savoir...

— Il vous laisse complètement indifférente, à ce que je constate.

Han Chorok ne répond pas, mais son visage assombri suggère qu'elle cache quelque chose. Pour autant, elle ne dit rien de plus.

— Quel résultat tires-tu de cette rencontre avec Han Chorok ? demande Lee Yuhyeon une fois les deux hommes seuls dans la voiture.

— À t'entendre, on dirait qu'on vient de faire une expérimentation en laboratoire ! bougonne Gojin au volant.

— Tu as testé sa réaction en lançant les mots « suspecté de meurtre » et « suicide », non ?

— Tu as dû constater toi aussi qu'elle a de l'affection pour sa sœur mais un mépris total pour son beau-frère. C'est tout ce qu'elle a laissé voir. Quant à sa personnalité, comment dire... j'ai l'impression qu'elle dresse un mur autour d'elle pour se protéger.

— C'est louche que Dami ait quitté la maison il y a juste un an, non ?

— Oui, j'y pense moi aussi. Elle était la maîtresse de Tae Jeong-u qui est actuellement en fuite, elle a disparu depuis si longtemps sans donner aucune nouvelle à sa sœur... Kil Yeong-in, le mari malheureux, cherche sa femme, et il est la dernière personne à avoir parlé à Tae Jeong-u au téléphone. Il peut s'agir d'une succession de coïncidences, mais moi j'y vois plutôt les fils d'une même pelote.

— Du moment que le meurtre de Cheon Na-yeong se résout, je me fous du reste.

— Alors pourquoi es-tu venu voir Han Chorok avec moi ?

— Pour te rendre service.

— Hum, c'est vrai, dit Gojin en portant la main à son front. Dommage que je n'aie pas obtenu de meilleurs résultats. On dirait que Han Chorok ne connaît vraiment pas grand-chose à propos de la vie privée de sa sœur.

— Ça se pourrait bien, mais ce n'est pas une femme qui dit ce qu'elle pense.

— Si, après avoir assassiné sa femme, Tae Jeong-u était allé se réfugier chez Han Chorok, l'aurait-elle aidé à ton avis ?

À cette question qui jaillit brutalement de la bouche de Gojin, Lee Yuhyeon laisse échapper un rire surpris.

— Je ne pense pas, elle aurait appelé un numéro d'urgence tout de suite. C'est une femme encore plus froide que ce temps d'hiver.

— C'est ce que je pense aussi. En fin de compte, une femme comme Mme Ryu serait plus loyale. S'il s'était adressé à elle, je mets ma main à couper qu'elle l'aurait accueilli. Ah, ça me donne envie d'un verre de whisky chaleureusement versé par elle...

Trouvant les propos de son ami un peu ineptes, l'inspecteur Lee ricane tandis que Gojin dirige la voiture vers L'Absinthe, à Cheongdam.

13

Je ne suis pas policier, je n'ai pas besoin de preuves. J'ai l'intime conviction de sa culpabilité et c'est plus solide que des preuves. Je n'ai pas d'autre solution que de l'affronter directement pour lui demander s'il a tué ma femme. Alors il n'aura même pas besoin de parler, son attitude répondra pour lui. S'il est innocent, en dehors de sa liaison adultère avec Dami, il bondira de stupéfaction et de colère ; mais s'il est impliqué dans la mort de ma femme, je ne manquerai pas de remarquer la lueur d'hésitation qui passera sur son visage. Je ne peux faire confiance ni à la police ni aux tribunaux qui laissent filer des gros poissons en se noyant dans des procédures administratives même quand la vérité est évidente. Si la situation l'exige, je pourrai faire la justice moi-même...

Avant d'y aller, il me faut un peu de liquide. Je rechigne à aller à la banque ou même à retirer au distributeur par peur de me mêler aux gens. Aussi, je retire en général des grosses sommes d'un coup. Mais, ces derniers temps, je sors beaucoup et l'argent file vite. Retourner en chercher fait partie des choses agaçantes de mon quotidien. J'enfile mon manteau et monte dans mon Rexton. Une fois au centre-ville de Yangpyeong, je me gare près d'un distributeur automatique peu fréquenté que j'utilise souvent. J'insère ma carte et retire mes billets, puis découvre avec surprise le montant restant sur mon compte qui s'affiche à l'écran. Trente millions de plus que le solde de la dernière fois. La somme que j'ai payée au Centre de recherches sur le suicide mental m'a été reversée. Quelques jours plus tôt, quand j'ai avoué à Jae-in mes doutes sur la réussite de mon suicide mental, a-t-elle compris que je m'inquiétais d'avoir été victime d'une escroquerie ? Jae-in a-t-elle supplié le docteur Yi de me rendre mon argent ? Peut-être. En tout cas, ça ne me déplaît pas. Mais la joie procurée par mon compte en banque bien renfloué est rapidement supplantée par ma rage contre Tae Jeong-u.

Je me rends aussitôt à son cabinet médical. Je me gare dans un parking de Sinsa et pénètre dans l'immeuble. À mesure que l'ascenseur grimpe les étages, ma détermination s'affermit : je vais frapper fort dès le début et dominer la situation jusqu'au bout. Dès que les portes s'ouvrent, je m'élance dans le cabinet comme un fou furieux. L'infirmière déjà vue lors de ma précédente visite me regarde en faisant de grands yeux. Tae Jeong-u lui a-t-il parlé de moi ?

— Le docteur Tae est-il là ? demandé-je d'une voix tonitruante, le regard courroucé.

— Euh... non, il n'est pas là, répond-elle, embarrassée.

— Où est-il allé ?

Alors que l'infirmière cherche sa réponse, une voix grave questionne derrière moi :

— Vous connaissez personnellement le docteur ?

Je me retourne et découvre un homme âgé d'une trentaine d'années, les cheveux ébouriffés, vêtu d'un blouson fourré. Il a dû prendre l'escalier et arriver dans le hall un peu après moi. Il n'est pas très costaud mais me fait forte impression. Il me met mal à l'aise.

— Qui êtes-vous ?

— Inspecteur Yu Seok-tae de la brigade criminelle de Seocho.

— Inspecteur ? répété-je d'une voix soudain affaiblie.

— Savez-vous où se trouve le docteur Tae ?

— Vous ne voyez pas que je suis venu ici en croyant qu'il y était ? rétorqué-je, contrarié.

La crainte suscitée il y a un instant par le mot « inspecteur » est devenue de l'insolence.

– Comment le connaissez-vous ?

– Euh... je le connais juste comme ça...

– Soyez plus précis, je vous prie.

– Je ne le connais pas personnellement, c'est ma femme qui a fait une chirurgie esthétique ici et ça s'est mal passé, improvisé-je. Je suis venu réclamer qu'il la réopère ou la rembourse, c'est tout.

L'inspecteur me jette à nouveau un coup d'œil et me salue en s'inclinant légèrement avant de passer devant moi pour aller s'adresser à l'infirmière qui affiche un air grave. Quelle enquête l'inspecteur peut-il bien mener pour tourner autour de Tae Jeong-u ? Faisant mine d'attendre dans le hall d'entrée, je surveille leur conversation. Ils ne parlent pas fort, mais la pièce est petite et silencieuse, alors je comprends presque tout ce qu'ils disent.

Quand j'entends que Tae Jeong-u a tué sa femme, Cheon Na-yeong, dans un appart-hôtel et qu'il est actuellement en fuite, je suis abasourdi. La police se démène pour l'attraper et passe presque tous les jours au cabinet pour savoir s'ils n'ont pas de nouvelles de lui. Pensant en avoir assez appris, je quitte discrètement le cabinet. Je n'ai aucun intérêt à m'attarder davantage ici. Mon cœur bat la chamade, j'ai du mal à me calmer. J'ai rencontré une fois Cheon Na-yeong, elle est l'amie de ma femme. Tae Jeong-u aurait aussi assassiné sa propre femme après la mienne ? Et pourquoi ?

Je suis stupéfait. J'attends au passage piéton du carrefour de Sinsa que le feu passe au vert pour traverser et me rendre au parking. Sans penser à rien, je jette un coup d'œil en direction du cabinet, et là, l'inspecteur Yu sort en courant de l'immeuble. Depuis le trottoir, il regarde dans tous les sens. Un mauvais pressentiment m'assaille. Son air affolé indique qu'il a dû se précipiter dehors sur mes talons. Est-ce moi qu'il cherche ? La peur qu'il me voie me diriger vers ma voiture, accentuée encore par le froid, me pétrifie.

Tout doucement, à reculons, je pénètre dans une entrée d'immeuble pour me dérober à son regard. L'inspecteur scrute alentour tout en avançant vers un autre pâté de maisons ; puis, renonçant sans doute à trouver ce qu'il cherche, il se dirige en toute hâte vers la station Nonhyeon.

Après m'être assuré qu'il s'est bien éloigné, je retourne au cabinet de Tae Jeong-u. Je sais maintenant pourquoi il est absent, mais je veux vérifier si c'était bien moi que l'inspecteur Yu cherchait dehors. Je monte à nouveau par l'ascenseur et m'approche de l'infirmière qui me regarde, l'air méfiante. Elle ne me répondra pas si je la questionne directement, alors j'improvise un mensonge :

— L'inspecteur Yu m'a interpellé en bas de l'immeuble et m'a posé plein de questions embarrassantes, lui avez-vous dit des choses à mon sujet ?

Je hausse un peu le ton en fin de phrase, les yeux braqués sur le badge de sa poitrine mentionnant son nom : « Kim Gayeong ». Sans doute a-t-elle peur de moi, elle se défend en agitant ostensiblement sa main :

— Non, vous vous trompez, on a parlé d'éventuels signes donnés par monsieur le directeur. J'ai juste dit : « M. Kil Yeong-in, qui était là, le cherche aussi... » Je n'ai pas pu finir ma phrase, car il s'est rué vers la sortie. Je n'ai donné que votre nom, je n'ai rien dit d'autre. D'ailleurs, je n'avais rien à dire à votre sujet.

L'infirmière Kim semble redouter plus que tout de se retrouver impliquée dans l'affaire de meurtre commis par son patron. Me sentant désolé d'avoir jeté de l'huile sur le feu, je m'empresse de lui sourire avant de quitter l'établissement.

J'ai un mauvais pressentiment. Si l'inspecteur s'est précipité dehors à l'annonce de mon nom, c'est que la police me recherche, non ? J'ai beau me creuser les méninges, je n'en vois pas la raison. Remarque, il est vrai qu'il y a un lien entre Tae Jeong-u et moi puisqu'il a été l'amant de ma femme, et même si je ne l'ai rencontré qu'une fois, l'entrevue a été houleuse. Et les policiers s'intéressent toujours aux adultères. Évidemment, ils ne pourraient pas suspecter que je l'aide à se cacher, alors me cherchent-ils comme simple témoin ? Même juste pour ça, je n'ai pas du tout envie de me retrouver en face des policiers. Se savoir recherché par la police suffit à générer de l'inquiétude chez tout le monde, c'est normal. Tae Jeong-u est vraiment le type que j'exècre le plus au monde, c'est à cause de lui que j'ai perdu ma femme, et maintenant, même la tranquillité de ma vie retirée du monde est menacée. J'inspire profondément l'air glacé et marche un peu pour me calmer avant de reprendre ma voiture. Durant tout le trajet du retour, je me ronge les sangs.

Le lendemain matin, je me lève tard. La tête vrombissant d'idées en pagaille, j'ai mal dormi. Mon esprit ressemble à une vitre pleine de vapeur. Ce qui s'est passé la veille défile vaguement devant mes yeux comme des images sorties d'un rêve. J'enfile rapidement des vêtements et je sors de chez moi. Je dois aller acheter à manger. Même cette tâche me pèse. Bon sang, je comprends pourquoi j'ai pensé à me suicider. Je me dirige vers ma voiture garée sur le terrain vague derrière la maison. Un truc attire mon regard : un bout de papier glissé sous un essuie-glace. Je le tire et lis sur le carton ces phrases imprimées : « Tae Jeong-u, N6 puis direction Hwajeon, 2,4 km, forêt. » Qu'est-ce que c'est ? Qui a mis ça ici ? Et pourquoi ?

Qu'est-ce que cela veut dire ? Est-ce Tae Jeong-u lui-même qui a mis ce message pour me dire qu'il m'attend là-bas ? Mais quel drôle de moyen de me donner rendez-vous ! Un peu effrayé, je regarde tout autour de moi. Personne. Seul un vent froid file en sifflant. J'ai des frissons, comme si je me postais devant un ventilateur après avoir reçu un seau d'eau glacé.

Oubliant de monter dans ma voiture, je plonge dans mes pensées. Hier, fatigué par cette journée tendue, je me suis couché tôt. Quelqu'un serait passé déposer ce message durant la nuit ? Encore faut-il connaître mon adresse ici ! Il ne peut pas s'agir d'une plaisanterie car le nom de Tae Jeong-u figure sur le message, il m'est donc bien adressé.

Peut-être que le carton a été glissé sous mon essuie-glace à Séoul hier. Perturbé par ce que j'ai appris au cabinet médical, je ne l'aurais pas remarqué de tout le trajet du retour. Ce papier épais était coincé tout en bas du balai mécanique, ce qui le rendait presque invisible pour le conducteur. Dans ce cas, une personne au courant de ma visite au cabinet de Tae Jeong-u l'aurait posé sur ma voiture ? Ce n'est qu'une hypothèse, rien de sûr. Bon, peu importe le moment où il a été mis, il me faut savoir qui l'a fait et dans quelle intention. C'est rageant de ne pas en avoir la moindre idée. Je réfléchis longtemps : quoi qu'il en soit, je ne peux pas jeter ce message à la poubelle et l'ignorer. Je dois aller voir à l'endroit indiqué pour comprendre ce que tout ça signifie.

Je fourre le papier dans ma poche, monte dans mon Rexton et emprunte la N6, puis quand je prends la D342 en direction de Hwajeon, je remets le compteur à zéro. Un ruisseau longe la route à ma droite et, au bout de 2,4 kilomètres, je traverse un vieux pont en ciment puis la route monte vers la forêt. Des herbes desséchées parsèment le chemin de terre. Ce coin est tellement paumé que personne ne viendrait là hormis un couple adultère à la recherche d'un endroit à l'abri des regards. Je continue à rouler, secoué par les pierres et les cailloux. Heureusement que mon véhicule est un 4 × 4. Plus je m'enfonce dans la forêt, plus mon cœur bat fort. Me voilà au bout de l'impasse.

Je descends et vois un grand truc qui brille sous les rayons du soleil entre les branches d'arbres dénudées. Je reconnais sans mal une BMW gris métallisé. Que fait-elle dans ce bois loin de tout ? A-t-elle eu un accident ? Pourtant, on voit au premier coup d'œil que la carrosserie n'est pas cabossée. Elle semble juste garée là, intacte sous les arbres.

Au volant, je vois une silhouette humaine. Mes deux mains en visière au-dessus de mes yeux, je m'approche pour regarder à l'intérieur. Je distingue mal avec les vitres teintées. J'essaie d'ouvrir la portière du conducteur, elle cède facilement. Un homme est affalé sur le volant qu'il entoure de ses bras. Dans la voiture, il fait aussi froid que dans un frigo. Il ne semble pas dormir. Mon cœur tambourine à la vue de cette silhouette familière. Je tente de soulever sa tête, mais son corps doit être gelé ou raide car je n'y parviens que difficilement. Au moment où je découvre son visage, je me pétrifie. C'est Tae Jeong-u !

Ses cheveux bouclés, ses larges sourcils et ses traits marqués sont de ceux qu'on n'oublie pas. Un couteau est planté dans sa poitrine. Du sang a coulé sur le siège et le tapis et a durci comme la cire d'une bougie rouge. Son gilet en laine chaude et son confortable pantalon en velours côtelé contrastent avec son visage grimaçant. Un manteau d'hiver en cachemire est jeté sur la banquette arrière.

Peu de temps après avoir trouvé le corps de ma femme réduit à l'état de momie, cette mort toute fraîche est un nouveau choc. En proie à l'angoisse et à la peur, je suis à deux doigts de perdre les pédales. C'est un peu ironique mais, moi qui voulais mettre fin à mes jours il y a peu de temps, là je n'ai pas envie de mourir d'une crise cardiaque devant le cadavre du meurtrier de ma femme. Comme si je venais de voir un zombie, je claque la portière avec une telle force que le véhicule s'ébranle. Tae Jeong-u, même mort, me poursuit. Quelle horreur ! Je fais demi-tour et monte précipitamment dans ma voiture. Alors que je démarre, un doute surgit. Je redescends, m'approche de la BMW et frotte la poignée de la portière pour effacer mes empreintes. Sans quoi je risque de me retrouver accusé à la place du coupable.

Je ne sais pas comment je suis rentré chez moi. Malgré le vent glacial qui pénétrait dans ma voiture par la fenêtre entrouverte, je suis arrivé trempé de sueur. Les mains tremblantes, je me prépare un thé. Je respire profondément plusieurs fois pour me calmer. Tae Jeong-u méritait de mourir. Ce qui m'inquiète, c'est le message qui m'a conduit à son corps, et qui m'a été transmis intentionnellement. Je ne sais pas qui est le meurtrier, mais il n'y a qu'une seule raison pour qu'il ait voulu m'informer de son crime : il veut me faire porter le chapeau !

Je sens mes cheveux se hérisser. Le meurtrier sait quel lien j'ai avec Tae Jeong-u, il sait aussi que ma vie recluse ne me fournit en général pas d'alibi, et qu'ainsi il sera facile de faire de moi le principal suspect. Alors, m'a-t-il tendu ce piège : m'entraîner sur les lieux du crime pour que j'y laisse mes traces ? À cette pensée, mon cœur bat plus fort encore. Heureusement que j'ai eu l'idée d'effacer mes empreintes sur la portière. Je m'efforce de me rassurer ainsi, mais soudain le doute me reprend : même si je suivais l'indication du message et arrivais sur les lieux du crime, on pouvait imaginer que je porte des gants ou que j'efface mes traces, comme je l'ai justement fait tout à l'heure ; le meurtrier l'avait-il prévu, a-t-il pensé à une autre manière de me faire accuser de son crime ?

J'arrête de me torturer l'esprit et je décide de retourner voir. Je sens que quelque chose cloche, je dois vérifier s'il n'y avait pas un autre piège, ou si je n'ai pas tout de même laissé des traces. Mais ce second trajet est bien plus éprouvant ; cette fois je sais que dans la forêt un cadavre m'attend. Mes mains tremblent et glissent sur le volant, moites de sueur. Si la police m'attendait là-bas ? Est-ce ça le piège ? Toutes sortes d'idées vertigineuses se bousculent dans ma tête. Mais l'endroit est si désert que je remarquerai rapidement une présence humaine. Au moindre signe bizarre, je décampe.

Je m'engage prudemment dans la pente montant vers la forêt, à chaque rebond de mon Rexton, mon cœur se serre. La BMW entre à nouveau dans mon champ de vision. Tout est exactement comme tout à l'heure. L'ambiance est paisible, comme si le conducteur était resté là pour prendre un bain de soleil.

Je descends de voiture et observe attentivement autour de la BMW, puis j'examine le véhicule lui-même. Là, je repère une caméra sur le pare-brise arrière, aussi petite qu'un bouton. La grande attention du constructeur quant à l'aspect esthétique rend cette installation presque invisible. Saisi tout à coup d'un doute, j'inspecte les rétroviseurs. En effet, il y a des capteurs partout. Cette voiture est équipée d'une caméra embarquée à double lentille. Attends un peu, et si la caméra filmait encore ? Alors les images de moi soulevant sa tête et de mon visage en gros plan y auraient été enregistrées. Bon, ce n'est pas une preuve directe de meurtre, mais c'est suffisant pour m'attirer des ennuis. Ne dit-on pas que le coupable revient toujours sur les lieux du crime ? Comment aurais-je pu trouver le cadavre dans cet endroit paumé si je n'étais pas le meurtrier ? Voilà ce que demandera la police. J'aurais beau montrer le message, ils ricaneront en disant que j'ai imprimé moi-même ce bout de carton.

Je ne rouvre pas la portière du conducteur, je n'ai aucune envie de toucher à nouveau le corps de Tae Jeong-u. Alors j'ouvre la portière passager et repère le boîtier central de la caméra installé sur le tableau de bord. Comme je m'en doutais, les voyants rouges clignotent, seule chose qui reste allumée alors que le moteur est éteint. Après maints tâtonnements, je trouve la carte mémoire et la retire. C'est une SD de 32 Go, suffisante pour enregistrer plusieurs jours de film. Une sueur froide irradie mon corps. Celui qui m'a laissé le message a donc voulu que je sois enregistré par la caméra et que j'aille pourrir en prison à sa place jusqu'à la fin de mes jours. Mais qu'est-ce que je lui ai fait pour qu'il m'en veuille autant ? Pourquoi une telle haine ?

Je reprends le volant et accélère en faisant une grande embardée. Je gare la voiture près d'une rivière et y jette la carte mémoire. Trop légère, elle n'est pas tombée loin, mais bientôt, emportée par le courant, elle disparaîtra.

Je rentre chez moi. Les émotions passent et mon calme revient. Assis dans mon canapé, je reste absorbé dans mes pensées sans me rendre compte que je suis en train de boire un thé complètement froid. Le statut de Tae Jeong-u a changé : de type à abattre, il est maintenant un homme mort. Celui que je considérais comme le meurtrier de ma femme a été supprimé par quelqu'un d'autre. Dans ce cas, est-il vraiment responsable de la mort de ma femme ? Je croyais qu'il était un assassin abominable, qu'il avait tué Dami et même sa propre femme, mais c'était avant que j'aie vu son corps. En réalité, il y a un superprédateur au-dessus de lui, et il l'a assassiné sauvagement.

Désormais, je ne suis plus si sûr que ce soit Tae Jeong-u qui ait assassiné Dami. Cet homme sans cœur capable d'emmurer le cadavre de sa maîtresse est devenu la victime impuissante d'un autre meurtrier.

Je m'interroge aussi sur cette caméra embarquée. Elle peut continuer de tourner grâce à la batterie de la voiture une fois le moteur éteint, mais pas plus de deux ou trois jours, non ? Je ne sais pas quand Tae Jeong-u est mort ; si ça date de plus de trois jours, il se pourrait bien que le criminel soit venu déclencher la caméra peu de temps avant que j'arrive, pour me piéger. Mes os frissonnent de terreur. J'ai les idées en désordre et je ne parviens à aucune conclusion.

Je vais chercher mon ordinateur portable, me réinstalle dans le canapé et me connecte au compte de ma femme. Maintenant que Tae Jeong-u est mort, il ne reste que Freebird et Kim Do-yeol. J'ouvre les derniers mails que Dami a échangés avec ces deux personnes il y a un an, juste avant sa disparition. Lors de ma dernière connexion, j'étais si emporté contre Tae Jeong-u que je ne leur ai pas prêté assez attention. Je lis d'abord le dernier message de Kim Do-yeol :

> La peinture que tu as faite sur Dumulmeori, le lieu où les deux rivières se rencontrent, elle mesure 130 x 97, non ? Alors ne la trimbale pas toi-même jusqu'à la galerie, c'est trop lourd. Demain je dois aller du côté de Yangpyeong, je passerai la chercher chez toi.

Je croyais que ce mail n'était qu'une histoire de tableau, mais là, je le vois sous un autre angle. Plus qu'une simple attention bienveillante, cela signifie qu'il est venu chez moi et connaît l'adresse de ma maison. Je pose l'ordi et gagne l'atelier de Dami. C'est une petite chambre orientée sud-est, bien ensoleillée ; dès notre emménagement, elle a fait changer les vitres des fenêtres pour la rendre encore plus lumineuse.

Les rideaux épais et noirs sont tirés. Je les ouvre. L'odeur de la peinture est agréable, elle me chatouille les narines et me rend nostalgique. Est-ce l'odeur de l'art ? D'habitude, je mets rarement les pieds ici, mais aujourd'hui je suis content de m'y trouver.

Les tableaux que ma femme a peints sont éparpillés dans la pièce. Sur la grande table en bois collée au mur, son matériel traîne en désordre. Un dessin inachevé est posé sur un chevalet près des fenêtres. À côté, au sol, des toiles sont appuyées contre le mur, entassées de guingois les unes sur les autres. Ailleurs, des tableaux plus grands sont recouverts d'un tissu blanc. D'habitude, je ne m'intéresse pas à ses tableaux.

À présent, je les prends un à un et les soulève pour les regarder. Son style est plutôt classique et beaucoup d'entre eux me donnent l'impression de les avoir déjà vus quelque part. Si je me souviens bien, Dami s'était attachée à revisiter les œuvres du Moyen Âge dans un style contemporain. Mon sentiment de déjà-vu doit être lié à ça. Je réalise alors que la peinture n'était pas qu'un loisir pour Dami, c'était toute sa vie.

Je retire ensuite le drap blanc. Le grand tableau *Dumulmeori* est là parmi les autres. Elle y a peint la fusion des deux rivières dans un style inspiré de ceux de Turner et de Constable, les paysagistes britanniques du XIXe dont j'ai vu plusieurs œuvres. Je suis sûr que c'est ce tableau que Kim Do-yeol voulait venir chercher. Mais je ne sais pour quelle raison, l'œuvre n'a pas été transférée. Je sors de l'atelier en secouant la tête, l'esprit embrouillé.

Puis je consulte le mail suivant, que Dami a envoyé à Freebird deux jours après avoir reçu celui de Kim Do-yeol :

J'en ai marre de ce monde. Je suis actuellement dans la maison de Jincheon où se trouve notre cave à vin. Que dirais-tu de me rejoindre demain ? On boira toute la nuit.

Bon sang ! Qu'est-ce qui avait pu la mettre dans cet état ? Elle n'a pas choisi le bon interlocuteur... Ne sachant pas que Freebird était un homme, elle comptait chasser sa morosité entre copines, comme lors des soirées pyjama de son enfance. Freebird a répondu immédiatement :

Waouh ! Super idée ! Moi aussi je suis hyper stressée ces derniers temps. J'ai un truc urgent demain et je ne sais pas quand ça va se terminer. On peut se retrouver à la gare routière de Jincheon vers 19 heures. Ça te va ?

Il avait une idée derrière la tête, c'est évident. Il ne lui a pas proposé de s'appeler, car sa voix aurait trahi son identité masculine. Si une telle révélation se faisait au téléphone, elle risquait de ne plus jamais le recontacter. Mais une fois l'homme en face d'elle, les choses pouvaient se passer différemment. D'autant plus qu'il allait faire un long chemin pour venir au rendez-vous et que ses mails montrent bien que c'est un beau parleur. Il devait se dire qu'il parviendrait facilement à renverser la situation. C'est la stratégie typique des « coureurs en ligne ». Voilà le genre de discours alléchant qu'il a dû préparer : « Est-ce si important que je sois un homme ou une femme ? J'avais envie de te rencontrer parce qu'on s'entend bien, je veux juste discuter entre amis, rien de plus. Je suis venu de loin, maintenant que je suis là, allons manger un morceau quelque part... »

Ma femme a dû se jeter sans réfléchir dans la toile d'araignée tissée par cet enfoiré de Freebird. Et c'est exactement à cette période qu'elle est morte dans notre cave à vin.

14

Lee Yuhyeon arrive devant un immeuble orné d'une enseigne « Dream High Goshitel », situé entre les stations Sinsa et Nonhyeon. Dans la chambre 204 de ce type de logement nommé *goshitel,* à mi-chemin entre la chambre d'hôtel et le mini-studio d'à peine cinq mètres carrés qu'est le *goshiwon,* vit un homme de trente-cinq ans dénommé Jeong Sihu. Sans profession, il passe ses journées à surfer sur internet en se faisant passer pour une femme sous le pseudonyme de Freebird. C'est ainsi qu'il a noué une amitié virtuelle avec Han Dami.

L'inspecteur est parvenu jusqu'à cet homme après que son enquête sur Tae Jeong-u, suspecté du meurtre de sa femme, s'est heurtée à un obstacle de taille : on a découvert son cadavre dans la forêt sur la D342 à Yangpyeong. Il a été poignardé au volant de sa BMW. D'après l'autopsie, sa mort est survenue le lendemain de l'assassinat de sa femme. Aucune empreinte ni trace d'ADN autres que celles de sa femme et lui n'ont été relevées. Le manche du couteau était immaculé. La police n'a pas retenu la thèse du suicide, il est manifeste qu'il a été victime d'un homicide. La seule disparition de la carte mémoire de la caméra embarquée aurait suffi à le prouver.

L'inspecteur Lee s'est d'abord intéressé à Kil Yeong-in, car il est la dernière personne à avoir appelé Tae Jeong-u. Mais il a eu beau le rechercher activement durant plusieurs jours, Kil Yeong-in est introuvable. Il est retourné à sa maison de Yang-pyeong avec son coéquipier, mais la porte était fermée à clé. Ils n'ont pas pu y pénétrer par effraction pour la fouiller, faute de mandat d'arrêt ou de perquisition tant que Kil Yeong-in n'est pas officiellement suspecté. Puisque Tae Jeong-u avait séduit la femme de Kil Yeong-in, il ne serait pas étonnant que ce dernier, emporté par une tempête émotionnelle chargée de haine, s'en soit pris à l'amant de sa femme. Cette raison est suffisante pour faire de lui le suspect numéro un. Cela dit, la police a besoin de creuser davantage les relations entre Tae Jeong-u et Han Dami, mais cette dernière ayant disparu elle aussi, il est impossible de la convoquer pour l'interroger.

Pour se sortir de cette impasse, le capitaine Lee a eu l'idée d'aller consulter les mails de Han Dami. Il y avait sûrement des échanges avec son amant. Il a facilement obtenu l'autorisation d'accès à son compte de messagerie et a repéré deux personnes intéressantes en plus de Tae Jeong-u : Kim Do-yeol et Freebird. Leurs identités ont rapidement été révélées.

Kim Do-yeol est le directeur de la galerie Ian, située dans le quartier de Bukchon, tandis que Freebird est un bon à rien dont le vrai nom est Jeong Sihu. Les deux hommes, très différents l'un de l'autre, ont un seul point commun : ils sont membre du club Bastianini composé de jeunes peintres comme Han Dami. Peut-être ont-ils des choses à révéler sur Kil Yeong-in.

Lee Yuhyeon a appelé Freebird avant de se rendre au *goshitel* où il vit. L'homme a eu l'air surpris mais, reprenant aussitôt une voix calme, il a répondu qu'il l'attendait. L'inspecteur monte au premier étage. Des deux côtés de l'étroit couloir, les portes collées les unes aux autres lui donnent l'impression d'entrer dans une grande ruche. Le papier peint coloré et les portes jaune abricot rendent au moins l'ambiance joyeuse. Les *goshiwon* et les *goshitel* d'aujourd'hui ne sont plus uniquement pour les étudiants qui préparent des concours. Lee Yuhyeon frappe doucement à la porte et entre. Jeong Sihu, arborant une mine à la fois méfiante et arrogante, reste assis devant l'écran de son ordinateur. Vêtu d'un jogging marron, il est de constitution solide. Ses yeux étrangement déformés et son menton pointu lui donnent un air méchant. Franchement, son visage ne doit inspirer aucune sympathie, ni aux hommes ni aux femmes. C'est sûrement pour cela qu'il contacte les gens via internet.

La chambre est petite mais bien équipée : lit, armoire, frigo, clim. Ces logements sont loués meublés, il n'y a qu'à poser ses valises. Une odeur de *ramen* flotte dans l'air.

Lee Yuhyeon se présente brièvement avant d'aller droit au but :

— Vous êtes membre du club Bastianini, n'est-ce pas ?

— Oui, mais je ne suis pas peintre.

— Ah bon ? Vous avez fait les Beaux-Arts au moins ?

— Non plus, j'ai fait une fac de technologie. L'art n'est qu'un loisir personnel.

— Bastianini est un club de jeunes peintres, comment avez-vous pu y entrer ?

— ...

Lee Yuhyeon devine rapidement.

— Je vois, vous avez fait croire que vous étiez peintre...

— Non, je n'ai pas menti, rétorque Jeong Sihu, piqué au vif. J'ai été accepté comme un passionné d'art.

Sa réponse n'est pas convaincante. D'après l'enquête préalable de la police, il est adhérent à toutes sortes de groupes virtuels et il est surtout un membre actif d'associations qui comptent beaucoup de femmes : broderie ou animaux de compagnie par exemple. C'est un beau parleur inné et sans gêne. Il a dû réussir à adhérer à tous ces groupes en étalant de maigres connaissances et grâce à un fort talent de fabulateur. Compte tenu de cela, il a certainement rejoint Bastianini juste pour essayer de draguer les femmes. D'abord, il fait croire qu'il est une femme pour ôter la méfiance, puis il noue une amitié au cours d'échanges virtuels avant de rencontrer la femme en tête à tête.

— Connaissez-vous Han Dami ?

— Eh bien... je la connais, mais pas trop.

— C'est une réponse ambiguë.

— Ça veut dire que je ne la connais pas bien, s'énerve brusquement Jeong Sihu. Je ne sais pas pourquoi vous êtes là, mais si c'est au sujet de Han Dami, je n'étais pas assez proche d'elle pour savoir quoi que ce soit qui puisse intéresser la police.

Lee Yuhyeon, qui faisait jusqu'ici preuve de patience malgré le peu de sympathie qu'il éprouve pour cet homme et son attitude, s'emporte en déclarant sèchement :

— Essayez de vous souvenir de tous les détails, il s'agit d'une enquête au sujet d'un meurtre.

— Un meurtre ? Mais qui est mort ? réplique Jeong Sihu, ébahi.

Sans répondre, l'inspecteur poursuit :

— Vous l'avez connue via le groupe Bastianini, n'est-ce pas ?

— Oui... OK, j'avoue que je suis entré dans ce club en racontant des salades, répond-il sur un ton soudain conciliant. Il faut dire que je suis assez doué pour convaincre les gens. J'ai connu Dami uniquement en ligne.

— D'après mon enquête, vous vous faites souvent passer pour une femme.

— Oui, c'est vrai, mais ce n'est pas dans une intention malveillante. En se présentant comme une femme, on sympathise plus rapidement avec d'autres femmes. De toute façon, on avait si peu de chances de se rencontrer réellement que j'ai pris ça comme un jeu. Peut-être l'ignorez-vous, monsieur l'inspecteur, mais ce genre de relations virtuelles sont très fréquentes sur internet.

— Même virtuellement, et contrairement à ce que vous avez dit, vous sembliez très proche de Han Dami.

— D'accord, c'est vrai que le courant passait très bien entre nous.

— Mais vous ne vous êtes pas contentés de discuter en ligne... Vous vous êtes vus ! improvise Lee Yuhyeon en s'appuyant sur le dernier mail.

— Non, on a failli… mais il y a eu un imprévu le jour du rendez-vous. Par la suite, nous n'avons pas repris contact.

— Vous voulez dire que vous avez rompu le lien brusquement ?

— Les rencontres virtuelles, c'est comme ça, même si on s'entend bien avec quelqu'un, on peut disparaître du jour au lendemain.

Jeong Sihu, qui s'est crispé depuis l'annonce du meurtre, se décontracte à nouveau en étendant les jambes et en agitant ses orteils. Il nie en bloc sa rencontre avec Dami, sans doute pour essayer de mettre un terme à cet interrogatoire agaçant. L'inspecteur devine qu'il ment mais n'a aucun moyen de le prouver, et Jeong Sihu semble bien connaître les limites de la police. Il avoue quelques broutilles mais feint d'être innocent sur les éléments impossibles à vérifier.

— Connaissez-vous Kil Yeong-in, le mari de Han Dami ?

— Pas du tout. Je savais qu'elle était mariée, mais j'entends son nom pour la première fois.

— Han Dami vous a plutôt longuement entretenu au sujet de son amant, Tae Jeong-u ?

— Eh bien, elle s'est confiée à moi à ce sujet, c'est vrai. Il paraît qu'il est chirurgien esthétique. Comme je n'avais pas trop de conseils à lui donner, je me suis toujours contenté de lui dire d'écouter son cœur.

— Elle était tourmentée par cette relation, n'est-ce pas ?

— Oui, c'est ce qu'elle disait, répond-il, l'air indifférent.

— Tae Jeong-u a été assassiné, lâche l'inspecteur en observant attentivement le visage de l'homme pour voir s'il change d'expression.

— Ah mince…, fait Jeong Sihu, comme s'il apprenait la mort d'un parfait inconnu.

Il semble même soulagé, comprenant que l'affaire n'a rien à voir avec lui. Ainsi refroidi, Lee Yuhyeon conclut avant de partir :

— On en reste là pour aujourd'hui, mais je compte sur votre aide pour la suite.

— Mais je n'ai rien de plus à dire. Je ne connais pas ce Tae Jeong-u et je n'ai même jamais vu Han Dami en vrai. Ce n'est pas parce que j'ai échangé virtuellement avec elle que la police peut me convoquer à tout bout de champ. Ces temps-ci, je suis très occupé, alors considérez notre entrevue d'aujourd'hui comme la dernière.

Les doigts sur le clavier de son ordi, Jeong Sihu prend l'air d'un P-DG dérangé en pleine réunion.

Lee Yuhyeon se rend dans la foulée à la galerie Ian. En préparation de sa prochaine exposition, elle est fermée aux visiteurs. Kim Do-yeol le fait entrer et l'invite à s'asseoir dans un canapé pendant qu'il prépare du thé vert. C'est un homme d'une quarantaine d'années, au visage triangulaire pointant vers le bas et au teint sombre faisant ressortir des yeux brillants. Sa petite taille n'empêche en rien cet homme à l'air obstiné de dégager une volonté de fer. Vêtu d'une tenue moulante, il ressemblerait plus à un spéléologue qu'à un marchand d'art.

Il a dû entendre beaucoup parler de Tae Jeong-u par Han Dami car, lorsque Lee Yuhyeon lui révèle sa mort, son visage n'est pas surpris et semble même marquer qu'il était évident que cette relation adultère finirait mal.

— Voilà ce qui arrive quand on mène une vie malhonnête, lance Kim Do-yeol avant de boire une gorgée de thé.

Son ton froid ne fait preuve d'aucune compassion.

— Vous parlez de sa relation avec Han Dami ?

— Oui. Il a semé la graine de sa propre mort.

— Pourquoi pensez-vous que sa mort ait un rapport avec Han Dami ? Avez-vous des choses à m'apprendre à son sujet ?

— Non, je ne l'ai jamais rencontré, j'ai juste entendu Dami parler de lui. Mais il est mort et la police vient me voir ; le lien entre les deux événements, c'est sa relation avec Dami, non ? Vous enquêtez sur cette relation, n'est-ce pas ?

« Il est encore plus perspicace qu'il ne le laisse paraître », se dit Lee Yuhyeon.

— Je suppose que vous en savez long sur leur relation, j'aimerais que vous me donniez des détails, s'il vous plaît.

— Je déteste parler dans le dos des autres. Mais en voyant Dami si tourmentée de ne pas réussir à renoncer à cette liaison, j'ai pressenti que seul un événement tragique y mettrait fin. Même si je ne suis pas allé jusqu'à penser à la mort. Si tous les deux étaient restés fidèles à leurs conjoints, cet homme aurait-il fini comme ça ?

— À vous entendre, on dirait que vous aviez prédit la fin du monde.

— La fin d'une personne en tout cas ! Car s'il abandonne ses principes moraux, un être n'existe déjà plus en tant qu'humain.

— Vous m'étonnez, je croyais les artistes très libéraux...

En effet, Kim Do-yeol est une personne très vieux jeu, défendant une morale étriquée qui déconcerte même Lee Yuhyeon, pourtant assez conventionnel. Les Coréens d'il y a un siècle pensaient-ils comme lui ?

— L'essence de l'art est l'inspiration libre qui casse les codes existants. Cela ne veut pas dire qu'on peut s'écarter n'importe comment du droit chemin. J'aime la beauté de la mise en ordre sérieuse créée par une âme libre. C'est pour cela que je préfère l'art classique à l'art contemporain. L'objectif du club Bastianini dont Dami est membre est une réinterprétation de la peinture classique, c'est cela qui m'a plu, et j'ai même organisé une exposition spéciale pour les peintres de ce club. L'idée que les artistes sont des libéraux est un malentendu engendré par des imbéciles qui déforment le sens de la liberté.

— Je vois, approuve Lee Yuhyeon avant de changer de sujet de conversation, car il vient de se rendre compte que son interlocuteur l'entraîne loin du but de sa venue. Vous connaissez Kil Yeong-in ?

— Non.

— C'est le mari de Han Dami.

— Ah bon, je n'avais jamais entendu son nom.

— À votre avis, aurait-il pu rencontrer Tae Jeong-u et s'emporter contre lui ?

Lee Yuhyeon se dit aussitôt qu'il vient de poser une question idiote. Comment pourrait-il le savoir... Comme il s'en doutait, la réponse est catégorique :

— Ça, je ne peux pas le savoir !

L'inspecteur enchaîne directement :

— Et Freebird, je veux dire Jeong Sihu, ça vous dit quelque chose ?

— Oui, je connais une Freebird en ligne, son vrai nom serait Jeong Sihu ? C'est un nom masculin !

— Oui, Freebird est un homme.

— Ah... Mais pourquoi se fait-il passer pour une femme ?

Kim Do-yeol écarquille les yeux de surprise, il semble vraiment ne pas être au courant. Lee Yuhyeon ne voit pas l'intérêt de s'attarder avec cet homme.

Tout comme sa rencontre avec Jeong Sihu, celle du galeriste ne l'aide pas à savoir si Tae Jeong-u et Kil Yeong-in étaient en contact. Pour les deux amis de Dami, Kil Yeong-in est un être quasi inexistant, et même elle, ils ne l'ont pas ou peu rencontrée pour de vrai. Alors il s'avère inutile de les interroger davantage. Cependant, leurs deux attitudes opposées à propos de la liaison entre Han Dami et Tae Jeong-u l'intriguent.

— Alors, vous avez découvert le cadavre de Tae Jeong-u ? s'exclame Gojin en retournant les morceaux de tripes en train de grésiller sur le petit barbecue à charbon qui trône au centre de la table.

Si ses joues rougies contrastent avec la blancheur de la neige qui tombe derrière les fenêtres du restaurant, ce n'est pas tant à cause de la chaleur du grill que de son impatience à savoir ce qui s'est passé.

— Ce qui nous embarrasse le plus, nous la police, c'est que notre principal suspect est maintenant un cadavre, rouspète Lee Yuhyeon. Ça m'énerve de te le dire mais, dans ces circonstances, nous sommes contraints de douter du fait que l'assassin de Cheon Na-yeong soit vraiment Tae Jeong-u.

Avant de démarrer sa garde de nuit, Lee Yuhyeon a appelé Gojin pour qu'ils se retrouvent dans ce restaurant de tripes de porc. Au début, l'avocat s'est montré réticent en disant : « Sortir manger des tripes sous cette neige ? », mais en apprenant que l'enquête est dans une impasse à cause de la mort de Tae Jeong-u, il a changé d'attitude du tout au tout et l'a rejoint avec empressement.

— Raconte ! Cette enquête devient de plus en plus amusante !

— La carte mémoire de la caméra de la voiture a été emportée, par le criminel évidemment. Il ne s'est pas affolé après avoir commis son meurtre, il a un sang-froid à vous foutre la chair de poule.

— Si tu doutes de la culpabilité de Tae Jeong-u, qui peut être maintenant le meurtrier de Cheon Na-yeong ?

Gojin porte par-dessus sa veste de costume le tablier vert du restaurant, sur lequel est imprimée une publicité de *soju*. Il vide son verre d'un trait avant de se fendre d'un sourire béat. Lee Yuhyeon, ne se laissant pas prendre à son jeu, répond calmement :

— Il y a deux possibilités : la première est que Tae Jeong-u a bien tué Cheon Na-yeong et qu'une autre personne l'a tué, lui, par la suite ; la seconde est que le même criminel a tué les deux.

— Dans le premier cas, le motif et les faits sont tout à fait différents de ce que nous avons supposé jusque-là.

— Il en serait de même dans le second cas !

— La police a poursuivi Tae Jeong-u en croyant qu'il était le criminel, mais voilà qu'il est transformé en victime aujourd'hui. Le pauvre, je le plains.

Contrairement à Gojin qui commence déjà à tourner la page sur la culpabilité de Tae Jeong-u, Lee Yuhyeon ne renonce toujours pas à son intime conviction que ce dernier est coupable.

— La seconde hypothèse n'est qu'une idée pour le moment, rien ne prouve que Tae Jeong-u n'a pas tué sa femme. L'homme que vous avez vu par la fenêtre, la réceptionniste et toi, ne peut être que Tae Jeong-u.

— Bien sûr, il y a pas mal d'indices qui convergent dans ce sens, mais d'autres font subsister le doute.

— Quels autres ?

— Qu'il n'ait pas pris sa voiture pour quitter l'hôtel malgré le froid, et que Kil Yeong-in l'ait appelé ce soir-là.

— Est-ce que ça suffit à démentir mon hypothèse ? Ne cherches-tu pas plutôt à écrire ton propre scénario et à l'alimenter avec les preuves que tu peux ? Pourquoi veux-tu faire jouer à quelqu'un d'autre le rôle de Tae Jeong-u ?

— Ne sois pas si sarcastique !

— Dans une affaire de meurtre, on a toujours tendance à chercher à établir l'antithèse. Mais là, si on reste fidèles à notre première impression, on peut penser que Tae Jeong-u a assassiné sa femme et que, au cours de sa fuite, il a rencontré un bandit et s'est fait tuer à son tour. Voilà une thèse possible.

— Arrête, tu n'y crois pas toi non plus. Je me trompe ? Pourquoi Tae Jeong-u serait allé dans cette forêt ? Et je suis sûr qu'il n'y a aucune trace d'agression, n'est-ce pas ?

— C'est vrai, il n'y en a pas.

Sur ce, Lee Yuhyeon repose son verre et croise les bras, l'air contrarié.

— En fait, mon attention s'est tournée vers Kil Yeong-in. Maintenant que Tae Jeong-u est mort, j'y suis bien obligé puisqu'il est la dernière personne à lui avoir téléphoné.

— Kil Yeong-in... Ah ah ah ! Je savais que tu y viendrais. En tout cas, dès qu'une affaire concerne le docteur Yi Tak-o, on ne s'ennuie pas, dit Gojin avec un sourire de satisfaction.

— Tu te réjouis alors que deux personnes sont mortes ! le blâme l'inspecteur.

— Je ne connais personnellement ni Tae Jeong-u ni Cheon Na-yeong, je n'ai pas de raison d'être triste de leur disparition.

— Ça, c'est bidon comme excuse.

— On passe du simple drame passionnel au polar, c'est normal que je trouve ça excitant.

— La raison pour laquelle ça t'excite est ailleurs...

— Ne sois pas si dur avec moi, je n'ai pas tué Tae Jeong-u, tu peux vérifier mon alibi !

Faisant la sourde oreille à la plaisanterie de Gojin, Lee Yuhyeon vide son verre d'un trait et poursuit :

— Kil Yeong-in est le mari de la maîtresse de Tae Jeong-u, il a là un mobile de poids, et il lui a téléphoné le soir du meurtre de Cheon Na-yeong. Il est suspect, au moins pour le meurtre de Tae Jeong-u.

— Tu comptes l'arrêter avec ça ? À mon avis, ce n'est pas suffisant pour obtenir un mandat d'arrêt.

— Tu as raison. Pour le moment, on ne peut pas traiter Kil Yeong-in comme un suspect, car on n'a pas de preuve directe. Même les présomptions sont faibles. Évidemment, je ne peux pas établir un mandat d'arrêt, il n'est que témoin pour l'instant.

— Tu crois que mettre la main sur lui te donnera la clé de l'énigme ?

— Ça n'est peut-être pas si simple, il y a aussi l'affaire de Cheon Na-yeong. Je vois mal Kil Yeong-in être aussi impliqué dedans. J'ai beau réfléchir, je penche toujours pour l'hypothèse selon laquelle Tae Jeong-u a assassiné sa femme. Que sa mort soit arrivée peu de temps après celle de sa femme, est-ce une simple coïncidence ? En tout cas, il faut trouver Kil Yeong-in pour faire avancer l'enquête.

Lee Yuhyeon garde un moment le silence en affichant un air profondément contrarié, puis il reprend :

— Il y a quelques jours, l'inspecteur Yu Seok-tae a croisé Kil Yeong-in, mais il l'a loupé.

— Ah bon ? Où ça ?

— Il est venu au cabinet de Tae Jeong-u. Il portait un grand manteau noir, des lunettes noires et avait les cheveux en bataille. Son attitude était hésitante. Le trouvant peu apte à être un client pour la chirurgie esthétique, l'inspecteur Yu lui a posé quelques questions, mais il s'est détourné de lui quand Kil a improvisé un prétexte plausible à sa visite. Puis Yu a questionné l'infirmière qui lui a donné le nom de cet homme : Kil Yeong-in. Alors il s'est précipité dehors à sa poursuite, mais l'homme avait disparu.

— Pour quelqu'un de timide et sombre, il a agi avec promptitude ! s'exclame Gojin, un brin admiratif.

— Dans l'entourage de Han Dami, il y a aussi Kim Do-yeol et Jeong Sihu.

Sur ce, Lee Yuhyeon raconte à Gojin à quel point ces deux hommes se sont révélés inutiles pour l'enquête.

— Si je comprends bien, ces deux types n'ont été que des amis passagers de Han Dami avant sa disparition ?

— Exactement, mais il y a quelque chose qui cloche chez ces deux-là.

— Tu as dit qu'ils ne connaissent directement ni Kil Yeong-in ni Tae Jeong-u, alors pourquoi ça cloche ?

— Ah oui, c'est vrai que toi, tu ne t'intéresses qu'à Kil Yeong-in, mais moi, je n'oublie pas qu'il y a eu deux meurtres !

— Kil Yeong-in a été client du Centre de recherches du docteur Yi Tak-o, s'il a fait quelque chose, ça peut bien avoir un rapport avec la thérapie qu'il a suivie là-bas, tu ne crois pas ?

— Je savais que tu dirais ça. Tu es vraiment prêt à tout pour relier ces affaires au docteur Yi. Mais ne t'inquiète pas, je compte explorer ce côté-là aussi.

— Il se peut que le docteur Yi soit l'une des personnes qui connaissent le mieux Kil Yeong-in. Si on n'arrive pas à lui mettre la main dessus, il serait intéressant d'entendre l'avis du docteur Yi.

— Mais si on y va, il faut agir clandestinement.

— Je sais où se trouve le Centre de recherches sur le suicide mental et je connais le docteur de longue date, je vais t'accompagner.

— Non, il ne s'agit pas d'une enquête officielle, c'est moi qui te suis.

— Merci de me donner l'occasion de faire quelque chose pour toi, déclare Gojin en insistant sur son rôle d'assistant.

Le lendemain, à 15 heures, Gojin et Lee Yuhyeon se retrouvent à la station Jongno-3. L'inspecteur est vêtu d'une veste bleu marine à la place de son habituel blouson de cuir, ce qui lui arrive rarement. Ce doit être parce qu'ils se rendent au Centre de recherches sur le suicide mental. Tout comme Gojin, il ne porte pas de cravate, mais en tout cas, habillé comme ça, il a l'air d'un lutteur affublé d'un costume.

– J'ai une drôle d'impression, je me sens dans la peau d'un indic de la police, feint de râler Gojin alors qu'il affiche clairement son contentement.

Il prend les devants et marche à pas rapides dans une ruelle derrière le cinéma Piccadilly. L'idée de revoir le docteur Yi le met visiblement en joie.

La neige tombée la veille est déjà sale, entassée en tas boueux et sombres sur les bas-côtés. Des couches immaculées persistent sur les fils électriques et certaines balustrades, mais leur fonte viendra bientôt s'ajouter aux flaques marron qui couvrent la chaussée.

Les deux hommes en chaussures de cuir avancent prudemment pour ne pas éclabousser leurs bas de pantalons. Ils arrivent sur le côté du bâtiment d'où on ne voit pas les fenêtres du Centre.

– C'est ici que se trouve le Centre ? demande Lee Yuhyeon, visiblement déçu par l'apparence minable de l'immeuble.

– Pour cette activité clandestine, un vieux bâtiment convient mieux.

Ils montent à pied jusqu'au deuxième étage puis s'arrêtent devant la porte 304. Gojin frappe. Pas de réponse. Il frappe à nouveau. Toujours le silence.

Un filet d'air glacial se faufile sous la porte, remuant les pages de revues abandonnées sur le sol du couloir.

– Ce souffle froid n'est pas normal, fait Lee Yuhyeon en frissonnant.

Gojin tourne la tête vers l'inspecteur, l'air intrigué, et répond :

– Ouais, ça me fait l'effet d'un lieu hanté.

– Ne tourne pas la tête si lentement, on dirait une scène de *L'Exorciste* !

Sur ce, l'inspecteur tend brusquement le bras et tourne la poignée de la porte.

– Hein ?!

— Quoi ?!

Les deux cris d'étonnement s'échappent simultanément de la bouche des deux hommes. Une salle vide les accueille. Seuls le bureau et quelques chaises ont été abandonnés là. Les fenêtres sont grandes ouvertes. L'espace est complètement gelé par l'air extérieur. Le bureau du docteur est dans le même état. Transi de froid, Gojin relève le col de sa veste.

— Bon sang ! Yi Tak-o a disparu ! crache-t-il.

— Qu'est-ce qui a bien pu lui arriver ?

À deux, ils fouillent le cabinet dans ses moindres recoins mais ne trouvent rien de notable. Ils ouvrent les tiroirs du bureau. Quelques vieux papiers semblent leur rire au nez. Le docteur a vidé volontairement son Centre, alors il n'a bien sûr laissé aucun document intéressant.

— Le docteur Yi nous donnera du fil à retordre jusqu'au bout, lance Gojin en renonçant le premier à continuer l'inspection des lieux. Allons, partons !

À l'idée que leurs efforts ont été vains, le froid qui les saisit redouble d'intensité et ils quittent précipitamment le vieil immeuble.

— Puisqu'on en est là, allons directement chez lui, propose Lee Yuhyeon en descendant l'escalier.

— Malheureusement, je ne sais pas où il habite, dit Gojin avec regret.

— Le numéro de sa carte d'identité pourrait nous donner son adresse.

— Tu peux consulter son dossier d'il y a quatre ans ? Sa carte d'identité a dû y être enregistrée, non ?

— Je ne crois pas.

— Ah bon, tu n'avais pas enquêté officiellement sur lui à l'époque ?

— Non, je n'ai fait que l'entendre comme témoin, et même le passage au détecteur de mensonges a été fait de manière officieuse, car on n'avait rien contre lui. Si j'avais su qu'on allait recroiser cet homme, j'aurais fait consigner ses infos personnelles.

— Ne te sens pas coupable, tu ne savais pas, murmure Gojin en arrivant à la porte de l'immeuble. Ça va prendre un peu de temps, mais nous finirons bien par trouver son adresse.

— Bien sûr, je vais te faire une démonstration de mes talents d'inspecteur, claironne Lee Yuhyeon, plein de confiance en lui.

Dans le hall de l'immeuble, le petit bureau du gardien est fermé. Un numéro de téléphone est affiché sur la porte. Lee Yuhyeon le compose et dès qu'il révèle son titre d'inspecteur, le gardien, qui était parti boire un café, revient en courant, l'air affolé. Après l'avoir salué, Lee Yuhyeon va droit au but :

— Je voudrais voir votre registre au sujet du bureau 304.

Intimidé par la voix grave laissant entendre que l'affaire est sérieuse, l'homme âgé et chétif regagne son bureau et revient avec une copie du contrat de location. L'inspecteur note l'adresse et le numéro de carte d'identité de Yi Tak-o. Le problème est résolu en moins de temps qu'il ne faut pour le dire et Gojin lui jette un regard admiratif.

Les deux acolytes pénètrent dans le McDonald's de la grande avenue de Jongno-3. Sans passer commande, ils s'installent et essaient de se réchauffer un peu. Un employé occupé à nettoyer le sol leur adresse un regard mécontent ; ils occupent une table de quatre sans consommer alors que la salle est bondée. Lee Yuhyeon n'y prête aucune attention et pianote sur son portable.

— Inspecteur Yu, renseigne-toi sur le titulaire de la carte d'identité dont je vais t'envoyer le numéro.

L'adresse donnée par le gardien a pu changer, alors il préfère vérifier sur le fichier national. Quelques instants plus tard, l'inspecteur Yu le rappelle :

— La maison du docteur Yi Tak-o se trouve à Cheongpyeong.

— Je pensais bien qu'il n'habitait pas Séoul, mais c'est une drôle de coïncidence qu'il vive près de Yangpyeong et de la maison de Kil Yeong-in.

— Les choses se déroulent comme sur des roulettes, c'est extraordinaire ! On n'a plus qu'à y aller ! s'écrie Gojin.

— On ? On va où ?

— Ben, chez Yi Tak-o !

— Tu veux y aller toi aussi ?

— Qu'est-ce que tu racontes ? rétorque Gojin en bondissant. Je t'ai accompagné jusqu'ici et je n'irai pas à son domicile ?

— J'avais besoin de toi pour m'amener au Centre. Mais maintenant j'ai l'adresse de sa maison, je peux y aller sans toi.

— Tu te sers de moi et ensuite tu me jettes comme un vieux Kleenex !

— Désolé, ton utilité s'arrête là.

— Je pense que tu te trompes, insiste Gojin en secouant la tête. Tu connais le tempérament du docteur Yi toi aussi, si tu t'y prends mal et qu'il décide de fermer sa bouche, tu n'arriveras pas à en tirer quoi que ce soit. Je dois venir avec toi, parce que moi, au fond, il m'apprécie.

— Je n'en suis pas si sûr, c'est quand même toi qui le considérais comme suspect du meurtre de Park Jae-seong !

— Pour lui, ça n'était qu'un jeu, et il sait qu'il s'est encore plus amusé grâce à moi !

— Ah oui, tu crois..., rétorque encore Lee Yuhyeon en s'amusant à titiller son ami.

— Puisque c'est comme ça, c'est moi qui vais voir Yi Tak-o en ami et je t'emmène.

Gojin, qui vient de faire chou blanc au Centre, a la sensation qu'on vient de lui ôter son repas sous le nez. De plus, il a sa vieille rancune envers le docteur encore en travers du gosier.

— Bon, tu ne me donnes pas le choix, mais que ce soit clair entre nous : je suis le berger, toi la brebis ! Je t'autorise à m'accompagner parce que tu insistes, tranche finalement Lee Yuhyeon.

L'inspecteur feint de faire la charité à son ami mais, au fond de lui, il sait que Gojin a un passif avec le docteur Yi et qu'il sera plus efficace que ses collègues pour lui tirer les vers du nez.

La route nationale menant à Cheongpyeong est agréable, mais quand ils bifurquent sur la départementale, la neige se fait plus présente, surtout dans les virages des versants nord ; elle crisse bruyamment sous les roues du véhicule. Ils franchissent une colline déserte et tombent sur un embranchement : la départementale s'éloigne à gauche dans un grand virage, alors qu'à droite une petite route mène au village où se situe la maison de Yi Tak-o. Ils s'engagent sur de grossiers pavés de ciment et, bientôt, un village surgit au milieu d'un paysage dégagé. De grands champs délimités de manière irrégulière l'entourent et, au loin, s'élèvent collines et montagnes. C'est un village typique installé dans une cuvette. Des céréales dont les deux hommes ignorent le nom jonchent le sol des champs, coupées et andainées sur plusieurs rangs. Plusieurs fermes longent la petite route et à grande distance d'elles, au pied d'une colline, une résidence champêtre très différente des autres attire le regard. Inutile de vérifier le GPS, c'est celle de Yi Tak-o, ça va de soi. Même de très loin, sa couleur détonante la rend remarquable malgré l'ombre noire que jette la colline par cette après-midi couverte. Le contraste entre le toit pentu couvert de neige et les murs peints en mauve lui donne un air lugubre dans la pénombre. Son aspect est d'autant plus singulier que sa forme allongée et sa charpente en bois laissée apparente font penser à la villa d'une famille riche venue là pour se retirer du monde.

— Est-ce qu'il fabrique un monstre de Frankenstein là-dedans ? frissonne Lee Yuhyeon.

La moindre seconde d'inattention suffirait à faire glisser la voiture hors de la route et à la faire atterrir dans un champ, aussi l'inspecteur ne peut-il se déconcentrer. Il se gare sur le bas-côté près de la maison du docteur Yi. Les deux hommes s'avancent jusqu'à la porte et sonnent. L'interphone s'allume et, sans qu'aucune voix n'en sorte, la porte s'ouvre, comme si l'on s'attendait à leur visite.

À l'intérieur de la maison, deux pièces encadrent le vestibule, devant lequel s'étend un grand séjour au parquet massif, dont les murs au papier peint rouge foncé accentuent le style désuet. Au fond, un long couloir part du séjour et se noie dans l'obscurité. Dans le salon, des bûches brûlent dans la cheminée. L'atmosphère chaude, digne d'un chalet de montagne, les réjouit. Suspendue au mur de droite, une tête de cerf empaillée les fixe de ses yeux embués et, sous elle, un fusil est posé debout sur le sol. On dirait que le docteur vient de rentrer d'une partie de chasse. Ce décor intérieur donne l'impression d'être ailleurs qu'en Corée.

Au centre de la pièce, le docteur Yi est assis dans un grand fauteuil aux larges accoudoirs, tournant le dos aux fenêtres. Avec le contre-jour, les deux hommes ne distinguent que sa silhouette. Bientôt, la longue ombre noire se lève tranquillement, se découpant dans le coucher du soleil. Ses cheveux blancs et ses dents tout aussi blanches dans son sourire franc se détachent avec netteté.

— Bonjour, docteur, ça fait un bail, n'est-ce pas ? salue Gojin d'une voix enjouée.

— Bienvenue, monsieur le juge... ah pardon, je dois dire maître désormais, ah ah ah ! s'esclaffe-t-il de toutes ses dents.

Les trois hommes sont à peu près de la même taille, mais il leur fait l'impression de les regarder de haut. Son polo couleur d'automne souligne ses épaules baraquées.

— Vous gardez votre look vintage même à la maison, docteur, remarque Gojin en lorgnant sur son pantalon de chasse vieillot.

— Ce n'est pas pour le style que je porte ce pantalon, je me suis remis à chasser depuis peu.

— Vous devez effectivement avoir beaucoup de temps libre maintenant que vous avez fermé votre Centre, fait Gojin en abordant d'emblée le sujet essentiel.

— Je sais que vous êtes au courant, répond Yi Tak-o nonchalamment, moi aussi je prends de temps en temps de vos nouvelles, maître Gojin. Il paraît que vous travaillez activement, quoique dans l'ombre, vous avez bien trouvé votre voie. J'ai su dès le début que vous n'étiez pas à votre place au sein d'un tribunal.

— Vous n'avez pas changé à ce que je constate, on dirait même que vous avez rajeuni.

— Mon assistante m'a dit que vous étiez passé au Centre, mais qu'elle ne vous avait pas laissé me voir. Elle sait que j'ai dû mettre la clé sous la porte de mon ancien cabinet à cause des soupçons tenaces d'un certain Gojin, alors elle n'a pas pris le risque de nous laisser nous retrouver.

— Je me doutais en effet que c'était de son initiative, que ce n'était pas vous qui ne vouliez pas me voir.

— Non, je n'avais aucune raison de faire ça, dit le docteur Yi en agitant exagérément les mains.

— Pour être honnête, j'ai été surpris de découvrir votre Centre. Suicide mental ? Qu'est-ce que cela signifie ?

— Ça dit bien ce que ça veut dire, mais j'ai peur que vous ne compreniez jamais l'état de déséquilibre mental qui pousse les gens au suicide.

— C'est vrai que je n'ai jamais pensé au suicide, même pas dans mes pires cauchemars ! Mais je comprends sans mal que vous puissiez gagner de l'argent grâce à ça, ironise Gojin tandis que le docteur éclate de rire.

— Bonjour, je suis Lee Yuhyeon, capitaine de la brigade criminelle du commissariat de Seocho.

Le ton sec de l'inspecteur marque qu'ils sont là pour une visite officielle.

— Oh pardon, bonjour..., s'excuse Yi Tak-o en reconnaissant seulement alors l'acolyte de Gojin. Je suis content de vous revoir, c'est sincère. Ça me rappelle notre affaire d'il y a quatre ans, c'était intéressant. À l'époque vous n'étiez que lieutenant, mais à présent vous voilà devenu le chef de brigade, mes félicitations !

Les trois hommes prennent place dans les fauteuils du salon. Malgré le refus de Gojin, le docteur Yi prépare minutieusement un café, moulant lui-même les grains. Un délicieux parfum emplit déjà le séjour quand Gojin ouvre à nouveau la bouche :

— C'est à propos du Centre de recherches sur le suicide mental...

— Je sais que vous avez déjà pris tous les renseignements possibles avant de venir, que voulez-vous que je vous dise de plus ?

— Au moins, en ce qui concerne votre nouveau gagne-pain, je suis très admiratif !

— C'est tout ? J'aimerais que vous appréciiez aussi la méthodologie de mes recherches.

— Votre objectif est d'empêcher les gens de se suicider, c'est bien ce qu'il faut comprendre ?

— Exact ! Tout le monde se bat pour vivre, alors c'est absurde de vouloir renoncer à la vie. Bien sûr, chacun est libre de faire ce qu'il veut de sa vie, mais c'est tout de même dommage d'abandonner une chose aussi précieuse, surtout qu'on ne peut pas en faire don à quelqu'un qui, lui, est contraint de mourir.

— Je suis bien d'accord là-dessus.

— Le problème, c'est qu'on ne peut pas empêcher le suicide uniquement avec des mots. La méditation non plus n'aide pas à renoncer à se suicider, pas plus qu'à atteindre le nirvana d'ailleurs. Bien sûr, il y a des médicaments. Une injection de sérotonine peut calmer un psychopathe et, pour les dépressifs, il n'y a pas d'autre remède que les antidépresseurs. Mais ce n'est pas sans conséquence. Alors j'ai cherché une méthode pour éviter d'y recourir. En fait, si l'esprit est malade, au lieu d'essayer de le guérir vainement, il suffit de le détruire. Une sorte de remise à zéro, voilà la thérapie du suicide mental que j'ai inventée.

Lee Yuhyeon, l'air contrarié, ne bronche pas. Il semble penser que le docteur Yi vient de prononcer un tas d'inepties.

— Au fait, vous avez appliqué votre thérapie à un dénommé Kil Yeong-in, non ? demande Gojin qui ne perd pas de vue son objectif.

— Kil Yeong-in ? répète le docteur en écarquillant les yeux. Ah ah ! Lui ?

Il a une expression plus sérieuse quand il se penche vers l'avocat et reprend :

— Pourquoi vous intéressez-vous à cet homme ?

— Le capitaine Lee a quelques questions à vous poser, répond Gojin en tournant la tête vers son compagnon comme pour lui passer la balle.

— Ah bon ? Comment mon humble personne peut-elle être utile à monsieur l'inspecteur ?

Aussitôt Lee Yuhyeon se met à lui raconter les deux meurtres d'une traite sans même reprendre son souffle : Tae Jeong-u était le suspect numéro un du meurtre de sa femme Cheon Na-yeon, mais il s'est fait assassiner ; il était l'amant de Han Dami, l'épouse de Kil Yeong-in, ce qui fait de ce dernier le suspect du meurtre de Tae Jeong-u. Sans oublier de mentionner les circonstances et les détails, faute de quoi le docteur ne donnera pas les informations attendues, il en est bien conscient.

— Je sais que ce Kil Yeong-in est votre patient, voilà pourquoi je suis ici. J'aimerais que vous me disiez tout ce que vous savez sur lui.

— Ah ah ah ! s'esclaffe le docteur Yi après l'avoir écouté en hochant silencieusement la tête. Comme c'est amusant, vraiment !

— Quel genre de patient est-il ? Pour quel problème est-il venu vous voir ?

Aux questions de l'inspecteur, le docteur s'arrête de rire et secoue lentement la tête.

— Je suis tenu au secret professionnel. N'oubliez pas que je suis médecin.

— Oui, mais il pourrait être inculpé pour meurtre, vous êtes tenu de collaborer avec nous.

— À entendre votre récit, vous ne pouvez rien prouver contre lui, vous l'accusez sur simple suggestion ! Et vous voulez que je vous révèle ses secrets ?

— J'ai quand même quelques preuves...

— Dans ce cas, avez-vous un mandat d'arrêt contre lui ? questionne Yi Tak-o en se penchant vers le policier.

— On a le temps de voir ça plus tard...

Devant la réponse évasive de l'inspecteur, le docteur Yi reprend sur un ton ferme :

— Votre hésitation signifie que vous reconnaissez le manque de preuves valables, n'est-ce pas ? Si vous aviez des choses crédibles à avancer, vous auriez le mandat et Kil Yeong-in serait l'objet d'un avis de recherche ! Mais vous n'avez rien de tout cela et vous venez me voir pour que je vous fournisse des preuves contre mon patient !

Percé à jour, Lee Yuhyeon n'a rien à répondre. Yi Tak-o n'est pas le genre de personne sur qui marchent le chantage ou le mensonge. Aussi l'inspecteur décide-t-il de jouer franc jeu.

— Soyons clairs : Kil Yeong-in n'est pas encore suspect, mais c'est un témoin crucial. En ce moment, la police le recherche activement. C'est pour cela que je suis ici. Kil Yeong-in a dû vous parler de ses problèmes à cœur ouvert puisque vous l'avez suivi en thérapie. J'aimerais vous entendre à ce sujet. Surtout s'il vous a parlé de Tae Jeong-u, de Cheon Na-yeong ou de sa femme Han Dami.

— Vous interrogerez directement Kil Yeong-in quand vous l'aurez trouvé, moi, je ne suis qu'un témoin indirect.

— Je vois que vous connaissez bien les termes juridiques ! C'est exact, vous n'êtes que le rapporteur de la déclaration faite par un témoin. Le poids de votre témoignage serait faible devant un tribunal mais, comme je viens de vous le dire, Kil Yeong-in n'est pas encore suspect et mon but n'est pas de recueillir un témoignage officiel de votre part. Notre problème est qu'on ne sait pas où il est en ce moment, et c'est là-dessus que j'ai besoin de vous, docteur.

Lee Yuhyeon se montre sincère, mais Yi Tak-o répond de manière inattendue :

— Je vous trouve lamentable, monsieur le capitaine ! Vous sollicitez directement mon aide sans même essayer d'éclaircir par vous-même ces si passionnantes affaires !

— Et vous ? Avez-vous déjà une idée ?

— Bien sûr que non. Quand il est venu me voir, Kil Yeong-in était en état de choc ; dans un certain sens, il souffrait d'un stress post-traumatique. Mais comme il n'a jamais mentionné les noms de Tae machin et de sa femme, et que son trouble n'était pas en rapport avec ces gens, je n'ai rien à vous dire au sujet de ces meurtres.

— Moi, je suis sûr que vous savez des choses que nous ignorons, réplique l'inspecteur en réprimant sa colère. Ne croyez-vous pas que vous devriez nous en parler ?

— Kil Yeong-in a confiance en moi, il est mon patient et a payé pour mon soutien. Je ne révélerai en aucun cas sa vie privée.

— Quelle est la cause de son stress post-traumatique ? Je dois le savoir afin d'établir si cela a un rapport avec les deux meurtres.

— Il était très affecté par la disparition de sa femme. Rien à voir avec vos victimes.

Comme il continue ainsi à tourner autour du pot, la conversation s'interrompt et le silence flotte un moment. Le docteur se lève pour aller reprendre du café. Dehors, le soir s'installe et les champs enneigés se teintent de gris. Contrairement au paysage calme, Lee Yuhyeon bouillonne. L'attitude du docteur le renvoie aux mauvais souvenirs liés à leur enquête précédente.

— Nous voilà dans une situation étrangement similaire..., lance-t-il sur un ton plus rude.

— De quoi parlez-vous ? réplique le docteur Yi en se rasseyant, après avoir posé sa tasse devant lui.

— Ça me rappelle l'affaire de Park Jae-seong, il y a quatre ans. À cette époque non plus, vous ne vouliez rien nous dire sous couvert du secret professionnel, et le criminel n'a jamais été arrêté. On savait qui était le meurtrier, mais on n'avait pas suffisamment de preuves. La coupable était Woo Ho-seon, la femme de Park Jae-seong, n'est-ce pas ? Et vous l'aviez incitée à commettre ce geste... en leur conseillant un voyage pour prendre en photo le lever du soleil depuis la dangereuse crête de Gongryong, au mont Seorak. L'homme, passionné de photo, a suivi à la lettre vos recommandations, et parallèlement vous avez secrètement piloté Woo Ho-seon en lui disant des choses comme : « Pendant qu'il se concentre sur sa photo, vous n'aurez qu'à le pousser dans le vide, c'est simple et sans risque, il n'y aura aucune preuve. » C'est vous, docteur, qui avez orchestré ce crime parfait. Vous ne pouvez pas me dire que vous ne vous en souvenez pas. Et aujourd'hui, vous êtes en train de vous livrer au même genre de manigances, n'ai-je pas raison ?

— Ah ah ah ! éclate Yi Tak-o sans ménagement. Je me trouve toujours dans les dessous du crime, alors ? Vous me prenez pour le professeur Moriarty ? Vos talents d'inspecteur sont bien démodés, très cher. Si je me souviens bien, j'étais même passé au détecteur de mensonges à l'époque.

— Je ne sais par quelle supercherie, mais vous avez réussi à contrefaire la vérité.

— Si vous dites que j'ai menti quel que soit le résultat de l'appareil, à quoi sert cette machine ?

— L'appareil ne ment pas, mais il ne dit pas la vérité non plus. Au début de l'enquête, Woo Ho-seon a caché que son mari était tombé en voulant prendre une photo, ce même lever de soleil qui figure sur le tableau que Gojin ici présent a vu dans votre bureau, alors est-ce que vous affirmeriez que ces deux choses n'ont rien à voir ?

— Ça fait plaisir de reparler de ces vieilles histoires ! Supposons que j'aie commis ce crime comme vous le dites, alors quel serait mon mobile à votre avis ? demande Yi Tak-o d'une voix glorieuse et excitée.

— Euh..., balbutie Lee Yuhyeon qui ne s'attendait pas du tout à cette question.

En fait, il n'est pas là pour parler de cette ancienne affaire, ça lui est revenu de manière imprévue. Il est alors contraint d'admettre qu'il y a un trou dans son hypothèse, mais il n'est pas du genre à s'avouer vaincu pour si peu.

— La police a dû ignorer certaines choses à l'époque. Comme des histoires d'argent ou de vengeance. Après le passage au détecteur de mensonges, nous n'avons pas pu pousser plus avant notre enquête sur vous.

— Une histoire d'argent ? Vous parlez de la consultation que Park Jae-seong me devait ? C'est ridicule ! Je ne vais quand même pas supprimer quelqu'un qui va me payer ! Quant à une vengeance, c'est lui qui venait me consulter une fois par semaine, pour quelle raison aurais-je éprouvé de la rancœur à son égard ?

— Si ce n'était ni l'un ni l'autre, alors ce doit être une affaire sentimentale, tente Lee Yuhyeon qui refuse de céder. Au cours des séances, vous et Mme Woo Ho-seon auriez pu tomber amoureux.

— Vous exagérez, monsieur l'inspecteur, vous êtes trop direct, dit-il sans ciller. Alors je vais vous dire pourquoi cette raison ne tient pas la route. De toute façon, beaucoup de temps s'est écoulé depuis.

Le docteur Yi prend tout son temps, il boit lentement son café. Gojin, qui les écoute en silence, se penche vers leur hôte, l'air intéressé.

— Je ne vais pas vous raconter les détails, mais juste de quoi m'innocenter. Mme Woo Ho-seon n'était pas très intéressée par le mariage, elle avait épousé Park Jae-seong sur un coup de tête, à cause de son charisme. Mais ensuite, le fait qu'elle restait trop proche de ses amies femmes posait problème dans son couple. Ce genre de choses n'est pas rare. En général, cela arrive à des femmes naïves qui ont peu d'expérience. Si Park Jae-seong avait fait des efforts pour devenir un compagnon affectueux, les choses se seraient arrangées, mais il ne la voyait que comme une partenaire. Il était grand, costaud, et avait une forte libido. Alors c'est la question sexuelle qui a posé des problèmes entre eux. Elle qui n'avait déjà pas beaucoup d'appétit avec son mari, elle m'aurait désiré, moi, un homme plus âgé qu'elle ? Et moi, sachant tout cela, j'aurais eu envie d'elle ? C'est absurde.

Gojin et Lee Yuhyeon sont surpris par cet aspect de l'histoire que leur révèle le docteur. Ça rendait les choses encore plus injustes pour la victime : il n'était pas la source des conflits dans son couple. Il n'était ni un pervers ni un violeur qui forçait sa femme. Il était mort parce qu'il voulait avoir des relations de couple, comme tout le monde.

— Ça, c'est ce que vous dites, rétorque l'inspecteur après réflexion. Comment peut-on en être sûr ? Ne serait-ce pas plutôt une invention pour couvrir votre relation avec Woo Ho-seon ? Pourquoi précisément un conflit d'ordre sexuel ? Remarquez, beaucoup de temps s'est écoulé depuis, et vous pouvez inventer tout et n'importe quoi.

— La probabilité que je me fasse arrêter pour ce meurtre étant nulle, pourquoi est-ce que je serais allé fabuler un prétexte pareil ?

— Parce que le délai de prescription n'est pas encore passé.

— Vous n'aviez aucune preuve à l'époque, et ce n'est pas maintenant que vous allez en trouver. De toute façon, je n'avais rien à voir avec cette affaire, et encore moins avec celles que vous évoquez aujourd'hui.

Yi Tak-o a une confiance débordante en lui tandis que Lee Yuhyeon, à court de mots, commence à ressentir de la gêne. Il se dit qu'il n'arrivera pas à le mettre dos au mur uniquement avec des suppositions.

Gojin, comprenant le malaise de son acolyte, tente de changer de sujet.

— Revenons à votre Centre, pourquoi l'avez-vous fermé soudainement ? Quel dommage pour toutes ces personnes au bord du suicide !

— C'est vous, maître Gojin, qui avez éteint la lumière de leur espoir.

— Ne dites quand même pas que vous avez fermé à cause de moi ?! fait Gojin en écartant les bras, l'air embêté.

— Votre espionne, celle qui a subtilisé un cahier, elle s'appelle Ryu Gyeonga, c'est cela ? Une très belle femme...

— Je savais que sa beauté ne vous laisserait pas indifférent, répond Gojin avec un sourire forcé. Vous n'avez pas renoncé à votre Centre de recherches juste à cause de la disparition d'un cahier ?

— Disons que j'avais peur d'un contrôle fiscal...

— Non, ça ne me convainc pas, je vous connais assez bien pour savoir que vous n'êtes pas du genre à avoir peur des impôts ! Depuis toujours, vous vous faites payer l'ensemble de vos prestations en liquide et vous ne déclarez que de quoi couvrir les dépenses de loyer et le salaire de votre secrétaire, non ? Alors fermer votre Centre pour un cahier, ce n'est pas crédible.

— Alors je rectifie. En fait, vous êtes la cause directe, maître Gojin. Après le vol du cahier, j'ai su que vous étiez derrière. Et quand vous commencez à mettre votre nez dans mes affaires, je sais que je vais avoir des ennuis. Ah ah ah ! Vous m'avez déjà bien fait suer il y a quatre ans. Pour être honnête, ça m'a fait mal de fermer le Centre, car j'avais beaucoup de recherches cliniques en cours.

— Je ne crois pas un mot de tout ça, mais je suis quand même navré si j'ai contribué à cette fermeture, dit Gojin, l'air désolé. À propos de Kil Yeong-in, je pensais bien que vous n'alliez pas parler facilement, et vous le confirmez. En tout cas, à vous entendre, je ne cesse de gâcher vos affaires. Mais sachez que ce n'était pas mon intention. Je vais vous rendre votre cahier.

Contrairement à ce qu'il dit, son visage ne laisse paraître aucune culpabilité.

— Ne feignez pas de vous excuser, je n'ai pas l'esprit assez étriqué pour vous en vouloir. À vrai dire, vous n'êtes pas l'unique raison de la fermeture du Centre, il y avait pas mal de choses qui m'ennuyaient et m'ont fait perdre l'intérêt pour mes recherches.

— Comment vont les patients qui ont suivi vos thérapies ? demande Gojin avec un sourire narquois.

— Aucun n'a mis fin à ses jours. J'ai détruit leur mental et j'ai sauvé leur vie.

Le café a refroidi et la raison de rester là également. Jusqu'au bout, il n'aura rien lâché sur les points importants.

— Je comprends qu'en tant que médecin vous ne vouliez pas nous parler de Kil Yeong-in, mais vous pouvez nous donner l'adresse de votre secrétaire, Sin Jae-in, n'est-ce pas ? demande Lee Yuhyeon en se levant.

— Je n'ai pas envie de vous donner l'adresse d'une femme sans son autorisation. Si cela est si important, je vais la faire venir ici et vous pourrez l'interroger.

— Elle vit dans les environs elle aussi ?

— Pas très loin. Quand nous allions travailler à Séoul, je passais la prendre chez elle.

Sur ce, il prend son téléphone fixe, l'appelle puis envoie un taxi la chercher chez elle. Sans doute est-elle une habituée, car le chauffeur semble accepter la course rien qu'en entendant le nom de la femme et sans demander son adresse. Quarante minutes plus tard, le taxi s'arrête devant la maison et la sonnette retentit. Sans se lever, Yi Tak-o appuie sur le bouton de la télécommande.

La porte d'entrée s'ouvre et le joli visage ovale de Sin Jae-in apparaît. Sa mine pâle causée par le froid extérieur la fait paraître nerveuse. Elle retire ses lunettes embuées, les essuie lentement puis les remet sur son nez droit. Elle tapote ses chaussures pour ôter la neige et se déchausse avant d'entrer dans le séjour. Voyant les deux hommes, elle s'arrête net. Le docteur a mentionné au téléphone la présence de la police mais n'a pas parlé de Gojin, ce qui la met mal à l'aise. Après tout, c'est une réaction compréhensible puisqu'elle est au courant des vieilles affaires et qu'elle l'a empêché de voir le docteur lors de sa récente visite. Le salon est bien chauffé mais elle s'assoit prudemment sans enlever son manteau et son écharpe, peut-être pour signifier qu'elle ne va pas rester longtemps.

Lee Yuhyeon se présente brièvement avant de commencer à l'interroger.

— Connaissez-vous M. Kil Yeong-in ?

— Oui.

— Pour quelle raison est-il venu dans votre Centre ?

— Pardon ?... Eh bien, c'est parce qu'il souffrait.

— Et de quoi souffrait-il ?

— Je ne sais pas.

— Comment ça, vous ne savez pas ?

— Je n'en sais rien, je n'ai fait que l'accueillir, c'est le docteur Yi Tak-o qui connaît les détails.

— Moi, je sais qu'il était tourmenté par la disparition de sa femme. Il a suivi un mois de thérapie dans votre Centre, vous avez eu le temps de discuter avec lui, non ? L'avez-vous entendu mentionner les noms de Tae Jeong-u ou de Cheon Na-yeong ?

— Non, il quittait rapidement le Centre à la fin de ses séances.

Lee Yuhyeon essaie de la cuisiner, mais elle ne dit rien d'intéressant. Elle cache sa bouche dans son écharpe et répète d'une voix à peine audible : « Je ne sais rien, demandez au docteur. » Cette femme est aussi froide qu'un hiver arctique, aussi insondable qu'un puits sans fond. Cette attitude accentue encore plus les doutes à l'inspecteur. A-t-elle besoin d'être à ce point sur la défensive ? Ce doit être pour protéger Kil Yeong-in, qui cache des choses à la police. Alors qu'un court silence s'installe dans la discussion, Gojin en profite pour glisser une remarque :

— Vos lunettes sont très chics, mademoiselle. Les verres sont juste teintés, sans correction, n'est-ce pas ?

— Oui..., murmure-t-elle un peu déconcertée par cette question, c'est un simple accessoire.

— Vous avez de très grands yeux. Votre vue est-elle bonne ?

— Oui... j'ai 10/10 aux deux yeux.

Lee Yuhyeon regarde Gojin, l'air de lui reprocher de poser ces questions idiotes, puis se lève pour prendre congé.

— Votre maison est très belle, je suis envieux, dit Gojin au docteur qui les raccompagne dans le vestibule.

— J'ai longtemps cherché avant de trouver cette maison. Elle est bien située et son architecture m'a plu d'emblée.

Gojin désigne le couloir du fond :

— La chambre à coucher se trouve là-bas ?

— Oui, une chambre, un bureau et d'autres pièces encore.

— Et au bout ? C'est sombre, je vois mal...

— Au fond à gauche ? C'est l'escalier qui descend au sous-sol.

— Ah... une cave. Vous y entreposez de bons vins ?

— Je regrette de vous décevoir mais non, je préfère le scotch. Au sous-sol, il n'y a qu'un bric-à-brac de livres, de vieux ustensiles médicaux... J'ai même un squelette en plastique.

— Vous piquez ma curiosité, peut-on visiter ?

Gojin fixe Yi Tak-o pour observer sa réaction. Ce dernier hoche la tête sans sourciller :

— Oui, si vous voulez ! Vous ne perdrez jamais votre curiosité de gamin !

— Merci, on ira voir une autre fois, dit Gojin, un brin déçu par l'acceptation franche du docteur Yi qui fait retomber son intérêt.

Lorsque les deux hommes quittent la maison, Yi Tak-o agite la main debout devant la porte d'entrée avec un grand sourire. La neige se met à virevolter dans la nuit.

— Tant qu'à être là, si on passait chez Kil Yeong-in ? propose Gojin une fois qu'ils ont rejoint la route.

Lee Yuhyeon n'a aucune raison de refuser.

Quand ils approchent du bois de Yangpyeong où est située la maison, il fait complètement nuit. Les arbres couverts d'une neige épaisse se transforment peu à peu en un théâtre d'ombres lugubre. Au loin, ils aperçoivent une faible lumière pareille à un feu follet. Elle doit provenir de la résidence de Kil Yeong-in.

— Il y a de la lumière, il est chez lui ! s'exclame Lee Yuhyeon sur le siège passager, soudain tout excité.

— On va enfin le rencontrer, approuve Gojin, visiblement réjoui lui aussi. Il aura été aussi dur à joindre qu'un chef d'État !

Gojin gare la voiture non loin, face à la maison. La baie vitrée du séjour est masquée par d'épais rideaux au travers desquels filtre la lumière. Les deux hommes traversent la cour rendue boueuse par le mélange de terre et de neige. Ils se postent devant la porte d'entrée. Lee Yuhyeon sonne et peu après, une voix enrouée retentit dans l'interphone :

— Qui est-ce ?

— Police !

Un silence se glisse dans le vent froid.

— Qu'est-ce que la police me veut ?

Il n'a pas l'air de vouloir ouvrir sa porte. Comme à son habitude, Lee Yuhyeon n'y va pas par quatre chemins :

— Nous avons quelques questions à vous poser au sujet du meurtre de Tae Jeong-u.

Il a délibérément prononcé le mot « meurtre ». Si Kil Yeong-in ne veut pas attirer sur lui des soupçons inutiles, il va ouvrir la porte sur-le-champ, voici le calcul de l'inspecteur.

Un silence passe à nouveau. Plus long cette fois. Qu'est-il en train de mijoter ? À rester debout dans le vent, les deux hommes sentent leurs os commencer à geler. Gojin fait un signe de tête à son compagnon pour qu'il active les choses. Il presse alors plusieurs fois de suite sur la sonnerie de l'interphone. Toujours aucune réponse. Kil Yeong-in n'a pas raccroché l'interphone qui continue de grésiller.

— S'est-il endormi en chemin vers la porte d'entrée ? grommelle Gojin en rentrant la tête entre ses épaules.

Pile à ce moment, un bruit de moteur se fait entendre. Ça semble venir de derrière la maison.

— Mauvais signe !

Les deux hommes s'y précipitent. Le moteur du Rexton qui vient de démarrer vrombit déjà.

— Punaise, la maison a une porte arrière ! s'exclame l'inspecteur.

La voiture passe devant eux à toute vitesse, éclaboussant leurs vêtements de boue neigeuse. À travers la vitre teintée côté conducteur, ils aperçoivent son visage sombre, ses longs cheveux en bataille et ses lèvres serrées trahissant sa détermination. Il est enveloppé dans un manteau noir.

— C'est bien lui, c'est celui que j'ai vu au Centre ! s'écrie Gojin.

Les deux compères courent jusqu'à la Buick de Gojin mais, dans la précipitation, c'est Lee Yuhyeon qui prend le volant. Il appuie trop fort sur l'accélérateur et la vieille voiture patine dans un bruit assourdissant. Trop pressé, il n'a pas fait attention au tas de neige sous les roues. Le Rexton s'éloigne à fond la caisse.

Une fois péniblement dégagés, ils s'avancent enfin sur la route, mais le Rexton n'est plus qu'un point à l'horizon. Il se dirige vers le centre de Yangpyeong.

— Où peut-il aller ? se demande Lee Yuhyeon, le pied enfonçant l'accélérateur de toutes ses forces sans parvenir à réduire la distance entre eux.

Sur la pente verglacée, les roues dérapent dangereusement. Contrairement à Kil Yeong-in, il ne connaît pas bien la route et la Buick, qui a largement dépassé l'âge de la retraite, est à la limite de ses capacités. Alors qu'il pense commencer à le rattraper, voilà que l'autre s'éloigne encore dans un virage.

— Hé ! Arrête d'accélérer si brutalement, vas-y mollo ! Elle est tombée en panne il n'y a pas longtemps !

Gojin grommelle en lui agrippant le poignet, mais Lee Yuhyeon ne répond pas et fixe la route d'un regard furieux. La tâche est rendue plus ardue encore par la route sinueuse. Le Rexton dessine des courbes douces comme un serpent. Kil Yeong-in montre sa dextérité en esquivant habilement les tas de neige ici et là.

— Tiens, c'est la route qu'on a empruntée à l'aller ?

En effet, au bout d'un moment, l'inspecteur Lee reconnaît la N37 menant au domicile du docteur Yi.

— Il ne va quand même pas chez Yi Tak-o ? fait Gojin, suspicieux.

Mais bientôt il se ravise, car le Rexton quitte la nationale et s'engage sur une autre route. Ils roulent un bon moment avant que le Rexton prenne un grand virage et bifurque à un embranchement. Ils voient l'arrière du véhicule pénétrer sur un sentier étroit.

Peu après, Lee Yuhyeon s'arrête à l'entrée. Il observe le sol et remarque la trace des roues du Rexton dans la neige. Malgré un bas-côté assez large permettant de garer plusieurs voitures, le bas de la carrosserie de la Buick est raclé tandis qu'ils avancent sur le chemin étroit et non bitumé. Inquiet pour sa vieille voiture, Gojin commence à pâlir.

Bientôt le chemin devient une impasse au milieu de la forêt, fermée par une maisonnette à peine de la taille d'un conteneur. Entièrement en bois, elle a une allure douce. Le Rexton encore fumant est garé devant.

— Voilà donc où il filait se réfugier, dit l'inspecteur.

Les deux hommes sortent lentement de leur véhicule et avancent tranquillement vers la porte d'entrée. De toute façon, il est fait comme un rat, il n'y a pas d'issue pour s'enfuir cette fois. Persuadés de lui avoir enfin mis la main dessus, Gojin et

Lee Yuhyeon échangent un sourire de satisfaction. Or, quand ils frappent à la porte, personne ne répond. L'inspecteur frappe plus fort. Il crie : « Police ! Ouvrez la porte ! » Quelques minutes après, la porte s'ouvre et une jeune femme apparaît. Aussitôt, tous trois se regardent avec des yeux ronds.

La femme n'est autre que Sin Jae-in, que les deux hommes viennent de laisser chez le docteur Yi un peu plus tôt. Elle habite donc très près de chez son patron et a dû rentrer aussitôt après leur départ. Compte tenu de la situation, Gojin va droit au but :

— M. Kil Yeong-in est chez vous, n'est-ce pas ?

Sans attendre sa réponse, les deux hommes entrent comme de leur plein droit. Sin Jae-in les laisse faire sans rien dire.

La maison est composée de deux pièces toutes simples : un séjour avec cuisine américaine et une chambre au fond. Les deux compagnons vérifient le salon, le coin cuisine et la salle de bains mais ne trouvent pas trace de Kil Yeong-in. Il ne reste que la chambre à coucher à fouiller, mais ils marquent une pause devant l'espace privé d'une femme. Même Gojin, qui n'a jamais besoin d'invitation pour fouiner partout, se sent un peu gêné ; aussi s'apprête-t-il à prendre une mine radoucie pour demander la permission à Sin Jae-in, mais Lee Yuhyeon oublie la politesse, avance à pas précipités et ouvre la porte de la chambre en grand.

— M. Kil Yeong-in ? appelle-t-il en prenant délibérément un ton d'intimidation.

Les deux compagnons sont surpris de ne pas trouver celui qu'ils cherchent. La pièce décorée d'un papier peint uni gris est assez spacieuse, et tout en désordre comme si elle venait d'être fouillée. Le lit est défait ; les portes de l'armoire du fond sont ouvertes sur un fatras de couvertures et de vêtements ; les grands tiroirs en bas sont ouverts eux aussi ; les produits de beauté sont éparpillés sur la coiffeuse ; sur le mur de droite, des sous-vêtements et des serviettes de toilette dégorgent des six tiroirs de la commode tous tirés ; la chambre ressemble au ventre d'un cadavre déversant ses entrailles.

— Mais où est-il passé ?

Les deux hommes regardent sous le lit. Il est trop bas pour que quelqu'un s'y cache. L'intérieur de l'armoire ne révèle rien non plus. On dirait un tour de magie : le lapin a disparu dans le chapeau du magicien. Lee Yuhyeon se sent perplexe quand il s'aperçoit que les fenêtres de la chambre sont entrouvertes. L'air frais y pénètre. Il ouvre les battants en grand et tend le cou vers l'extérieur. Dehors, un petit sentier s'étire, éclairé par la faible lumière du salon.

Maison de Sin Jae-in

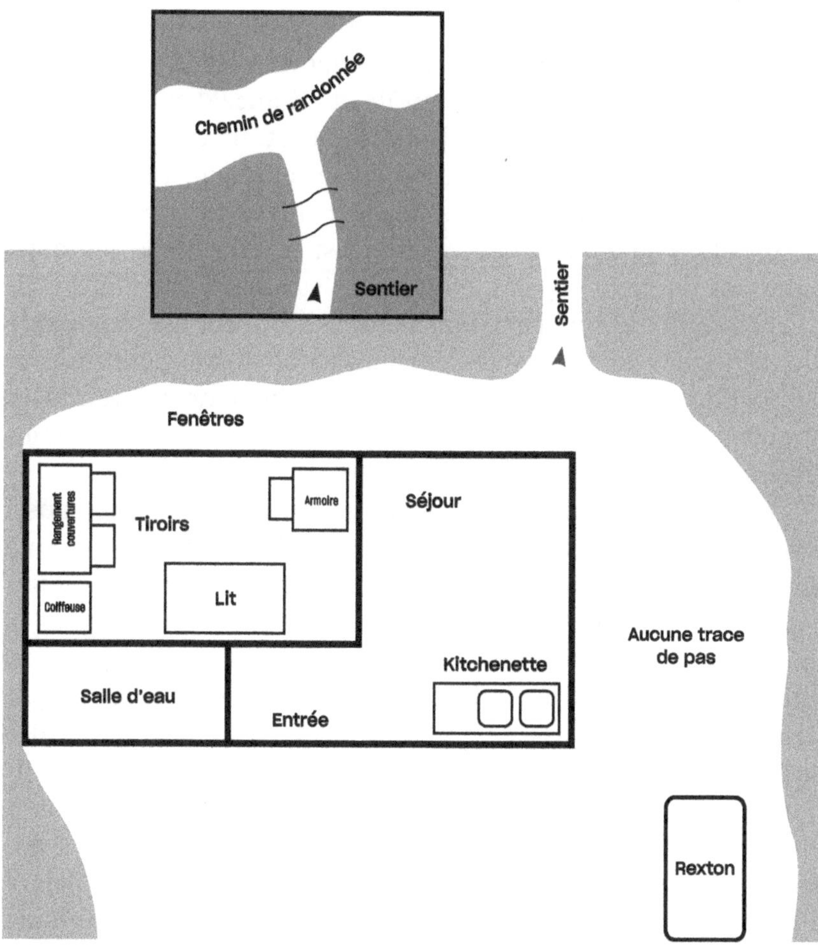

— Par là ! Il s'est enfui par là ! s'écrit Lee Yuhyeon avant de sauter par la fenêtre.

Dans sa précipitation, il en a oublié de remettre ses chaussures alors que Gojin, lui, retourne les enfiler et contourne la maison par la droite avant de filer vers le sentier. Ce faisant, il observe le sol à la recherche de traces de pas au cas où Kil Yeong-in serait revenu vers l'avant de la maison au lieu de partir par le sentier. Mais la lumière de la maison est suffisante pour affirmer qu'il n'y a aucune trace dans la neige de ce côté. Seules les siennes le suivent sur l'étendue immaculée. L'inspecteur Lee attend à l'arrière de la maison en sautillant d'un pied sur l'autre, les pieds gelés dans ses chaussettes trempées, l'air sidéré par la stupide impulsivité de son propre comportement. Dès que Gojin lui tend ses chaussures, il les enfile et s'élance dans le bois.

Ils courent à perdre haleine. Ou plutôt, ils errent ici et là ; leurs visages rouges d'excitation se refroidissent peu à peu, à cause du froid glacial mais aussi de l'embarras de ne trouver personne dans le sentier. Le chemin est si étroit que les deux hommes tiennent à peine côte à côte sur le sol irrégulier couvert de cailloux enneigés. Dans l'obscurité, il leur est impossible de distinguer des traces de pas, mais serait-il vraiment utile de le vérifier ? Il n'y a aucun autre chemin pour s'enfuir. Des grandes branches dénudées ne cessent de frapper leurs joues gelées et de s'emmêler à leurs jambes.

— Comment a-t-il pu s'enfuir si vite par un sentier aussi impraticable ? Cet homme est un écureuil ou quoi ? s'exclame Lee Yuhyeon en dégageant une branche qui ploie sous la neige.

Ils avancent encore cinq minutes et la vue se dégage sous la faible clarté nocturne. Après quelques pas encore, ils rejoignent un chemin de randonnée bien entretenu. Le sentier qu'ils ont emprunté est un passage grossièrement dégagé au milieu des arbres qui n'a pas l'air d'avoir été régulièrement utilisé depuis un moment et qui relie la maison au chemin de randonnée. Sur ce dernier, par contre, ils croisent des randonneurs qui descendent munis de leurs chaussures à crampons malgré l'heure tardive. L'inspecteur arrête un homme d'une soixantaine d'années qui marche seul, se dirigeant à la lumière de sa lampe de poche, et lui demande :

— Avez-vous vu un homme aux cheveux en pétard et vêtu d'un manteau noir ?

— Non..., répond le randonneur, un peu déconcerté par les deux hommes en costume surgis des bois et l'attitude brutale de Lee Yuhyeon.

— Ce chemin se divise-t-il en plusieurs embranchements plus haut ?

— Depuis une vingtaine de minutes je n'ai pas vu d'autre chemin.

— Et pendant ces vingt minutes, avez-vous vu un homme ressemblant à celui que je viens de décrire ?

— Non..., répond le randonneur en agitant ses deux mains.

— Ça veut dire qu'il n'est pas parti de ce côté-là, dit Lee Yuhyeon en se tournant vers l'avocat.

— Je pense aussi qu'il n'a pas grimpé la montagne dans la nuit noire, approuve Gojin, essoufflé.

Les deux hommes se dirigent alors vers le bas du chemin de randonnée. Il fait complètement nuit mais la piste étant bien balisée, ils s'y sentent plus à l'aise que sur le sentier précédent. Ils n'ont qu'à faire attention au verglas et comme il n'y a aucun chemin qui bifurque, ils accélèrent le pas puis finissent par courir pour rattraper un autre randonneur qui descend lui aussi.

— N'auriez-vous pas croisé ou été doublé par un homme vêtu d'un manteau noir ?

— Non, répond clairement l'homme de petite taille, dans la quarantaine.

Lee Yuhyeon décoche un regard mécontent et se remet à courir, suivi par Gojin qui ne cesse de cracher ses poumons.

— Il faut que j'arrête de fumer, je n'ai plus de souffle, grommelle-t-il.

L'inspecteur rattrape un nouveau randonneur et, recueillant la même réponse négative de sa part, il se résigne et lance à Gojin qui arrive avec peine derrière lui :

— Personne ne l'a vu, comment est-ce possible ?

L'avocat, encore incapable de parler, se contente d'écarter les bras et de hausser les épaules.

— Il a beau courir vite, il n'a pas pu se volatiliser complètement ! Le sentier est le seul autre accès à la maison de Sin Jae-in, et il mène à ce chemin de randonnée. Qu'il l'ait monté ou descendu, il a forcément croisé un de ces randonneurs. Mais tous ont répondu non. Avec son long manteau noir, il n'a pas le look d'un randonneur, il se serait fait repérer même dans cette obscurité.

— Ça prouverait qu'il est toujours le bon sprinteur de sa jeunesse, mais c'est tout de même surprenant. Bon sang, par où s'est-il enfui ? s'exclame Gojin en secouant la tête, l'air incrédule.

Le froid piquant de la montagne enveloppe les deux hommes qui se retrouvent comme des chiens de chasse cherchant encore le lièvre qui a filé dans son terrier. Convaincus que Kil Yeong-in était coincé chez Sin Jae-in, ils ont laissé leurs manteaux dans la voiture. L'adrénaline qui venait d'atteindre son point culminant un instant plus tôt est désormais retombée, les corps se refroidissent rapidement. Leurs chaussures couvertes de neige pèsent aussi lourd que des enclumes, et le bruit de la glace qui craquelle résonne à leurs oreilles.

Un bon moment après, ils regagnent la maison de Sin Jae-in en claquant des dents. Le Rexton noir les attend toujours devant la maison. Les portes en sont verrouillées, alors ils regardent à l'intérieur par les vitres mais ne voient rien qui pourrait les mener à une piste. Sin Jae-in, l'air indifférente à toute cette agitation, est tranquillement assise dans son canapé. Bien que la maison soit chauffée, elle est enroulée dans son écharpe jusqu'aux oreilles et porte toujours ses lunettes de soleil. Décontenancés par son air tellement singulier, voire bizarre, ils en oublient leurs corps grelottants.

— À quoi sert ce sentier derrière votre maison ? demande Lee Yuhyeon d'un ton nerveux.

— Je crois que le précédent propriétaire avait ouvert cette piste pour rejoindre la randonnée dans la montagne, mais moi je ne l'utilise pratiquement pas, répond-elle calmement.

— Vous me permettez de jeter encore un œil à votre chambre ? demande Lee Yuhyeon, cette fois avec une grande politesse.

Sin Jae-in hoche légèrement la tête. Les deux hommes pénètrent de nouveau dans la chambre où rien n'a changé, sauf les fenêtres refermées à cause du froid.

— Je n'ai touché à rien en pensant que vous alliez peut-être revenir, dit-elle en se tenant à la porte.

— Vous avez bien fait, bravo pour cette précaution, maintenant vous pouvez ranger vos affaires.

Les deux hommes vont s'asseoir au salon. Sin Jae-in propose du thé, mais Lee Yuhyeon décline :

— Juste quelques questions et nous vous laissons tranquille. Comment Kil Yeong-in s'est-il comporté en entrant dans votre maison ?

Sin Jae-in, pas très à l'aise face aux deux hommes, prend place sur une chaise de la cuisine à l'écart.

— J'ai été très surprise, il a surgi et s'est mis à fouiller ma chambre comme un possédé.

— Il est allé à votre chambre directement ? demande Gojin.

— Oui, je lui ai demandé ce qu'il cherchait, mais il continuait à tout vider sans me répondre. Je suis restée figée sans oser l'en empêcher.

— Et ensuite ?

— Tout à coup, il a levé la tête et a sauté par la fenêtre. Il m'a juste dit qu'il était poursuivi par la police qui l'accusait à tort.

La voix de Sin Jae-in est froide, chargée de reproches envers la police qui pourchasse un innocent.

— Qu'est-ce qu'il cherchait dans votre chambre ?

— Je l'ignore. Je ne comprends pas du tout pourquoi M. Kil a agi ainsi.

— OK, n'insistons pas, dit Gojin. Mais le fait que Kil Yeong-in espère trouver quelque chose dans votre chambre signifie que vous êtes proches tous les deux, non ?

— M. Kil est un patient de notre Centre, dit-elle pour se défendre, l'air troublée. Sa situation malheureuse m'a fait pitié, alors j'essaie de l'aider un peu... Et comme nous n'habitons pas loin, nous nous rendons visite de temps en temps.

— Il est donc plus qu'un simple patient pour vous, avance audacieusement l'inspecteur Lee.

— Que voulez-vous dire par là ? réplique Sin Jae-in en levant la tête, un brin vexée.

— Je ne fais pas allusion à une relation sentimentale, vous pouvez être proches humainement, au point de compter l'un sur l'autre ou de vous confier, voilà plutôt ce qui m'intéresse.

— Hum, ce n'est pas exactement ça... Notre Centre a peu de clients, alors je discute avec chacun d'eux et on finit par se connaître. À force, la confiance et le soutien s'établissent, mais cela fait partie du travail du Centre.

— Ce que vous dites est quand même étrange, vous mélangez vie professionnelle et vie privée, non ?

— Si vous voyez les choses comme ça, oui, ça peut vous paraître bizarre.

Malgré ces réflexions déplaisantes, elle ne se laisse pas perturber et devient encore plus froide.

— Votre Centre de recherches est fermé maintenant, non ?

— Oui, mais je ne vais pas laisser tomber nos patients pour autant. Ce sont des gens qui souffrent beaucoup et certains n'ont personne à part nous, alors le docteur Yi est un soutien psychologique capital pour eux. Moi-même j'ai une confiance totale en lui.

Quand elle parle du docteur Yi Tak-o, son visage trahit son profond respect. C'est plus que l'attitude d'une simple secrétaire envers son ancien employeur.

— À votre avis, est-ce que Kil Yeong-in a trouvé ce qu'il cherchait dans votre chambre ? demande Gojin en changeant de sujet.

— Je ne sais pas... En fait, non, je pense qu'il n'a pas trouvé, se ravise-t-elle.

— Vous savez ou vous ne savez pas ? demande Gojin avec un sourire entendu.

— Non, non, en tout cas il n'a rien pris, répond-elle précipitamment, et quand vous avez sonné à la porte, il a sauté par la fenêtre, paniqué. Avant, il m'avait demandé de lui apporter ses chaussures et je lui avais obéi. Voilà tout ce qui s'est passé dans les moindres détails.

— D'après vous, il s'est enfui sans avoir mis la main sur ce qu'il cherchait. Cela veut donc dire que cet objet est toujours dans votre chambre. Peut-on y faire encore un tour ? Si c'est important pour M. Kil Yeong-in, ça peut être un indice pour nous.

À la surprise de Gojin, qui a dit ça pour l'embarrasser, elle accepte sans protestation :

— Autant que vous voudrez. Je ne sais pas de quoi il s'agit, mais je serai contente si cet objet peut servir à démentir l'accusation contre lui.

Gojin fixe Sin Jae-in un moment et hausse les épaules.

— Finalement, ça ira. Vous lui faites sincèrement confiance à ce que je vois.

— Je sais qu'il n'a rien à voir avec l'affaire pour laquelle la police le recherche.

— Peut-être qu'il s'est rapidement changé et a enfilé une de vos tenues de randonnée ? suggère Lee Yuhyeon.

Il se dit que si tel est le cas, cela explique qu'il n'ait pas obtenu de réponse des autres randonneurs à qui il a demandé s'ils avaient vu un homme en manteau noir.

— Non, je n'ai pas de vêtements de randonnée, et ma taille ne lui irait pas de toute façon.

Il se peut qu'elle mente sur une éventuelle tenue de randonnée, mais leur différence de taille est quant à elle indéniable. Gojin et Lee Yuhyeon échangent un regard et se lèvent.

Avant de partir, Lee Yuhyeon présente poliment quelques excuses à Sin Jae-in et la remercie pour sa collaboration. Il veut s'assurer que leur intrusion chez elle et la fouille de sa chambre se sont déroulées avec son accord spontané. Quant à Sin Jae-in, l'air de s'en ficher complètement, elle se plante à l'entrée et attend leur départ.

De retour à leur véhicule, Lee Yuhyeon propose d'une voix chargée de dépit :

— Si on attendait qu'il revienne, cachés près de sa voiture ?

— Non, ça n'a pas de sens, refuse Gojin en secouant la tête, l'air fatigué. Je comprends ta colère mais on n'a aucune idée de quand il va revenir, ni même s'il va revenir... et puis il n'est toujours pas officiellement suspect.

Gojin au volant, Lee Yuhyeon n'arrive pas à se défaire de sa frustration.

— J'en suis encore tout sonné. Je ne comprends pas comment c'est possible.

— Moi non plus. Nous venons de voir une personne se volatiliser sous nos yeux.

— Nous avons suivi le Rexton de près, il ne s'est pas évaporé, lui. Ensuite, une fois chez Sin Jae-in, nous avons vérifié toutes les pièces en finissant par la chambre à coucher. Nous avons ratissé ensemble les moindres recoins de la maison. Kil Yeong-in s'est forcément enfui par la fenêtre, il ne peut pas en être autrement, mais dans le sentier nous n'avons vu personne et aucun randonneur ne l'a croisé. C'est invraisemblable, où diable s'est-il caché ?

L'inspecteur Lee n'arrive pas à digérer sa défaite et ne cesse de ruminer.

— Que Kil Yeong-in ne soit pas dans la maison signifie qu'il est parti dehors et si l'on n'a trouvé aucune trace à l'extérieur, cela veut peut-être dire qu'il n'est pas sorti de la maison. Mais, s'il n'est ni dedans ni dehors, c'est qu'il y a une faille dans le raisonnement.

Gojin ne comprend pas mieux la situation, mais il semble de bonne humeur. Il conduit tranquillement tandis que Lee Yuhyeon lance en agitant la tête :

— On pourrait penser qu'il s'est enfui par l'entrée principale, mais tu n'as vu aucune trace de pas de ce côté.

— Oui, j'ai bien vérifié. Il n'y avait aucune marque dans la neige entre l'entrée et le sentier.

— S'il s'était déplacé sur des échasses ?

Gojin le regarde en haussant les sourcils :

— Alors il aurait fait partie d'un cirque ?

— OK, je retire ce que j'ai dit, concède Lee Yuhyeon en évitant le regard de son ami.

— Et s'il s'était tout simplement bien caché dans la maison ? suggère Gojin. En s'enfuyant précipitamment, il lui aurait été difficile de trouver un subterfuge pour nous larguer.

Cette fois, c'est Lee Yuhyeon qui le raille :

— À ton avis, comment met-on un éléphant dans un frigo ? Facile ! On ouvre, on l'enfonce dedans et on ferme la porte !

— Bon, OK, je n'ai rien dit.

Lee Yuhyeon étire ses bras au-dessus de sa tête et change de sujet.

— En tout cas, ils ont l'air bien proches tous les deux.

— On dirait, oui. Kil Yeong-in a très peu de relations, il s'est certainement pas mal reposé sur elle et elle doit être la personne la plus proche de lui.

— Se sentant en danger, il s'est réfugié chez elle instinctivement.

— Mais qu'est-ce qu'il cherchait à ton avis dans sa chambre ?

— Pourquoi n'y es-tu pas retourné d'ailleurs, alors qu'elle t'y autorisait ?

— En voyant son acceptation franche et sans résistance, mon besoin de le faire a disparu. Son attitude voulait dire qu'il avait pris l'objet ou bien qu'elle l'avait déjà caché ailleurs.

— Ou peut-être a-t-elle accepté en devinant ton raisonnement psychologique...

— Si elle est calculatrice à ce point, voilà une raison de plus de penser que l'objet avait déjà disparu de la chambre. D'une façon ou d'une autre, il n'y était déjà plus.

Une voiture, agacée par leur lenteur, les dépasse dans un grand souffle d'air.

— Ce n'est peut-être pas la peine de réfléchir trop loin, je ne crois pas que Kil Yeong-in ait caché un quelconque objet chez Sin Jae-in. N'aurait-il pas plutôt essayé de trouver une tenue de randonnée ? Ainsi, il se serait enfui par le sentier et fondu parmi les randonneurs ?

Mais Gojin réfute aussitôt :

— Même avec l'aide de Sin Jae-in, il n'aurait pas eu assez de temps pour se changer. Chaque seconde comptant, il aurait préféré s'enfuir le plus loin possible que de s'attarder à mettre des vêtements de randonnée. En plus, quand nous nous sommes précipités dans la chambre de Sin Jae-in, nous n'avons pas trouvé les habits de Kil Yeong-in éparpillés là.

Sur ce, Gojin glousse tout seul, l'air amusé, avant de reprendre :

— En tout cas, c'est amusant cette histoire. En fin de compte, Kil Yeong-in est un personnage aussi intéressant que le docteur Yi Tak-o.

Ces remarques nonchalantes de Gojin tarabustent l'inspecteur déjà de mauvaise humeur.

— Quand je t'écoute, une phrase d'Oscar Wilde me revient à l'esprit : « Il est absurde de diviser les gens en bons et en mauvais. Les gens sont soit charmants, soit ennuyeux. »

— Ah bon ? Remarque, il dit vrai puisque je te fréquente...

— Tu veux dire que je suis charmant ? Quel flatteur tu es !

— Tu ne te connais vraiment pas toi-même ! Tu n'es pas vraiment ennuyeux, en tout cas pas au point d'être insupportable.

— Alors la phrase du grand maître Gojin serait : « Les gens sont soit des ennuyeux supportables, soit des ennuyeux insupportables. »

Lee Yuhyeon, pourtant d'habitude infatigable, se met à bâiller et s'enfonce dans le siège passager. Gojin presse l'accélérateur à fond, fixant la route qui se fait avaler par l'obscurité.

15

J'ai reçu la visite de la police. Pris de panique, je me suis enfui précipitamment. Ils ont dit être là pour l'affaire de Tae Jeong-u, pourtant j'ai bien effacé mes empreintes et jeté la carte mémoire de la caméra. Ai-je laissé une trace de mon passage ? Une trace indiquant que c'est moi qui ai trouvé le corps de Tae Jeong-u ? Et j'ai un mobile pour avoir tué cet homme : il était l'amant de ma femme. S'ils ont découvert mes empreintes sur le corps, ils vont inévitablement m'accuser.

À l'instant où j'ai entendu « Police », l'idée de me sauver s'est imposée sans me laisser le temps d'un quelconque raisonnement. Après deux ans de vie ici, je suis habitué à conduire avec la neige et ça a joué en ma faveur. Mais sans l'aide de Sin Jae-in je n'aurais pas pu les semer complètement. Elle a improvisé une idée très maligne et les flics se sont laissés prendre à son jeu, ils se sont retirés plus vite que je ne le pensais et ne vont pas revenir sur ce lieu déjà fouillé, surtout de nuit alors que les routes sont enneigées. Ça aussi, ça fait partie des calculs de Sin Jae-in.

Il est tard, je suis dans son salon, assis face à elle.

— Merci mille fois, sans toi je me serais sans doute fait arrêter par la police.

— Ne t'inquiète pas, tout ira bien, tu es sain et sauf, me console-t-elle avec un petit sourire.

Ses phrases sont banales mais elles me rassurent et me réconfortent. Jae-in a le don de me mettre à l'aise, elle est pour moi comme le nid douillet sous un toit qui accueille l'oiseau trempé par la pluie. Certes, elle est frêle et a moins de force physique que moi, mais il émane d'elle une solidité sur laquelle je peux compter en toutes circonstances. Je me sens en sécurité avec elle, et je prends conscience à quel point c'est important dans la vie d'un homme.

Le temps de me préparer une tasse de café à la cuisine et de la boire, et Jae-in s'est endormie sur le canapé. Tout ce remue-ménage a dû la fatiguer plus qu'elle ne l'a laissé paraître. Elle respire avec régularité et son visage est paisible. Il révèle sûrement sa vraie nature car, éveillée, elle affiche rarement un air aussi serein. Dans la vie, elle se montre toujours rigoureuse et froide. Non pas pour contrôler les autres, mais plutôt pour ne pas être dominée elle-même. Pour elle aussi, la vie doit être une succession de moments tendus.

Je n'ai pas la force de la soulever et de la transporter jusqu'à son lit. Heureusement, la maison est petite et bien chauffée, elle ne risque pas d'attraper froid. Les jours de neige comme aujourd'hui, le froid est moins mordant. Je vais chercher un oreiller et une couverture dans sa chambre pour l'installer confortablement. Je lui enlève ses lunettes noires et les pose sur la table basse.

Il est déjà minuit à ma montre. La fatigue et le sommeil m'envahissent. J'ai la flemme de sortir et j'aimerais bien dormir là, dans un coin, mais ça risque d'être mal interprété. Je ne veux pas que Jae-in me considère comme un homme sans scrupules qui s'autorise à passer la nuit chez une femme en profitant de ce qu'elle s'est endormie sur son canapé. Pour autant, je ne peux pas rentrer chez moi, car la police peut débarquer à tout moment. Peut-être vais-je passer la nuit dans un de ces *love hotels* longeant la rive du fleuve Han. Alors que je m'apprête à m'en aller, une idée me vient : puisque Sin Jae-in dort, c'est un peu comme si elle n'était pas là, est-ce que j'en profiterais pour jeter un œil dans la maison ? Il n'y a qu'un salon et une chambre, ça ne prendra pas beaucoup de temps. En fin de compte, je ne connais presque rien de Jae-in, mis à part qu'elle est douce et gentille avec moi.

Une petite commode trône à côté de la télé. J'ouvre un à un les quatre tiroirs qui la composent, ils glissent facilement. Dans le dernier, je trouve deux cahiers à couverture noire sur lesquels est inscrite la mention « Registre du Centre ». J'en feuillette un rapidement. Ça ressemble à des comptes personnels, pas du tout à une quelconque comptabilité officielle. Remarque, un petit Centre de recherches tenu par un docteur et une secrétaire n'a pas vraiment besoin d'un registre comptable avec les actifs et les passifs. Dans le cahier sont juste notées les entrées d'argent, les infos personnelles des patients et leur situation financière, tout cela dans l'ordre chronologique. Le nombre de patients est très faible, alors il y a beaucoup de détails à leur sujet. En voyant leurs noms, j'éprouve de la compassion pour ces gens tourmentés qui, comme moi, n'arrivaient pas à en finir avec la vie.

Le premier cahier ne contient que les patients avant les six derniers mois, les plus récents sont dans le second cahier. Alors que je le parcours discrètement, je m'arrête le souffle coupé en lisant ce nom qui m'est si familier : Han Dami. Elle a été patiente du Centre il y a un an. Son adresse et sa situation financière sont identiques aux miennes. C'est bel et bien de ma femme qu'il s'agit. Comment est-ce possible ? Pourquoi et comment a-t-elle atterri là-bas ?

En raison du petit nombre de patients, le docteur et Sin Jae-in doivent forcément se souvenir de chacun d'eux. Je leur ai dit plusieurs fois que j'avais perdu le goût de vivre à cause de l'absence de ma femme, j'ai prononcé son nom, mais aucun d'eux ne m'a parlé d'elle alors qu'ils ne pouvaient pas ignorer qu'elle était une de leurs anciennes patientes. Pourquoi me l'ont-ils caché ?

Et ma femme ? Qu'est-ce qui l'a poussée à vouloir se suicider ? Le moment de sa disparition, c'est-à-dire quand elle a été assassinée, n'est pas éloigné de la date de sa première visite au Centre. Il y aurait un rapport entre ses tourments et son assassinat ? Le docteur Yi et Jae-in ont peut-être une idée là-dessus. Ma tête se met à bouillonner comme la lave d'un volcan.

L'envie me prend de réveiller tout de suite Jae-in. Elle doit être en train de faire un cauchemar car elle s'agite en gémissant. Mais son visage reste innocent comme celui d'un enfant. Serait-elle capable de me tromper avec ce visage si pur ? Je prends une grande inspiration pour me calmer et me regarde dans le miroir de l'entrée. Mes lèvres se tordent dans une affreuse grimace nerveuse. Si je la réveille et qu'elle me voit dans cet horrible état de colère, elle va me trouver répugnant ! Je dois retrouver mon sang-froid. Même les situations les plus incompréhensibles ont une explication. Jae-in m'est désormais trop précieuse pour risquer de la perdre sur un malentendu. Je reviendrai la voir demain pour en discuter à tête reposée.

Je sors de la maison. La forêt recouverte de neige reflète la lueur de la lune. Le vent nocturne glacé frappe mon visage enflammé par l'émotion. Je démarre mon Rexton.

Le lendemain, je me précipite chez Jae-in dès le réveil. Déjà habillée, elle m'accueille, l'air sereine. Elle ignore que j'ai vu les carnets du Centre. Je veux lui en parler tout de suite mais tant de mots se bousculent dans ma tête qu'aucun ne sort. Je respire profondément pour retrouver mon calme et dis en me forçant à parler lentement :

— Excuse-moi, hier soir je suis tombé par hasard sur les cahiers du Centre.

— Pardon ?

— Les registres...

Son visage au teint clair rougit rapidement et, gardant les yeux rivés au sol, elle ne bronche pas. À mon ton inhabituel, elle a dû deviner que j'y ai vu le nom de ma femme.

— Ma femme a été patiente du Centre il y a un an ? Pourquoi me l'as-tu caché ?

Elle se pétrifie. J'espère qu'elle a une excuse plausible à me donner, qu'elle n'a pas agi avec une mauvaise intention. Je pose la question autrement :

— Pour quel motif est-elle venue consulter ?

— Euh... eh bien... je ne sais pas.

— Comment ça, tu ne sais pas ?

— Han Dami ne parlait pas beaucoup, elle a suivi plusieurs séances mais elle ne s'adressait qu'au docteur. Moi, elle m'a dit très peu de choses.

J'ai du mal à la croire car ma femme n'était pas quelqu'un de taciturne. Si elle avait des idées suicidaires, peut-être qu'elle n'avait pas très envie de discuter, mais j'ai plutôt l'impression que Jae-in cherche une excuse pour rejeter cette embarrassante question sur le docteur Yi.

— Mais pourquoi est-ce que tu ne m'as jamais dit que ma femme avait été patiente du Centre il y a un an ? Tu aurais au moins pu me dire ça, non ?

— Eh bien, ça..., balbutie-t-elle, à court de mots.

Cette question-là, elle ne peut pas l'esquiver. Était-ce à cause de l'argent ?

— Avez-vous pensé que je n'aurais pas accepté la thérapie si j'avais su ? Et vous n'auriez pas encaissé deux fois les frais ? Est-ce pour cela que vous n'avez rien dit ?

J'ai haussé le ton malgré moi. Face à mes reproches sévères, Jae-in fond en larmes. Alors je me tais. Après un long silence, elle ouvre enfin la bouche, l'air décidée à parler :

— Ce n'est pas ce que tu crois.

— Quelle autre raison que l'argent, alors ?

— Sache que c'était pour ton bien, mais je ne peux pas t'en dire plus.

— Tu vas continuer à me raconter des sornettes pendant longtemps ? Je ne t'imaginais pas capable de sortir de telles banalités !

Comme elle vient de l'annoncer, elle ne dit pas un mot de plus, ce qui semble prouver qu'elle est sincère. Et moi, plus je m'énerve plus, je perds la raison et me comporte comme un fou furieux. Je trouve ça injuste. Je ne l'ai pas réveillée hier pour éviter de me retrouver dans cette situation-là, et nous y voilà ! Elle, enfermée dans son mutisme, et moi, fou d'impatience. Elle sait des choses que j'ignore, c'est certain, mais elle ne me dira rien sous prétexte de me vouloir du bien. Curieusement, son calme face à mon emportement me persuade de plus en plus qu'elle dit vrai. Pour autant, je ne peux en rester là, c'est trop important pour moi. Et je n'ai que la colère pour essayer de la faire céder une dernière fois :

— Bon sang, est-ce que tu te rends compte de ce que ça m'a fait de découvrir ça hier soir ? Et toi, tu ne fais que répéter que tu ne peux pas m'en dire plus ? Tu sais, hier soir... hier soir...

C'est étrange, je veux lui parler de ce que j'ai fait pour gérer mon choc. Hélas, je ne me rappelle plus. Où étais-je ? Je sais juste que je ne suis pas retourné chez moi à Yangpyeong car j'avais peur de la visite de la police. J'ai pensé aller passer la nuit dans un *love hotel*, mais comment se fait-il que je ne me souvienne de rien ?

Ces derniers temps, ma mémoire est de plus en plus défaillante, j'oublie beaucoup de choses et, malgré mes efforts, je ne me souviens pas toujours de ce qui s'est passé la veille ou seules des images floues me reviennent. Je n'avais déjà pas une très bonne mémoire avant ma thérapie au Centre, mais j'ai l'impression que les interventions du docteur l'ont encore dégradée. D'après ce dernier, le traitement ne diminue pas les capacités intellectuelles de ses patients, mais j'ai du mal à y croire à cent pour cent. Quoi qu'on en dise, la thérapie consiste à détruire le mental, alors comment en sortirait-on intellectuellement indemme ? Suis-je devenu idiot ? Je secoue la tête.

Jae-in continue de pleurer en silence. Je me lève d'un bond et me dirige vers la sortie sans même lui dire au revoir. Je lui jette un dernier coup d'œil. Elle ressemble à une statue de Bouddha laissant couler ses larmes. J'ai le pressentiment que je ne remettrai plus les pieds dans cette maison.

Alors que je sors, une idée m'effleure : peut-être n'est-ce pas une question d'argent ? Et s'ils étaient déjà au courant de la mort de ma femme quand je suis venu au Centre ? Et qu'ils ne tenaient pas à s'attirer des ennuis en ébruitant l'affaire ? Ils risquaient aussi d'être accusés par moi, le mari de la victime ! M'ont-ils caché la thérapie de Dami pour cette raison ? Mais comment auraient-ils appris le décès de Dami ? Non, c'est trop improbable. C'est bien moi qui ai découvert le cadavre dans un mur de ma cave il y a quelques jours, non ? Et vu l'air surpris de Jaein, elle ne semblait pas être au courant. Bon sang ! Aucune hypothèse ne tient la route, je suis perdu.

Le souffle du vent me paraît être un gémissement. Toute la végétation ploie sous le poids de la neige. J'ai l'impression que la nature souffre elle aussi. Je décide de rentrer chez moi pour me reposer un moment. Pourvu que la police ne débarque pas pendant que j'y serai ! Et que vais-je faire ensuite ? Je dois rester caché quelque temps, mais où vais-je aller ?

16

Après avoir loupé Kil Yeong-in chez Sin Jae-in, Lee Yuhyeon a fait évoluer son statut de témoin indirect à témoin de premier ordre. Dès le lendemain après-midi, il a envoyé un inspecteur en embuscade chez Kil Yeong-in à Yangpyeong, mais il n'a encore reçu aucun rapport de sa part. Il a également posté un policier près de chez Sin Jae-in, sans résultat non plus. Seul changement, le Rexton n'y est plus. Le capitaine Lee n'a cessé d'appeler sur le portable de Kil Yeong-in mais en vain, l'appareil est éteint. Il est difficile de repêcher un poisson qu'on a laissé filer car il se méfie davantage.

— Est-ce qu'il se traînerait d'un motel à l'autre ? fait l'inspecteur Lee à son coéquipier Yu Seok-tae.

— Ou alors, il aurait une autre maison que celle de Yangpyeong ? Tu sais, il a pas mal d'argent.

Cette idée de Yu Seok-tae, le plus jeune de la brigade, n'est pas si mauvaise. Aussitôt, Lee Yuhyeon se renseigne auprès du fisc. Si la résidence est à son nom, elle va apparaître. Peu après, c'est effectivement ce qu'il découvre : il a acquis une maison à Jincheon deux ans plus tôt.

— Il est fort possible qu'il soit là-bas, conclut l'inspecteur.

Même s'il n'y est pas, ils pourront au moins y obtenir de nouvelles infos. Lee Yuhyeon et Yu Seok-tae se mettent immédiatement en route. Lorsqu'ils arrivent, la nuit commence à tomber. Contrairement à Yangpyeong, il n'y a presque pas de neige à Jincheon.

La maison est isolée, à l'écart d'un petit village, construite sur une pente au bout d'un étroit chemin de terre relié à la route départementale. À côté de la bâtisse, un champ gelé ne porte plus que les traces des anciens sillons sur lesquels des bâches plastiques à moitié enterrées battent dans le vent. Il était cultivé avant que Kil Yeong-in l'achète avec la maison, mais depuis la terre est redevenue une friche. Deux grands ormes se dressent tels des dieux tutélaires à l'avant et à l'arrière de la petite demeure qu'ils mettent à l'abri des regards. Ce type d'habitation convient bien au personnage de Kil Yeong-in qui aime vivre loin de tout. Ses murs extérieurs faits de briques recouvertes d'argile jaune et ses poutres apparentes semblent soutenir difficilement son toit en béton brun. Il a dû faire quelques travaux dans cette maison de campagne typique.

— Pourquoi est-il allé acheter cette maison isolée ? Celle de Yangpyeong est déjà bien assez coupée du monde ! fait Lee Yuhyeon, intrigué.

L'air pur de la nuit est glacial. Il se dégage une atmosphère lugubre de maison hantée.

— Elle semble inhabitée depuis un moment, dit Yu Seok-tae.

— Oui, ça me fout la frousse, frémit Lee Yuhyeon en remontant le col de son blouson avant de sonner à la porte.

Pas de réponse. Il appuie plusieurs fois. Rien. « Il y a quelqu'un ? » Seul le silence leur répond. Yu Seok-tae essaie de tourner la poignée de la porte. Verrouillée. Il fait alors le tour de la maison et dit en revenant :

— Capitaine, les fenêtres de la chambre à coucher ne sont pas fermées.

Lee Yuhyeon réfléchit un moment et décide de passer outre le règlement. Kil Yeong-in est devenu un témoin important dans deux affaires de meurtre. Bien sûr, s'ils entrent par la fenêtre sans l'autorisation du propriétaire, ils auront beau trouver des preuves, ils ne pourront pas s'en servir. Alors, pour le moment, ils ne feront que vérifier, et s'il y a des choses intéressantes, ils reviendront avec un mandat de perquisition pour mener l'enquête dans les règles. Et le fait d'avoir franchi la fenêtre sans autorisation préalable sera oublié... « Mais c'est une façon de faire à la Gojin, ça ? » se dit Lee Yuhyeon.

À cette dernière pensée, Lee Yuhyeon se sent un peu gêné, mais il adresse un signe de tête à Yu Seok-tae qui ôte ses chaussures et se hisse sur la fenêtre. Une fois dedans, il ouvre la porte d'entrée à son chef. « Il y a quelqu'un ? » crie-t-il encore une fois. Vu le froid glacial qui règne dans la maison, il est évident qu'il n'y a personne. L'inspecteur n'a pas envie de se déchausser mais doit s'y résoudre pour ne pas laisser de traces de leur effraction. Il pénètre dans le salon en frissonnant sur le parquet froid.

Il fait le tour de la pièce et des deux chambres. Contrairement à l'aspect extérieur rustique de la maison, la décoration et le mobilier intérieurs n'ont rien à envier aux logements citadins modernes : lit, canapé, armoire et appareils électriques sont d'un design épuré et rien ne manque. Il n'y a qu'à allumer le chauffage et c'est habitable.

– Tout laisse à penser que Kil Yeong-in vient séjourner ici de temps en temps.

– Possible. Mais on dirait bien qu'il n'est pas passé depuis un moment. Ça ne l'inquiète pas de laisser tous ces objets de valeur ?

– Ce genre de maison de campagne ne doit pas trop attirer les cambrioleurs. Ils ne pensent pas y trouver des objets précieux.

Dans un coin du salon, une petite porte en bois attire l'attention de Lee Yuhyeon, il l'ouvre et tombe sur un escalier menant au sous-sol. Il agite la main en direction de Yu Seok-tae, occupé à inspecter la cuisine. Lee et son subordonné descendent à tâtons les marches en ciment. Il fait de plus en plus sombre. Bientôt, une tension étrange s'empare d'eux. Une fois arrivés en bas, ils se retrouvent face à une autre porte en bois. Le capitaine Lee l'ouvre, un fort grincement retentit et un espace noir comme de l'encre s'ouvre devant lui. L'odeur de terre humide et de moisissure assaille ses narines. Il tend la main vers le mur et trouve un interrupteur qui, hélas, ne fonctionne pas.

— Il fait trop noir, on doit remonter chercher une lampe de poche.

Dans un tiroir de la cuisine, ils en trouvent une et redescendent dans la cave. La vague frayeur qui les enveloppait un instant auparavant s'envole sous le faisceau lumineux. Un monde de goût et de luxe se révèle à leurs yeux.

— Waouh ! s'exclame spontanément Yu Seok-tae.

Des étagères, sur lesquelles des bouteilles de vin sont soigneusement rangées, se dressent fièrement.

— Il devrait s'inquiéter qu'on lui vole ses bouteilles, ajoute Lee Yuhyeon en salivant.

Parmi tous ces vins, nombreux sont ceux dont ils ne connaissent que le nom. Et même les inconnus les font rêver. Yu Seok-tae se penche comme s'il allait choisir une bouteille et lâche :

— Quel veinard ce Kil Yeong-in, il vient s'isoler ici de temps en temps pour déguster des grands crus !

— Tiens, c'est quoi ça ? lance Lee Yuhyeon en éclairant le fond des étagères.

Sous la faible lumière de la lampe, ils découvrent un grand trou dans le mur.

— On dirait qu'il y avait quelque chose là-dedans.

— Et si c'était un cadavre..., rigole Yu Seok-tae.

Malgré le ton plaisantin de son collègue, Lee Yuhyeon sent ses poils se hérisser. Sur les lieux d'un crime, on s'attend à découvrir un cadavre. Mais en découvrir un dans des circonstances imprévues est tout autre chose. Il se rappelle tout à coup une scène du *Chat noir*, la nouvelle d'Edgar Allan Poe.

Ils contournent les rangées de bouteilles et s'approchent prudemment du mur. Lee Yuhyeon éclaire le trou avec sa lampe et soupire de soulagement en le découvrant vide. La plaisanterie de Yu Seok-tae ne se réalise heureusement pas. Ce dernier prend la lampe des mains de son chef et inspecte minutieusement des recoins de la cavité.

— Mais pourquoi a-t-on creusé dans ce mur ?

— Eh bien... peut-être pour y conserver quelque chose.

— En tout cas, j'aurais préféré ne pas voir tous ces vins délicieux, c'est frustrant de ne pas pouvoir y toucher.

Les deux hommes quittent la cave à regret, l'eau à la bouche.

L'hiver bat son plein. Cette année, il neige particulièrement beaucoup à Yangpyeong. À peine fondue, elle s'accumule de nouveau. Ses gros flocons poudreux tombent en dansant. Gojin se gare devant la maison de Kil Yeong-in et descend. Les yeux vers le ciel, il grogne contre la météo. Les hommes de la brigade criminelle qui ont passé plus d'une semaine en planque ici se sont retirés il y a quelques jours. Les alentours sont si silencieux qu'on croirait entendre la neige tomber.

Après sa volatilisation chez Sin Jae-in, les soupçons de Gojin envers Kil Yeong-in n'ont fait qu'augmenter. C'est ce qui l'a conduit à revenir ici. Il sonne à la porte. La sonnerie résonne fort, brisant le calme, mais comme il s'en doutait, il n'obtient aucune réponse. Dans un geste machinal, il tourne la poignée de la porte et, à sa surprise, elle n'est pas verrouillée. Pendant leur planque, aucun des inspecteurs n'a dû tenter de l'ouvrir.

— Bingo ! s'exclame-t-il en pénétrant en hâte dans la maison. Il y a quelqu'un ?

Toujours aucune réponse. Le froid règne à l'intérieur comme si la maison était inhabitée depuis un bon moment. Mais tout est bien rangé. Ce n'est pas bon signe pour Gojin, car plus les choses sont ordonnées, moins on a de chance de trouver des documents intéressants. Il retire son manteau saupoudré de neige et le dépose sur la table de la cuisine. Il se met à examiner le salon, fouille le meuble télé et les tiroirs de la commode.

— Zut ! Pas un seul renseignement sur le propriétaire des lieux, ronchonne Gojin en hochant la tête, l'air d'avoir compris la situation. D'accord, Kil Yeong-in a donc prévu une nouvelle visite de la police et tout fait disparaître ; a-t-il même pensé à ne pas verrouiller la porte, de peur qu'on l'abîme en pénétrant par effraction ?

Il fait lentement le tour de la maison et entre dans la chambre orientée au sud-est. Il doit s'agir de la pièce qui servait d'atelier à Han Dami. Il soulève une à une les toiles posées au sol et soupire d'admiration :

— Ça me plaît. Je suis touché par ce qu'elle transmet dans ses dessins.

Une fois sorti de l'atelier, il traverse le séjour pour s'introduire dans la pièce qui fait face à la chambre principale, meublée d'un bureau, d'une chaise et d'une étagère basse où sont disposés quelques livres en désordre. La plupart traitent d'histoire de l'art. Sous le bureau en bois clair, il ouvre le premier tiroir d'un meube à roulettes et un cahier lui saute aux yeux. Dès la première page, il lit un texte d'une écriture dense : une sorte de journal intime très méticuleux, sûrement à l'image du caractère de son auteur. Gojin se met à le parcourir, le regard brillant du même enthousiasme que celui d'un ado devant son groupe de musique préféré. Ses yeux très bridés s'écarquillent de plus en plus et sur ses lèvres flotte un sourire révélant son grand intérêt.

La disparition de sa femme et sa souffrance, ses envies de suicide, sa visite au Centre de recherches sur le suicide mental, sa rencontre avec le docteur Yi Tak-o et son assistante, la découverte du corps de sa femme et du cadavre de Tae Jeong-u, sa fuite, ses sentiments de plus en plus intenses pour Sin Jae-in...

Au fur et à mesure de sa lecture, son sourire disparaît au profit d'une indescriptible expression de perplexité. À son grand regret, la dernière page du cahier manque. Le journal s'achève avec la fuite de Kil Yeong-in poursuivi par Gojin et Lee Yuhyeon, sa disparition et sa réapparition chez Sin Jae-in, son geste de la couvrir pour la nuit quand elle est s'endormie dans le canapé... voilà les derniers mots. La page suivante a été arrachée proprement.

— Pourquoi l'a-t-il supprimée ? s'interroge-t-il en secouant la tête comme pour chasser une mauvaise idée. Qu'y avait-il d'écrit ?

Alors qu'il dépose le cahier sur le bureau, un petit bout de papier en tombe. Il y lit ces quelques mots écrits d'une belle écriture : « Je suis désolée, ne me cherche pas. Dami. »

Ce doit être le message laissé par Han Dami quand elle a quitté la maison un an auparavant.

— Une gracieuse écriture d'artiste..., murmure-t-il entre ses lèvres.

Il remet le papier dans le cahier et sort de la maison, son manteau sous le bras. Il se précipite vers sa voiture et, une fois installé au volant, il téléphone à Lee Yuhyeon.

— Je suis tombé sur le journal intime de Kil Yeong-in.

— Son journal intime ? Où était-il ?

— En fait, je suis dans sa maison de Yangpyeong.

— Tu l'as vu ? demande Lee Yuhyeon d'une voix surprise.

— Non, il n'y est pas. Une nouvelle idée m'a mené ici et la porte d'entrée était restée ouverte...

— Tu as encore commis une violation de domicile ! J'ai retiré mes hommes, persuadé que Kil Yeong-in n'y remettrait pas les pieds.

— En effet, je pense qu'il n'y est pas venu depuis un bon moment. La page la plus récente de son journal intime date d'il y a une dizaine de jours.

— Est-ce qu'il y avait d'autres choses intéressantes en plus du journal intime ?

— Non, je n'ai trouvé que ça.

— C'est bizarre, pourquoi a-t-il laissé son journal intime ?

Sa voix trahit clairement ses soupçons sur les agissements de Kil Yeong-in.

— Il a dû penser qu'il n'aurait pas le temps d'écrire son journal pendant sa fuite. Le journal jouerait plutôt en sa faveur si la police tombait dessus, car ce qu'il raconte prouve qu'il n'a rien à voir avec les crimes.

— Voilà ce que je soupçonnais, c'est une machination de sa part.

— En effet, ça se peut. Mais tu le liras attentivement, ça ne me paraît pas être complètement manigancé.

— Je te trouve bizarre. Toi qui vois le mal partout d'habitude, là on dirait que tu as changé d'avis au sujet de Kil Yeong-in.

— Ce qui m'intrigue dans cette histoire de journal intime, c'est que la dernière page a été déchirée. Je suis sûr que c'est délibéré. Il n'aurait pas fait ça s'il s'agissait d'un faux journal.

— Justement, c'est un piège pour faire croire que le journal est authentique. Le détail qui donne tout son poids au mensonge.

— Bon, d'accord, je capitule. Je ne résiste pas devant quelqu'un de toujours méfiant comme toi. La meilleure chose à faire est que tu me rejoignes ici et que tu découvres ce journal par toi-même.

— Entendu. Justement, je viens d'obtenir un mandat de perquisition et j'allais venir. En attendant, va remettre ce journal à sa place.

— Un mandat d'arrêt ? Pour Kil Yeong-in ?

— Oui, on a du nouveau. D'abord, on a découvert il y a plusieurs jours que Kil Yeong-in possède une résidence secondaire à Jincheon et on s'y est rendus.

— Oui, je viens de l'apprendre dans le journal intime. Pourquoi tu ne me parles que maintenant d'une chose aussi palpitante ?!

Sa voix est chargée de déception, mais Lee Yuhyeon n'est pas tenu de lui donner tous les détails de l'enquête.

— Dans cette affaire, tu ne m'es pas d'une grande aide, si ? Et c'est de plus en plus sérieux, ce n'est pas un simple passe-temps.

— Parce que le cadavre de Han Dami a été découvert ?

— Comment es-tu au courant ?

— Encore le journal.

— Ah bon ? C'est étonnant qu'il ait écrit ça. Pour être franc, on ne l'a pas découvert.

— Alors comment sais-tu qu'il y avait un corps ?

— Quand on est arrivés, il n'y était déjà plus.

— Mais qu'est-ce que tu racontes ? réplique l'avocat, les yeux brillants de curiosité.

— Un mur de la cave a été creusé, nous l'avons trouvé vide, alors nous sommes repartis sans s'attarder plus dessus. Mais...

Cinq jours après leur visite à Jincheon, un courrier est arrivé au commissariat de Seocho, à l'attention du chef de la brigade criminelle : une enveloppe kraft postée à Namyangju. Dans la case expéditeur, il était grossièrement écrit : « La personne qui cherche la vérité ». Lee Yuhyeon l'a ouverte en pensant qu'il s'agissait d'une mauvaise plaisanterie, mais il est resté stupéfait par ce qu'il y a trouvé : un paquet de photos de la maison de Kil Yeong-in à Jincheon et de la cave à vin. Contrairement à ce qu'ils avaient vu, le mur creusé n'était pas vide sur les photos et il contenait bien un cadavre, comme dans *Le Chat noir*. La peau noircie collée aux os blancs était affreuse à voir. Les yeux et les narines réduits à des trous noirs ; les lèvres décomposées dévoilant des dents sales ; seuls les longs cheveux restaient relativement intacts. Un gros plan sur le cou montrait la trace d'un coup de lame encore visible.

La brigade criminelle en a été très agitée :

— Qu'est-ce que c'est que ce cadavre ?

— Vous avez dit n'avoir rien trouvé là-bas ?!

— Oui, la cavité dans le mur était vide. Seok-tae, qui était avec moi, peut le confirmer, on n'a pas pu se tromper...

— Alors de quand datent les photos ?

— Et qui les a envoyées ?

— Quelqu'un qui ne veut pas se présenter à la police, en tout cas.

— Et qui veut dénoncer un crime à côté duquel la police est passée...

Ils ont émis toutes sortes de questions et suppositions à propos de ces clichés, mais aucune réponse et rien de vraiment fondé. Les photos n'étaient pas datées.

— Un cadavre de femme dans le sous-sol de Kil Yeong-in... ne serait-ce pas celui de sa femme ? a questionné Yu Seok-tae, les yeux rivés sur les photos.

— Oui, c'est probable, puisqu'elle a disparu.

Sur ce, Lee Yuhyeon a réfléchi un moment et tranché :

— On va les montrer à la sœur de Han Dami, je sais que c'est choquant mais on n'a pas le choix, pour le moment on n'a pas d'autre moyen de vérifier qu'il s'agit bien du corps de Han Dami. Han Chorok aura peut-être quelque chose d'intéressant à nous dire.

C'était toujours aussi compliqué de la joindre. Après plusieurs tentatives, il a enfin réussi à la contacter. Alors qu'il attendait à l'entrée de la résidence, elle est apparue, son visage bouffi trahissant son agacement extrême. L'inspecteur Lee, lui aussi contrarié, s'est aussitôt dirigé vers le parking sans même la saluer. Dès qu'ils sont montés en voiture, il a tendu les photos sous son nez et a lancé :

— Jetez un coup d'œil là-dessus.

La jeune femme, qui s'était montrée froide et hautaine jusque-là, s'est brusquement troublée à la vue de ces horribles images.

— C'est la première fois que je vois les photos d'un cadavre, a-t-elle dit d'une voix tremblante. C'est choquant, ça me fait peur... Pourquoi vous me les montrez ?

— Nous pensons qu'il pourrait s'agir de votre sœur.

— Quoi ? a-t-elle crié en fixant l'inspecteur de ses yeux écarquillés avant de balbutier tristement : Non, non, ma sœur dans cet état... Ce n'est pas possible...

— Je comprends votre choc, je sais que c'est dur à accepter, mais votre sœur a disparu, non ? Si c'est elle sur ces photos, il faut qu'on le sache, pour pouvoir lui rendre justice, vous comprenez ? Regardez plus attentivement... J'imagine votre douleur, mais arrêter le criminel qui a fait ça est très important, n'est-ce pas ?

À ces mots de l'inspecteur, Han Chorok a lentement levé son visage enfoui dans ses mains pour examiner minutieusement les clichés, les yeux embués. Bientôt des larmes ont coulé sur ses joues et sa tête est retombée sans force.

— Oui... c'est ma sœur... Je reconnais l'ovale de son visage. Ah... comment est-ce possible ? Morte... Ma grande sœur pleine de joie de vivre... dans cet état affreux !

Lee Yuhyeon a détourné les yeux pour ne pas affronter le regard devenu réprobateur que lui a lancé la jeune femme la seconde d'après, le menton levé. Il a rangé les clichés.

Chorok a soupiré faiblement avant d'enfouir à nouveau son visage dans ses mains. Lee Yuhyeon a attendu patiemment qu'elle s'apaise et arrête de pleurer. Heureusement, elle s'est ressaisie plus rapidement qu'il ne s'y attendait. Elle avait déjà dû envisager une fin tragique pour sa sœur qui ne donnait plus de nouvelles depuis un an. Après avoir essuyé son visage avec le mouchoir tendu par l'inspecteur, Chorok a demandé d'une voix très calme :

– Comment est-elle morte ? Et que fait-elle là, dans un mur ?

– Je suis justement venu vous voir pour éclaircir tout ça. Le sous-sol dans lequel on a découvert le corps fait partie de la maison de votre sœur et de son mari à Jincheon. Connaissez-vous cet endroit ?

– J'avais entendu dire qu'ils avaient acheté une vieille maison pas très chère, mais je n'ai jamais su où elle se trouvait.

– Vous ne le saviez vraiment pas ?

– Non, aucune idée.

– J'ai du mal à croire que vous l'ignoriez, c'est tout de même votre sœur...

– Combien de fois je dois vous le répéter ? Ma sœur et moi, on n'était pas proches au point de connaître les détails de nos vies.

Son ton était devenu offensif et froid comme un bloc de glace. Lee Yuhyeon a essayé de détourner ses questions pour ne pas la provoquer.

– Si vous, la plus proche famille de votre sœur et de son mari, n'étiez pas au courant de l'adresse de cette maison, personne ne devait l'être alors !

Comme l'inspecteur semblait la croire, Chorok, abandonnant son agressivité, a dit d'une voix radoucie :

– Eh bien... oui, je crois que c'est le cas, même si je ne peux pas l'affirmer à cent pour cent. Ils avaient tous les deux des tempéraments sauvages, ils ne se mêlaient pas aux autres. S'ils avaient acheté une maison loin de tout, ce n'était pas pour y inviter du monde ! Tout au plus, une ou deux personnes très proches, mais je ne sais rien de leurs amis non plus.

Sa réponse était plausible. Vu son tempérament distant, il était fort possible qu'elle n'ait jamais tenté d'aller les voir dans leur maison à Jincheon. Si presque personne n'était au courant de l'existence de cette maison, alors Kil Yeong-in était forcément impliqué dans la mort de sa femme. Il n'était donc plus un simple témoin dans les affaires de Han Dami et de Tae Jeong-u. Quant au meurtre de Cheon Na-yeong, là, ce n'était pas encore certain. Mais une chose était sûre : l'implication de Kil Yeong-in avait évolué. De simple témoin dans le meurtre de Cheon Na-yeong, il était devenu un témoin important dans celui de Tae Jeong-u et le suspect principal dans celui de Han Dami.

Lee Yuhyeon, décidant de s'investir à fond dans la recherche de Kil Yeong-in, a demandé immédiatement un mandat d'arrêt contre lui. Le mandat a été émis en moins d'une journée, juste le jour où Gojin a découvert le journal intime.

— Dis donc, quelle succession de coïncidences incroyable ! dit Gojin en faisant claquer sa langue après avoir entendu le récit de Lee Yuhyeon au téléphone.

Mais sa mine est réjouie et il serre fort les dents pour réprimer un éclat de rire. Il récapitule :

— Quand tu es allé à la maison de Jincheon, le mur creusé était vide mais, sur les photos, il y avait le cadavre de Han Dami dedans, c'est cela ? Je suppose que tu es déjà retourné sur les lieux, n'est-ce pas ?

— Bien sûr, j'ai envoyé deux hommes et, comme je m'en doutais, le mur était toujours vide. Je suppose qu'avant notre arrivée, le criminel ou quelqu'un d'autre a déplacé le cadavre après l'avoir pris en photo.

— Il se peut que ce soit l'expéditeur des photos lui-même.

— C'est bien possible.

— C'est quand même étrange, Kil Yeong-in a dit dans son journal qu'il avait découvert le corps en creusant le mur. Alors quand ces photos ont-elles été prises ?

— Ça, je te l'ai dit tout à l'heure, il a pu écrire des mensonges !

— Peut-être, mais quand tu l'auras lu, tu auras le même avis que moi : il ne peut pas avoir été fabriqué de toutes pièces !

— Qu'est-ce que tu as aujourd'hui, tu deviens naïf au point de gober tout ce qui est écrit dans son journal, sans plus douter de rien ?

— Laissons tomber le journal, fait Gojin. Je suppose que tu as déjà enquêté sur l'expéditeur des photos, non ?

— J'ai essayé. Nous avons visionné les bandes de la caméra de surveillance du bureau de poste de Namyangju indiqué sur le cachet, sans aucun résultat. L'expéditeur a dû glisser l'enveloppe dans une boîte dans la rue.

— Il y a plusieurs points à éclaircir. Si l'expéditeur a voulu dénoncer un meurtre, pourquoi l'a-t-il fait en envoyant des photos au lieu de venir directement à la police ?

— Parce qu'il sait que le cadavre ne se trouve plus dans le mur !

— Il était donc obligé de dévoiler les photos du cadavre... Mais pourquoi tenait-il tant à révéler le meurtre ? Quel est son véritable motif ?

— En tout cas, nous avons un cadavre, un mobile et des circonstances présumées. Maintenant, la priorité est d'arrêter Kil Yeong-in, on réfléchira aux autres points après.

— Vous l'avez géolocalisé avec son portable ?

— Il est presque tout le temps éteint. Il l'allume juste un court moment un jour sur deux. On a à peine le temps de repérer le quartier où il se trouve au moment où il se connecte. La plupart du temps à Séoul. Mais à mon avis, il ne fait qu'y passer, bien conscient que la police cherche à le localiser. J'imagine qu'il traîne autour de la capitale, dans la province du Gyeonggi par exemple, et qu'il ne vient à Séoul que pour consulter ses messages. Ce type n'est pas à sous-estimer.

— Quelle étonnante volonté de vivre pour un type qui songeait au suicide !

— En tout cas, ne touche plus au journal, laisse-le là où il est.

— Entendu. En revanche, donne-moi l'adresse de la maison de Jincheon.

Alors que Lee Yuhyeon et ses hommes se dirigent vers la résidence principale du suspect, Gojin est quant à lui déjà à Jincheon. Contrairement à Yangpyeong où il neigeait légèrement, à Jincheon le ciel est très clair, mais la température beaucoup plus basse.

Après un rapide repérage à l'extérieur de la maison, Gojin se précipite vers l'entrée en tremblant de froid. Il tourne la poignée et la porte s'ouvre facilement. Surpris par cette chance inattendue, il observe la serrure et hoche la tête : ce n'est pas une porte à verrouillage automatique, aussi Lee Yuhyeon et son collègue, qui s'étaient introduits par la fenêtre, sont-ils ressortis par la porte, mais sans pouvoir la refermer, faute de clé.

C'est en claquant des dents que l'avocat pénètre dans le séjour glacial. Il se dirige directement, comme s'il connaissait bien la maison, vers la petite porte en bois au fond de la pièce. Il la pousse et découvre l'escalier menant au sous-sol. Son objectif est de vérifier ce mystérieux mur faisant apparaître et disparaître un cadavre. Une fois dans la cave, il éclaire de tous les côtés avec la lampe de son téléphone et découvre le grand trou derrière les rangées de bouteilles de vin. Comme il s'en doutait, il est vide. Il déplace la lumière vers les bouteilles.

— Oh, il y a des Screaming Eagle, si rares que même Bill Gates aurait du mal à s'en procurer ! s'exclame-t-il, les yeux brillants. Si j'y goûtais... est-ce que Kil Yeong-in me tuerait ?

Ses doigts glissent sur les bouteilles et s'arrêtent sur une Chat noir de Zell ; si le chat noir porte toujours malheur, ce vin convient parfaitement à une cave où un corps a été enterré. Il soulève la bouteille. Son visage jusque-là blanchi par le froid affiche à présent la même couleur qu'un vin rouge.

Il remonte dans le séjour avec la bouteille et déniche un tire-bouchon dans la cuisine. Il l'ouvre. Il prend le premier verre qui lui tombe sous la main dans un placard, le remplit à ras bord et le boit goulûment comme pour oublier le froid.

— Hum, ça fait du bien ! Kil Yeong-in, si tu veux que je paie cette bouteille qui vaut à peine dix mille wons, montre-toi !

L'alcool vient de le réchauffer, il enlève son manteau et le dépose sur le dossier d'une chaise. Le visage réjoui et le verre à la main, il fait lentement le tour de la maison, flottant comme un fantôme.

Il entre dans la chambre principale. À la place du lit, il y a un bureau sur lequel trônent un écran LCD de 15 pouces démodé, un clavier et, à côté, une petite imprimante blanche. Le vent d'hiver accompagné d'un faible sifflement pénètre par la fenêtre entrouverte. Pas tout à fait ivre, Gojin frémit légèrement de froid.

Entendant le bruit de quelque chose soulevé par le vent, il scrute le bureau ; deux feuilles crachées par l'imprimante lui sautent aux yeux. Il dépose son verre et les saisit. Il se met à lire avant de murmurer en soupirant :

— Kil Yeong-in est passé après la visite de Lee Yuhyeon et voilà ce qu'il a écrit encore...

17

Quand j'étais chez Jae-in, je me suis rendu compte que j'ai des trous de mémoire et cela me fait peur. Qu'est-ce que je faisais dans les moments dont je ne me souviens plus ? J'ai beau me forcer, je ne parviens pas à me rappeler. Ces absences me font l'effet tantôt d'un trou noir, tantôt d'une page blanche. Ne pas savoir me plonge dans une peur abominable. En fait, cela fait déjà longtemps que ma mémoire clignote comme un néon prêt à griller. Des idées terrifiantes dont j'ignore l'origine ne cessent de m'envahir.

Essayons de reprendre les choses depuis le début. Qui a tué ma femme ? J'étais convaincu que c'était Tae Jeong-u. Ce type avait dragué Dami, elle souffrait de cette relation, alors au cours d'une dispute ici, dans notre résidence secondaire, notre cocon secret à ma femme et moi, il l'a tuée. Il y a un mobile évident et des preuves par déduction, mais cet homme a été assassiné, je l'ai vu de mes propres yeux.

Et si ça changeait la donne ? Si Tae Jeong-u n'était pas l'auteur du meurtre de ma femme ? Soudain ce doute se transforme en certitude. Puis, de nouveau, j'hésite. J'ai bien entendu à son cabinet qu'il était recherché pour l'assassinat de sa propre femme, Cheon Na-yeong, alors il aurait bien pu assassiner Dami aussi et se faire tuer par quelqu'un d'autre.

Ah, je ne sais pas, je ne suis pas inspecteur. C'est plutôt moi que la police recherche. Je dois trouver l'auteur du meurtre de ma femme... Mais je n'ai plus de force, pourquoi est-ce que je me sens si angoissé et que je tremble de tout mon corps ? Qui d'autre à part Tae Jeong-u pourrait vouloir supprimer Dami ? À ma connaissance, presque personne ne sait où est notre maison de Jincheon. Si ma femme avait invité son amant ici et que ce dernier l'avait tuée, il n'aurait pas caché le cadavre sur place à moins d'être un imbécile. C'était évident que ce serait moi, le mari de la victime, qui allais repérer le renflement du mur dans ma cave et trouver le corps. J'allais deviner tout de suite qu'il était le coupable. Quand bien même il aurait commis une telle stupidité, qui a voulu le tuer lui et pour quelle raison ?

Mes idées s'évanouissent, remplacées par la peur inconnue qui envahit ma tête. Ne pas identifier cette peur m'est insupportable. Quoique... peut-être que je la connais : la vengeance... de ma femme... Ah ah ah... Essayons d'être franc. Je sens jaillir en moi une étrange idée selon laquelle Dami voudrait ma mort pour se venger de moi.

18

— Ce vieil engin marche encore bien pour son âge ! dit Gojin en tapotant le volant usé.

— Cette carcasse vibre de partout, se plaint Ryu Gyeonga, assise sur le siège passager, en décochant un regard faussement dur à l'avocat. Pour toi, du moment que ça roule ça va, le confort t'importe peu. J'espère qu'aujourd'hui au moins elle ne va pas nous lâcher en plein milieu de la route comme l'autre fois.

— Essaie d'oublier cet incident s'il te plaît, on ne va quand même pas tomber encore sur un meurtre !

Ils se trouvent justement sur la route départementale où s'est produite la panne près de Gapyeong.

— Je suis content de rentrer à Séoul même si je stresse un peu, dit Dong-hui en se penchant entre les deux sièges avant, entouré des valises posées sur la banquette arrière.

Ryu Gyeonga vient de récupérer son petit frère qu'elle avait confié à un parent à Sokcho. Elle a encore choisi Gojin comme chauffeur. Malgré sa vieille Buick peu fiable, Gyeonga n'aurait voulu personne d'autre que lui pour aller chercher Dong-hui.

— Pourquoi tu stresses ? demande Gojin que la présence de Dong-hui rend moins à l'aise qu'à l'aller.

— Et si Yeom Sang-u cherche à se venger ?

— Tu as encore peur de lui ? demande Gyeonga en se tournant vers son frère, inquiète.

— Ce type est un abruti, réplique l'adolescent, quand il comprendra qu'il s'est fait piéger, il va venir direct se venger !

— Non, je ne pense pas, répond Gojin, l'air renfrogné.

— Comment tu peux en être sûr ? demande Gyeonga.

— C'est lui qui est allé trouver Dong-hui quand il a su que ton frère avait des infos pour faire un gros coup. Il a cru que Dong-hui avait eu ces tuyaux par hasard, puis il l'a harcelé pour qu'il devienne son complice. Donc il était persuadé d'avoir lui-même lancé le coup. Il n'a aucune idée de ce que nous avons manigancé. Il s'agit quand même de bijoux d'une valeur de trois cents millions de wons. Il n'imaginerait jamais que Dong-hui serait capable d'organiser un vol aussi grave qui les jetterait directement en prison en cas d'arrestation.

À ces paroles, Gyeonga et Dong-hui affichent des mines réconfortées.

— Vous avez raison, monsieur Gojin. Il est trop bête pour savoir que c'est nous qui avons manigancé cette affaire.

— Exactement, il croit qu'il est l'instigateur de l'affaire.

Le garçon semble être enfin soulagé. Le cœur allégé, il revient au premier sujet de conversation entre sa sœur et Gojin :

— Qu'est-ce qui vous est arrivé sur la route la dernière fois ?

Gyeonga fait un sourire forcé tandis que Gojin ricane joyeusement :

— Une aventure hors du commun. L'affaire n'est pas encore close, mais elle a beaucoup ennuyé ta grande sœur.

— Alors que vous, ça a l'air de vous amuser !

Gyeonga sourit, attendrie par la remarque de son petit frère.

— Je vous promets à tous les deux qu'aujourd'hui cette voiture vous amènera sans encombre à votre destination, dit Gojin en sifflotant. Elle a été entièrement révisée, et pas plus tard qu'hier.

— Alors je me sens tranquille, approuve Gyeonga. Je te préviens que si on doit encore tomber en panne par ce froid, je préfère perdre connaissance tout de suite !

— Ne t'inquiète pas, le malheur ne frappe jamais deux fois au même endroit.

Mais contrairement à ce qu'il claironne, sa voiture n'est plus loin d'une fin dont les signes se font sentir alors qu'ils se trouvent sur une paisible départementale entre Gapyeong et Hanam.

— Monsieur, arrêtez-vous, s'il vous plaît, j'ai une envie pressante, dit Dong-hui d'une voix impatiente.

Le garçon réprimait son envie depuis un moment en espérant trouver une aire de repos, mais n'en voyant venir aucune, il ne tient plus.

— Tu aurais dû me le dire plus tôt. Sur cette route, il n'y a pas de toilettes.

Sur ce, Gojin arrête sa voiture sur un accotement près d'un arbre aux branches dénudées qui pendent tels des fils électriques entremêlés. Devant eux, une berline Sonata argentée est déjà garée. Gojin se rappelle qu'elle les a dépassés il y a un court moment.

— En plus d'être pressés, ils ont aussi eu une envie pressante ? murmure Gojin en fixant le véhicule tandis que Dong-hui urine dans la nuit au pied de l'arbre.

Personne ne descend de la Sonata. Un homme d'apparence jeune est assis au volant, le téléphone collé à l'oreille. Sa tête tournée de côté dévoile des lunettes cerclées dorées et un teint clair ; son allure tranquille ne donne pas l'impression de quelqu'un pressé d'uriner.

— Il a dû s'arrêter pour téléphoner, suppose Gyeonga.

Mais bientôt Gojin écarquille les yeux devant une scène inattendue. Le conducteur descend du véhicule sans manteau. Il est vêtu d'un costume noir impeccable. Il a plutôt une bonne bouille et tient une bouteille d'eau minérale à la main. Il ouvre le coffre de sa berline et y dépose la bouteille.

— Hein ?! s'exclame faiblement Gojin.

— Qu'est-ce que tu as ? demande Gyeonga en se tournant vers lui.

— Non, rien, répond-il avec une expression peu convaincante.

Sans doute transi de froid, le jeune homme regagne son volant en courant et démarre. Peu après, Dong-hui revient et Gojin repart aussitôt. L'arrière de la Sonata reste dans la zone d'éclairage des phares de la Buick tant elle roule lentement, comme pour admirer le paysage alors qu'il fait nuit noire. Gojin ne tente pas de la dépasser, ce qui étonne Gyeonga. Il se contente de suivre à petite distance. Une dizaine de minutes passent ainsi quand un arrêt de bus apparaît au loin. Sur une telle route de campagne, désertique même en journée, cet arrêt est sûrement très peu desservi. La Sonata stoppe juste devant. Gojin éteint soudain toutes les lumières de son véhicule et se gare en silence à une dizaine de mètres derrière. Gyeonga sort alors de sa somnolence et Dong-hui écarquille les yeux, étonné.

Une jeune femme d'une trentaine d'années se tient debout, seule, sous l'abribus. Elle a dû attendre longtemps en sautillant d'un pied sur l'autre dans ses boots Ugg. L'abribus fait de panneaux plastiques aux courbes élégantes a de la classe, mais ce n'est pas d'une grande utilité contre le vent d'hiver. La vitre de la Sonata s'ouvre côté passager. Le jeune homme se penche et s'adresse à la femme. Il lui propose sûrement de monter. La jeune femme semble hésiter, mais vu sa longue attente et le froid cinglant, elle va certainement se laisser tenter. En plus, le visage sympathique du jeune conducteur doit la rassurer. Elle ouvre la portière et incline la tête en guise de salut avant de monter. Puis ils discutent un moment, sans doute à propos de sa destination. Elle rit même en minaudant un peu, la main devant la bouche. Pendant que cette scène chaleureuse se déroule dans la voiture, le pot d'échappement de la Sonata évacue une fumée noire. Elle ne va pas tarder à repartir.

Gojin, qui a observé tout cela, lance tout à coup à ses deux passagers :

— Descendez un moment tous les deux, s'il vous plaît.

— Mais pourquoi ? demandent simultanément Gyeonga et Dong-hui, les yeux ronds de surprise.

— Pour votre sécurité.

— Nous faire descendre sur cette route obscure et dans un froid pareil, c'est pour notre sécurité ? rétorque Gyeonga.

— Bien sûr, fais-moi confiance.

— Non, je veux rester dans la voiture.

— Dans ce cas, quoi qu'il vous arrive dans cette voiture, tu devras l'assumer.

— Je ne sais pas ce qui va se passer, mais tant qu'on n'explose pas, je reste dedans.

— Justement, elle va bientôt exploser. Si tu veux en finir en même temps que cette vieille Buick, alors reste !

Le vent violent fouette les vitres en sifflant. Gyeonga, tout engourdie, n'a aucune envie de sortir et ne comprend d'ailleurs pas pourquoi elle devrait le faire, mais en voyant l'air déterminé de Gojin, elle cède et, sans le quitter de son regard suspicieux, elle enfile son manteau avant d'ouvrir sa portière. Sans réfléchir, Dong-hui la suit.

Une fois assuré qu'ils sont descendus, Gojin fixe la Sonata qui vient de se remettre à rouler en crachant toujours une grande quantité de fumée. Les petits yeux de Gojin brillent dans le noir et le coin droit de sa bouche remonte en un petit rictus qui, même de dehors, n'échappe pas à Gyeonga.

— Adieu, vieille Buick ! s'écrie-t-il avant d'appuyer à fond sur l'accélérateur.

La voiture s'élance dans un vacarme assourdissant. Sa taille énorme ajoutée à la vitesse donne une impression de puissance extraordinaire. En un rien de temps, elle franchit les dix mètres la séparant de la Sonata et percute l'angle droit du coffre. Un grand fracas retentit aussitôt. Heurtée de biais, la Sonata tourne de trente degrés vers la gauche tandis que le capot de la Buick se plie et se soulève un peu. Sa carrosserie est bien esquintée, mais Gojin, attaché à l'intérieur, a juste eu la sensation d'être dans les autos-tamponneuses d'un parc d'attractions. Gyeonga et Dong-hui sont plus choqués que lui. Tous deux, bouche bée, en oublient même le froid et se regardent ahuris, l'air de dire : « Il est fou ou quoi ? » Puis ils se ressaisissent et se précipitent vers la Buick. Gojin recule lentement sa voiture de quelques mètres. Gyeonga et Dong-hui y montent rapidement.

– Mais qu'est-ce que tu fabriques ? lance Gyeonga, les yeux écarquillés. Tu as heurté la voiture de devant et maintenant tu veux t'enfuir ?

– C'est pour ça que je vous ai demandé de descendre. Ma vieille Buick va connaître ses derniers instants de manière inattendue. Quel dommage, une si fidèle compagne, dit-il en caressant le volant.

– Est-ce vraiment le moment de regretter cette antiquité ? Je ne te comprendrai jamais.

– Regarde la voiture de devant, dit Gojin en la pointant de l'index.

La carrosserie de la Sonata n'est pas très endommagée, seul son coffre cabossé s'est entrouvert sous le choc. Le jeune homme descend, fou de rage, et se tenant la nuque d'une main, il avance vers Gojin. Son visage furieux n'a plus rien de gentil. Il a l'air plus indigné par le comportement de l'avocat qui recule comme pour partir que par l'accident lui-même.

– Tu crois que tu vas te barrer comme ça après m'être rentré dedans ! Tu veux que je te fasse la peau ? vocifère-t-il en marchant vers la Buick.

Dans la lumière des phares, son visage fait penser à celui d'un *asura**. Sa main droite tient un objet métallique oblong gris clair.

– Il est armé ? crie Gyeonga, prise de peur. Il va te frapper !

Dong-hui est lui aussi effrayé. Il n'est qu'un lycéen qui se faisait harceler par un plus fort que lui il y a peu de temps encore.

Gyeonga regarde tour à tour Gojin, tout mince dans sa chemise, et le jeune homme pareil à un fauve en furie qui s'approche. Ce dernier n'a qu'une idée en tête, abattre l'homme qui lui est rentré dedans, et il tient un objet contondant. Gojin, abîmé par sa consommation exagérée d'alcool et de tabac, sera-t-il capable de maîtriser ce jeune homme armé ? Et s'il tombait sous les coups de ce dernier, les prochaines victimes ce serait eux,

* Être démoniaque de la mythologie hindoue.

Gyeonga et son frère... En voyant le regard furieux du jeune homme et son bras tendu qui lui semble très musclé même sous la manche de son costume, Gyeonga est saisie de peur, elle en a la bouche sèche.

— Dépêche-toi de t'excuser ! Si tu ne le calmes pas tout de suite, il va nous arriver quelque chose de grave, s'écrie-t-elle en poussant Gojin vers la portière.

— Bien sûr, je vais m'excuser, répond l'avocat en adressant un sourire amusé à Gyeonga.

— Tu crois que c'est drôle ? Tu fais vraiment n'importe quoi !

Avant même qu'elle finisse de parler, l'avocat accélère fort à nouveau. La Buick s'élance encore dans un vrombissement tonitruant. C'est une courte distance, mais parcourue avec une telle puissance pour un véhicule pas loin de peser deux tonnes avec les passagers et les bagages que ce sera peut-être sa dernière course. La cible de la Buick est le conducteur de la Sonata. Heurté par le pare-chocs dans un bruit sourd, il s'écroule tel un pantin. L'homme pousse un cri de douleur avant de se tortiller au sol.

Gyeonga, plus stupéfaite que jamais, regarde le profil de Gojin qui descend de voiture et s'approche du jeune homme.

— Ah là là ! Comme je suis désolé, j'ai confondu l'accélérateur et le frein !

Voilà les excuses promises à Gyeonga. Le jeune homme, incapable de prononcer un mot, ne peut que geindre. À côté de lui traîne l'arme qu'il tenait à la main, une vulgaire clé à molette qui jure avec son élégant costume.

— Patientez un moment, je vais appeler les secours et la police, dit Gojin en se penchant vers le blessé, feignant d'être inquiet.

La réaction de l'homme est immédiate :

— Pas la police... Ça va aller, tu peux partir, s'empresse-t-il de dire alors qu'il se tord de douleur.

— Je ne peux pas faire ça, répond Gojin sans se départir de son fameux sourire amusé, ça ferait de moi un chauffard.

Laissant l'homme là où il est, il se dirige vers la Sonata et soulève en grand le coffre déjà entrouvert par le choc.

— Ah, mon Dieu ! s'écrie Gyeonga qui l'a suivi.

À l'intérieur du coffre, elle voit un jeune homme en bleu de travail recroquevillé en chien de fusil. Il semble avoir perdu connaissance. Dès le premier regard, on remarque sa mine patibulaire. Un long couteau est posé près de lui.

Gojin se fend d'un grand sourire, va ouvrir la portière de la passagère et dit à la femme tremblante de peur :

— Je suis désolé de vous avoir mis dans cet embarras mais, vu les circonstances, c'était la manière la plus efficace.

Sur ce, il sort son portable et compose le numéro d'urgence.

— Police ? Je viens de causer un accident de voiture...

Gojin, assis au comptoir de L'Absinthe, est en train de lever son verre de scotch. Après l'avoir vidé d'un trait, il tourne légèrement la tête et crache une longue bouffée de fumée. Debout face à lui, derrière le comptoir, Gyeonga expose sa beauté ensorcelante sous l'éclairage bleuâtre tamisé.

— J'ai vraiment eu peur hier soir, dire que c'était un tandem d'escrocs ! En plus, ils étaient recherchés pour meurtre !

— J'ai le cœur gros.

— Pour les malfrats ou pour moi qui ai vécu une telle mésaventure ?

— Je parle de ma vieille Buick ! Elle aurait pu rouler encore dix ans, mais elle est morte loin de chez elle...

— Sois sérieux, de toute façon elle était habitée par un mauvais esprit, il nous arrivait quelque chose à chaque fois qu'on la prenait ensemble.

— En effet, tu n'as pas tort, approuve Gojin, ce doit être une question d'affinité entre un humain et un véhicule.

— Mais comment as-tu su que ces deux hommes étaient des malfrats ?

— Tu te souviens quand Dong-hui est sorti faire pipi ?

— Oui, c'est là qu'on a remarqué la Sonata.

— Le jeune conducteur était au téléphone, puis il est descendu pour mettre une bouteille d'eau dans son coffre.

— Ça aussi, je m'en souviens.

— Cette voiture nous avait dépassés peu avant. Puis le chauffeur s'est subitement arrêté, pour répondre au téléphone bien sûr. Ensuite il est sorti mettre la bouteille d'eau dans le coffre. J'en ai déduit un lien évident entre les deux actes. En fait, c'est l'homme dans le coffre qui l'a appelé pour lui demander à boire. Qui pouvait être dans le coffre, la nuit en plein hiver, si ce n'était un complice ?

— Tu n'as pas plutôt pensé à un kidnapping ?

— Tu crois qu'on laisse un téléphone à quelqu'un qu'on vient d'enlever ? Pour appeler la police direct ? En plus, le conducteur avait beau avoir l'air sympa, c'est difficile de croire qu'il se serait arrêté en route pour faire boire sa victime. Une seule situation était possible : ils étaient complices et fomentaient leur prochain coup. L'espèce de parfait gentleman conduisait, et l'autre était caché dans le coffre pour ne pas effrayer leur nouvelle proie. Le conducteur roulait lentement, puis il a repéré la femme de l'abribus, épuisée par une longue attente dans le froid, et a réussi à la faire monter en jouant de sa frimousse sympathique. Il avait l'intention de l'entraîner dans un lieu reculé où il n'aurait plus eu qu'à appuyer sur le bouton d'ouverture du coffre pour que son complice en sorte, le couteau à la main, et s'avance nonchalamment vers le côté passager ; la jeune femme aurait été à deux doigts de perdre connaissance.

— C'est effrayant. Les gens n'ont pas le réflexe de penser que quelqu'un peut être caché dans un coffre.

— Tout à fait, en plus l'allure sympa du conducteur rassure et les gens n'hésiteraient pas longtemps avant d'accepter sa proposition. Si c'est un homme, et non une femme, il se méfierait encore moins car, inconsciemment, un homme se sent capable de faire face à un autre homme. Il n'imaginerait jamais qu'un autre type se cache dans le coffre. En tout cas, leur stratégie était bien réfléchie.

— Je comprends maintenant pourquoi tu as suivi cette voiture.

— Vu que l'autre type est resté dissimulé dans le coffre malgré le froid, je me suis dit qu'ils n'allaient pas tarder à faire un coup.

— Et tu es rentré dans leur voiture dès que la femme y est montée.

— Je suis désolé de t'avoir fait peur, ah ah !

— C'est vrai que j'ai vraiment eu la trouille, mais tu as tout mon respect maintenant puisque tu as sauvé cette femme.

— Ton indulgence est à la hauteur de ton grand cœur.

— Arrête tes flatteries, tu dis ça parce que tu es désolé. Jusque-là, je comprends à peu près, mais il y a encore une chose qui m'intrigue.

— Quoi donc ?

— Pourquoi tu n'as pas dit à la police que tu étais rentré dans la voiture exprès, pour sauver la femme ? Et même pour justifier d'avoir renversé le jeune homme, tu as sorti ton excuse abracadabrante de t'être trompé entre l'accélérateur et le frein.

Aussitôt après, Gyeonga se ravise en s'exclamant :

— Tu ne voulais pas te vanter d'avoir sauvé une vie, c'est cela ? Ah ah ah, on dirait un petit garçon timide, comme tu es mignon, maître Gojin !

— Désolé de te décevoir mais ce n'est pas du tout ça.

— Ah bon ? Alors quoi ?

Gojin tire goulûment sur sa cigarette, la brûle jusqu'au bout et recrache longuement la fumée.

— Heurter délibérément une voiture fait encourir une peine aussi lourde que d'agresser quelqu'un à l'arme blanche.

— Quelle loi absurde, c'était pour sauver une vie ! Je n'y connais rien mais ça doit pouvoir s'arranger si c'est de la légitime défense ou quelque chose comme ça.

— Je suis rentré dans cette voiture afin de sauver une femme, très bien. Mais les conditions pour reconnaître la légitime défense sont strictes : sans agression de la part de l'autre partie, elle est difficilement justifiable. Même si c'était évident pour nous que la femme était en train de se faire kidnapper, tu ne sais pas à quel point c'est compliqué à prouver devant un tribunal. C'est un vrai casse-tête et, malgré tous les efforts du monde, on n'est jamais sûr d'y arriver. D'ailleurs, si jamais ces escrocs font des dépositions mensongères, prouver la légitime défense dans mon cas devient bien plus rude encore. Avec un peu de malchance, on pourrait même me juger coupable d'excès de zèle !

— Ah bon, je ne savais pas tout ça.

— En revanche, si je fais passer cet événement pour un accident de voiture, les choses sont beaucoup plus simples. J'ai une assurance multirisque et du moment que les victimes ne sont pas gravement blessées et que je n'ai pas commis une infraction au Code de la route, un certificat de l'assurance suffira à couvrir ma responsabilité. Je n'ai pas heurté fort leur voiture. L'un d'eux a perdu connaissance, mais l'autre n'a eu que quelques contusions, même si je l'ai renversé. En plus, vu les garanties de mon assurance, je peux me faire rembourser la cote de ma Buick, j'aurai juste un malus à payer l'an prochain.

Gyeonga laisse échapper un petit rire amer marquant sa déception quant aux qualités humaines de Gojin.

— Ah, c'est pour ça que tu as fait tant de salamalecs après avoir renversé délibérément ce type.

— Il y a une autre raison.

— Laquelle ?

— Si la femme sur le siège passager avait été blessée, sans pouvoir prouver un cas de légitime défense, les frais médicaux auraient été à ma charge. Tandis que s'il s'agit d'un accident de voiture, l'assurance couvre tout.

— Là, j'ai un doute sur tes intentions, réplique Gyeonga avec encore une moue de déception. Si tu nous as demandé de descendre de voiture, Dong-hui et moi, ce n'était pas pour notre sécurité mais pour ne pas avoir à payer nos frais médicaux si on avait été blessés, n'est-ce pas ?

— Ah ah ah ! s'esclaffe Gojin. Si vous aviez été blessés tous les deux, bien sûr que je me serais chargé de vos soins, mais c'était quand même mieux que vous n'ayez rien, non ?

— Quel homme insensible tu es, tu ne sais vraiment pas parler à une femme.

Comme pour s'excuser auprès de Gyeonga qui affecte un air très contrarié, Gojin lui remplit son verre de whisky. Elle le vide à contrecœur. En reposant son verre, elle fixe l'avocat d'un air pensif. Un doux sourire flotte sur ses lèvres rouges étincelant comme un rubis.

— Je ne sais pas ce que tu vas penser si je dis ça..., commence-t-elle en regardant Gojin droit dans les yeux.

— Oh non, tu ne vas quand même pas m'avouer tes sentiments !! fait Gojin en masquant ses yeux de la main comme s'il était ébloui, je ne suis pas encore prêt pour le mariage !

Mais ce qu'elle annonce ensuite n'a rien à voir avec l'attente de Gojin qui a mis la charrue avant les bœufs :

— Je me dis que tu ressembles vraiment beaucoup au docteur Yi.

— Hein ? Moi ? Je ressemble à Yi Tak-o ? fait-il l'air surpris, avant de laisser échapper un petit rire. Tu te trompes... Lui et moi, nous sommes complètement opposés.

— Vraiment ?

— Oui, c'est justement à cause de nos différences que je m'intéresse à lui.

— J'ai l'œil plus perspicace que toi pour juger les gens, particulièrement les hommes.

— Tu penses qu'on a la même virilité ? Je ne suis pas d'accord, c'est dur à admettre, mais lui c'est un beau mâle, ce qui n'est pas mon cas...

— Non, je ne parle pas du tout de ça, peux-tu accepter que je t'interroge à ta manière, mais en suivant mon propre raisonnement ?

— Ah ? Très bien, tu me surprends ! Bien sûr, j'accepte avec plaisir !

— Quand tu es rentré dans la voiture des escrocs, pourquoi n'as-tu pas pensé à la femme assise sur le siège passager ? demande-t-elle, ses grands yeux brillant de malice.

— Quoi ? fait-il en levant brusquement la tête.

L'air de subir une attaque surprise, il immobilise son geste et son verre reste à mi-chemin entre le comptoir et sa bouche.

— En rentrant dans la Sonata, tu as arrêté les agissements des escrocs, mais tu aurais bien pu blesser la femme. Heureusement, elle n'a rien eu, mais cela ne veut pas dire que tu as fait attention à elle. C'est juste un heureux hasard.

— Hum..., gémit l'avocat pris de court en plongeant son regard dans son verre.

— Tu nous as dit de descendre de voiture, tes égards pour nous étaient sincères, je le sais, ce n'était pas une question d'argent. Mais tu ne t'es pas autant soucié de cette femme, n'est-ce pas ?

— La situation exigeait une réaction rapide...

— Vraiment ? Je te connais, tu aurais pu trouver une autre réaction, permettant de la mettre en sécurité. Toi qui as élaboré en un rien de temps un scénario d'accident de voiture plus défendable que la légitime défense, tu étais bien capable de trouver un moyen de la protéger ! Par exemple, tout en poursuivant lentement le véhicule, tu appelles la police et tu continues ton chemin comme si de rien n'était. Mais cela ne t'aurait pas amusé, n'est-ce pas ? Si tu as tenu à heurter cette voiture, ce n'était pas pour sauver cette femme mais...

— Mais ?

— C'était une distraction pour toi.

— Hum..., fait-il en fixant la peinture de Mme Gautreau sur le mur face à lui, le regard troublé.

— Disons que c'est ton esprit espiègle qui a pris le dessus, ou qu'il était question d'un jeu, comme tu le dis souvent pour le docteur Yi Tak-o.

— Un jeu...

— Oui, quand tu l'as rencontré dans le métro et qu'il a délibérément fait tomber le faux aveugle. Au début, tu as pensé qu'il agissait à cause d'une juste indignation, mais ensuite tu as compris que ce n'était qu'une distraction pour lui. Je pense qu'il en était de même pour toi. Sauver cette femme n'était que la conséquence ou le prétexte à faire toutes sortes de calculs dans ta tête, uniquement en vue de t'amuser. Tu ne vas pas te prétendre un apôtre de la justice, n'est-ce pas ? De toute façon, tu ne seras jamais du genre fidèle serviteur prêt à risquer sa vie pour sa maîtresse, je te connais.

– Tu m'embarrasses, là ! fait Gojin tout en coinçant une cigarette entre ses lèvres, l'air d'accord avec ce que Gyeonga vient de dire.

– J'ai eu le même ressenti dans l'affaire de Dong-hui.

– Comment ça ?

Gojin lève la tête, la clope au bec, et fixe les lèvres rouges de Gyeonga. Oubliant d'allumer sa cigarette, il attend la suite.

– Par exemple, ta façon de traiter l'affaire sans te mouiller. Tu as piégé Yeom Sang-u en lui faisant croire qu'il avait commis ce vol de son propre chef. Voilà tes méthodes. Tu ne montes pas au front, tu restes dans l'ombre en prenant un malin plaisir à manipuler les gens pour arriver à tes fins. Le docteur Yi lui aussi agit toujours en arrière-plan sans jamais se montrer au grand jour. Dans ce sens, vous vous ressemblez beaucoup.

Gojin hoche la tête et allume sa cigarette avec son Zippo.

– Quel sens de l'observation, je suis bien obligé de l'admettre. Personne ne t'arrive à la cheville concernant ta perspicacité à juger les gens. Tu me permets de voir une part de moi que j'ignorais. En effet, à première vue, lui et moi semblons complètement opposés, mais d'une certaine façon nous sommes assez similaires. Est-ce pour cela que j'ai été attiré par lui ?

Il murmure la dernière phrase comme s'il se parlait à lui-même, puis se tait. L'expression nonchalante qu'il affichait encore un instant auparavant se fige comme un arrêt sur image.

– Qu'as-tu tout à coup ? Tu te sens mal ?

– Non, répond Gojin du bout des lèvres, le visage impassible, sans remarquer la cendre de cigarette qui tombe sur sa chemise blanche.

Gyeonga comprend qu'il faut le laisser seul, qu'il n'est pas fâché contre elle mais qu'un tas d'idées surgissent dans sa tête comme les taupes du jeu de fête foraine.

Gyeonga se dirige vers la chaîne hi-fi. Elle cherche une musique pour Gojin. Son bar diffuse en général du jazz, mais là, elle choisit une compilation de hard-rock que l'avocat apprécie. Bientôt « Still in Love with You » résonne dans la salle. La voix mélancolique accompagnée de solos de guitare roucoule en se lovant dans tous les coins du bar tel un long serpent.

— *Thank you,* c'est ma chanson préférée, remercie Gojin en levant la main vers Gyeonga.

— Ah, c'est vrai ? répond-elle avec un doux sourire.

— Je me souviens que le docteur Yi aussi aimait cette chanson. Ça fait encore plus de goûts communs entre lui et moi. Comme tu l'as dit, peut-être que nous avons plus de ressemblances que de différences.

La saveur discrète du parfum *Chrysanthème* de Penhaligon's se dégage du cou de Gyeonga et emplit les narines de Gojin. Il se laisse enivrer par le mélange de l'odeur avec la mélodie. L'avocat vide son verre avant de murmurer lentement :

— Eh merde !

— Pourquoi ce gros mot ? interroge Gyeonga.

— Je ne sais pas comment exprimer autrement que je me sens bien.

— Il y a un instant à peine, tu avais l'air grave. Quelle humeur changeante !

— Une belle femme, ma musique préférée, mon whisky favori, quel homme pourrait être malheureux s'il possède ces trois choses réunies ?

— Je vois que tu aimes cette chanson, dit Gyeonga en consultant la liste des titres à l'arrière de la jaquette du CD qu'elle tient à la main. « Still in Love with You » est un morceau de Thin Lizzy, quel étrange nom de groupe.

— Il y a une histoire amusante à ce propos. Tin Lizzy est à l'origine un personnage de comics qui figure sur une des pochettes de disque d'Eric Clapton. *Tin* veut dire « métallique », comme leur musique, mais avec l'accent irlandais ça se prononce comme *thin*, « mince ». Et comme Lizzy est le surnom d'Elizabeth Taylor, j'ai trouvé là à faire un jeu de mots rigolo...

— D'Eric Clapton version metal on passe à Liz Taylor, mince... c'est ça ?

— Exact ! Pour moi, le leader du groupe devait être plus inspiré par la belle Liz Taylor quand elle était mince...

— Ah les mecs, vous êtes incorrigibles !

— Je te trouve mignonne quand tu râles contre les hommes, fait Gojin avec un grand sourire.

Soudain, il se tâte le front et son sourire se tord.

— Ah c'est vrai, pourquoi je n'y ai pas pensé plus tôt ?!

— Qu'est-ce qu'il y a ?

— En effet, le docteur Yi est un redoutable espiègle, lâche-t-il en gloussant.

— Pourquoi tu dis ça, tout à coup ?

— Grâce à toi, je viens de comprendre quelque chose de capital.

— Ah bon ? J'ai plutôt l'impression que tu as répondu à tes propres questions, réplique-t-elle en trouvant lamentables ses sautes d'humeur.

— Parler de cette histoire de Thin Lizzy m'a donné un précieux indice...

— Si tu le dis, tant mieux.

— C'est vrai. Pour te remercier, est-ce que je peux t'embrasser ?

— Là, tu rêves, conclut Gyeonga en baissant les yeux.

19

Lee Yuhyeon a fouillé la maison de Kil Yeong-in à Yangpyeong mais n'a rien trouvé d'autre que le journal intime dont Gojin avait parlé. Il a alors exhorté ses hommes à se concentrer sur la recherche de Kil Yeong-in qui se balade sans laisser de traces. Comme il a beaucoup d'argent, il peut se déplacer et se loger où il veut, et aussi longtemps qu'il le souhaite.

À l'heure du déjeuner, Lee Yuhyeon rejoint Gojin dans un restaurant de soupe de fugu près de la station Seocho. Après avoir soigné sa gueule de bois de la veille grâce à cette soupe apaisante, Gojin, assis sur le sol de la pièce bien chauffée, se sent cotonneux. Son cerveau fonctionne aussi lentement que son corps.

— Il ne reste plus qu'à arrêter Kil Yeong-in. Je te souhaite bon courage. Quant à moi, je dois aller discuter avec le docteur Yi.

— Tu baisses les bras ? Jusqu'à présent, tu ne voulais pas rater la moindre miette de notre affaire, ton enthousiasme serait-il retombé ?

— Pour le moment, je laisse de côté l'affaire de Kil Yeong-in. J'ai besoin de voir le docteur Yi et Gyeonga a accepté de m'accompagner.

— Mme Ryu va y aller avec toi ? Récemment, tu me suppliais encore pour que je t'y emmène, ça m'attriste.

L'inspecteur joue l'homme déçu.

— Ces jours-ci, ton temps est précieux.

— En effet, je suis accaparé par la recherche de Kil Yeong-in.

— Je sais et je ne voudrais pas te détourner de tes fonctions officielles. En plus, là, j'y vais pour une raison personnelle.

— Alors pourquoi emmènes-tu Mme Ryu ?

— Je sens qu'elle peut m'aider. Quoi qu'on en dise, le docteur Yi est un romantique, il a un faible pour les belles femmes, et elle aussi a une chose à éclaircir avec lui.

— Je crois comprendre pourquoi tu tiens tant à aller voir le docteur Yi, tu as une idée derrière la tête, ça saute aux yeux. Tu n'essaierais pas de relier cet homme à mon affaire par tous les moyens, quand même ? Mais quelle obsession, enfin !

Gojin esquisse un sourire et change de sujet :

— Tu as lu le journal intime de Kil Yeong-in, j'imagine. Qu'en penses-tu ? Tu crois toujours que c'est un faux, écrit pour nous duper ?

— Eh bien, il a décrit des faits très concrets et je n'ai perçu aucune tentative de se justifier de quoi que ce soit. Il y paraît assez franc avec lui-même, donc je ne peux pas affirmer qu'il est fabriqué de toutes pièces, mais...

— Mais ?

— Compte tenu des circonstances, il est le suspect le plus probable. On ne peut pas l'innocenter juste avec son journal intime.

— C'est pourtant une preuve recevable devant un tribunal.

— Oui, mais à condition qu'il ait été écrit avant les faits. Sinon, comment être sûr qu'il n'a pas été complètement inventé ?

Gojin secoue la tête, l'air d'en avoir assez de l'esprit de suspicion permanent de Lee Yuhyeon, et demande :

— Dans ce cas, es-tu retourné dans sa maison de Jincheon ?

— Pour vérifier ses derniers écrits ?

— C'est ça.

— À mon avis, il souffre d'une sorte de syndrome amnésique qui lui fait oublier une partie de ses actes. Je me suis dit ça après avoir lu le journal trouvé à Jincheon...

— Dis-m'en plus ! Quelles sont tes idées ?

— Je ne veux pas porter de jugements trop hâtifs, donc pour le moment, je ne peux pas te dire grand-chose..., s'interrompt Lee Yuhyeon.

— Je sais, dit Gojin. Moi aussi, je les ai lus. On voit que Kil Yeong-in a souvent des trous de mémoire, je me demande si cet état n'est pas lié à sa thérapie au Centre de recherches sur le suicide mental. Il en serait ressorti comme une sorte de somnambule.

— S'il déambulait dans un état bizarre, on l'aurait déjà arrêté.

— Tu as raison.

— Le meurtrier de Han Dami connaît la maison de Jincheon, mais même Han Chorok, sa petite sœur, ne savait pas où elle était, alors l'éventail des personnes qu'on peut soupçonner se réduit drastiquement. Tae Jeong-u en faisait sûrement partie, mais on ne peut pas l'interroger car il est mort. Il ne reste plus que Kil Yeong-in...

— Je suis d'accord, mais il pourrait y avoir d'autres personnes qui connaissent cette maison. Par exemple, Han Dami a pu y inviter des amis à l'insu de son mari. Qui sont ses amis... Ah, le type surnommé Freebird, il semblait au courant de l'existence de cette maison, non ?

— Tu parles de ce dragueur virtuel ?

— J'ai lu dans les mails de Han Dami une histoire de rendez-vous à la gare routière de Jincheon.

— Oui, c'est vrai, ah ah ah ! s'esclaffe Lee Yuhyeon.

— Pourquoi ça te fait rire ?

— Je suis déjà retourné le voir.

— Quel inspecteur zélé, je ne doutais pas une seconde que tu aurais pu laisser filer un tel poisson. Alors, raconte l'interrogatoire.

Jeong Sihu, surnommé Freebird, s'est montré agressif dès l'arrivée de Lee Yuhyeon.

— Pourquoi est-ce que vous revenez ? Je vous ai dit que je n'avais rien à dire de plus à la police, a-t-il maugréé en se détournant à peine de l'écran de son ordinateur.

Dans sa chambre de *goshitel*, le chauffage était poussé au maximum. Il avait dû faire la sieste car son peu de cheveux était tout ébouriffé. Face à son attitude revêche, Lee Yuhyeon a essayé de frapper fort dès le début :

— Han Dami a été assassinée.

— Quoi ? s'est étonné Jeong Sihu, la mâchoire tombante.

— Oui, je parle bien d'un meurtre. Si vous continuez à refuser de me parler, je vais vous faire convoquer au commissariat pour un interrogatoire avec déposition officielle.

— Non, je préfère vous dire ici tout ce que je sais. Mais comme je vous l'ai dit, je n'ai aucune révélation importante à faire, rien qui mériterait de me convoquer.

Jeong Sihu s'est fait tout petit en entendant le mot « meurtre ». La dernière fois, il s'en était sorti parce qu'il ne connaissait vraiment pas Tae Jeong-u, mais là il s'agissait de la mort d'une femme qu'il avait effectivement essayé de draguer pendant un temps, et il ne pouvait que se sentir concerné. Il a respiré profondément pour se calmer. L'inspecteur s'est dit qu'il était en meilleure position que la fois précédente pour mener son interrogatoire :

— Han Dami vous a parlé de sa relation avec Tae Jeong-u, n'est-ce pas ?

— Euh oui... un peu, mais on n'a parlé qu'en ligne, a-t-il répondu en économisant ses mots le plus possible.

— La dernière fois, vous m'avez répondu très brièvement, alors aujourd'hui essayez d'être plus précis : quel était le contenu de vos conversations ?

— Je vous jure qu'il ne s'est rien passé entre elle et moi.

— Je ne vous demande pas ça, je veux savoir ce qu'elle vous a raconté, surtout à propos de Tae Jeong-u.

Intimidé par l'expression sévère de l'inspecteur, Jeong Sihu s'est mis à parler sur un ton presque suppliant :

— Elle ne s'est pas vraiment confiée à cœur ouvert avec moi. C'est la vérité. C'est plutôt à Kim Do-yeol, le galeriste, qu'elle racontait sa vie. Mais à mon avis, ce n'était pas la bonne personne à qui confier un adultère, car c'est un homme rigide et coincé. On devine sans mal le jugement qu'il a dû lui porter : c'est un péché de sortir avec un autre homme quand on est mariée, quelque chose dans le genre. À ce que je sais, il la réprimandait assez fort, et après elle se tourmentait encore plus et se plaignait à moi des leçons de morale que lui donnait Kim Do-yeol. Moi, je la soutenais et j'approuvais tout ce qu'elle disait. J'ai juste joué ce rôle de consolateur... Kim Do-yeol avait tort d'agir ainsi. Vous savez, quand les femmes se confient, ce n'est pas pour qu'on leur donne une solution, elles veulent juste entendre « Tu as bien fait, ce n'est pas grave ». Or, lui, il ne lui faisait que des reproches. Si elle avait essayé de discuter avec moi dès le début, j'aurais pu apaiser un peu ses tracas.

Sa façon de raconter les choses laissait transparaître son tempérament vantard, mais ce qu'il disait n'était pas dénué de bon sens.

— Vous avez fini par la rencontrer à Jincheon, avouez-le ! a ordonné Lee Yuhyeon qui ne savait en fait pas du tout si la rencontre avait eu lieu ou non.

— Pff..., a soupiré Jeong Sihu en détournant la tête.

Il a dû croire que l'inspecteur était déjà au courant de pas mal de choses.

— La police a bien enquêté, on dirait. Vous avez raison, je l'ai rencontrée une fois à Jincheon. C'est Dami qui me l'avait proposé. En fait, il y avait une raison à ça : c'était à cause d'une violente dispute entre elle et Kim Do-yeol. À force d'entendre ses leçons de morale, elle avait explosé de colère et elle s'était tournée vers moi, complètement désespérée.

— Quand vous l'avez rencontrée, vous lui avez proposé de coucher avec elle.

— Mais non, qu'est-ce que vous racontez ?! Je lui ai juste demandé si elle voulait aller boire un verre ! De toute façon, elle a refusé catégoriquement.

— Une réaction normale, n'est-ce pas ? Croyant que vous étiez une femme, ça ne pouvait que la mettre en colère de s'être fait duper.

— Vous êtes à côté de la plaque. Les femmes qui ont l'esprit ouvert sont en général plutôt contentes d'être surprises de cette manière. Mais Dami, elle était en fait très coincée, pas du tout un tempérament d'artiste !

Lee Yuhyeon a senti la rage gonfler dans son ventre, mais l'a réprimée en respirant selon les préceptes taoïstes.

— Vous avez dû être fâché que Han Dami refuse de boire un verre.

— Sa réaction m'a surpris, je croyais qu'elle allait éclater de rire en découvrant que j'étais un homme, mais au lieu de ça elle s'est montrée folle de rage et ça m'a mis en colère moi aussi. Elle n'a pas voulu rester une seconde avec moi et a insisté pour repartir à Séoul immédiatement.

Aller boire un verre, et l'étape suivante, c'était le lit, son plan était cousu de fil blanc. Lee Yuhyeon a enchaîné sans autre forme de procès :

— Et c'est pour ça que vous l'avez tuée ?

— Quoi ? a crié Jeong Sihu qui n'avait pas l'air de jouer la comédie, mais son regard a trahi son trouble. Vous dites n'importe quoi, nous nous sommes séparés juste après, c'est tout.

— Sans blague, je ne pense pas que vous ayez pu vous quitter comme ça.

— Comment pouvez-vous en être si sûr ? Vous pouvez le prouver avec une caméra de surveillance ou quoi ?

— C'est exactement à cette période que Han Dami est morte... dans sa maison de Jincheon.

Jeong Sihu a voulu dire quelque chose, mais il s'est ravisé. Ses lèvres tremblaient comme des feuilles sous le vent. Devant le visage grave de l'inspecteur qui venait de lui annoncer que le meurtre avait été perpétré au moment et à l'endroit où avait eu lieu leur rencontre, la dernière bribe de confiance en lui s'est définitivement envolée.

— Eh bien, c'est vrai que je me suis énervé quand elle a voulu repartir...

— Et vous croyiez que j'allais gober que vous vous étiez séparés sur un simple « Au revoir » ?

Bien sûr, Lee Yuhyeon n'avait aucune preuve mais, profitant des craintes de Jeong Sihu, il a essayé de le mettre dos au mur. Peut-être allait-il lâcher quelques infos pour éviter d'être inculpé. Le stratagème de l'inspecteur a marché et Jeong Sihu a mordu à son hameçon :

— Je vous jure que je n'ai rien fait, je me suis juste un peu énervé... et j'ai arraché son téléphone... Et puis j'ai pressé la touche 1 qui devait être le raccourci pour appeler son mari.

— Et après ?

— J'ai entendu la voix d'un homme et j'ai dit sur un ton énervé : « Je suis en ce moment avec ta femme à Jincheon. Maintenant tu le sais, tu fais ce que tu veux. »

« Quel salaud, ce mec », vocifère intérieurement Lee Yuhyeon en serrant les poings pour ne rien laisser paraître. Il se contente de répéter calmement :

— Et après ?

— Dami s'est ruée sur moi pour récupérer son téléphone et la communication a été coupée. Alors j'ai insulté un peu Dami puis j'ai repris le car pour rentrer à Séoul.

— Vous n'aviez peut-être pas besoin d'aller aussi loin, fait l'inspecteur d'une voix calme mais chargée de fureur.

Jeong Sihu, sans le percevoir, réplique en prenant des grands airs :

— J'ai dépensé du temps et de l'argent pour aller jusqu'à Jincheon afin de la rencontrer, c'est normal que ça m'ait contrarié. Les femmes agressives qui perdent la boule, ça m'insupporte.

C'était le genre de type qui ne reconnaît jamais ses erreurs. En revanche, il était doué pour faire des reproches aux autres. « Espèce d'enfoiré », a murmuré Lee Yuhyeon entre ses dents. Avant de partir, il a ajouté en guise d'avertissement :

— La police garde un œil sur vous, veillez à continuer de collaborer avec nous.

— De nos jours, il y a plein de flemmards de ce genre qui ne foutent rien et draguent les femmes des autres, cette réalité m'attriste, lâche Gojin après avoir écouté le récit du capitaine Lee. Bref, quelle est ta conclusion ? Ce type surnommé Freebird n'a pas commis le meurtre selon toi ?

— Non, je ne pense pas. Il est vrai qu'il a quitté Han Dami en mauvais termes, mais ce n'est pas une raison suffisante pour l'assassiner, n'est-ce pas ? Et il ne m'a pas paru être assez hardi pour commettre un meurtre.

— Ce jugement relevant d'une intuition n'est pas du tout ton genre.

— Ce type est allé à Jincheon pour la rencontrer, mais il ne connaissait peut-être pas la maison puisqu'ils sont restés à la gare routière.

— Ça, ce n'est que sa version.

— Oui, tu as raison, c'est pour ça que je ne l'exclus pas complètement, mais je sens qu'il n'est pas coupable.

Assis au sol le dos contre un mur du restaurant, l'avocat se redresse.

— Que penses-tu de Kim Do-yeol comme candidat suivant ? demande-t-il.

— Tu parles du directeur de la galerie où Han Dami a exposé ? Tu crois vraiment que ce type connaît l'existence de sa maison de Jincheon ?

— D'après leurs échanges de mails, Kim Do-yeol devait aller chercher le tableau intitulé *Dumulmeori* dans la maison à Yangpyeong. Mais apparemment il ne l'a pas fait, car j'ai vu ce grand tableau dans l'atelier quand j'y suis allé. Je ne sais pas pourquoi il n'est pas venu le chercher, mais s'il connaissait l'adresse de Yangpyeong, il pouvait bien être aussi au courant de celle de Jincheon.

— Oui, tu as raison.

Sur ce, Lee Yuhyeon s'esclaffe de nouveau.

— Qu'est-ce que ce rire veut dire ? Tu as déjà enquêté sur Kim Do-yeol ?

— Bien sûr !

Kim Do-yeol a donné rendez-vous à l'inspecteur dans le parc de la bibliothèque Jeongdok à cinq minutes de sa galerie, prétextant une exposition en cours pour ne pas l'y recevoir. La bibliothèque est située sur une colline et le jardin aux arbres dénudés et aux fleurs desséchées crée une atmosphère sinistre. Heureusement, ce jour-là il n'y avait pas de vent, mais attendre quelqu'un assis sur un banc glacé face à une fontaine vide n'était pas vraiment plaisant. Bientôt Kim Do-yeol est apparu vêtu d'une doudoune longue accentuant sa petite taille. Le pas assuré et les épaules relâchées, il marchait vers l'inspecteur comme si le froid n'existait pas. En le regardant arriver, Lee Yuhyeon a eu la même impression que la fois précédente : cet homme ressemble plus à un explorateur des zones glaciaires qu'à un galeriste.

Dès qu'il s'est installé à côté de lui, l'inspecteur a sorti une canette de café chaud de la poche intérieure de sa veste avant de la lui tendre.

— Merci mais je ne bois pas de café, a dit Kim Do-yeol en agitant la main.

Gêné, Lee Yuhyeon l'a posée discrètement sur le banc et a lancé tout de go :

— Han Dami est morte, elle a été assassinée.

— Assassinée ?

Kim Do-yeol a répété ce mot d'un ton surpris, mais son regard ne trahissait aucune émotion. Un court silence a plané entre eux pendant que l'inspecteur observait l'homme attentivement.

— Ça fait un moment que je n'avais plus de ses nouvelles et je me demandais ce qu'elle était devenue, lâche Kim Do-yeol d'une voix presque murmurante en se mordant la lèvre inférieure. Oh, la pauvre... Le criminel a-t-il été arrêté ? J'imagine que non, sinon vous ne seriez pas là.

Qu'il réponde à ses propres questions sous-entendait qu'il devait être troublé au fond de lui. Mais ne rien laisser paraître était sûrement un trait caractéristique de sa personnalité.

— Vous n'êtes pas aussi surpris que je m'y attendais.

— Non, ça ne m'étonne pas, Dami filait un mauvais coton. Elle avait pris un chemin dangereux. En un sens, peut-être qu'elle a provoqué elle-même sa propre mort.

— Vous n'allez pas me redire la même chose que lorsque je suis venu vous voir au sujet de la mort de Tae Jeong-u !

— Vous savez, chacun est responsable de la trajectoire de sa vie. Cela ne sert à rien de rejeter la faute sur le destin. Que ce soit la mort ou l'autodestruction, on choisit ce qui nous arrive, personne d'autre que soi-même n'est responsable.

— Vous êtes un existentialiste ! Dites-le plus directement, vous parlez de l'adultère de Han Dami ?

— Elle a délaissé son gentil mari pour sortir avec cet homme au physique séduisant. Voilà la source de son malheur.

— D'après mes renseignements, Han Dami vous avait justement confié ses inquiétudes au sujet de sa relation avec cet homme.

— Exact.

— Et qu'est-ce qu'elle vous en avait dit ?

— Eh bien, comme cette histoire ne me plaisait pas, je n'avais pas envie d'écouter ses longs récits en détail.

— Ah bon ? Pourtant Han Dami s'est tournée vers vous parce qu'elle vous faisait confiance, non ? Si vous aviez refusé de l'écouter, elle ne se serait pas ouverte à vous !

— Si vous voulez mon avis...

— Oui, je vous écoute.

— Ce que voulait Dami, c'était que je sois d'accord avec son choix.

— Elle avait besoin de votre approbation ?

— Vous pouvez même dire mon « autorisation ». En tout cas, elle souhaitait que je reconnaisse sa passion. Mais je n'encourage jamais un acte immoral commis au nom d'un sentiment éphémère. Donc je n'allais pas dans son sens, bien au contraire, je la réprimandais sévèrement. Malgré tout, elle n'a pas renoncé à cet homme. Chaque fois qu'on se voyait, elle disait regretter et se reprochait ses actes, mais c'était plus fort qu'elle, elle continuait, comme si cette relation était impossible à briser.

Son menton carré et ses lèvres serrées témoignaient de son opiniâtreté.

— Eh bien... Quelle était exactement votre relation avec elle ? J'ai comme l'impression que vous vous preniez pour une sorte de prêtre qui recueille ses confessions et assène des jugements moraux.

— J'étais presque la seule personne de son entourage capable de lui conseiller de reprendre le droit chemin. Dami le savait, elle aussi, c'est pour ça qu'elle venait souvent me trouver pour se confier. Peut-être cherchait-elle à apaiser un peu sa culpabilité de tromper son mari. J'ai joué le jeu.

En lui-même, Lee Yuhyeon refusait de croire à ce que venait de dire Kim Do-yeol au sujet de son rôle de consolateur. L'éthique trop rigoureuse de ce dernier a certainement acculé Dami en l'accablant au lieu de la réconforter. Cet homme n'a-t-il pas plutôt exercé une pression négative sur cette passion de Dami pour son amant, un emballement qui n'allait de toute façon pas durer longtemps ? De ses deux confidents, si ça s'était mal terminé avec Freebird, Kim Do-yeol, lui, avait sûrement fait plus de mal que de bien.

— Comment qualifieriez-vous la personnalité de Han Dami ? Pour le moment, vous êtes l'un de ceux qui la connaissaient le mieux. J'aimerais que vous me parliez d'elle avec plus de détails.

— Je ne la connaissais pas si bien que ça. Elle était d'une nature gentille, mais elle était minée par son côté passionnel.

— Vous faites toujours allusion à sa relation avec Tae Jeong-u ?

— Oui, c'est vrai qu'elle a commis un acte immoral, mais plein de femmes prennent ça à la légère, alors que Dami, elle, se rongeait les sangs. C'est pour cela que je me suis dit qu'il était encore possible de sauver son couple et je l'y ai exhortée.

— Au final, la passion a gagné contre la morale.

— Dami avait un caractère plus impétueux que la normale. Parfois, quand elle se mettait en colère, elle s'enflammait et devenait difficile à maîtriser. Dans un certain sens, ça signifie qu'elle était une personne sincère. Après tout, c'était une artiste. À bien y réfléchir, je me dis que ce qui lui est arrivé était inévitable. Oh, la pauvre malheureuse, quelle fin tragique !

L'ambiance étant devenue lourde et grave, Lee Yuhyeon a changé de sujet de conversation.

— Je voudrais vous parler de choses concrètes. Il y a un an environ, vous êtes allé chercher un tableau chez Han Dami à Yangpyeong. Il s'agissait d'une peinture intitulée *Dumulmeori* pour une exposition à votre galerie, n'est-ce pas ?

— Ah, oui, en effet. Le tableau était trop grand pour qu'elle l'apporte elle-même, donc j'ai proposé de venir le récupérer.

— Vous aviez un côté protecteur avec Han Dami qui avait dû l'inciter à compter sur vous comme sur un grand frère.

Sans doute gêné, Kim Do-yeol ne réagit pas.

— Alors vous êtes allé chercher ce tableau..., a poursuivi l'inspecteur tout en connaissant la réponse.

— Oui, mais je n'ai pas pu l'emporter...

— Pourquoi ?

— Parce que ce jour-là je me suis disputé avec Dami. Non, disons plutôt qu'elle était furieuse contre moi.

— Que s'était-il passé ?

— Nous bavardions autour d'un thé chez elle, et elle a remis sur le tapis sa relation avec son amant. Je lui ai fait des remontrances sévères, elle ne devait pas vivre comme ça. J'ai dû utiliser des mots un peu trop durs ou c'est elle qui était à fleur de peau ce jour-là parce qu'elle s'est emportée brusquement en me criant : « De quel droit tu me sermonnes comme ça ? J'ai un problème qui bouleverse toute ma vie, et toi, tu joues les profs coincés qui profèrent la bonne morale ?! » Du coup, moi aussi je me suis énervé et la dispute a été violente. Je suis parti précipitamment sans prendre le tableau. Quant à Dami, debout au milieu de son séjour, elle pleurait en tremblant de rage. C'est la dernière image que j'ai d'elle. Finalement, elle ne m'a pas apporté le tableau pour l'exposition et j'ai pensé que notre amitié s'arrêtait là.

— Vous n'avez plus essayé de la contacter après ça ?

— Bien sûr que si. Plus tard, pensant qu'elle s'était calmée, je lui ai téléphoné, mais son portable était toujours éteint. J'ai essayé pendant plusieurs mois, mais le résultat était le même. Inquiet, j'ai demandé aux membres du groupe Bastianini. Personne n'avait plus de ses nouvelles, elle n'était plus en contact avec aucun membre.

— Avez-vous interrogé aussi Freebird ?

— Oui, je lui ai envoyé un message en ligne, elle, enfin, lui non plus n'avait plus de messages de Dami. En fait, j'étais le membre du club le plus proche d'elle, alors si je n'avais pas de ses nouvelles, c'était normal que les autres n'en aient pas non plus. C'est ce que j'ai pensé.

Lee Yuhyeon lui a posé la question qui lui brûlait les lèvres depuis un moment, mais en faisant comme s'il s'agissait d'une question banale :

— Saviez-vous que Dami avait une maison à Jincheon ?

— Non, je ne savais pas, a répondu Kim Do-yeol sans tressaillir, le visage fermé.

Gojin, qui a écouté l'inspecteur les yeux posés sur un coin de la salle du restaurant, affiche un air sceptique :

— Ça aussi, ce n'est que la version de Kim Do-yeol.

— Oui, bien sûr, il n'est pas impossible qu'il ait menti. Pour le moment on n'a que lui et Freebird qui auraient pu connaître l'existence de cette maison.

— Que penses-tu de ces deux-là ? Tu crois qu'on doit les soupçonner ?

— Comme l'a dit Freebird lui-même, il n'avait aucune raison de la tuer, et c'est encore plus vrai pour Kim Do-yeol. D'après d'autres membres du groupe Bastianini que j'ai contactés, il paraît que Kim Do-yeol protégeait Han Dami, mais rien de plus. Et je n'ai aucune preuve que l'un de ces hommes a mis les pieds dans la maison de Jincheon. Et même s'ils y étaient passés, pourquoi l'auraient-ils tuée ?

— Ça, on ne peut pas le savoir, il y a beaucoup de meurtres accidentels, je te rappelle.

— Tu as raison, c'est pour ça que je les garde à l'œil.

— Tu ne trouves pas que les paroles des deux hommes coïncident étrangement ? Les disputes, le fait qu'ils ne connaissaient pas la maison de Jincheon...

— Oui, c'est vrai, approuve Lee Yuhyeon avant de parler d'autre chose : Au fait, tu tiens vraiment à retourner voir Yi Tak-o ?

— Bien sûr.

— Quand ?

— Demain.

— Alors, bon rendez-vous galant ! réplique l'inspecteur en esquissant un sourire de connivence.

— Je t'ai dit qu'*on* allait voir Yi Tak-o.

Malgré la réponse de Gojin, Lee Yuhyeon continue d'afficher son air amusé en imaginant Gojin et Gyeonga seuls tous les deux.

20

C'est un matin splendide. La dernière chute de neige n'a pas encore fondu mais la température étant radoucie, l'atmosphère est agréable. En voyant la maison du docteur Yi au pied d'une colline enneigée, Gyeonga s'exclame, ravie d'être là :

— Quel paysage de rêve ! J'envie le docteur Yi, on dirait la maison de Dorothy avant qu'elle soit soufflée par la tornade et atterrisse dans le pays d'Oz.

Alors que Gyeonga semble d'humeur à composer des poèmes, enivrée par cette ambiance romantique, Gojin, lui, ne se préoccupe que de questions terre à terre.

— J'ai bien peur qu'on y aille pour rien, je n'ai pas pu le prévenir.

Le docteur Yi n'a pas de téléphone portable et Gojin n'a pas pensé à noter son numéro fixe. C'est pour ça qu'il a décidé qu'en venant tôt le matin ils auraient plus de chance de le trouver à la maison. D'autant que l'après-midi Gyeonga doit préparer son bar pour le soir.

Par chance, il est chez lui. Peut-être s'ennuyait-il tout seul car, contrairement à l'accueil un peu froid de la dernière fois, il vient lui-même leur ouvrir la porte d'entrée et les accueille avec un sourire radieux. À sa mine, il semble être impatient de se livrer à un jeu amusant. Gojin lui emboîte le pas puis se retourne vers Gyeonga avec un grand sourire, l'air de dire : « Ça commence bien ! »

Le feu de cheminée, la tête de cerf accrochée au mur, tout cela plaît à Gyeonga. Le docteur Yi, en chemise de flanelle bordeaux sur un épais pantalon à carreaux, ressemble à un chasseur dans la force de l'âge qui les reçoit dans son chalet de montagne.

— Vous tombez bien, ma commande de café torréfié vient d'arriver. Nous allons le goûter.

Après une longue et soigneuse préparation, Yi Tak-o leur tend des tasses. Le parfum délicat de l'arabica ravit leurs cœurs et le breuvage fumant réchauffe leurs corps refroidis par la route.

— Je mettrais volontiers une lichette de cognac dedans, dit Gojin en sirotant pour déguster.

— J'ai essayé plusieurs fois, répond le docteur Yi, mais les résultats sont décevants.

— J'aime beaucoup cet arôme, intervient Gyeonga en reposant sa tasse d'un geste élégant. Même dans les cafés du quartier de Cheongdam, on n'en boit pas d'aussi délicieux. Vous semblez être un vrai connaisseur, docteur.

— Vous êtes madame Ryu Gyeonga, c'est bien ça ? Je vois que vous savez mettre les gens de bonne humeur.

— Ah bon ? Ah ah ah...

— Oui, c'est comme ça que vous obtenez toujours ce que vous voulez, non ?

— Je suis désolée, s'excuse-t-elle en comprenant soudain le sens sous-jacent de la remarque. Je reconnais que la dernière fois je suis allée un peu loin.

Gyeonga, tout en riant avec coquetterie, sort de son sac à main le cahier qu'elle a subtilisé au Centre et le lui tend. Le docteur Yi le prend sans afficher ni surprise ni colère.

— Tu vois, je t'avais dit qu'il était déjà au courant, fait Gojin à l'adresse de Gyeonga pour expliquer la réaction impassible de leur hôte.

— Une chose me surprend néanmoins, dit le docteur Yi en découvrant ses deux rangées de dents blanches.

— Laquelle ?

— Que vous, maître Gojin, fréquentiez une femme aussi belle ! Ah ah ah !

Gyeonga se contente de sourire doucement, l'air de dire qu'elle est habituée à ce genre de compliments.

— La dernière fois, vous avez dit que vous aviez mis la clé sous la porte à cause de moi, j'aimerais reparler de ça..., lâche Gojin.

— Quand j'ai vu que vous commenciez à mettre le nez dans les affaires de mon Centre, je me suis dit que vous alliez encore me causer des ennuis, et puis mes recherches patinaient un peu. Tout ça est arrivé en même temps, alors j'ai décidé de faire une petite pause, voilà tout.

— Oui, mais...

— Quoi ?

— J'ai toujours du mal à croire que c'est à cause de moi.

— Vous m'avez déjà fait fermer un cabinet médical, je vous rappelle.

— Vous avez conquis une niche avec ce concept totalement nouveau qu'est le suicide mental, et vous avez le monopole de cette technique. Je ne vais pas avaler que vous avez abandonné ce succès commercial juste à cause de ma présence dans le coin et du vol d'un cahier, allons... Je vous connais trop bien pour croire ça ! En quatre ans, vous n'êtes pas devenu une poule mouillée quand même ?

— Vous insinuez que j'ai fermé le Centre pour une autre raison, c'est ça ?

— Exactement, et c'est pour le découvrir que je suis venu aujourd'hui.

— Tiens, tiens, vous piquez ma curiosité. Je ne me suis pas trompé, vous êtes vraiment un drôle de personnage, maître Gojin ! dit-il avec un sourire radieux en s'enfonçant dans son fauteuil.

— Je vais être clair avec vous. Je ne suis pas là pour parler de vos responsabilités ou de violation des lois, ni dans le but de faire éclater la vérité et condamner quelqu'un. C'est pourquoi je suis accompagné de cette belle femme et pas de l'inspecteur Lee.

— Oh, je sens que ça va être intéressant...

— Vous allez répondre franchement à mes questions, n'est-ce pas ?

— Bien sûr.

— Docteur, je crois enfin comprendre aujourd'hui la vérité sur l'affaire d'il y a quatre ans, lance Gojin en se penchant vers lui, le regard brillant.

— Je m'attendais à quelque chose de nouveau mais je vois que vous êtes toujours prisonnier du passé, s'esclaffe joyeusement le docteur. C'est pour parler de ça que vous me faites mijoter depuis tout à l'heure ?

— Parce que je ne peux faire un pas de plus si je ne comprends pas cette affaire.

— Que vous n'arriviez pas à tirer un trait sur une vieille affaire me surprend beaucoup !

Comme Gojin s'en doutait, le docteur Yi prend cette histoire à la légère, sans pour autant s'en désintéresser complètement.

— En fait, si j'y suis encore aussi attaché, c'est parce que ce qui se passe actuellement, y compris la fermeture de votre Centre, est lié à la mort de Park Jae-seong, tombé de la crête de Gongryong il y a quatre ans.

— Vous pensez toujours que cette chute a été provoquée par Woo Ho-seon, sous mon pilotage ?

Sur ce, il s'enfonce davantage dans son fauteuil et regarde Gojin comme un prof qui lance un défi à son élève. Il semble curieux d'entendre sa réponse.

— J'avais vu dans votre bureau le tableau représentant le lever du soleil sur la crête de Gongryong. Même moi qui n'y connais rien en photo, j'ai été charmé, alors un amateur l'a forcément appréciée. Comme psychiatre, vous n'avez eu aucun mal à inciter Park Jae-seong à y aller, et Woo Ho-seon à le pousser. Voilà ce que je croyais. Mais, à mon étonnement, vous avez proposé de vous soumettre au détecteur de mensonges et le résultat négatif vous a innocenté pour de bon. Cependant, j'ai continué de vous soupçonner, je ne pouvais me défaire de l'idée que vous aviez orchestré ce meurtre, et ce jusqu'à il y a peu de temps.

— Ce n'est plus le cas ?...

— Exactement. Vous n'êtes pas un meurtrier, docteur, je l'ai enfin compris.

— Alors j'en suis ravi.

— Eh bien..., fait Gojin en tapotant ses doigts croisés sur le dos de ses mains jointes, c'est que ce n'était pas un meurtre, mais un acte plus démoniaque encore.

Un petit rire s'échappe de la bouche du docteur, qui semble deviner ce qu'il y a dans la tête de Gojin.

— C'est madame Ryu, ici présente, qui m'a permis de le comprendre.

— Hum...

— Je vais vous raconter l'incident qui nous est arrivé. Nous étions sur la route et j'ai vu deux types en train de kidnapper une femme. Bien évidemment, je suis intervenu pour sauver la femme. Mais d'après Gyeonga j'ai agi surtout pour me distraire, secourir la femme était secondaire. Elle a ajouté qu'en ce sens je vous ressemblais beaucoup. Quelle perception fine de sa part ! J'ai été frappé, car moi je croyais m'intéresser à vous justement parce que nous sommes différents. Un autre exemple encore, il y a quelque temps, j'ai aidé son petit frère en tendant un piège à un camarade de son lycée qui le harcelait, pour qu'il décide de lui-même de commettre un vol important. Là aussi, j'avais un point commun avec vous aux yeux de Gyeonga, dans la mesure où j'ai orchestré un délit sans m'y impliquer le moins du monde. J'ai cru recevoir successivement deux coups de marteau sur la tête, ce qui m'a permis de vous voir sous un nouvel angle, autrement dit, non plus le docteur Yi que je croyais connaître, ni l'instigateur d'un crime, mais un homme comme moi.

— Ho ho ! réagit le docteur Yi, l'air satisfait.

— J'ai donc essayé de voir vos agissements avec mes propres yeux, comme s'ils étaient les miens.

— C'est un exercice amusant. Dans ce monde, les gens sont trop crédules et sous-estiment la malveillance et l'hypocrisie, ce qui les fait tomber dans des pièges. Comme les hypocrites et les cupides sont de plus en plus nombreux et qu'ils donnent l'illusion qu'ils ont de grandes valeurs morales, les gens ont tendance à gober tout un tas de belles histoires complètement fausses, et à aduler des héros fabriqués de toutes pièces.

— Je suis d'accord avec ça. C'est vrai qu'on a envie de croire que les autres accomplissent des actes beaux et généreux, c'est là que la tragédie commence. Mais, paradoxalement, à force de s'accumuler, les actes hypocrites peuvent un jour se transformer en bonnes actions.

Gyeonga fait une grimace incrédule, écoutant la conversation à dormir debout des deux hommes.

— Allons, revenons à votre nouvelle perception de moi, quelle est votre conclusion ?

— D'abord, j'ai accepté le résultat du détecteur de mensonges. Vous n'avez quand même pas suivi un entraînement à la falsification de la détection de ces appareils, n'est-ce pas ? Mais vous aviez tout simplement fait une entière confiance au test, sans arrière-pensée. Alors mon problème était de réconcilier la présomption selon laquelle « le docteur Yi a orchestré le meurtre de Park Jae-seong », et le résultat du test disant « le docteur Yi n'a pas assassiné Park Jae-seong ». La clé pour comprendre cette contradiction dépendait de vos états d'âme et de vos motivations de l'époque. J'ai enfin pu trouver la réponse en me mettant à votre place.

— Votre art de la dissertation me plaît, maître Gojin. Et la conclusion ?

— J'en ai conclu que vous n'avez pas orchestré ce meurtre.

— Hum...

— Ce n'était pas un meurtre, mais une expérimentation pour vous, crache Gojin avec amertume après un moment de silence.

— Une expérimentation... Hi hi hi...

— Disons plutôt une distraction ? Park Jae-seong et sa femme ont servi de cobayes à votre jeu psychiatrique. Le mari concentré à prendre la photo du lever du soleil, perché sur un rocher, il suffisait à Woo Ho-seon de tendre le bras pour se débarrasser d'un époux qu'elle haïssait. Vous lui aviez offert la possibilité de commettre ce crime parfait. Est-ce qu'elle allait assouvir ou réprimer son envie ? Vous étiez curieux de connaître la réponse. Vous avez simplement averti Woo Ho-seon : « Vous allez avoir une occasion de vous libérer facilement et définitivement de vos tourments. Bien sûr, après, vous serez envahie par la culpabilité, mais ce choix vous appartient », quelque chose de ce genre. C'était à Woo Ho-seon de prendre sa décision, et quant à vous, vous l'avez observée les yeux pétillant d'excitation, à l'abri derrière votre fenêtre d'expérimentation. J'imagine que vous aviez deviné ce qui allait se produire. C'est comme ça que vous avez pu répondre sans mentir au détecteur de mensonges : « Avez-vous assassiné Park Jae-seong ? », « Avez-vous aidé à ce meurtre ? ». Il est vrai que sur le plan légal on peut considérer votre intervention comme une négligence délibérée, mais ce n'est qu'un terme abstrait qui n'a aucun sens pour vous. Woo Ho-seon a tué Park Jae-seong, et vous n'avez fait que fabriquer une situation. Votre expérimentation portait sur la malveillance humaine et l'opportunité.

Sur ce, Gojin observe l'expression du docteur. Ce dernier, du fond de son fauteuil, une main soutenant son menton, qui l'écoutait attentivement, ne réagit pas durant un long moment et le silence règne dans le séjour. Puis un petit rire se met à échapper de sa bouche et s'amplifie peu à peu avant de se transformer en un grand éclat de rire explosant dans toute la pièce.

— Vous avez trouvé la bonne réponse, ah ah ah ! fait-il en tapant les accoudoirs. C'est vrai, l'expérience a été captivante.

Il fixe Gojin de son regard débordant de joie et poursuit :

— Les humains sont capables de commettre un meurtre aussi facilement que de manger un gâteau quand l'opportunité leur est donnée. J'ai juste voulu confirmer cette considération sur la nature humaine. J'ai dit à Woo Ho-seon qu'elle aurait une chance unique lorsque son mari prendrait cette photo et que ce serait à elle de choisir ce qu'elle voulait en faire, c'est tout ce que j'ai fait. Savez-vous à quel point elle était une femme gentille ? Elle était pour moi le cobaye idéal. Je voulais savoir comment allait réagir un être humain innocent dans ce genre de situation : loin du monde civilisé, des jugements, des regards et de la peur d'être arrêté. Et même une personne comme elle a fait le choix du meurtre alors que c'était une décision sans influence extérieure, révélant le choix pur de l'être sans la pression sociale. C'est ce choix existentiel qui était l'objectif de mon expérience et est toujours au cœur de ma curiosité.

« Le fait que Park Jae-seong et Woo Ho-seon soient venus me consulter ensemble était déjà un cas particulier. Vous savez, dans notre pays, les couples viennent rarement voir un psychiatre. Surtout un mari du genre macho comme Park Jae-seong, il ne suit pas docilement sa femme pour aller parler de leurs problèmes de couple. Mais dans leur cas, c'était lui qui avait proposé une thérapie, car il avait peur de perdre sa femme. Woo Ho-seon, elle, voulait à tout prix le quitter. Plus il redoublait d'efforts pour la retenir, plus elle le trouvait répugnant. De toute façon, ce n'était pas un problème qui se résout par une thérapie de couple. Lui, brutal et macho, était incapable de comprendre la sensibilité de sa femme. À moins qu'il ne change radicalement par je ne sais quel miracle, Woo Ho-seon, aussi sensible qu'une adolescente, ne lui aurait jamais rouvert son cœur. Or le divorce était hors de question pour Park Jae-seong. Vous voyez à quel point il était insensible au mal-être de sa femme. Quant à Woo Ho-seon, elle avait commis l'erreur de se laisser piéger par ce mariage comme un insecte dans une toile d'araignée, alors que son cœur était à mille lieues de son époux. Elle était au bord du désespoir total.

« Ce couple était vraiment les sujets parfaits pour mener mon expérience. Alors je n'ai pu réfréner ma curiosité. Woo Ho-seon était comme un oiseau en cage, il suffisait de tendre le bras pour ouvrir la porte et de la laisser faire son choix. Le résultat a été celui que vous connaissez, maître Gojin. Cette Woo Ho-seon qui semblait incapable de tuer une fourmi, à fleur de peau comme une adolescente, a finalement franchi la porte de la cage.

« Cette aventure a confirmé que les humains sont tous pareils. Ils se montrent compatissants et sentimentaux face au malheur des autres, mais ce n'est qu'une façade. Une fois seuls dans leur chambre à l'abri des regards extérieurs, réagiraient-ils pareil ? Je suis sûr qu'ils pensent d'abord à eux et à leurs sous. Entre sacrifier sa vie ou celle de dix mille ou même un million de personnes, sur quel bouton est-ce qu'on appuie ? Va-t-on donner toute sa fortune pour sauver un million de vies ? Je suis persuadé qu'un être humain penchera toujours vers lui et sa famille du moment qu'il n'est pas surveillé et n'a à assumer aucune conséquence de son choix. Vous pensez que ceux qui font de tels choix sont cupides et égoïstes ? Pas du tout, ils sont ordinaires. Vous savez, nous optons pour le bien ou le mal par nécessité et non par conscience morale. Nos sensibilités peuvent être très différentes les unes des autres, mais toutes penchent du même côté : nous-mêmes. Nous sommes de drôles d'animaux, n'est-ce pas ?...

Le silence règne un moment dans la pièce, car ni Gojin ni Gyeonga ne trouvent les mots pour répondre à ce long discours dépourvu de la moindre trace de regret. Une vague odeur de café refroidi flotte entre eux.

— Si l'inspecteur Lee était là, ce que vous venez de dire l'aurait farouchement révolté, dit Gojin qui brise le silence en haussant les épaules. Je pensais que nous nous ressemblions, vous et moi, mais là je vois que je suis loin d'atteindre votre niveau. Je ne parviendrai sans doute jamais à avoir votre regard froid, capable de disséquer des cœurs humains sans aucun remords. Tout comme vous, je n'ai pas une grande confiance en l'être humain. Toutefois, il me reste encore l'envie de croire en certaines personnes, même si je ne sais pas exactement combien, mais au moins pour elles je désire être capable d'oublier mes intérêts personnels et de risquer ma vie si je dois leur venir en aide. À vos yeux, je suis encore au stade de l'enfant qui fait ses premiers pas, non ? Grâce à vos expériences, vous avez une grande capacité à observer les humains avec un sang non pas froid, mais glacial. J'imagine que vous avez déjà réalisé plusieurs expérimentations de ce genre. Vous êtes différent d'un meurtrier classique ou d'un psychopathe. Vous ne méprisez pas la morale ni ne cherchez à faire le mal. Disons plutôt que savoir si une chose est bonne ou mauvaise ne vous intéresse tout simplement pas.

Le docteur Yi se redresse et dit :

— Sur ce dernier point, nous ne sommes pas si différents, maître Gojin. Je suis presque le seul à savoir la véritable raison pour laquelle vous agissez aujourd'hui dans l'ombre. Vous n'avez pas beaucoup confiance en l'être humain, alors jusqu'à quand comptez-vous vous laisser gouverner par des choses aussi insignifiantes que la conscience ou la morale ? Il est temps de vous en libérer, non ? Ne voulez-vous pas vous associer à moi pour réaliser de grands projets ? Que diriez-vous de nous débarrasser définitivement du carcan des principes moraux ? Et, bien sûr, avoir dans nos bras de belles femmes sensuelles ?!

— C'est alléchant, mais je décline votre proposition. Je fais toujours cavalier seul.

— Comme c'est dommage ! Une combinaison aussi parfaite que la nôtre est rare.

L'air déçu, le docteur Yi s'enfonce de nouveau dans son fauteuil. Gyeonga, qui les écoutait les yeux rivés sur sa tasse de café presque vide, pousse un petit soupir avant d'intervenir :

— Eh bien, je ne sais pas quoi dire. Je pensais être une connaisseuse en matière d'hommes, mais je n'en ai jamais rencontré d'aussi singuliers que vous deux.

Par ce commentaire, elle réussit à faire rire simultanément les deux hommes. Elle joue fidèlement son rôle de modératrice, exactement comme Gojin le souhaitait.

— Revenons à notre premier sujet : la fermeture de votre Centre, dit Gojin en s'adressant au docteur.

— Ah oui, vous étiez venu pour parler de ça, allez-y, je vous écoute.

— Je vous le répète, je ne suis pas venu pour vous juger ou vous condamner pour un quelconque crime.

— Je sais.

Gojin rince sa gorge sèche avec son café froid avant de poursuivre :

— Vous n'avez pas fermé votre Centre de recherches de votre propre chef.

— Pourquoi alors ?

— Ça a un rapport avec l'affaire d'il y a quatre ans.

— Qu'est-ce qui vous fait dire ça ? s'enquiert le docteur Yi, l'air amusé.

— Votre secrétaire, Sin Jae-in, est en réalité... Woo Ho-seon, n'est-ce pas ? fait Gojin en fixant le docteur avec gravité.

— Ah ah ah ! s'esclaffe le docteur en secouant ostensiblement tout son corps.

Gyeonga se tourne vers Gojin avec des yeux ronds de surprise.

— Maître Gojin, vous me plaisez beaucoup ! s'exclame le docteur en frappant ses accoudoirs de ses grosses mains épaisses. Comment l'avez-vous su ? Vous l'avez reconnue malgré sa chirurgie esthétique ?

— Malheureusement je n'ai pas un sens de l'observation aussi fin. Je n'ai tellement pas l'œil que j'ai souvent cru être atteint de prosopagnosie.

— Alors, est-ce l'inspecteur Lee qui l'a reconnue ? Puisqu'il avait interrogé Woo Ho-seon il y a quatre ans ?

— Non plus. On dirait qu'il est encore plus nul que moi... surtout avec les femmes. Il suffit qu'une de ses collègues change de coiffure et il la salue comme s'ils se rencontraient pour la première fois. Ça explique peut-être pourquoi il est encore célibataire. Je constate que Woo Ho-seon a perdu beaucoup de poids, que son visage a été transformé par la chirurgie esthétique et que sa coiffure a un style complètement différent. Et elle porte des lunettes à présent. En tout cas, elle s'est métamorphosée de la tête aux pieds, alors comment des hommes aussi nuls que nous sur la physionomie féminine auraient-ils pu la reconnaître ?

— Donc comment avez-vous su ?

— À cause de son nom...

— Je vois, ah ah ah...

— C'est surtout parce que je connais bien vos goûts en matière de femmes.

Sur ce, Gojin s'adresse à Gyeonga :

— Connais-tu l'actrice Jane Birkin ?

— Jane Birkin ? répète la jeune femme en écarquillant les yeux.

— Oui, le docteur Yi est un de ses plus grands admirateurs.

— C'est une actrice d'il y a un moment déjà, je n'ai jamais vu ses films, mais je sais qu'elle a donné naissance au sac Hermès le *Birkin*.

— Bien sûr, tu t'y connais en luxe.

— Oui, je connais même l'origine de ce sac : un jour le président d'Hermès s'est trouvé assis par hasard à côté de Jane Birkin dans un avion. L'actrice lui a confié qu'elle ne trouvait pas le sac à main idéal pour ranger toutes ses affaires, alors il l'a créé pour elle. Ah, avoir ce sac, c'est le rêve !

Alors que les yeux de Gyeonga deviennent songeurs, Gojin reprend :

— Elle est à la fois actrice et chanteuse. Y a-t-il des hommes qui ne s'échauffent pas en l'écoutant chanter « Je t'aime, moi non plus » avec Gainsbourg ? Docteur Yi, vous étiez fan de cette chanson vous aussi à l'époque !

— C'est vrai, de la chanteuse surtout, elle était au top dans les années 1970, lâche le docteur Yi en plongeant dans ses souvenirs.

— Tout à fait, approuve Gojin en le regardant. Vous devez penser souvent à la jolie Jane Birkin de ce temps-là.

Le docteur Yi se contente de sourire sans réagir tandis que Gyeonga glousse.

— Vous n'êtes pas du genre à refuser de me voir à cause de l'affaire d'il y a quatre ans. Lors de ma première visite au Centre, ce n'est pas vous qui avez refusé de m'ouvrir la porte de votre bureau, mais Sin Jae-in, je veux dire Woo Ho-seon, qui m'avait reconnu. Même si nous n'avions pas de preuve, elle avait tué son mari et devait disparaître pour se libérer définitivement de cette affaire. Elle ne pouvait compter que sur vous puisque vous l'aviez couverte contre les soupçons de meurtre. Elle a changé de visage et de nom pour se créer une nouvelle identité. Et comme vous êtes un incorrigible espiègle, docteur, c'est vous qui lui avez donné son nouveau nom. Vous l'avez baptisée « Sin Jae-in » qui est la prononciation en coréen de « Thin Jane » : vous avez créé un nom en pensant à Jane Birkin « mince » ! Mais vous êtes dur, Birkin n'est quand même pas grosse aujourd'hui, pas comme Liz Taylor ; c'est un jeu de mots autour du groupe Thin Lizzy qui me l'a fait comprendre.

— Quel esprit de déduction ! s'exclame le docteur Yi dans un grand éclat de rire.

— En tout cas, c'est en partant de ce nom que j'ai commencé à douter. Si cette fille devait cacher son identité sous ce nom inventé par vous, n'était-elle pas Woo Ho-seon ? Alors j'ai essayé de me remémorer les détails de son visage et là, j'en ai vu des traces. Toutes les pièces du puzzle se sont emboîtées à merveille. Depuis l'affaire d'il y a quatre ans, vous la protégez en la gardant près de vous comme assistante. Vous la chérissiez comme votre propre fille et c'est encore le cas aujourd'hui. Le jour où je suis venu dans votre Centre pour la première fois, elle a dû être très surprise, moi qui l'avais soupçonnée du meurtre de son mari, je réapparaissais tout à coup et, quelques jours plus tard, un de vos cahiers de comptes était subtilisé. Elle a eu peur. Elle redoutait que je découvre sa fausse identité et son passé. N'oublions pas qu'elle avait été relaxée faute de preuve, alors le dossier pouvait être rouvert. Voilà pourquoi elle vous a supplié de fermer le Centre et de vous retirer loin de la ville pendant un moment. Vous, personnellement, vous n'aviez aucune raison d'avoir peur, mais vous avez accepté sa demande par pitié pour elle. Vous avez un sang-froid à toute épreuve pour tout ce qui est scientifique, cependant, dès qu'il s'agit d'une personne que vous aimez, vous ne pouvez rien lui refuser ; voilà pourquoi vous vous êtes cloîtré dans cette maison. Chaque fois qu'elle nous rencontre, l'inspecteur Lee ou moi, elle cache son visage dans son foulard et baisse la tête pour éviter nos regards. Donc si je résume, il y a un rapport plus ou moins direct entre la fermeture de votre Centre de recherches sur le suicide mental et l'affaire d'il y a quatre ans, n'ai-je pas raison ?

— Bravo, dit le docteur Yi, je ne vais pas essayer de nier ni de me justifier. J'ai assez de fair-play pour accepter votre brillant raisonnement et pour vous témoigner tout mon respect.

— Même si vous venez d'avouer le crime commis par Woo Ho-seon, on ne peut pas l'arrêter, car vous vous tairez devant les juges. En tout cas, je vous suis reconnaissant de votre franchise.

— C'est moi qui vous remercie, votre démonstration m'a bien amusé.

— Que pensez-vous du cas de Kil Yeong-in ? demande Gojin. Lui aussi a-t-il attiré votre curiosité ?

— Ah ! ça..., lâche-t-il avec un sourire, il y a une chose que vous ne savez pas encore, maître Gojin.

— Laquelle ?

— L'affaire d'il y a quatre ans a non seulement un lien avec la fermeture du Centre, mais aussi avec les meurtres qui préoccupent la police aujourd'hui.

— Vous voulez dire l'affaire qui touche Kil Yeong-in aujourd'hui ? Je suis vraiment très intrigué, quel lien y a-t-il entre toutes ces affaires ?

— Considérez que je viens de vous lancer une nouvelle énigme à résoudre...

Gojin sait à l'attitude du docteur qu'il n'en obtiendra rien de plus. Il se résigne à contrecœur et décide de ne pas faire pression.

Tous les trois soulèvent simultanément leurs tasses de café et vident les dernières gouttes restantes dans un silence gêné. Gyeonga, qui voit que les sujets de conversation sont épuisés et leurs cafés vides, intervient :

— Tenez, voici la carte de mon bar, n'hésitez pas à passer, j'en serai honorée.

Elle la tend poliment à deux mains.

— Je n'y manquerai pas. Peut-on boire de l'absinthe dans votre bar ?

— Oui, mais épurée de sa substance hallucinogène. Van Gogh aurait été très déçu et n'aurait pas peint d'aussi belles toiles...

— S'il vivait à notre époque, vu sa pauvreté, il ne pourrait même pas en boire un verre dans un bar, les prix sont exorbitants.

À ces mots du docteur Yi, Gyeonga fait une mimique charmante.

— Maître Gojin ! interpelle le docteur Yi en se levant. Vous connaissez mon faible pour les belles femmes et m'avez envoyé Mme Ryu Gyeonga. Elle a subtilisé un de mes cahiers, malheureusement pas le plus instructif. Je vais vous l'offrir, il vous intéressera sûrement.

Le docteur Yi traverse le séjour, pénètre dans son bureau à l'entrée du couloir et en revient aussitôt avec un porte-documents en cuir contenant une liasse de feuilles fixées par une pince métallique. Il le tend à Gojin. Il ne rit plus mais semble toujours de bonne humeur. Les deux visiteurs quittent la maison avec ce mystérieux « cadeau » du docteur.

Gojin était venu là pour résoudre sa vieille histoire avec Yi Tak-o et la réponse franche qu'il a obtenue l'a soulagé du poids qui l'oppressait depuis quatre ans.

Hélas, quand il ouvrira ce « cadeau », il tombera sur une nouvelle boîte de Pandore tout aussi énigmatique, et le témoignage du docteur Yi, selon lequel l'affaire de Park Jae-seong est liée à l'actuelle affaire concernant Kil Yeong-in, provoquera une nouvelle vague d'inquiétude qui lui nouera l'estomac plus fort encore qu'il y a quatre ans.

À leur retour à Séoul, Gojin s'installe au comptoir de L'Absinthe et se met à consulter les documents donnés par le docteur.

— J'ai le cœur qui bat la chamade, dit-il.

— Qu'est-ce qu'il mijote cette fois ? interroge Gyeonga en tendant le cou vers lui, curieuse elle aussi.

À cause du faible éclairage du bar, Gojin est forcé de plisser les yeux. Il s'agit là des comptes rendus de consultations de ses patients sur plusieurs mois. Les informations sont peu précises. Gojin y lit juste des listes de symptômes parfois accompagnées de courts commentaires. Les détails doivent être dans la tête du docteur, il n'a pas eu besoin de les consigner, car le nombre de ses patients est peu élevé. Alors que l'avocat feuillette page après page, il sursaute tout à coup :

— Mais qu'est-ce que c'est ?!

Il vient de voir le nom de Han Dami sur la première ligne d'une des feuilles. Gyeonga est elle aussi très surprise.

Les feuilles ne sont datées que du mois et de l'année. La visite de Han Dami remonte à environ un an. D'après la note gribouillée par Yi Tak-o, elle souffrait de pulsions suicidaires causées par un choc psychologique.

Gojin, hébété, sort machinalement son paquet de cigarettes de la poche de sa veste. Le temps qu'il trouve son briquet, Gyeonga la lui a déjà allumée. Il en fume quatre d'affilée. Ses yeux se troublent puis s'injectent de sang. Ne supportant pas la fumée, Gyeonga s'éloigne un moment.

— Est-ce une coïncidence ? Sûrement pas, sinon le docteur Yi ne m'aurait pas offert cet « intéressant » cahier..., murmure Gojin pour lui-même avant d'écraser sa cigarette.

Il appelle aussitôt Lee Yuhyeon pour lui en parler. Ce dernier, qui se démène à la recherche de Kil Yeong-in, n'en est pas moins surpris.

— Il fallait que tu le saches.

— C'est étrange que Han Dami soit allée au Centre de recherches sur le suicide mental il y a un an. Est-ce que le docteur Yi tire les ficelles derrière cette affaire-là aussi ?

Après avoir raccroché, Gojin range le porte-documents quand le téléphone du bar sonne. Gyeonga décroche et passe le combiné à Gojin en lui adressant un clin d'œil. C'est le docteur Yi qui s'est servi du numéro sur la carte de visite. Gojin entend son air amusé :

— Avez-vous ouvert mon cadeau ?

Sans répondre, Gojin questionne à son tour :

– Pourquoi Han Dami est-elle venue vous voir au Centre ? Et pourquoi songeait-elle à se suicider ?

– Ne soyez pas si pressé, je ne peux pas vous révéler les secrets de mes patients. Essayez de trouver par vous-même.

– Han Dami est venue vous voir il y a un an, c'est à cette période qu'elle est morte, est-ce une coïncidence ?

– Je ne peux pas dire que c'en est une, mais la relation de cause à effet est sûrement différente de celle que vous imaginez.

– Jusqu'où êtes-vous impliqué dans cette affaire ?

– Le maître Gojin que je connais ne poserait pas ce genre de question trop directe, vous êtes trop talentueux pour ça !

– Vous essayez toujours de noyer le poisson. Très bien, je vais m'y prendre autrement. Votre thérapie du suicide mental n'a-t-elle jamais échoué ?

Le docteur Yi garde le silence un moment avant de répondre finalement :

– Une seule fois.

– S'agit-il du cas de Han Dami ?

– Je ne sais pas.

– De Kil Yeong-in alors ?

– Je ne sais pas non plus, hi hi hi ! Mes patients ne se limitent pas à ces deux personnes, sinon mon Centre aurait mis la clé sous la porte bien plus tôt.

– Je vois que vous ne voulez pas me le dire. Quel est le sens de cet échec que vous reconnaissez ?

– Ah ah ah ! Je vous laisse y répondre par vous-même.

Sur ce, il raccroche. Gojin reprend les dossiers depuis le début et les examine tous plusieurs fois, mais le seul nom qu'il connaît est Han Dami. Son regard trahit son trouble. Le coup de fil du docteur l'a plongé dans un brouillard encore plus épais. Ses yeux hagards se promènent dans le vide, il murmure comme s'il venait de se réveiller.

– Bon sang, ma nuit de sommeil est encore foutue !

Sur ce, il vide d'un trait son verre de scotch.

21

— Donne-moi le numéro de téléphone de Han Chorok, demande Gojin sans même prendre le temps de saluer Lee Yuhyeon quand ce dernier décroche.

Ses yeux creux et tirés trahissent son insomnie de la veille.

— Pour quoi faire ?

— Pas pour la draguer.

— Ça, pour l'avoir déjà rencontrée, je m'en doute, et ça ferait de la peine à quelqu'un d'autre...

— Mais qu'est-ce que tu racontes ?

— Non, non, rien.

Gojin compose plusieurs fois le numéro de Han Chorok, en vain. Elle doit avoir l'habitude de ne jamais prendre l'appel d'un numéro inconnu. Alors Gojin lui envoie un SMS : « Je suis Gojin, avocat, je suis chargé de l'héritage de votre sœur. Je dois m'entretenir avec vous à ce sujet. »

Cinq minutes après, le portable de Gojin sonne. C'est Han Chorok. Elle, si blasée de tout, s'intéresse au moins à l'argent. Amusé, il décroche avec nonchalance.

— L'héritage de ma sœur ? Mais que dites-vous ? fait Han Chorok, la voix chargée de méfiance.

— Il est difficile de parler au téléphone, pouvons-nous nous rencontrer ?

— Quand ?

— Dès que possible. Si vous êtes disponible tout de suite, je vous rejoins à votre résidence.

Gojin pense au quartier de Gueui où elle habite mais elle propose un autre lieu de rendez-vous.

— Je suis à la gare routière de Nambu. Retrouvons-nous dans ce quartier, disons devant le Centre des arts de Séoul dans deux heures.

— Pourquoi êtes-vous à la gare routière ?

— Ça ne vous regarde pas, c'est ma vie privée.

— C'est juste que si vous y êtes déjà, pourquoi attendre deux heures ?

— Vous êtes pressé ?

— À moins que vous ne soyez en province et preniez un bus qui arrivera à la gare de Nambu dans deux heures...

— Ça, c'est mon problème, pourquoi vous me demandez ce genre de choses ? réplique-t-elle, énervée par les questions de Gojin qui dépassent les bornes.

Deux heures plus tard, il est l'heure de déjeuner quand elle apparaît devant le Centre des arts de Séoul. Comme toujours, elle est vêtue d'un jogging et d'un anorak. S'attendait-elle à voir quelqu'un d'autre ? Elle a l'air contrariée en reconnaissant l'homme qui était venu chez elle avec Lee Yuhyeon, devinant aussitôt qu'il ne s'agissait en fait pas d'une question d'héritage. Gojin la salue chaleureusement de peur que la contrariété manifeste de la jeune femme se transforme en refus de parler.

— On s'est déjà rencontrés, vous vous souvenez ? Allons manger ensemble pour discuter tranquillement. Venez, je vous emmène en taxi.

Un taxi de prestige attend garé derrière lui.

— Vous êtes avocat ou vous gérez une affaire de chauffeurs de luxe ?

— Malheureusement, ma voiture a péri récemment dans un accident. Aujourd'hui, nous devrons nous contenter d'un taxi.

Sans doute adoucie par l'attitude franche de Gojin, et malgré son ton sarcastique, la jeune femme monte dans le véhicule sans objection. Ils descendent devant un restaurant japonais à Seocho.

— Je suis désolée de ne pas être habillée convenablement pour ce genre de restaurant, mais avec vous en costume on se fera moins mal voir.

Contrairement à ce qu'elle vient de dire, elle entre à grands pas dans ce restaurant chic, l'air de se foutre complètement de sa tenue. Elle pénètre dans une des petites salles traditionnelles, s'assoit au fond, sur le sol, tandis que Gojin prend place en face d'elle, près de la porte. On commence à leur servir du porridge aux ormeaux.

— De quel héritage vous voulez me parler ? demande Han Chorok, l'air tout de même intéressée. Je n'ai jamais entendu dire que ma sœur avait un avocat pour se charger de son argent.

— En fait, ce n'est pas votre sœur qui m'a engagé, je m'y intéresse de ma propre initiative.

— C'est ce que je pensais, ricane-t-elle. Je vous ai suivi sans trop y croire. Enfin, puisque je suis là, je vais en profiter pour savourer ces délicieux plats.

À la surprise de Gojin, elle se montre cool au lieu de se mettre en colère.

— Il paraît que votre sœur a vécu un choc psychologique il y a un an. Êtes-vous au courant ?

— Je savais que vous alliez me questionner. C'est la suite de l'interrogatoire de l'inspecteur ? Vous n'êtes pas de la police, pourquoi vous vous intéressez à ma sœur ?

— C'est vrai, je ne suis pas flic, et pas motivé par l'ambition de résoudre cette affaire non plus. Je dois être franc, je ne m'intéresse pas à votre sœur, mais à son mari, Kil Yeong-in. Mes questions sur lui me mènent naturellement à votre sœur.

— En tout cas, j'ignore tout des problèmes que ma sœur a pu avoir il y a un an.

— Han Dami n'a pas connu une mort banale.

— Vous n'êtes pas policier mais vous êtes au courant de la mort de ma sœur ?

— Comme je vous l'ai dit, c'est via mon enquête sur Kil Yeong-in que je l'ai appris. Il y a de nombreux points étranges au sujet de sa mort. Bien sûr, il faut arrêter le meurtrier et même des détails que vous jugez insignifiants peuvent se révéler d'une grande aide.

— C'est le travail de la police, ça, non ? De toute façon, je vais vous faire la même réponse qu'à eux, alors autant parler plutôt que continuer à me taire et vous donner encore plus de fil à retordre. Comme je l'ai déjà dit, ma sœur et moi ne partageons pas vraiment nos soucis, alors je ne connais pas grand-chose sur elle.

— Vous seriez tout de même au courant d'un choc psychologique.

— Non, je n'en sais rien. J'ai l'impression que vous savez plus de choses sur elle que moi.

— On dirait que vous ne tenez pas vraiment à parler d'elle, dit Gojin pour la provoquer un peu.

— Mais c'est que je n'ai pas grand-chose à dire, réplique-t-elle, irritée.

Gojin change de sujet et aborde le passé du couple :

— Han Dami et Kil Yeong-in semblent avoir des personnalités très différentes. Dans quelles circonstances se sont-ils rencontrés puis mariés ?

— C'est vrai qu'ils étaient différents, mais leur rencontre était tout à fait banale.

— Parlez-moi d'eux...

— Ma sœur a étudié aux Beaux-Arts, se met à raconter la jeune femme après avoir bu une gorgée de thé. Elle a fait un master avec comme sujet de mémoire la peinture italienne de la Renaissance. Son objectif était d'enseigner à la fac... Elle était grande et svelte avec un caractère avenant et dynamique. Elle attirait les hommes. Quant à mon beau-frère, son tempérament est morose et il a un physique chétif malgré son passé de sportif... Il est un peu à l'opposé de ma sœur. Elle, elle aimait plutôt les hommes virils avec du charisme. À l'époque, elle sortait avec un homme de ce type et ça s'était mal passé, alors j'imagine que son attirance pour Kil Yeong-in en était la conséquence. Et ils avaient l'âge où les gens se marient en général... Vous savez, les histoires d'amour qu'on vit très jeune aboutissent rarement à un mariage. Ceux qui tombent amoureux autour de trente ans, qu'il s'agisse de la rencontre de deux âmes sœurs ou de la curiosité de goûter à une relation différente, ils se retrouvent souvent à se marier. Pour ma sœur, c'était le second cas, et lui, il a saisi sa chance.

Gojin l'écoute attentivement. Sans doute motivée par l'attitude sincère de ce dernier, Han Chorok bavarde encore un bon moment à propos de sa sœur et son mari sans se priver d'y ajouter ses jugements personnels.

— Comment organisez-vous votre travail, mademoiselle Han ? demande Gojin quand elle s'arrête de parler. Vous êtes journaliste indépendante, c'est bien ça ?

— Pardon ? Moi ? fait-elle, surprise par le changement soudain de sujet. Eh bien, je rédige des articles contre de l'argent, c'est tout.

— Pour ce genre de travail, il suffit de posséder une adresse mail et un compte bancaire.

— Oui, en effet.

— Vous n'avez donc presque pas d'occasions de rencontrer les gens pour qui vous travaillez.

— Non.

— Comment sait-on si un article a bien été écrit par vous ?

— Pourquoi cette question ? rétorque Han Chorok qui devient méfiante. Je ne vois pas où vous voulez en venir. Vous savez, je ne peux pas me permettre de bâcler mon travail en rédigeant mes articles à partir d'infos glanées ici ou là, je ne suis pas une autrice connue, alors les magazines ne publient pas mes articles juste pour mon nom. Quand on n'est pas célèbre, il faut présenter des textes de qualité.

— Dans ce cas, votre nom, Han Chorok, n'est qu'un nom parmi d'autres sur la liste des pigistes.

La jeune femme hoche la tête sans réagir plus que cela. Tous les plats ont été servis et le déjeuner s'achève avec une infusion au pruneau japonais. Gojin propose de raccompagner la jeune femme en taxi, mais elle décline.

— De toute façon, je passe par votre quartier pour rentrer chez moi. Il fait froid et j'insiste pour vous ramener chez vous.

— Non, j'ai trop mangé, l'air frais me fera du bien. Je vais rentrer seule.

— Vous n'êtes pas habillé chaudement, vous allez attraper un rhume.

— Je vous assure que ça ira, si vous insistez encore, je vais considérer ça comme de la drague.

Sur ce, Han Chorok agite la main et s'éloigne rapidement, presque en s'enfuyant. Regardant longuement sa silhouette de dos, Gojin murmure :

— C'est vraiment une femme difficile à cerner...

Après avoir quitté Han Chorok, Gojin se dirige droit vers la bibliothèque nationale à Seocho. Il supporte mal le froid et se sent engourdi mais, une fois dans le bâtiment chauffé, son visage s'illumine d'une étrange lueur d'enthousiasme. Il cherche le mémoire de master de Han Dami et demande à le consulter sur place. Le mémoire porte pour titre « Tendances de la peinture italienne à la fin de la Renaissance ». Han Dami a répertorié les peintres du XVIe siècle et analysé le style de chacun sans les classer selon les courants artistiques. Raphaël, Giorgione, Veronèse, Le Caravage, Arcimboldo, Bronzino, Le Tintoret, Bastianini, Bassano, Michel-Ange... Certes, elle s'est contentée de les étudier un à un sans faire de catégories, mais, dans l'ensemble du mémoire, Gojin décèle le regret de l'autrice que l'âge d'or de la peinture de la Renaissance ait été interrompu à cause de la crise politique de l'époque. Elle présente aussi en détail les artistes du maniérisme ainsi que ceux du mouvement baroque apparu dans la seconde moitié du XVIe siècle. La peinture de la Renaissance italienne que Han Dami aimait tant a pris fin avec la naissance de ces deux mouvements, mais elle a décortiqué les artistes de cette période et leurs œuvres de façon objective sans ajouter ses sentiments personnels.

Au cours de cette lecture passionnante, Gojin sort machinalement une cigarette. Une jeune femme assise à côté de lui lance un regard désapprobateur. Se rendant aussitôt compte qu'il se trouve dans une salle de lecture de bibliothèque, il la remet dans le paquet. Après avoir lu l'intégralité du mémoire, il lève brusquement la tête. Son visage arborant un sourire de satisfaction, il murmure :

— Voilà une découverte intéressante... Elle peut expliquer pas mal de choses...

La jeune femme à côté de lui jette à nouveau un regard courroucé. Gojin lui fait un clin d'œil en retour avant de se lever d'un bond, puis il va scruter les rayons et revient avec plusieurs livres qu'il pose bruyamment sur la table. Il se plonge aussitôt dans ses lectures, désolé d'avoir encore dérangé la voisine qui grimace à nouveau.

Quand Gyeonga entre dans le café près du carrefour de Hak, Gojin est concentré sur ce qu'il est en train d'écrire.

— Tu travailles dans les cafés maintenant ? le taquine-t-elle.

— Tout est sens dessus dessous, répond-il, assis dans le coin fumeurs de la salle, tout en crachant de grosses bouffées de cigarette. Ces derniers temps, si je n'écris pas ce qui se passe dans ma tête, je n'arrive pas à mettre de l'ordre dans mes idées.

— De quelles idées parles-tu ?

— Les trois affaires s'emboîtaient mal dès le début, ce n'est que maintenant que je commence à apercevoir le bout du tunnel. J'essaie de repasser les détails un à un, comme si je vérifiais les comptes d'une entreprise, puis d'y mettre de l'ordre selon ma propre logique. Je crois que je vais réussir à trouver la clé permettant de résoudre ces affaires. Le cadeau du docteur Yi m'aide aussi.

Sur ce, il continue de gribouiller quelques mots puis s'exclame en se redressant :

— Ça y est ! J'ai le truc qui explique tout !

Notes de Gojin

Il y a un an :

Han Dami, tourmentée par son adultère, effectue des séances de thérapie au Centre de recherches sur le suicide mental.

Elle a une relation avec Tae Jeong-u et confie ses problèmes à ses amis Kim Do-yeol et Freebird, membres comme elle du club Bastianini.

Kim Do-yeol lui reproche de tromper son mari, et elle, exaspérée, se tourne vers Freebird qui lui fait croire qu'il est une femme. Ils se rencontrent à Jincheon, et il essaie de la draguer. Essuyant un refus, il s'énerve et arrache son portable à Han Dami pour prévenir Kil Yeong-in (version de Freebird).

Han Dami se fait assassiner dans sa maison de Jincheon.

Il n'y a que Kil Yeong-in, Han Dami et peut-être Tae Jeong-u qui connaissent cette maison.

Les autres personnes susceptibles d'être au courant de l'existence de cette maison sont Kim Do-yeol, Freebird, Han Chorok, Yi Tak-o et Sin Jae-in.

Ces derniers mois :

Kil Yeong-in suit lui aussi une thérapie au Centre.

Pendant cette période, Cheon Na-yeong, la femme de Tae Jeong-u, se fait assassiner dans un appart-hôtel.

La réceptionniste et Gojin témoignent avoir vu par la fenêtre la femme très énervée. La réceptionniste a vu Tae Jeong-u sortir par le hall durant la nuit.

La voiture de Cheon Na-yeong reste sur le parking de l'appart-hôtel.

Tae Jeong-u est retrouvé mort dans sa voiture le lendemain au milieu d'un bois à Yangpyeong.

Kil Yeong-in trouve un message indiquant le lieu où est le cadavre de Tae Jeong-u et s'y rend ; dans la voiture, la caméra continue de filmer, sûrement pour le piéger (d'après le journal intime de Kil Yeong-in).

Kil Yeong-in et Sin Jae-in découvrent le cadavre de Han Dami dans la maison de Jincheon.

Gojin et Lee Yuhyeon poursuivent Kil Yeong-in mais celui-ci s'évapore dans la maison de Sin Jae-in.

Lorsque la police se rend à Jincheon, le cadavre n'y est plus.

Quelques jours plus tard, la police reçoit un paquet de photos du cadavre prises à une date inconnue.

Centre de recherches sur le suicide mental :

Le docteur Yi Tak-o chérit Woo Ho-seon comme sa fille.

Woo Ho-seon a été soupçonnée d'avoir tué son mari Park Jae-seong il y a quatre ans mais n'a pas été accusée faute de preuves.

Woo Ho-seon renaît en Sin Jae-in en changeant son apparence physique et son nom, et travaille comme assistante du docteur Yi.

Sin Jae-in devient très proche de Kil Yeong-in, patient du Centre. Leurs rapports semblent évoluer vers une relation amoureuse.

— Pfiou, rien que de lire tes notes, ça me fait des nœuds au cerveau, dit Gyeonga en secouant la tête. Une seule chose donne sens à tout ça ?

— Oui, et je l'ai trouvée à l'instant et non sans mal.

— Alors une idiote comme moi ne pourrait jamais y arriver malgré tous ses efforts, n'est-ce pas monsieur le grand détective ? ironise-t-elle.

— Le plus idiot, c'est plutôt moi, puisque j'avais tous les éléments pour trouver la clé de l'énigme, ah ah ah ! Et c'est aussi moi qui suis le plus proche du docteur Yi.

— Cette clé qui résout l'énigme, elle a un rapport avec le docteur Yi ?

Gojin fait un grand sourire et répond de façon ambiguë :

— Les meurtres de Cheon Na-yeong et Tae Jeong-u ainsi que la fuite de Kil Yeong-in s'expliquent par la mort de Han Dami il y a un an. Et l'assassinat de Park Jae-seong que le docteur Yi a orchestré y est aussi lié.

— Ah bon ? Explique-moi ! Je n'ai rien à voir avec toutes ces affaires, mais je suis curieuse quand même, chuchote Gyeonga à l'oreille de l'avocat.

Gojin se met à lui raconter et, au fur et à mesure qu'elle l'écoute, ses yeux se mettent à briller et elle pousse des petits cris de surprise. À la fin du récit, Gyeonga lâche avec un sourire amusé :

— C'est une histoire incroyable... Alors ça veut dire que le docteur Yi s'est bien moqué de toi, non ?

— Il a dû rire à en avoir mal au ventre ! Quel homme de mauvaise foi !

— Ah ! Ça me donne envie de boire un verre au lieu d'un café.

— Je savais que tu dirais ça, j'ai déjà commandé deux irish-coffees.

Les cafés arrivent, Gyeonga prend sa tasse et la porte à sa bouche. En regardant ses jolies lèvres avaler le liquide noir et chaud, Gojin coince une cigarette entre les siennes. Puis se ressaisissant tout à coup, il lance :

— Si la chance me sourit, je pourrai peut-être trouver Kil Yeong-in.

— Et comment ?

— En attaquant son point faible puisque je sais maintenant ce que c'est. En fait, si je voulais te voir aujourd'hui, c'est pour te demander un service.

— Qu'est-ce que c'est, cette fois ?

Gojin écrase sa cigarette et chuchote quelque chose à l'oreille de son amie.

— Très bien. Ce genre de service n'est pas un problème, accepte volontiers Gyeonga.

Gojin lui donne le numéro du portable de Kil Yeong-in trouvé dans le cahier qu'elle avait subtilisé au Centre. La jeune femme le compose aussitôt, mais l'appareil doit être éteint car elle tombe directement sur une voix enregistrée. Elle laisse un message vocal selon les consignes données par Gojin : « Je suis la personne qui vous a indiqué le lieu où se trouvait le cadavre de

Tae Jeong-u. Je sais qui est l'assassin de votre femme. Si vous voulez savoir, venez à l'embarcadère pour l'île de Nami dans quatre jours à 16 heures. »

– J'ai essayé de prendre une voix de femme mystérieuse, est-ce que c'était bien ? demande-t-elle pour que Gojin la rassure.

– Bien sûr, tu as bien fait. En ce moment, la police ne le cherche qu'en pistant ses traces, mais de cette façon ils n'arriveront jamais à mettre la main sur lui. Kil Yeong-in n'est pas un fugitif ordinaire, il ne sait même pas lui-même s'il est innocent ou coupable. Autrement dit, il est dans un état de grande confusion. S'il écoute ton message, il va venir au rendez-vous même s'il soupçonne que ça puisse être un piège. J'en suis sûr. D'après l'inspecteur Lee, Kil Yeong-in allume son portable une fois tous les deux jours. Nous lui avons donné quatre jours, il aura forcément ce message entre-temps.

Gojin hoche la tête, visiblement confiant en ses paroles, puis frappé par une idée qui vient de surgir, il ajoute :

– En fait, je voudrais que tu laisses à nouveau le message demain et après-demain.

– Demain et après-demain ? demande-t-elle, l'air intriguée.

22

Gyeonga se tient debout, le dos appuyé contre un poteau de l'embarcadère pour l'île de Nami. Le toit de tuiles noires contraste avec les poteaux peints en blanc. Avec son court manteau blanc en alpaga serré à la taille, son écharpe rouge flottant sur ses épaules, ses lunettes de soleil à monture rouge très flashy, sa beauté est encore plus remarquable. Celui avec qui elle a rendez-vous ne pourra que la trouver resplendissante.

C'est l'après-midi du quatrième jour après qu'elle a laissé le message à Kil Yeong-in. Le plein hiver est passé, un premier rayon de soleil réchauffe agréablement la peau. Cela fait longtemps qu'il n'y a pas eu une belle météo, douce et sans vent. Les touristes venus là prématurément pour admirer la beauté du lieu au printemps défilent joyeusement devant elle.

« Kil Yeong-in va-t-il réellement venir ? » se demande Gyeonga. Elle n'y croit qu'à moitié mais est tout de même venue pour aller au bout du service qu'elle rend à son ami.

— S'il ne vient pas, je serai venue pour rien, s'est-elle plainte à Gojin. J'aurais préféré rester à faire la sieste et le soleil va abîmer ma peau !

— Imagine plutôt que je t'ai donné un rendez-vous galant sur l'île de Nami.

— Pourquoi ne le rencontres-tu pas directement ? Tu n'es pas si effrayant que ça !

— Si je m'affiche tout de suite, il risque de se méfier et de ne pas se montrer. D'autant plus que l'inspecteur Lee et moi l'avons déjà pourchassé, il se peut qu'il se souvienne de mon visage. Et même sans ça, une belle femme comme toi est bien mieux pour une première rencontre que moi qui ressemble à un arbre dénudé en hiver. De toute façon, c'est une voix de femme qui a laissé le message, alors pas le choix !

Les nuages alternent avec les rayons du soleil. À plus de 16 heures, l'heure du rendez-vous est bien dépassée et Gyeonga commence à s'impatienter. Soudain elle aperçoit quelqu'un qui s'approche avec une démarche prudente qui ne ressemble pas du tout à celle des touristes. Il avance lentement et s'arrête près d'un grand arbre, à deux pas de l'entrée de l'embarcadère. Elle remarque ses cheveux ébouriffés, ses lunettes de soleil et son manteau noir. Une allure certes sombre, mais avec un certain chic, se dit la jeune femme. C'est sûrement par méfiance qu'il reste à distance.

— Celui qui est au pied de l'arbre, c'est Kil Yeong-in, entend-elle dans l'oreillette de son téléphone.

C'est Gojin qui chuchote, resté caché parmi les touristes à distance de l'embarcadère. Gyeonga raccroche et s'approche de l'homme.

— Vous êtes monsieur Kil Yeong-in ?

— ...

— C'est moi qui vous ai laissé le message.

— Vous êtes... qui ? demande-t-il à voix basse, enrouée.

On dirait qu'il sort d'une nuit blanche.

— En fait, je ne suis qu'une intermédiaire.

— Mais qui vous envoie... la police ?

— Non, n'ayez crainte, la police n'aurait pas agi comme ça, elle aurait tendu une embuscade et vous aurait déjà sauté dessus. La personne qui veut vous voir aujourd'hui est un avocat du nom de Gojin. Je pense que vous l'avez déjà aperçu. Vous jugerez par vous-même, mais il n'est pas dangereux et ne vous veut aucun mal. Il ne vous dénoncera pas à la police. Je vous conseille de le rencontrer. Il va vous dire tout ce que vous voulez savoir, y compris la vérité sur la mort de votre femme.

Il avait déjà l'air secoué et, après avoir entendu ces derniers mots, il se met à sortir et remettre nerveusement ses mains dans les poches de son manteau, trahissant un violent conflit intérieur. Mais il semble aussi complètement sous l'emprise de ce que Gyeonga vient de dire et incapable de s'en aller.

Enveloppé dans son manteau en laine gris foncé, le col remonté, Gojin affiche un sourire joyeux digne d'une rencontre avec un ami de longue date. Il se dirige lentement vers eux en faisant tellement attention à ne pas provoquer la méfiance de Kil Yeong-in qu'il trébuche un peu. Malgré les lunettes de soleil, il perçoit la tension de l'homme qui le regarde approcher sans pour autant bouger d'un pouce. Seule Gyeonga recule un peu. Il a dû être rassuré en voyant que Gojin n'est pas très costaud.

– Enchanté, monsieur Kil Yeong-in, salue l'avocat avec la plus sincère gentillesse.

– ...

– Ne vous inquiétez pas, il n'y a personne d'autre que moi et elle. Nous ne sommes ni la police ni une bande de malfaiteurs. Nous n'avons aucune mauvaise intention à votre égard. Il serait plus exact de dire qu'on est là pour vous aider. Ce que je vais vous raconter va être un peu long, et peut-être choquant pour vous, mais vous devez absolument l'entendre. Je m'appelle Gojin et je suis avocat. La jeune femme qui m'accompagne, c'est... mon assistante.

Furieuse d'être réduite au rôle d'assistante, Gyeonga lance un regard désapprobateur à Gojin qui l'ignore.

– À ma connaissance, monsieur Kil Yeong-in, vous êtes recherché par la police pour les meurtres de Tae Jeong-u et de sa femme. Moi, je suis convaincu que vous n'en êtes pas coupable. Ce qui vous intéresse, c'est surtout d'en savoir davantage au sujet de la mort de votre femme, n'est-ce pas ? Et ces derniers temps, votre mémoire vacille de plus en plus souvent, alors il vous arrive même d'avoir une idée terrifiante : celle d'être responsable de la mort de votre femme. Je me trompe ? Je vous ai fait venir là pour vous éviter un tel malentendu, et ainsi pourrai-je vérifier mon hypothèse auprès de vous et avoir la conscience tranquille en ce qui concerne ces différentes affaires. Je vais vous raconter toute la vérité, êtes-vous prêt à l'entendre ?

Le ton de Gojin est aimable mais ne réussit pas à effacer complètement les doutes et les craintes de son interlocuteur. Ses verres de lunettes, bien que très foncés, laissent entrapercevoir un regard apeuré.

— Gyeonga, que dirais-tu d'aller te reposer dans un café alentour ? propose Gojin en se tournant vers la jeune femme.

— Très bien, ma mission est terminée, vous avez une longue discussion à avoir tous les deux.

Gyeonga esquisse un joli sourire et s'éloigne à pas légers avant de disparaître.

— Par où commencer..., fait Gojin en tournant lentement la tête vers Kil Yeong-in. Ça va vous paraître long mais je dois tout vous raconter depuis le début, sinon vous allez avoir du mal à comprendre et à accepter la conclusion à laquelle je suis parvenu. Vous vous souvenez du jour où vous vous êtes enfui de chez vous lors de la visite de la police ? L'une des deux personnes, c'était moi. Mais ne vous inquiétez pas, nous n'avions pas l'intention de vous arrêter à ce moment-là, et à présent non plus. De toute façon, même si vous étiez coupable, je n'aurais pas le pouvoir de le faire, soyez donc rassuré à ce sujet.

« Lorsque nous vous avons poursuivi ce jour-là, vous vous êtes volatilisé une fois arrivé chez Sin Jae-in. Le coup était habilement monté, il nous a stupéfiés. De qui venait l'idée ? De vous ou de Sin Jae-in ? Vous nous avez bien eus, j'en suis même un peu vexé. Mais pour être franc avec vous, personnellement, j'ai admiré votre ingéniosité. L'inspecteur Lee et moi-même avons cru que vous vous étiez enfui par le sentier à l'arrière de la maison puisque la fenêtre était grande ouverte. Nous vous avons cherché pendant un bon moment sur le petit sentier et sur le chemin de randonnée. Nous avons beaucoup souffert en ratissant la montagne dans l'obscurité. Il faisait un froid de canard ce soir-là, n'est-ce pas ? Mais nous nous sommes donné tout ce mal pour rien, c'était stupide de notre part, il n'y avait personne dans le sentier et aucun des randonneurs que nous avons croisés ne vous avait vu. Certes, il faisait nuit, mais il n'y avait qu'un seul chemin. En plus, comme il était couvert de neige, si vous y étiez passé, habillé tout en noir avec vos lunettes, tel un caillou noir sur une plage de galets blancs, il aurait été impossible que personne ne vous ait remarqué. Cela signifiait que vous n'aviez pas sauté par la fenêtre pour vous sauver dans le sentier. Il fallait s'y résoudre. Alors vous étiez resté caché dans la maison, mais où ? J'y ai réfléchi durant plusieurs jours avant de voir enfin l'angle mort qui nous a échappé dans la chambre. Y avoir mis un tel désordre était une mise en scène pour fabriquer votre planque. Sin Jae-in a dit que vous étiez entré dans la chambre et aviez fouillé partout avant de ressortir par la fenêtre. Son récit faisait partie de la mise en scène. Qu'est-ce que nous avons été bêtes de la croire ! Ça me met encore en rage quand j'y pense ! Je vais vous dire ce qui s'est réellement passé : il y avait une commode avec six grands et longs tiroirs. Ils étaient tirés presque au maximum, créant ainsi un espace derrière eux, et c'est là que vous étiez caché. N'ai-je pas raison ?

Kil Yeong-in hoche légèrement la tête entre les deux pointes de son col relevé.

— Il n'y avait que cet espace possible, une cachette à laquelle on ne pense pas en général. Vous vous y êtes glissé, puis Sin Jae-in a remis les tiroirs sans trop les repousser. À mon avis, c'était plutôt son idée, non ? Ensuite elle a ouvert les autres tiroirs et placards de la chambre et tout mis en bazar comme si vous aviez fouillé partout. Voilà comment elle nous a dupés. Elle a dit : « Il a surgi et s'est mis à fouiller ma chambre comme un possédé » et nous a ainsi roulés dans la farine. Bon, ce qui est fait est fait, je ne dois plus m'y attarder, avançons. En fait, le plus important n'est pas que vous ayez réussi à nous échapper ce soir-là, mais pourquoi vous l'avez fait.

Gojin s'interrompt un moment et esquisse un sourire énigmatique avant de reprendre :

— Je me suis posé la question sur le moment puis je n'y ai plus pensé, mais à mesure que je tombais sur des énigmes successives, j'ai fini par comprendre qu'elles convergeaient toutes vers un seul et même criminel. Vous étiez au courant du meurtre de Cheon Na-yeong à l'appart-hôtel Hogar, n'est-ce pas ? L'ombre d'un homme supposé être Tae Jeong-u a été vue à travers la fenêtre par la réceptionniste Yi Yeong-a et moi-même vers 23 h 30. Cheon Na-yeong s'est violemment emportée contre lui avant d'être assassinée. Tae Jeong-u a été vu quittant le hall à 1 h 30. Ce qui est étrange, c'est qu'il est parti à pied en pleine nuit, alors qu'il faisait très froid, en laissant sur le parking l'Infiniti blanche avec laquelle ils étaient venus. Ce point était dès le début incompréhensible. Il serait reparti à pied en laissant sa voiture ? Enfin, la voiture de sa femme... L'Infiniti de Cheon Na-yeong n'était ni en panne ni à court d'essence. À partir de là, j'ai tourné la question autrement : à la place de « Pourquoi Tae Jeong-u n'a-t-il pas pris la voiture ? », je me suis dit que, vu les circonstances, il lui était impossible de ne pas être reparti en voiture. Cela engendrait deux autres questions : « Tae Jeong-u et Cheon Na-yeong sont-ils venus chacun avec sa propre voiture ? » et du coup « Sont-ils arrivés à l'hôtel séparément ? ». D'après la réceptionniste, Cheon Na-yeong a attendu dans le hall que son compagnon, parti garer leur véhicule, la rejoigne avant de gagner leur appartement, même si l'employée n'a pas vu le compagnon à ce moment-là. Cela veut donc dire que Cheon Na-yeong est venue en voiture avec quelqu'un. Comment expliquer cela ? Mon hypothèse est que dès le départ elle n'était pas venue avec son mari, mais avec quelqu'un d'autre. Quant à Tae Jeong-u, il est arrivé plus tard avec sa BMW.

Gojin s'interrompt de nouveau et observe son interlocuteur. Le visage figé comme celui d'une gravure sur pierre, il ne réagit pas.

— Remarquez, je comprends que vous ne vous intéressiez pas au meurtre de Cheon Na-yeong. Passons à autre chose. Vous allez voir, je vais vous donner la clé qui va dissiper tous vos doutes. Vous avez suivi une thérapie au Centre de recherches sur le suicide mental, n'est-ce pas ? Votre femme, Han Dami, l'avait fréquenté elle aussi il y a un an.

À ces mots, Kil Yeong-in tressaille un peu.

— Je connais personnellement le docteur Yi Tak-o, reprend l'avocat. C'est lui qui m'a donné un indice capital. Ah ! ne vous méprenez pas, il n'a dévoilé aucun secret médical. Il m'a juste informé du fait que vous avez tous les deux été ses patients. J'ai eu d'autres informations essentielles et là, je voudrais m'excuser d'avance : je suis tombé par hasard sur votre journal intime et je l'ai lu. Je sais aussi que vous êtes très proche de Sin Jae-in qui est la fidèle assistante du docteur. J'ai l'impression qu'elle est plus amoureuse de vous que vous d'elle. Je connais un peu son passé. Une affaire d'il y a quatre ans nous lie. Elle souffrait de ses relations avec son mari qui n'est plus de ce monde aujourd'hui. Donc, elle est veuve et vous aime.

— Est-ce que... ça... pose un problème ? fait enfin Kil Yeong-in en prononçant péniblement chaque mot d'une voix à peine audible.

— Non, pas du tout, au contraire, c'est une belle histoire d'amour. Si je me permets de vous livrer mes conclusions, c'est que je sais qui est le meurtrier. Tout s'explique si clairement que le coupable ne peut être personne d'autre.

— Qui est-ce ? Vous n'allez quand même pas me dire que c'est moi qui ai tué ma femme ?

Sa voix tremble. Gojin baisse un moment la tête et la relève avant d'annoncer, l'air de ne pas avoir le choix :

— Non... M. Kil Yeong-in n'a pas assassiné Mme Han Dami.

— Qui alors ?

— Eh bien... le coupable... c'est vous.

23

Pendant que Gojin rencontre Kil Yeong-in, Lee Yuhyeon se balade seul dans le district de Yangpyeong. Très frustré de ne plus maîtriser son enquête, il n'en pouvait plus de rester à se tourner les pouces en attendant les nouvelles de la recherche de Kil Yeong-in. Ayant un peu de temps libre, il a conduit jusqu'à Yangpyeong. Plus un universitaire relit un ouvrage et plus il comprend entre les lignes, il en va de même pour un policier qui doit revenir plusieurs fois sur les lieux importants d'une affaire. Certaines choses lui auraient-elles échappé ? Peut-être qu'aujourd'hui la maison du suspect va lui révéler des informations inattendues. C'est ce vague espoir qui l'a mené ici.

Il est seul, sans coéquipier, car il n'est pas dans le cadre officiel de l'enquête.

Deux des meurtres ont été perpétrés non loin d'ici. Les maisons de Kil Yeong-in, de Yi Tak-o et de Sin Jae-in sont toutes les trois dans les environs. Mais la proximité de tous ces éléments n'a pas fait avancer l'enquête pour autant.

Le capitaine est repassé à l'appart-hôtel, a encore inspecté le 103 et interrogé de nouveau la réceptionniste, visiblement très agacée. Il a également fait un tour dans le bois où a été découvert le corps de Tae Jeong-u. Tout a été nettoyé, il ne reste plus que l'air pur et frais de la forêt.

La maison de Sin Jae-in n'étant pas très loin de là, il décide de passer chez elle. Il bifurque sur la route. Heureusement, on dirait qu'elle est là. Le salon est allumé bien que ce ne soit encore que la fin de l'après-midi. Il est vrai que la forêt alentour fait tomber la nuit plus tôt, et puis la lumière doit la rassurer, elle qui vit seule dans ce lieu isolé.

Lee Yuhyeon s'apprête à appuyer sur la sonnette puis se ravise. À vrai dire, il n'a aucune question à lui poser. Au mieux, il lui demanderait : « Avez-vous des nouvelles de Kil Yeong-in ? » et cela ne servirait à rien. Il fait volte-face. Va-t-il plutôt se rendre chez Kil Yeong-in ? Il remonte dans sa voiture et reprend la route.

24

— Je suis un meurtrier ? Mais qu'est-ce que vous racontez ?

Kil Yeong-in s'emporte. Pour autant, sa voix reste apathique.

— Je me doute que ça doit être un grand choc, mais vous devez regarder la réalité en face.

— Vous dites que Kil Yeong-in n'a pas tué Han Dami, et ensuite que c'est moi qui l'ai tuée... Vous jouez avec moi ? Ce n'est pas moi qui l'ai tuée, je le sais mieux que quiconque. Après une longue hésitation, je suis venu ici dans l'espoir de connaître l'assassin de ma femme, pas pour entendre ces absurdités.

Sur ce, il fait une grimace et tourne les talons quand Gojin lance :

— Attendez, vous ne voulez pas connaître la vérité ?

— Je n'ai pas envie de connaître celle que vous avez inventée !

— Si vous partez comme ça, il se peut que vous vous fassiez bientôt assassiner à votre tour.

À cette annonce soudaine, Kil Yeong-in s'arrête net et fait volte-face avant de crier :

— Mais... qu'est-ce que vous racontez encore ? Qui va me tuer ?

— La personne qui vous a déjà tué une fois.

— C'est n'importe quoi !

— Je veux dire, vous-même...

25

Le dénommé Gojin qui se trouve devant moi raconte des choses absurdes. Il dit savoir que je n'ai pas tué ma femme, et juste après il me désigne comme son meurtrier et ajoute que je risque de me faire assassiner à mon tour. Et je me serais déjà tué une fois moi-même ? Ah, tout est sens dessus dessous dans ma tête. Je n'arrive pas à réfléchir, je ne sais quoi lui répondre. Ce Gojin est-il sain d'esprit ? Il a l'air trop sûr de lui pour que je puisse dire qu'il délire. Son assurance me fait peur.

Pourquoi je n'arrive pas à m'en aller en le traitant de fou ? Une émotion inconnue bouillonne au fond de moi. J'ai le sentiment de connaître moi aussi la réponse, mais cela reste très vague. J'entends la voix de l'homme face à moi, mais comme dans un rêve.

Dans mon cœur, je tremble de peur, pourtant à l'extérieur de moi, je réponds et proteste. Tout cela est tellement étrange.

26

Kil Yeong-in met du temps à réagir. Sous les derniers rayons du soleil de l'après-midi, un souffle de vent soulève les cheveux des deux interlocuteurs qui se tiennent debout sans rien dire.

— Je me serais... tué moi-même ? murmure péniblement Kil Yeong-in en brisant enfin ce silence pesant. Est-ce une métaphore littéraire ?

— Je suis nul en littérature, et pire encore en métaphores !

— Ne jouez pas sur les mots, je crois bien qu'il s'agit là d'une formulation que les personnes comme vous utilisent pour manipuler les gens ; je sais que les avocats préfèrent utiliser des mises en scène théâtrales plutôt que d'aller droit au but. Je suis curieux de savoir quel roman vous êtes en train d'écrire, là... mais je n'ai plus la force de vous écouter, je m'en vais.

Alors qu'il tourne les talons, Gojin lance d'une voix nonchalante :

— Il n'est pas dans votre intérêt de partir comme ça, madame Han !

Cette fois carrément choqué, il se retourne en tremblant de tous ses membres.

— Comment vous venez de m'appeler ?

— Madame Han, oui, vous êtes bien Han Dami.

— Mais comment vous pouvez raconter des choses pareilles ?...

— Je vous le répète, vous n'êtes pas Kil Yeong-in mais sa femme.

— Elle est morte ! Elle a été assassinée !

— Non, c'est son mari qui est mort.

— Quoi ? hurle-t-il, pétrifié.

— Je comprends votre choc, mais vous devez accepter qui vous êtes, même si en ce moment c'est la personnalité de Kil Yeong-in qui vous gouverne. Écoutez-moi, je veux vous aider à comprendre : il y a un an, Han Dami a tué son mari. Mais ce fut un tel traumatisme et une si intense culpabilité que Kil Yeong-in est né à nouveau en vous. Donc, en ce moment même, vous êtes dominée par son identité à lui.

— C'est n'importe quoi...

— Je savais que vous auriez du mal à accepter la réalité. C'est pourquoi je vous ai annoncé les choses de manière contradictoire au début. Essayez de m'écouter attentivement. Vous n'avez rien à perdre de toute façon. Vous, ou plutôt Han Dami puisque vous n'admettez pas encore que vous êtes elle, était si angoissée il y a un an, après avoir tué son mari, qu'elle a fini par se rendre au Centre de recherches sur le suicide mental. À l'époque où elle a consulté le docteur Yi, l'identité de Kil Yeong-in n'était pas encore née en elle. Je ne peux pas deviner le degré de ses souffrances, mais j'imagine que son sentiment de culpabilité lié à son adultère et à son meurtre empirant de jour en jour, elle en était arrivée à vouloir mourir. Elle était dans un état tel qu'on pouvait penser à un TDI, un trouble dissociatif de l'identité, plus connu sous le nom de trouble de la personnalité multiple. Je me suis renseigné sur cette maladie : plusieurs sources attestent qu'elle est causée par un fort traumatisme, lié à des agressions physiques ou à la peur de la mort pendant l'enfance, mais aussi à des actes violents, même accidentels. Beaucoup de soldats souffrent de ce genre d'affection mentale au retour de la guerre. Quand les souvenirs traumatisants reviennent à l'esprit de manière répétitive, la maladie devient chronique ; la pulsion de mort prend le dessus et la volonté ne peut plus la contrôler. Han Dami est une femme gentille de nature, n'est-ce pas ? Aussi sa prise de conscience du meurtre et ses remords ont-ils dû être d'autant plus forts. Si elle avait été bien entourée par sa famille et ses amis, son état ne se serait peut-être pas aggravé à ce point, mais elle était complètement seule. Elle a bien une petite sœur mais la fréquente très peu. Et son amant… Tae Jeong-u n'était pas capable de consoler une femme en état de choc. Voilà comment elle a plongé si bas qu'elle a développé un trouble dissociatif.

« Je ne suis pas spécialiste dans ce domaine mais à mon avis, qu'elle soit tombée sur le Centre de recherches sur le suicide mental a dû y contribuer de manière décisive. D'après certains chercheurs, le TDI est parfois causé par des thérapies hypnotiques. Comme vous le savez, le docteur Yi utilise l'hypnose pour le suicide mental de ses patients. Sa thérapie a eu un effet déclencheur, a fait naître en elle l'identité de son mari et depuis lors, quand Han Dami est dominée par l'identité de Kil Yeong-in, elle s'habille comme lui, avec son manteau et ses lunettes noires, imite sa coiffure ébouriffée ainsi que sa voix grave. Dans ces moments-là, aux yeux de tous, elle est un petit homme à la mine sombre. Moi aussi, je vous ai prise pour cet homme-là, la première fois que je vous ai vue au Centre de recherches sur le suicide mental. Vous vous souvenez qu'on s'est croisés rapidement ? En tout cas, cette intervention a été un échec involontaire du docteur Yi. Le seul et unique échec qu'il a lui-même reconnu.

— Non, c'est n'importe quoi, répète « Kil Yeong-in », la mine très pâle.

— Vous savez, le Centre a toujours été clandestin, il n'a touché que très peu de patients. À un an d'intervalle, vous deux, mari et femme, vous avez fréquenté ce lieu connu d'une infime minorité de gens, c'est une étrange coïncidence, non ? Statistiquement, c'est quasi impossible. Alors je me suis demandé : si ce n'était pas par hasard, qu'est-ce qui a bien pu vous pousser à aller tous les deux dans ce même Centre ? À force de réfléchir et de chercher longuement, j'ai compris que l'unique possibilité était que le mari et la femme soient en fait la même personne.

« Les habitudes des gens ont un caractère répétitif ; quand ils sont confrontés plusieurs fois à une même situation, ils ont tendance à avoir la même réaction. Vous vous souvenez à l'école, on répond toujours faux aux mêmes questions, peut-être que notre esprit est comme un disque rayé qui tourne en boucle ? On se dit libres alors qu'on ne se détourne jamais de sa piste tracée. Han Dami et Kil Yeong-in, qui revit en elle, suivent inconsciemment un même chemin déjà défini, puisque au fond ils sont la même personne. Comme ils étaient tous les deux mal au point de penser à se suicider, ils ont fait des recherches sur internet au sujet du suicide et, une fois tombés sur le suicide mental, Han Dami d'il y a un an et Kil Yeong-in d'aujourd'hui ont agi de la même façon. Le docteur Yi et Sin Jae-in ont dû être surpris de vous revoir un an après, mais comme vous vous êtes présentée et comportée comme Kil Yeong-in, ils ont vite compris que c'était le résultat inattendu et non souhaité de l'intervention du docteur Yi.

« Le docteur Yi a dû trouver ça très amusant et il vous a fait payer la même somme qu'à Han Dami. Sin Jae-in, elle, est tombée amoureuse de vous et vous a apporté son soutien personnel, mais pour le docteur Yi vous n'étiez qu'un cobaye de ses expériences : un TDI né de l'échec de sa thérapie de suicide mental, voilà une patiente qui le divertit ! Ce n'est qu'une supposition mais, selon ce que je connais du docteur Yi, une somme de trente millions de wons n'est pas une fin en soi. De toute façon, quand Han Dami retrouverait sa véritable identité, elle viendrait récupérer l'argent qu'elle a versé deux fois. En vous demandant cette grosse somme d'argent, le docteur vous a dit que c'était un moyen de tester la motivation des patients, en réalité, c'était pour s'assurer qu'une fois redevenue Han Dami, vous, cette patiente si intéressante, vous reviendriez bien le voir. Je suppose que c'est ce que vous avez fait : vous êtes retournée le voir en tant que Han Dami, avez beaucoup discuté avec lui et il vous a rendu votre argent sans aucune hésitation. Mais ensuite, quand la personnalité de Kil Yeong-in vous gouvernait à nouveau, vous avez dû être surprise de découvrir cette somme reversée sur votre compte. Lors de vos visites au Centre en tant que Kil Yeong-in, j'imagine que le docteur Yi n'a en réalité fait aucune thérapie, tout au plus a-t-il mis un somnifère dans le thé qu'il vous offrait à votre arrivée pour vous faire dormir un moment, vous ne croyez pas ? Que pensez-vous de mon hypothèse ?

« Han Dami est consciente de la présence de Kil Yeong-in en elle, mais pas l'inverse. D'après les symptômes de TDI, il arrive chez certains malades que deux ou plusieurs personnalités aient connaissance les unes des autres, tandis que pour d'autres malades, non. Il y a aussi des cas où l'une est consciente de la présence d'une autre de manière unilatérale, ce qui doit être votre cas. C'est évident, vu les circonstances...

— Je suis ma femme, et ma femme... m'a tué ? balbutie « Kil Yeong-in ». Mais quelle histoire de fous ! Ça ne se peut pas !

— Bon, si vous ne me croyez pas, je vais remonter au moment où vous, Han Dami, avez tué votre mari. À l'époque, vous étiez la maîtresse de Tae Jeong-u depuis plus d'un an. Mais vous en éprouviez une grande culpabilité à l'égard de votre mari et, très tourmentée, vous vous êtes confiée à Kim Do-yeol, le galeriste à l'esprit obtus. Au lieu de vous réconforter, cet homme rigide et coincé vous faisait à chaque fois des reproches sévères et vous écrasait avec ses condamnations sans appel, aggravant votre peine. Dites-moi, est-ce qu'un homme macho comme Tae Jeong-u était un partenaire idéal pour vous ? Kil Yeong-in n'était-il vraiment rien d'autre pour vous que son titre de « mari », comme l'a dit votre sœur ? Vous vous étiez mariée avec lui juste parce que vous étiez tombée sur lui à l'âge du mariage ? Ah, ne vous méprenez pas, je n'ai pas l'intention de jouer les moralisateurs au sujet de la confiance ou de la fidélité dans le couple. Pour être franc, je me fous complètement de ce genre de valeurs. D'ailleurs, si vous vous étiez confiée à moi à cette époque, je vous aurais donné le conseil suivant : les jeux de compétition sont partout dans la société et le système marital ne fait pas exception ; même marié, un conjoint qui ne mérite pas son partenaire doit céder la place à un autre, plus compétitif ; c'est seulement comme ça que le mariage évolue et que le niveau entre les conjoints s'équilibre. Et je vous aurais encouragée :

vous venez de rencontrer votre âme sœur ? Alors, toutes mes félicitations !... Ah, désolé, je m'écarte du sujet.

Gojin s'excuse puis simule une quinte de toux avant de reprendre :

— Bref, vous, Han Dami, de plus en plus déprimée, vous vous êtes violemment disputée avec Kim Do-yeol le jour où il est venu chercher le tableau *Dumulmeori* chez vous à Yangpyeong. Vous sentant acculée, vous avez alors ouvert votre cœur à une crapule agissant sous le pseudo de Freebird en croyant qu'il était une femme. Ce type est une version contemporaine, coréenne et lâche de Casanova. Il s'est approché de vous en se faisant passer pour une femme afin de dissiper votre méfiance. Après vos échanges, vous avez fini par vous donner rendez-vous à Jincheon, et il vous a révélé son identité masculine lors de votre rencontre à la gare routière. Il a essayé de vous draguer. C'était maladroit de sa part, il n'avait vraiment pas cerné votre personnalité. Vous vous êtes mise en colère, vexée d'avoir été ainsi trompée. Comparé au véritable Casanova qui est un passionné, Freebird est un type grossier. Furieux que ses avances soient refusées, il vous a arraché votre portable des mains et a composé le 1, numéro raccourci de votre mari. Il lui a annoncé qu'il était avec vous à Jincheon. Kil Yeong-in s'est précipitamment mis en route pour sa maison de Jincheon, croyant vous y trouver avec Freebird, mais il n'y avait que vous dans votre résidence secondaire. Il s'est ensuivi une dispute au cours de laquelle vous l'avez tué accidentellement.

« Ah, j'imagine une autre possibilité. Si vous me permettez, je vais essayer d'écrire un autre scénario. Après le départ de Freebird qui vous a mise dans l'embarras en appelant votre mari, il se pourrait que, dans une grande confusion, vous ayez demandé à Tae Jeong-u de venir vous rejoindre. Si c'était ça, vous avez dû vous retrouver tous les trois à Jincheon. Chacun en proie à sa nervosité, vous vous êtes bagarrés avant de commettre l'irréparable.

« En tout cas, ce qui s'est réellement passé est différent de ce que la police croit savoir. Ce n'est pas Kil Yeong-in qui a tué Han Dami, mais l'inverse. Bien sûr, ça a dû être un accident. Je suis sûr que Tae Jeong-u était impliqué dans le meurtre, ou au moins il vous a aidé à dissimuler le corps. Évidemment, une grande partie de ces scénarios vient de mon imagination, mais je peux vous assurer au moins deux choses : le fait qu'il y a eu un meurtre dans la maison de Jincheon et que la victime était Kil Yeong-in.

— Non, c'est entièrement faux ! hurle « Kil Yeong-in ». J'ai vu le cadavre de Dami de mes propres yeux !

— Quand vous êtes sous l'identité de Kil Yeong-in, vous êtes sous l'emprise de vos préjugés. Vous n'avez vu que l'apparence du cadavre. Quand vous recherchiez Han Dami, vous avez dû avoir des doutes sur sa mort potentielle. Puis vous êtes tombée sur une momie dans la cave de votre maison. Le corps desséché portait les vêtements de Han Dami, ses cheveux avaient continué de pousser et son alliance était à son doigt. Tout cela vous a donc fait croire dur comme fer que c'était son cadavre.

— Ah..., gémit « Kil Yeong-in », à court de mots.

— Actuellement, nous n'avons pas retrouvé le corps. Nous n'avons que quelques photos envoyées à la police par quelqu'un se disant être « la personne qui cherche la vérité ». Je ne sais pas précisément comment il a été tué mais, d'après la police qui a vu les photos, il a été poignardé. Il se peut que l'auteur du crime soit vous ou Tae Jeong-u. Pour le moment, je ne le sais pas. Et vous non plus, car en ce moment vous êtes « Kil Yeong-in ». Je ne sais pas trop pourquoi, mais je suis convaincu que Tae Jeong-u est impliqué dans ce meurtre. D'abord, il était l'une des rares personnes à pouvoir être présent dans cette maison tenue secrète par votre couple. Et puis creuser un mur, y placer un corps et le reboucher en l'enduisant de ciment, c'était une tâche difficile pour vous seule. Je parie que c'est Tae Jeong-u qui s'en est chargé. Soit il était déjà là au moment du crime, soit vous l'avez appelé au secours après avoir commis le meurtre.

Dans tous les cas, il y a été mêlé, et ça entraîne sa participation à l'affaire suivante.

— Quelle affaire suivante ?

— Celle où vous, Han Dami, avez tué Cheon Na-yeong et fait porter le chapeau à Tae Jeong-u.

— Moi, non... ma femme ? Elle n'aurait pas assassiné son amie !

— Si. Ça aussi, ça a dû arriver accidentellement. Je l'ai compris à partir de ce que vous avez fait après le meurtre. Prise de remords d'avoir tué votre mari, vous viviez retirée du monde. Je pense qu'à part Tae Jeong-u, seule votre sœur Han Chorok était au courant. Vous vouliez sans doute seulement vous faire réconforter par votre sœur, sans pour autant lui révéler ce qui s'était passé. Mais elle a dû comprendre. Ensuite, vous êtes allée la voir sous l'identité de Kil Yeong-in et lui avez demandé où se trouvait Han Dami. Là, elle a dû pleurer de désespoir en voyant votre état. Tae Jeong-u lui aussi a dû être stupéfait de vous voir sous cette apparence. Votre journal intime décrit bien à quel point ils ont été tous les deux plongés dans le désarroi en vous voyant.

« Vous évitiez les gens, viviez en ermite et n'utilisiez plus votre téléphone portable. Peut-être que dans votre inconscient vous aviez déjà l'intention de faire de vous une morte et d'effacer votre existence sur cette terre. Vous avez dû utiliser une cabine pour appeler Cheon Na-yeong ou vous rendre directement chez elle. Si vous et votre amie êtes venues à l'appart-hôtel le soir du drame, c'était peut-être pour discuter de Tae Jeong-u que vous aimiez toutes les deux.

« Je ne sais pas ce qui s'est passé ni quelle discussion vous avez eue, mais une chose est sûre, c'est que vous vous êtes disputées violemment ; après tout, vous étiez rivales en amour. Vous êtes de nature gentille mais passionnée, habitée par votre grain de folie d'artiste. Sous le coup de la fureur, vous avez poignardé votre amie avec le couteau de cuisine de l'appart-hôtel. C'était votre second assassinat impulsif. La police pense évidemment que le meurtre a eu lieu après la scène de dispute à laquelle ont assisté les témoins par la fenêtre. Selon moi, c'est en réalité l'inverse qui s'est produit : vous l'aviez tuée avant. Catastrophée par votre geste criminel, vous vous êtes creusé les méninges. La première chose qui vous est venue à l'esprit, c'est que personne ne vous avait vue entrer dans l'appart-hôtel, vous n'aviez pas fait l'enregistrement à la réception. Alors vous avez eu l'idée de faire croire que Cheon Na-yeong était venue accompagnée de son mari, Tae Jeong-u.

« À partir de là, vous avez déployé votre talent artistique. Vous avez appelé la réceptionniste et lui avez demandé de venir dégager un cadavre de rat sur la terrasse dans le but de faire d'elle un témoin. Une fois l'employée devant la fenêtre, vous avez improvisé une mise en scène pour faire croire que Cheon Na-yeong se disputait avec Tae Jeong-u. Juste avant, vous l'aviez appelé avec le portable de Kil Yeong-in. D'une voix catastrophée, vous lui aviez demandé de vous rejoindre au plus vite. Tae Jeong-u étant déjà impliqué dans le meurtre de Kil Yeong-in, il avait du mal à refuser vos demandes. Bien sûr, vous étiez complices tous les deux, mais vous aviez développé ce trouble de l'identité et ça l'inquiétait. À vous entendre, Tae Jeong-u a dû juger qu'il devait venir vous calmer. À mon avis, vous ne lui aviez pas annoncé que vous aviez tué Cheon Na-yeong, sinon il ne vous aurait pas rejointe, car il risquait d'être encore impliqué. Vous avez inventé un prétexte pour qu'il entre par la baie vitrée et non par le hall d'entrée. Évidemment, pour lui imputer la responsabilité du crime, il ne fallait pas que la réceptionniste le voie entrer à une heure postérieure à celle de la mort de Cheon Na-yeong. Vous avez bien manipulé Tae Jeong-u qui, paniqué par votre état incontrôlable, était contraint de vous obéir.

« Une fois au 103, il a découvert le corps de sa femme. Je ne sais pas comment vous lui avez expliqué ce qui s'était passé, mais vous deviez être en pleine crise de folie. Puis vous lui avez demandé de partir le premier, et il est passé par l'accueil pour retourner au parking. C'est là que la réceptionniste l'a vu, exactement comme vous le vouliez. Ainsi, le scénario que vous aviez concocté a pris vie dans la tête de Yi Yeong-a et de tout le monde : Tae Jeong-u était la personne qui logeait avec Cheon Na-yeong et il avait tué sa femme après une dispute.

« Après le départ de Tae Jeong-u, vous avez verrouillé la baie vitrée et la fenêtre du 103 depuis l'intérieur pour bien confirmer que l'assassin était celui qui était parti par le hall. Puis, afin de vous éclipser discrètement sans vous faire voir par la réceptionniste, vous êtes entrée dans le 102 ou le 104, en êtes ressortie par la baie vitrée et avez traversé le jardin pour rejoindre Tae Jeong-u sur le parking. C'est un sacré hasard car, ce soir-là, j'étais moi aussi dans cet appart-hôtel et j'ai été intrigué de voir toutes les portes des appartements ouvertes, puis j'ai compris que c'était pour permettre leur aération sans ouvrir les fenêtres lors des grands froids. Vous non plus n'aviez pas manqué de le remarquer. C'est comme ça que vous avez eu l'idée de ce plan pour quitter les lieux sans être vue par la réceptionniste. Vous et Tae Jeong-u êtes repartis avec la BMW de ce dernier, en laissant l'Infiniti de Cheon Na-yeong sur le parking...

— Attendez, interrompt « Kil Yeong-in ». Un tel meurtre... peut très bien avoir été commis par quelqu'un d'autre que Dami, non ? Par moi, Kil Yeong-in, par exemple, non ? Pour une raison inconnue, Cheon Na-yeong et moi aurions été dans le même hôtel, nous serions disputés et je l'aurais tuée. Ou encore une autre personne... Je veux dire par là que ce n'est pas forcément Dami qui l'a tuée, non ?... Ces derniers temps, j'ai souvent des trous de mémoire, ajoute-t-il comme s'il se laissait soudain convaincre, je me dis que j'ai peut-être fait des choses graves pendant ces moments d'absence. Oui, c'est peut-être moi qui l'ai assassinée... Non, qu'est-ce que je raconte... Et vous voulez me faire croire que je suis ma femme, c'est n'importe quoi...

— Vous ne pouvez qu'être Han Dami, affirme catégoriquement Gojin. Vous n'êtes ni Kil Yeong-in ni personne d'autre. Le fait que vous ayez appelé Tae Jeong-u ce soir-là avec le portable de Kil Yeong-in le prouve clairement.

— J'ai appelé Tae Jeong-u avec le portable de Kil Yeong-in... ?

— Oui, c'est exact. C'est à cause de ça que Kil Yeong-in était dans un premier temps recherché par la police comme témoin secondaire dans l'affaire de la mort de Cheon Na-yeong. Plus tard, avec l'assassinat de Tae Jeong-u, il est carrément devenu suspect. À vrai dire, moi aussi je croyais cela jusqu'à récemment. Mais depuis que je sais qu'il est mort et que Han Dami se prend pour lui, tout a changé dans mes hypothèses. Comme je l'ai dit tout à l'heure, vous, Han Dami, vous n'utilisez plus votre téléphone, car vous tentez d'effacer votre existence. En revanche, sous l'identité de Kil Yeong-in, vous vous servez du sien et le portez toujours sur vous. Voilà pourquoi vous avez appelé Tae Jeong-u avec le téléphone de votre mari ce soir-là. On pourrait aussi dire que Kil Yeong-in étant mort, la seule personne qui pouvait utiliser son portable, c'était vous, sa femme.

« Il y a encore un autre point important qui confirme que ce ne pouvait être que vous. Le criminel a tué Cheon Na-yeong et ensuite, comment a-t-il pu faire porter la responsabilité à Tae Jeong-u ? La réceptionniste a dit avoir vu la silhouette de Tae Jeong-u à travers la fenêtre. Elle est affirmative, ça n'était pas juste une forme découpée dans du carton ou une ombre chinoise, mais un vrai homme. Comme je vous l'ai dit, moi aussi j'y étais et j'ai bien vu ce visage en relief aux traits marqués, même à travers les voilages blancs. Vu les circonstances, j'ai bien sûr pensé moi aussi que c'était Tae Jeong-u.

« Mais au fur et à mesure que mon enquête avançait, j'ai douté. Il se pouvait que l'ombre de la tête ne soit pas celle du vrai Tae Jeong-u. Donc si on suit mon hypothèse selon laquelle Tae Jeong-u a rejoint le criminel plus tard, à la demande de celui-ci, la silhouette par la fenêtre n'était pas celle de Tae Jeong-u. À partir de là, j'ai essayé de pousser mon raisonnement. Après le meurtre, le criminel s'est retrouvé seul dans le 103 ; la femme qui s'est énervée contre l'ombre de Tae Jeong-u n'était pas Cheon Na-yeong mais une mise en scène du criminel ; celui-ci a-t-il fait asseoir le corps de Cheon Na-yeong morte pour cela ? Je suis sûr que non. L'ombre du visage grossier était loin de celui aux traits fins de la victime. Le criminel a-t-il préparé une statue de tête d'homme ? Non, rien ne montrait que le meurtre avait pu être prémédité, alors c'était inenvisageable. À bien y réfléchir, je me suis dit que ce n'était pas difficile de faire apparaître l'ombre d'une tête d'homme. Mais comment s'y était-il pris concrètement ? J'avais juste la vague idée qu'il devait faire preuve d'un grand talent artistique. Alors que je me torturais le cerveau pour trouver une réponse, j'ai compris que vous aviez développé un TDI et me suis dit que c'était alors peut-être Han Dami qui avait fait toute cette mise en scène, et cela a donné un éclairage nouveau à mon enquête. Le fait que vous soyez peintre et ayez étudié la peinture m'est revenu en tête. Je suis allé lire votre mémoire à la bibliothèque. Vous voyez, je me donne du mal. Au cours de ma lecture, un peintre m'a sauté aux yeux, le célèbre Arcimboldo, un sacré novateur dans ce milieu où grouillaient les génies. Ce peintre maniériste qui réalisait ses portraits en disposant astucieusement fruits, légumes et objets, pourrait-il être considéré comme le pionnier du trompe-l'œil ? Bien sûr, vous connaissez ce domaine cent fois mieux que moi.

« Cette nuit-là, peu après votre arrivée à l'appart-hôtel, vous avez tué votre amie Cheon Na-yeong. Une fois que vous avez trouvé à qui vous vouliez faire porter le chapeau, il vous fallait ensuite une manière de le représenter visuellement pour réaliser la mise en scène de la dispute. C'est ainsi que vous avez fait appel à l'art d'Arcimboldo. Quelle démonstration artistique originale ! Cheon Na-yeong et vous étiez allées faire les courses au supermarché pour cuisiner dans l'appartement. La réceptionniste a témoigné qu'elle était arrivée avec des gros sacs à provisions. Que diriez-vous si je pense que vous avez façonné le visage d'un homme avec les fruits et les légumes que vous aviez apportés ? Une œuvre à la manière d'Arcimboldo, réalisée en 3D. La tête de Tae Jeong-u avec ses cheveux à grosses boucles, ses pommettes saillantes, ses traits gros et tranchés. Vous avez sûrement utilisé des radis, des pommes et des poires pour le contour du visage, des patates pour les pommettes, des ciboules et du chou pour les cheveux, qu'en dites-vous ? Cet appart-hôtel qui met en avant un confort "comme à la maison" est équipé de tous les accessoires de cuisine nécessaires, y compris le film transparent ou les cure-dents. Vous avez fait tenir les fruits et les légumes avec ces trucs-là, non ? Le rebord de la fenêtre arrive à peu près à la taille d'un adulte. Il suffisait de fabriquer une tête et de la poser sur la table pour que de l'extérieur on croie voir un homme assis. Le léger voilage blanc a aidé ce trompe-l'œil. Surtout si on regardait sans se douter de rien et à une certaine distance, on n'avait aucune raison de se demander si c'était autre chose qu'un homme. Je suis admiratif de votre talent pour camoufler un crime !

« Pour être franc avec vous, je trouve dommage que vous laissiez dormir votre talent artistique. Il m'est arrivé de voir des reproductions d'Arcimboldo et, curieux que je suis, d'imaginer fabriquer réellement un visage humain avec des fruits et des légumes. Toutes les deux, vous étiez à l'appart-hôtel vers 21 heures, même si le meurtre a eu lieu juste en arrivant, vous avez mis à peine deux heures pour organiser la mise en scène puisqu'on a vu les ombres à la fenêtre vers 23 h 20. Vous avez créé un œuvre remarquable en un temps si court et avec ce que vous aviez sous la main. Une telle idée et un tel travail étaient impensables pour un amateur, n'est-ce pas ? Donc la personne capable de cela n'était pas Kil Yeong-in mais Han Dami, l'artiste. Les courses que la réceptionniste a dit avoir vues lors de l'arrivée de Cheon Na-yeong n'ont pas été retrouvées sur le lieu du crime. Il n'y avait que le cadavre et le sang. Cela veut dire que vous êtes partie en emportant toutes les affaires, surtout les restes de fruits et de légumes qui auraient pu mettre les enquêteurs sur la piste. Finalement, votre plan a parfaitement marché puisque personne ne s'en est soucié. Maintenant, vous devinez qui était la femme qui s'énervait à la fenêtre ?

« Un autre point encore m'a fait comprendre que vous n'êtes pas Kil Yeong-in : le fait que vous vous soyez évaporée comme de la fumée chez Sin Jae-in. À ma connaissance, Kil Yeong-in était un très bon coureur, n'est-ce pas ? Étant pourchassé, il aurait choisi de s'enfuir en courant et de nous semer grâce à son talent plutôt que de se cacher derrière des tiroirs. J'ai trouvé ce choix étrange venant de lui. Quelle raison l'aurait obligé à rester dans la maison malgré l'inconfort de la position ? Un ex-sprinteur pouvait-il vraiment craindre d'être rattrapé par des gens ordinaires comme nous ? Ces questions m'ont permis de renforcer mon intuition que vous n'êtes peut-être pas Kil Yeong-in. Vous êtes dominée par l'identité de ce dernier mais, au fond de vous, vous connaissez les limites de votre corps.

« Au fait, j'allais oublier. À vrai dire, mes doutes sur votre identité remontent plus loin encore. C'est en rapport avec Sin Jae-in. Sa vraie identité à elle est Woo Ho-seon. Elle avait, et a aujourd'hui encore, un faible pour les femmes. Ce penchant était à l'origine des conflits avec son mari, qui l'ont conduite à supprimer ce dernier. À l'époque de ce meurtre, le docteur Yi avait témoigné rapidement en disant que le couple avait des problèmes d'ordre sexuel, mais pour que Woo Ho-seon aille jusqu'à prendre cette décision extrême de supprimer son mari, leurs problèmes avaient dû être très graves. J'avais interprété ça à ma manière : Woo Ho-seon n'avait pas juste un penchant pour ses amies filles, mais était carrément lesbienne. D'après ce que j'ai lu dans le journal intime de "Kil Yeong-in", Sin Jae-in semble être amoureuse de "lui". Son orientation sexuelle n'a pas changé avec son nom. À ce moment-là déjà, je me suis demandé si Kil Yeong-in était vraiment un homme.

« Je suis désolé, mon récit saute du coq à l'âne. Pour être franc, j'étais dans le brouillard il y a peu de temps encore. La clé de l'énigme était dans le cahier de consultation que le docteur Yi m'a donné. Ce n'est qu'après avoir découvert que vous, Han Dami, aviez déjà fréquenté le Centre il y a un an que j'ai pu démêler les fils de ces affaires enchevêtrées les unes dans les autres. Et de tout cela j'ai tiré la conclusion : c'est vous, Han Dami, qui avez tué Kil Yeong-in, Cheon Na-yeong et Tae Jeong-u.

— Attendez, Dami aurait aussi tué Tae Jeong-u ?

— Bien sûr, qui ça pourrait être d'autre ? Vous et Tae Jeong-u avez quitté ensemble l'appart-hôtel, et peu après il a été trouvé mort dans sa voiture dans la forêt, non loin de là. Vous l'avez supprimé pour lui faire porter définitivement la responsabilité du meurtre de Cheon Na-yeong. Ainsi avez-vous achevé votre scénario théâtral. Peut-être éprouviez-vous autant d'amour que de haine à son égard. Alors que vous étiez allée jusqu'à tuer votre mari pour lui, il n'avait même pas divorcé. Vous deviez donc vous sentir trahie et, après avoir assassiné Cheon Na-yeong, vous avez dû penser que tout était arrivé à cause de lui et votre haine a explosé. Peut-être que le meurtre de Cheon Na-yeong était accidentel, mais lorsque vous avez appelé Tae Jeong-u pour qu'il vienne, vous aviez sans doute déjà en tête le scénario final.

— C'est absurde ce que vous dites... Vous oubliez la personne qui m'a laissé un message pour trouver le cadavre de Tae Jeong-u ! C'était un piège pour que le crime me retombe dessus !

— Je le sais, j'ai lu le journal intime de « Kil Yeong-in ».

— Dans ce cas, votre histoire ne tient pas la route. Si Dami est moi et que j'ai tué Tae Jeong-u, alors qui est cette personne qui a voulu me piéger ? Est-elle, elle aussi... moi-même ? C'est un peu gros, se faire ça à soi-même... autant se livrer à la police directement ! Ou alors, pensez-vous que mon journal est faux ?

— Non, ce que vous avez écrit dans votre journal est bien la vérité.

— Dans ce cas, qui est-ce ?

— C'est vous.

— Moi... ?

— C'est ça, vous en tant que Han Dami. Vous êtes une femme sensible et fragile mais vous avez une facette froide et redoutable. Je suppose que vous aviez déjà une idée même vague de votre scénario dès l'assassinat de votre mari.

— Le scénario de Dami... Vous n'arrêtez pas de parler de scénario depuis tout à l'heure. Décrivez-le-moi alors !

— Le message laissé par Dami pour informer de son départ, un autre message menant au cadavre de Tae Jeong-u, la caméra embarquée dans la voiture de ce dernier, les photos du cadavre, le journal intime et d'autres textes tapés à l'ordinateur trouvés dans la maison de Jincheon... Tout ça a bien été orchestré par un scénario, non ?

— Je ne comprends pas...

— Vous, Han Dami, vous vouliez faire porter la responsabilité de vos crimes à votre mari avant de vous retirer définitivement du monde.

— Mais... mais..., balbutie « Kil Yeong-in » sans trouver les mots pour démentir.

— Le point de départ important de votre scénario était de faire croire que Han Dami était morte à la place de Kil Yeong-in. À partir de là, Kil Yeong-in, qui n'est plus de ce monde, a joué le rôle de meurtrier, sauf pour l'assassinat de Cheon Na-yeong qui ne faisait pas partie de votre plan au départ, c'était un imprévu, mais grâce à votre ingéniosité et à votre réactivité, vous en avez imputé la responsabilité à Tae Jeong-u, puis celle du meurtre de ce dernier à Kil Yeong-in. Ce mari trompé avait des mobiles suffisants et aucun alibi solide, il était donc le suspect idéal. Vous, Han Dami, avez laissé un message pour guider « Kil Yeong-in » vers le cadavre, sachant qu'il allait bientôt prendre le dessus sur votre personnalité. Peu après, vous en tant que Kil Yeong-in avez découvert le message, vous vous êtes rendue sur les lieux, avez failli être piégée par la caméra et manqué de peu de porter toute la responsabilité du crime, comme Han Dami le souhaitait.

« À la mort de Kil Yeong-in, vous lui avez enfilé vos vêtements, puis l'avez emmuré dans la cave de votre maison de Jincheon ; et avant de le déplacer ailleurs, vous avez pris des photos du cadavre et les avez envoyées à la police pour faire croire que Dami avait été assassinée. Vous vouliez que la police désigne Kil Yeong-in comme suspect, et votre plan a bien marché. Je sais pourquoi vous avez déplacé le cadavre. C'était pour éviter l'autopsie dont le résultat aurait révélé la vraie identité du corps : Kil Yeong-in. En fait, c'est là que j'ai commencé à deviner le plan complet. Dans le journal, vous avez écrit avoir découvert le cadavre dans un mur et que la victime portait une robe et l'alliance de Dami. Mais plus tard, après avoir compris que le corps était celui de Kil Yeong-in et non le vôtre, j'ai vu que c'était là une mise en scène. Lorsqu'un corps se décompose longtemps dans un mur humide, le visage devient méconnaissable, et le physique petit et maigre de Kil Yeong-in se laisse facilement prendre pour le vôtre.

« Quand le corps a-t-il été photographié ? Je ne pense pas que vous l'ayez fait au moment de sa découverte avec Sin Jae-in puisque vous étiez sous l'identité de Kil Yeong-in. Vous êtes repartis tous les deux en laissant le cadavre dans le mur, et c'est une fois redevenue Han Dami que vous êtes revenue et l'avez pris en photo avant d'aller le cacher ailleurs. De toute façon, réduit à l'état de squelette, il n'était pas difficile à transporter, et votre coffre est bien assez grand pour ça. Tout ça, ce sont des preuves conjoncturelles montrant que vous cherchez à rejeter vos crimes sur Kil Yeong-in, n'êtes-vous pas d'accord ? Il y a encore la stratégie finale que vous avez concoctée : le dernier journal intime de “Kil Yeong-in”, tapé à l'ordinateur et laissé dans la maison de Jincheon.

— Dans la maison de Jincheon ? Je n'ai aucun souvenir d'avoir écrit mon journal là-bas.

— C'est normal, quand vous êtes sous l'emprise de la personnalité de Kil Yeong-in, vous ne vous rappelez pas ce qui est fait sous celle de Han Dami. Ces derniers feuillets parlent des trous de mémoire de « Kil Yeong-in » pendant lesquels il redoute d'avoir commis des choses graves. C'était une manière indirecte de conduire la police à soupçonner Kil Yeong-in. Or pourquoi ce texte seul n'a-t-il pas été écrit à la main comme tout le journal, mais tapé à l'ordinateur ? Vous savez, il est très fréquent qu'un TDI change d'écriture en fonction de l'identité qui le gouverne. Les goûts, les plats, les consommations d'alcool ou de cigarettes deviennent ceux de la personnalité dominante. C'est le cas entre vous, Han Dami, et Kil Yeong-in, vos écritures étaient très différentes, vous ne pouviez pas imiter l'écriture de votre mari. Alors vous n'avez pas eu d'autre choix que d'utiliser l'ordinateur. À propos de la dernière page du journal de « Kil Yeong-in » que vous avez déchirée, je crois comprendre maintenant pourquoi vous avez fait cela. Elle concernait le fait que « Kil Yeong-in » a appris que vous aviez suivi des séances de suicide mental un an plus tôt, n'est-ce pas ? Je vous en ai parlé tout à l'heure et vous n'aviez pas l'air très surprise, ce qui veut dire que vous étiez déjà au courant. Ce contenu a dû vous gêner, madame Han Dami, car votre visite dans le Centre il y a un an pouvait donner un indice important pour déduire que vous n'êtes pas Kil Yeong-in.

« Vous avez bien préparé votre plan pour mettre tous les crimes sur le dos de Kil Yeong-in. Tant qu'il est le suspect numéro un, il suffira pour vous de quitter votre déguisement et de ne jamais remonter à la surface et vous serez en sécurité pour toujours. Bien sûr, vous vivrez sous une nouvelle identité puisque vous êtes morte.

« Après la réception des photos du cadavre, la police a cherché Kil Yeong-in partout, mais pourquoi n'arrive-t-elle pas à mettre la main sur lui ? Parce qu'il n'est déjà plus de ce monde. Même pendant les périodes où vous êtes dominée par la personnalité de Kil Yeong-in, votre physique ne change pas. Vous vous déguisez en un homme ordinaire juste avec des vêtements et des accessoires. Je l'ai vu deux fois en croyant que c'était lui, d'abord au Centre de recherches sur le suicide mental et ensuite la fois où nous l'avons poursuivi depuis votre maison de Yangpyeong. Il avait ce manteau, ces lunettes noires et les cheveux en pagaille, exactement comme vous actuellement. C'est cet accoutrement qui le rendait repérable, plus que son visage même. La police le connaît encore moins que moi. L'inspecteur Lee, qui l'a pourchassé avec moi, ne l'a vu que rapidement de profil, assis au volant de sa voiture. Plus tard, la police s'est procuré une photo pour l'avis de recherche, mais le visage était différent du vôtre lorsque vous vous déguisez en Kil Yeong-in. La personne que la police cherche est déjà morte et ce n'est pas étonnant qu'elle ne trouve pas sa trace malgré tous ses efforts. C'est pourquoi ça doit vous rassurer, vous, Han Dami. Vous avez misé sur le fait que "Kil Yeong-in" ne soit pas arrêté avant la fin de la réalisation de votre plan.

« Quant à la question des biens familiaux, il n'y avait aucun problème. "Kil Yeong-in", mari de Han Dami, peut hériter du patrimoine de sa femme ; mais s'il est reconnu coupable de meurtre, il perdra tout et l'héritage ira à Han Chorok. Votre petite sœur est certes froide, mais elle sait que sa sœur n'est pas morte, qu'elle pourra hériter et ensuite vous reverser votre fortune petit à petit. Il vous suffit donc de prendre une nouvelle identité et vous vivrez jusqu'à la fin de vos jours sans souci d'argent. À présent, il ne vous reste plus qu'à parvenir à supprimer la personnalité de Kil Yeong-in en vous.

« Kil Yeong-in », tellement pâle que son teint paraît bleu, essaie de trouver une faille dans l'argumentation de Gojin :

— Et si je reconnais que tout ce que vous avez dit est vrai... comment me débarrasser de sa personnalité en moi ?

— D'après les livres que j'ai lus au sujet du TDI, à force de renforcer de manière répétitive les traits de caractère d'une des personnalités, on peut en supprimer une autre. Je prends l'exemple d'un cas : une femme était habitée par deux personnalités, l'une parlant français et l'autre italien. Celle parlant italien étant plus solide, le médecin lui a fait lire à haute voix une cinquantaine de chants de la *Divine Comédie* de Dante en vue de dissoudre la personnalité française dans l'italienne. À chaque lecture, la femme s'assimilait un peu plus à sa personnalité italienne qui a fini par la dominer complètement. Ainsi sa maladie mentale s'est-elle guérie.

« Pour en revenir à votre cas, vous pouvez vous forcer à dessiner et peindre pour renforcer Han Dami. Mais ce n'est qu'une idée. En tout cas, vous savez peut-être déjà comment vous vous y prendrez pour supprimer la personnalité de Kil Yeong-in, sans quoi vous n'auriez pas fait toute cette mise en scène qui met en avant votre mari comme auteur des meurtres. D'ailleurs, je pense que le plan de faire de Kil Yeong-in le meurtrier de sa femme est né dès que vous l'avez tué. Les habits et bijoux du cadavre... et le petit message : "Je suis désolée, ne me cherche pas. Dami" que vous avez écrit de votre main à vous, Han Dami, prouvent bien que tout est prémédité.

« Je vais maintenant vous parler du rôle de votre petite sœur, Han Chorok. Jusque-là, elle use de son droit à garder le silence, pour autant, elle n'est pas en connivence avec vous. Elle n'avait pas l'intention de duper la police mais n'a rien livré non plus à votre sujet. Sans que ce soit intentionnel, elle est votre grande alliée. Elle a deviné que vous aviez tué votre mari mais est restée dans votre camp. Elle doit également être au courant de votre trouble mental. Lorsque vous êtes venue la voir alors que vous étiez habitée par la personnalité de Kil Yeong-in, malgré sa froideur, j'imagine qu'elle a pleuré, non pas à cause de la mort de son beau-frère, mais par pitié pour vous. En laissant la police croire à l'assassinat de Han Dami, elle vous a bien aidée. Par exemple, elle a témoigné que le cadavre sur les photos était bien celui de sa sœur, sinon votre plan aurait pu être percé à jour. C'était ingrat pour votre beau-frère, mais... vous savez, les liens du sang triomphent toujours. Pendant un temps, je me demandais si Han Chorok n'était pas Han Dami déguisée.

« Il y a quatre jours à peine, la vérité s'est imposée. Ensuite, j'ai demandé à une amie de laisser un message sur le portable de Kil Yeong-in disant : “Je suis la personne qui vous a indiqué le lieu où se trouvait le cadavre de Tae Jeong-u. Je sais qui est l'assassin de votre femme...” La police n'a pas eu l'idée de vous joindre de cette façon parce qu'elle pense encore que Kil Yeong-in est le coupable et donc que son journal intime est un mensonge total. Mais moi qui ai compris que ce texte a été écrit par vous sous l'emprise de la personnalité de Kil Yeong-in, j'ai su ce dont “Kil Yeong-in » se préoccupait. Si je vous ai laissé ce message vocal, c'est pour vous rencontrer sous la personnalité de Kil Yeong-in. Si vous aviez entendu ce message sous la personnalité de Han Dami, vous l'auriez supprimé à coup sûr et ne seriez pas venue jusqu'ici puisque c'est vous qui avez tué Tae Jeong-u avant d'indiquer le lieu du crime à “Kil Yeong-in”. J'ai donc demandé à mon amie de renouveler le même message plusieurs jours de suite pour avoir une chance que “Kil Yeong-in” l'entende. Heureusement, le message lui est parvenu et nous voilà à cette rencontre d'aujourd'hui. Peut-être n'êtes-vous pas aussi réjouie que moi de cette entrevue, je le sais.

Une fois son long discours terminé, Gojin observe « Kil Yeong-in » laisser tomber sa tête vers l'avant. Le reste de son corps est immobile, mais à voir son visage défait, toutes sortes de sentiments semblent l'assaillir. L'ombre de « Kil Yeong-in » s'étire sur le quai. Les rayons du soleil diminuent et un air froid souffle depuis le fleuve. Les touristes sont repartis.

Après un long silence, « Kil Yeong-in », la tête toujours basse, crache d'une voix très enrouée :

— Non... Ce n'est pas possible... Dire que je suis ma femme, Dami !... Non... Je suis Kil Yeong-in... Vous dites des mensonges affreux.

Sur ce, il recule, fait brusquement demi-tour et se met à courir avant que Gojin n'ait eu le temps de le retenir.

— Han Dami ! Revenez !

En vain. « Kil Yeong-in » disparaît de son champ de vision, ne laissant derrière lui que le paysage désertique. Le visage triste, Gojin reste un bon moment debout, raide comme un bout de bois. Quand il se ressaisit enfin, c'est pour allumer une cigarette. Un fin filet de fumée violette monte dans l'air hivernal pur comme pour combler son vide. Combien de cigarettes a-t-il fumées d'affilée avant que Gyeonga ne s'approche de lui sans qu'il s'en rende compte ?

— On dirait que tu as laissé filer ta bien-aimée...

— En effet... je dois donner cette impression-là.

Gojin laisse échapper un rire épuisé.

— Je parie que Kil Yeong-in n'a pas avoué, non ?

Gyeonga regarde dans la direction où le suspect a disparu.

— Pour être franc, je ne suis plus si sûr...

— De quoi ?

— Cette personne est-elle Han Dami ou Kil Yeong-in ?

— Si c'est la personnalité de Kil Yeong-in qui a le dessus, c'est Kil Yeong-in.

— C'est quoi déjà ce poème ? demande l'avocat en fronçant les sourcils. « Le phénomène appelé "moi" est une lumière bleue issue d'une hypothétique lampe* », quelque chose comme ça.

---

* Kenji Miyazawa, *Printemps et Ashura*, traduction de F. Lecœur, Fata Morgana, 1998.

— C'est *Printemps et Ashura* de Kenji Miyazawa. Je l'ai lu, mais il y a longtemps.

— Oui, c'est ça, murmure Gojin en crachant une longue bouffée de cigarette. Peut-être que la conscience du moi est aussi fragile que le scintillement d'une ampoule.

— Allez, ressaisis-toi, maître Gojin ! Nous valons quand même mieux qu'une lampe... Tu as déjà vu une ampoule boire de l'alcool, toi ?

Avec son beau sourire, Gyeonga essaie de consoler Gojin qu'elle n'a jamais vu aussi abattu. Il ne résiste pas à son charme et son visage s'illumine à nouveau.

Gojin sort son portable de sa veste et appelle Lee Yuhyeon. Il lui fait un rapide résumé de la situation sur un ton officiel. Le capitaine, ahuri, crie brusquement :

— La victime n'est pas Han Dami mais Kil Yeong-in ? Et la personne que nous poursuivons est Han Dami, c'est ça ? Ce n'est pas vrai... Et toi, tu l'as laissée partir ?!

— Je ne suis pas la police. Et Han Dami n'était en flagrant délit de rien du tout. Je n'ai pas le droit de l'arrêter.

— Tu aurais dû me prévenir avant d'y aller.

— Si la police avait rôdé dans les environs, elle ne se serait pas montrée. Même si elle a un trouble mental, c'est une femme trop intelligente pour que la police réussisse à lui mettre la main dessus en procédant de la même manière qu'avec des voyous grossiers et stupides.

— Si elle se cache de nouveau, ça va être difficile de la retrouver. On n'a plus de prétexte pour la faire sortir.

— Je crois savoir où elle est en ce moment, dépêche-toi d'y aller !

— Mais où ?

— « Kil Yeong-in » se sent actuellement acculé. Il va donc agir de manière très instinctive, et retourner chez Sin Jae-in comme la dernière fois.

— C'est bien possible. Et je suis près de Yangpyeong, comme toi tu es à Nami, on n'est pas très loin. Je passe te prendre et on y va ensemble. Je n'ai pas encore tout compris de ce que tu m'as dit. J'ai les idées embrouillées, tu m'expliqueras mieux pendant le trajet.

Une demi-heure plus tard, la voiture de Lee Yuhyeon apparaît. Gyeonga est repartie pour Séoul. Dès que Gojin monte, l'inspecteur accélère en direction de chez Sin Jae-in.

27

Chez Sin Jae-in, toutes les fenêtres sont noires. Cette habitation sans aucune lumière au milieu d'un bois sombre leur donne la chair de poule. La porte d'entrée est verrouillée. Ils ont beau sonner, ils n'obtiennent aucune réponse. Ils éclairent avec leur lampe de poche la baie vitrée du séjour et la fenêtre de la chambre dont les rideaux ne sont pas tirés. Ils balaient les pièces dans les moindres recoins, personne. Seule la salle de bains est hors de leur champ de vision, mais elles ne sont quand même pas toutes les deux cachées dedans.

Lorsque Lee Yuhyeon est passé en fin d'après-midi, il y avait de la lumière dans le séjour. Sin Jae-in n'a pas de voiture ; soit elle est partie en taxi, soit Han Dami est venue la chercher. En tout cas, ils arrivent trop tard.

Lee Yuhyeon, très frustré, va faire un tour vers le sentier qui lui a laissé un mauvais souvenir avant de revenir. Il a l'air abattu, Gojin se sent désolé pour lui.

— Toutes les deux sont peut-être allées chez le docteur Yi, suggère l'avocat pour consoler son ami.

— Chez le docteur ? Mais sa maison est elle aussi connue de la police.

— Si Han Dami a demandé de l'aide à Sin Jae-in, cette dernière s'est sûrement tournée vers le docteur Yi.

— Ben, si c'est ça, ça va nous faciliter la tâche. Pour le moment, nous n'avons pas d'autre idée, alors allons voir !

— Moi non, je n'y vais pas.

— Tu veux que j'y aille seul ? Certes, tu n'es pas policier, mais c'est mieux si on y va à deux. Eux, ils seront trois !

— De toute façon, y aller maintenant, ça ne sert à rien.

— Et pourquoi ?

— Le seul mandat que tu as est pour Kil Yeong-in, il est donc devenu inutile.

— En effet... Ah, bon sang ! Le temps est compté ! Je vais essayer d'avoir un nouveau mandat rapidement, mais si ça tarde je serai obligé de l'arrêter sans mandat, tant pis.

— Ça, c'est ton affaire. Je ne sais pas pourquoi mais j'ai un mauvais pressentiment. Je préférerais qu'elles ne soient pas chez le docteur Yi. Il va les aider, mais certainement pas de façon bienveillante... Récemment, j'ai découvert le vrai visage du docteur Yi. Je redoute qu'il prépare encore un coup tordu... J'ai vraiment pitié de Han Dami. Elle a tué accidentellement son mari et sa culpabilité a été si forte que la thérapie lui a fait développer un trouble de la personnalités multiple. Je n'ai pas envie de la voir se faire arrêter. C'est le boulot de la police, ça. Je crois que mon intervention s'arrête là, je vais rentrer et tu me donneras des nouvelles quand tout sera fini.

Gojin se fait déposer à la gare de Yangpyeong pour rentrer à Séoul par le train.

Depuis sa voiture, Lee Yuhyeon traite quelques dossiers urgents et avale un dîner léger. Trois heures se sont passées quand Gojin l'appelle et demande d'une voix impatiente :

— As-tu arrêté Kil Yeong-in... non, Han Dami ?

— Non, j'ai appelé pour faire établir un nouveau mandat au nom de Han Dami, et je viens d'apprendre qu'il est arrivé. Par rapport à d'habitude, ils ont fait exceptionnellement vite. Je suis encore à Yangpyeong et je viens de le recevoir par fax. J'attends mes hommes qui viennent de partir, ça va prendre un peu de temps avec les embouteillages de fin de journée.

— Tu traînes, ce n'est pas digne de toi.

— De toute façon, rien ne dit qu'elles sont chez le docteur Yi, réplique Lee Yuhyeon, contrarié. Si j'avais la certitude du lieu où Han Dami se trouve, je me précipiterais immédiatement pour l'arrêter. Mais là, ce n'est pas le cas, je préfère attendre mes hommes avec le mandat officiel.

— Moi, je suis sûr qu'elle a rejoint Sin Jae-in. Et cette dernière fait une confiance absolue au docteur Yi. Les deux femmes sont dans une impasse, qui d'autre peut les aider ? Je suis quasiment sûr que Sin Jae-in l'a amenée chez Yi Tak-o.

— Il a fermé son Centre, il n'est plus son chef et n'est pas non plus de sa famille. Pourquoi Sin Jae-in ne jure-t-elle que par lui ?

— Il y a une raison à cela...

— Laquelle ?

— Sin Jae-in est la Woo Ho-seon d'il y a quatre ans...

— Quoi ? fait Lee Yuhyeon, stupéfait.

— Elle a changé de visage et de nom afin de se faire passer pour une autre. Pour elle, le docteur Yi est son sauveur : il l'a aidée à se débarrasser de son horrible mari d'une manière si parfaite que même la police n'y a vu que du feu. Il représente plus qu'une famille pour Sin Jae-in. Il l'aime comme sa fille et elle, en tant qu'assistante, elle s'appuie totalement sur lui. Elle doit croire qu'il la protégera toujours, quoi qu'il arrive. Donc c'est forcément vers lui qu'elle va se tourner en premier si elle se trouve dans une situation délicate. Je ne sais pas pourquoi mais je suis inquiet.

— Ne t'en fais pas, il ne va sûrement rien se passer d'ici à ce que j'aille là-bas.

— Ça fait déjà plusieurs heures. Psychologiquement, elles ne sont stables ni l'une ni l'autre. Que dans leur état très fragile elles se retrouvent avec le docteur Yi me fait redouter ce qui peut se passer. Bon sang ! Dire qu'on vient de lui offrir une nouvelle occasion de faire ses expérimentations. Quelle main va-t-il tendre à ces deux femmes lui demandant son aide ?... Une affaire semblable à celle d'il y a quatre ans va-t-elle se reproduire ?

Gojin fait part de ses craintes un peu excessives. Dans sa tête, Lee Yuhyeon se dit que l'avocat ne se soucie pas vraiment du sort de Han Dami et Sin Jae-in, mais qu'il redoute surtout une nouvelle défaite face au docteur Yi Tak-o, de revivre une humiliation. Qui plus est, cette fois, elle risque de se produire sous ses propres yeux. En un sens, l'inspecteur comprend sa réaction exagérée et n'ose pas plaisanter en lui disant : « Grand-frère, tu es hypersensible en ce moment. » Au lieu de ça, il lâche :

— Remarque, ton inquiétude n'est pas sans fondement, puisque le docteur Yi a orchestré un meurtre il y a quatre ans.

— Non, il n'a pas orchestré le meurtre de Park Jae-seong. Il n'est pas un meurtrier comme on les connaît habituellement, ni un fou. Ces mots n'ont pas de sens pour lui... Si jamais il se passe quelque chose pendant que tu traînes dans ta voiture, là, tu vas faire quoi ? Moi aussi, je suis encore à Yangpyeong, j'ai dîné sur place au lieu de rentrer à Séoul. Allons d'abord tous les deux chez lui et dis à tes hommes de nous rejoindre directement là-bas.

Gojin, qui ne voulait pas voir l'arrestation de Han Dami, semble avoir changé d'avis. Sans doute à cause de son inquiétude redoublée par le fait que Lee Yuhyeon n'y est toujours pas allé.

Entre-temps, l'obscurité a encore gagné. Un vent froid souffle violemment autour de la gare de Yangpyeong. Gojin marche en direction de la sous-préfecture et s'arrête à un carrefour pour attendre l'arrivée de Lee Yuhyeon. Les rues autrefois assez mortes sont maintenant animées et illuminées par de nombreuses enseignes. Gojin lève la main pour héler la voiture de l'inspecteur. Dès qu'il monte, ils prennent la direction de Cheongpyeong où réside le docteur Yi. Les deux hommes quittent les rues lumineuses à bord de la voiture et s'enfoncent vers la forêt obscure.

28

La nuit, enveloppée d'obscurité, la résidence du docteur Yi au pied de la colline dégage une atmosphère différente de celle qu'elle donne en plein jour. Sinistre serait le terme qui convient. Même de loin, ils aperçoivent la lumière jaune qui luit à l'intérieur. La route pavée du village est étroite et glissante, mais Lee Yuhyeon a le pied au plancher. La neige poudreuse vole dans le sillage de la voiture.

Arrivés en trombe devant la maison, Gojin et Lee Yuhyeon voient se confirmer l'idée que les deux femmes sont là : la première chose qu'ils remarquent dans la cour est le Rexton. La voiture garée dans le noir ressemble à un gros animal au repos.

— Comme on ne trouvait plus trace de ce véhicule depuis quelque temps, je croyais que « Kil Yeong-in » ne l'utilisait plus, murmure Lee Yuhyeon, se sentant un peu dupé.

— Elle a dû être forcée de la reprendre.

Lee Yuhyeon inspecte l'intérieur du Rexton, mais il n'y a rien ni personne dedans. La lumière jaune vient de la baie vitrée du séjour. Han Dami, Sin Jae-in et le docteur Yi Tak-o sont tous les trois dans la maison, ils en sont certains.

— Han Dami est-elle elle-même ou Kil Yeong-in en ce moment ? chuchote Gojin en se parlant à lui-même.

Les deux hommes marchent vers la maison. Des traces de pas parsèment la neige fraîche. Elles sont petites et se regroupent devant l'entrée. Aucun doute, ce sont celles des deux femmes. L'inspecteur Lee sonne plusieurs fois mais n'obtient aucune réponse. Si le docteur était dans le séjour, il leur aurait ouvert avec sa télécommande. Alors, est-ce que cela veut dire qu'il refuse de leur ouvrir ?

— Monsieur Yi Tak-o ! crie Lee Yuhyeon.

Seul le silence lui fait écho.

Les deux hommes se regardent, intrigués.

— Ils sont dans la maison, c'est sûr.

À bout de patience, l'inspecteur actionne la poignée de la porte. À leur surprise, la porte s'ouvre avec un bruit métallique, comme si elle les attendait. Est-ce par inattention qu'il ne l'a pas verrouillée ? Ou est-ce volontaire ? Lee Yuhyeon pousse trop fort et la porte claque contre le mur avec fracas. Personne ne vient, ce qui augmente leur appréhension.

— Ça me donne la frousse, grommelle Lee Yuhyeon en pénétrant à l'intérieur.

Gojin lui emboîte le pas et observe le vestibule : une paire de chaussures d'homme en cuir marron et des bottines appartenant toutes au docteur Yi ; à côté, deux paires de baskets couvertes de boue et de neige. Vu leurs tailles et leur état, ce sont sûrement celles des deux femmes.

Le calme est si pesant qu'on croirait être sourds. Les deux hommes se déchaussent et à mesure qu'ils avancent vers le salon, ils sont assaillis par la chaleur. Le lustre au plafond et la lampe du bureau sont allumés, et personne ne profite du feu qui flambe dans la cheminée. Gojin connaît ce décor intérieur, mais l'absence d'humains dans la pièce lui donne l'impression de venir là pour la première fois. Il a la chair de poule, sans se l'expliquer.

Il cherche d'abord du regard le fusil de chasse. C'est la seconde chose la plus dangereuse de la maison, après le docteur Yi lui-même. Heureusement, l'arme est à sa place, posée contre le mur en dessous de la tête de cerf empaillée. Contrairement à ses craintes, le docteur ne doit pas être barbare au point de prendre les deux hommes pour du gibier.

La température agréable qui règne dans le salon n'est pas uniquement due au feu de cheminée, mais aussi à une présence toute récente. Un grand fauteuil, placé dos aux fenêtres jouxte un petit canapé. Entre eux, une table basse, sur laquelle traînent trois verres vides. Cela montre que des personnes ont discuté là avant l'arrivée de Gojin et Lee Yuhyeon. Où sont-elles parties ? Quelque chose cloche, Gojin a un mauvais pressentiment.

Un peu réchauffé, l'avocat retire son manteau et le dépose sur l'accoudoir du fauteuil. Puis il se dirige vers le couloir au fond du séjour. Il est faiblement éclairé par la lumière du salon et son extrémité est noyée dans l'obscurité. Les deux portes de chaque côté sont fermées.

— Docteur Yi ! crie Gojin.

Silence total. Une terreur à leur donner la nausée commence à s'emparer d'eux. Une énergie lugubre semble venir de l'extrémité du long couloir. Au bout à gauche, de l'escalier menant au sous-sol, émane une lueur jaune et opaque.

Lee Yuhyeon jette un rapide coup d'œil à Gojin qui est sur ses gardes comme s'il avait mis les pieds dans un monde parallèle.

— Il se pourrait bien qu'ils soient tous les trois en bas, dit Lee Yuhyeon à voix basse.

Leurs regards se croisent, l'inspecteur fait un signe de tête et Gojin s'engage dans le couloir. Par réflexe, Lee Yuhyeon sort ses menottes et le mandat d'arrêt de la poche de son blouson.

À peine l'avocat a-t-il fait quelques pas qu'une ombre apparaît au fond du couloir, suivie de grincements irréguliers. Quelqu'un monte péniblement l'escalier en bois depuis le sous-sol.

Gojin et Lee Yuhyeon s'immobilisent net. La forme de l'ombre est bizarre. Il ne s'agit pas d'une silhouette humaine, elle est plus épaisse et plus... complexe. C'est l'ombre d'une chose, une créature, mais qu'est-ce ? Ils n'en ont aucune idée.

Les bruits d'un pas puis d'un autre, espacés, accompagnés du grincement des marches, jouent un concert dissonant et funeste. L'ombre de la créature inconnue rapetisse peu à peu, prenant une forme de plus en plus grotesque. Les deux hommes, pétrifiés, fixent l'étrange silhouette qui avance en se tortillant. Approchant de la dernière marche de l'escalier, elle révèle lentement son identité.

Lee Yuhyeon et Gojin n'en croient pas leurs yeux. La créature, qui ressemble à une araignée géante, bouge en faisant de grands gestes extravagants.

Est-ce... un cauchemar ? C'est un monstre à quatre bras, quatre jambes et deux têtes !

— Oh mon Dieu, qu'est-ce... qu'est-ce que c'est ? balbutie l'inspecteur, terrifié.

Gojin pousse un gémissement incontrôlé. Ce n'est ni une araignée ni un monstre, c'est un être humain à deux corps. Les deux têtes portent les visages de Han Dami et de Sin Jae-in. Les yeux de l'assistante sont injectés de sang et de sa bouche béante s'échappe un rire sadique. Le visage de Han Dami, lui, ressemble à celui d'un cadavre. Seule une traînée de larmes coulant de ses yeux fermés prouve qu'elle est encore vivante.

Les deux femmes sont assemblées l'une à l'autre, cousues des aisselles jusqu'à la taille par une suture chirurgicale. L'opération étant inachevée, les plaies visibles à travers leurs blouses d'hôpital fendues saignent abondamment. Leurs deux têtes se penchent l'une à gauche et l'autre à droite pour ne pas se heurter mais, ce faisant, elles forcent leurs bustes à se déchirer et leurs membres à s'agiter pour faire contrepoids. Les quatre jambes, qui ne sont pas habituées à cette union, ont du mal à accorder leurs mouvements pour marcher en rythme. Quant aux quatre bras, ils battent l'air de manière ridicule.

À ce moment, un rire sinistre retentit du fond du couloir :

— Ah ah ah !

Peu après, le docteur Yi fait lentement son apparition. Sa blouse, aussi blanche que ses cheveux, est tachée de sang. Ses mains qui ne portent même pas de gants semblent avoir trempé dans une mare d'hémoglobine et tiennent encore un bistouri, lui aussi couvert de sang.

Il avance à grands pas et dépasse sa créature monstrueuse avant de se placer debout devant elle. On dirait qu'il veut empêcher Gojin et Lee Yuhyeon de s'en approcher davantage. Un éclat luisant jaillit de ses yeux enfoncés. Il éclate à nouveau de son grand rire.

— Ah ah ah !

Gojin et Lee Yuhyeon, complètement ahuris, regardent tour à tour la créature grotesque et le docteur qui rit jusqu'aux larmes en tremblant de tout son corps.

— Je ne laisserai jamais la police arrêter mes enfants ! J'ai mis à leur service mes compétences en points de suture. Dami et Jae-in ne font désormais qu'une. Vous ne pouvez plus arrêter Dami, sinon vous emmenez aussi Jae-in qui, elle, est innocente. Vous êtes là avec un mandat d'arrestation, n'est-ce pas ? Il n'est forcément valable que pour Dami et la loi est aussi stupide que ça. Moi, je les ai aidées à unir leur amour !

Lee Yuhyeon est abasourdi, le regard perdu. Le but de l'unification des corps des deux femmes est qu'il ne soit plus possible d'arrêter Han Dami sur le plan légal, et aussi d'assouvir le désir de Sin Jae-in, amoureuse de Han Dami.

Il arrive que la police ne puisse arrêter l'auteur d'un meurtre par manque de preuves ou que le criminel reste introuvable. Ce sont des dilemmes habituels. Mais ne pas pouvoir arrêter le coupable alors qu'il est sous ses yeux, Lee Yuhyeon n'a jamais entendu parler de ça. Le docteur Yi se moque encore une fois de la loi, et d'une manière que personne n'aurait imaginée.

— Comment osez-vous traiter... ainsi des êtres humains ? balbutie péniblement Gojin.

Sous sa masse de cheveux blancs, le visage du docteur Yi se tord d'une mimique burlesque.

— Dami aussi a accepté l'intervention. Sa nouvelle vie avec Jae-in sera bien meilleure que de pourrir en prison jusqu'à la fin de ses jours, non ? Quant à Jae-in, elle est folle de joie à l'idée de ne faire enfin qu'une avec sa bien-aimée. Ne plus jamais être séparées... Je leur ai offert la liberté et le véritable amour. Le bonheur éternel en somme ! Ce monde pouvait-il leur donner plus que ça ? Ah ah ah ! Maître Gojin, vous savez bien que la loi ne peut rien contre ces deux femmes, n'est-ce pas ? On ne peut pas leur imposer une nouvelle intervention chirurgicale sans leur accord, on ne peut plus les séparer ! Elles sont un nouvel être humain que je viens de créer ! Que pensez-vous de mon chef-d'œuvre ? Ah ah ah !

L'homme rit comme un fou en secouant ses cheveux. Mais Gojin et Lee Yuhyeon, tétanisés, ne peuvent faire un pas. Ce n'est pas simplement l'impossibilité d'arrêter les deux femmes sur le plan légal, mais plus encore la panique instinctive devant cet homme qui les paralyse totalement.

Gojin, bouche bée, ressemble à une statue à la mine de plâtre, tandis que Lee Yuhyeon, tel un épouvantail à moineaux, laisse tomber à ses pieds les menottes et le mandat devenus inutiles.

Han Dami est-elle enfin parvenue au suicide de son mental ? Derrière le docteur Yi Tak-o, les deux femmes réunies en un seul corps tortillent leurs membres comme pour exprimer quelque chose. Dehors, dans l'obscurité de la nuit, le vent violent siffle le dernier cri de l'hiver. Comme pour y répondre, les éclats de rire du docteur se répercutent à l'intérieur de la maison.

FIN

LES PERSONNAGES

Personnages principaux

Gojin* : ancien juge devenu avocat, agissant hors du cadre officiel, ce qui lui vaut son surnom d'« avocat de l'ombre ».

Lee Yuhyeon* : inspecteur du commissariat de Seocho, acolyte et ami de Gojin, chargé de l'enquête officielle au sujet de la disparition de Han Dami.

Kil Yeong-in : mari de Han Dami, candidat au « suicide mental ».

Han Dami : artiste-peintre, femme de Kil Yeong-in et maîtresse de Tae Jeong-u.

Docteur Yi Tak-o : neuropsychiatre, inventeur du « suicide mental ».

Sin Jae-in : secrétaire du docteur Yi Tak-o.

Ryu Gyeonga* : tenancière du bar L'Absinthe, acolyte et amie de Gojin.

Cheon Na-yeong : meilleure amie de Han Dami.

Tae Jeong-u : chirurgien esthétique, mari de Cheon Na-yeong et amant de Han Dami.

Han Chorok : petite sœur de Han Dami.

---

* Personnages apparaissant dans *Le Portrait de la Traviata*, du même auteur chez le même éditeur.

Autres personnages

Ryu Dong-hui : petit frère de Ryu Gyeonga, lycéen harcelé.
Park Jae-seong : ancien patient du docteur Yi Tak-o, mort mystérieusement.
Woo Ho-seon : ancienne patiente et femme de Park Jae-seong.
Kim Do-yeol : galeriste et ami de Han Dami.
Jeong Sihu : relation de Han Dami, rencontrée sur internet sous le pseudonyme de Freebird.
Yi Yeong-a : employée du motel.

PUBLIÉS CHEZ MATIN CALME

2020

Sang chaud de Kim Un-su
Traduit par Kyungran Choi et Lise Charrin

Bonne nuit maman de Seo Mi-ae
Traduit par Kwon Jihyun et Rémi Delmas

Le Portrait de la Traviata de Do Jinki
Traduit par Kyungran Choi et Delphine Bourgoin

Carnets d'enquête d'un Beau Gosse nécromant de Jung Jaehan
Traduit par Han Yumi et Hervé Péjaudier

Le Jour du chien noir de Song Si-woo
Traduit par Lee Hyonhee et Isabelle Ribadeau Dumas

Séoul Copycat de Lee Jong-kwan
Traduit par Koo Moduk et Claude Murcia

Parle-moi de ton crime de Ban Si-yeon
Traduit par Patrick Maurus et Marion Gilbert

2021

Été, quelque part, des cadavres de Park Yeon-seon
Traduit par Lim Yeong-hee et Mathilde Colo

L'Île des chamanes de Kim Jay
Traduit par Choe Ae-young et Jean Bellemin-Noël

Le Placard de Kim Un-su
Traduit par Kyungran Choi et Pierre Bisiou

Insectes de Minhye Zang
Traduit par Kwon Jihyun et Rémi Delmas

jetaime_Riah de Park Seo-lyeon
Traduit par Kyungran Choi et Delphine Bourgoin

Le Procès des otages de Park Eun-woo
Traduit par Son Mihae et Jean-Pierre Zubiate

BTS, au cœur des ARMY de Lee Jeeheng
Traduit par Kyungran Choi et Pierre Bisiou

Point de fuite de Hee-jai Kim
Traduit par Lee Hyonhee et Isabelle Ribadeau Dumas

Le Film volé de You Sun-dong
Traduit par Han Yumi et Hervé Péjaudier

Les 4 Enquêtrices de la supérette Gwangseon de Jeon Gunwoo
Traduit par Kyungran Choi et Bessora

2022

C'est pour mieux te manger de Kim Ji Yeon
Traduit par E.J. Lee et Anne Berthellemy

Mortel motel de Do Jinki
Traduit par Lim Yeong-hee et Mathilde Colo

pca
cmb
édition pré-presse
livres numériques
44400 Rezé

Cet ouvrage a été achevé d'imprimer en janvier 2022
par CPI Bussière à Saint-Amand-Montrond (Cher)
pour le compte de Matin Calme éditions.
Dépôt légal : février 2022 – N° d'édition : 01 – N° d'impression : 2062077
Imprimé en France